KB022745

반드르 슈네

메일 메르지네

나이즈 그류엔

밀레디 라이센

오스카 오르크스

해방자

류티리스 하르치나

라우스 번

5

흔해빠진 직업으로 세계최강 제로

ARIFURETA SHOKUGYOU DE SEKAISAIKYOU ZERO

시라코메 료
shirakome ryo

illust. **타카야Ki**
takayaki

흔해빠진 직업으로
ARIFURETA SHOKUGYOU DE SEKAISAIKYOU
ZERO
세계최강

#5

시라코메 료 지음
타카야Ki 일러스트
김장준 옮김

WORLD MAP of TORTUS

풍양향

적동
암석 지대

붉은 대사막

적룡 대산

샤르드 연합국

★
무법 도시 안디카

엘버드 신국

베르카 왕국

베르니카

라이센 대협곡

샨드라

녹색 대갱도

전선 지대

감
벽
의
대
지

더스티아 왕국

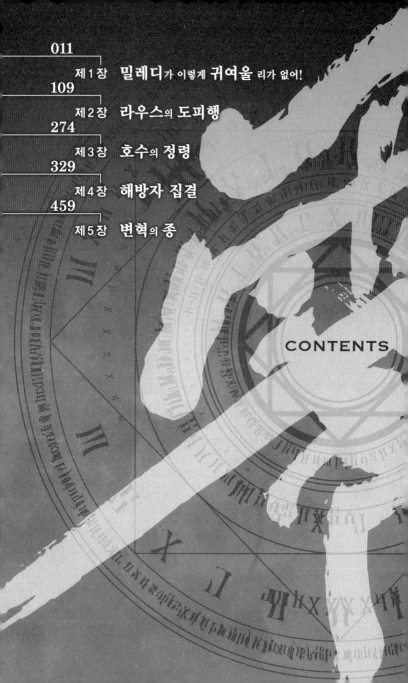

CONTENTS

【하르치나 공화국】과 【엘버드 신국】의 전쟁이 끝난 지도 한 달이 더 지났다.

공화국을 감싸는 【백색 대수해】는 마침내 본연의 고요함을 되찾았다.

승전 축하 분위기는 차차 가라앉았고 지금은 모두 떠나간 동포들을 마음속에 그리며 복구 작업에 힘을 쏟았다.

공화국 수인들이 그렇게 잠깐의 안식을 취하는 동안에도 대수의 도시에서 떨어진 숲 속에서는…….

"우오오오오오오오!"

마치 아직 사투 속에 있는 듯한 함성이 울려 퍼지고 있었다.

나무들이 소리를 흡수하고도 멀리까지 퍼지는 폭음.

전투의 격렬함을 말해주듯 수해를 뒤흔드는 충격.

"고함만 친다고 될 게 아니지."

그곳에서는 두 사람이 싸우고 있었다.

한 명은 검은 옷에 안경을 쓴 청년— 오스카 오르크스. 다른 한 명은 한쪽 머리를 땋고 목도리를 두른 청년— 반드르 슈네.

오스카가 험상궂은 얼굴로 검은 우산을 옆으로 휘둘렀다.

반드르는 눈살을 좁히며 한쪽 무릎을 쳐올리고 동시에 팔꿈치 찍기.

그 결과 오스카가 내지른 혼신의 일격은 반드르의 무릎과 팔꿈치에 단단히 붙잡혀 저지당했다.

압축 금속과 연성 기량 증가로 20킬로그램에 달하는 쇳덩어리를, 검은 우산과 자신의 마법, 그리고 다른 아티팩트로 신체 강화를 중첩한 초인적 완력으로 휘둘렀는데도 불구하고 반드르는 꿈쩍도 하지 않았다.

"예상했어!"

"아니, 모르고 있어."

충격으로 공기가 진동하는 가운데, 오스카가 땅을 찼다. 그러자 지면을 뚫고 『연쇄』가 날아들었다. 그것도 여러 개가 한꺼번에, 반드르를 원형으로 포위하며. 심지어 끝부분은 창처럼 날카롭게 연성했다.

무척이나 살벌한 공세였다.

두 사람을 모르는 자가 봤다면 틀림없이 죽이려 든다고 생각했을 것이다.

물론 살벌한 것은 오스카뿐이며 반드르는 지극히 냉정했다. 살의라고는 털끝만큼도 보이지 않았다.

다만…… 그 낯빛은 짜증스러웠다. 흡사 잡념에 사로잡혀 졸작을 양산하는 저명한 예술가라도 지켜보는 것처럼.

목도리가 가볍게 휘날렸다. 반드르의 몸이 물처럼 자연스럽게 흘렀다.

순간 그 흐름에 붙잡힌 오스카의 몸이 처참하게 허우적대고 스스로 불러들인 공격의 방패가 되었다.

게다가 그 와중에도 여유롭게 만들어낸 얼음 단검이 남은 『연쇄』를 흘려 넘기고 오스카의 등을 습격했다.

"큭!"

오스카는 퍼뜩 『연쇄』를 제어해 비참한 자폭만은 면했다.

하지만 그 탓에 찰나의 순간이라도 상대에게서 한눈을 팔아버렸다.

천직이 『예술가』라서 『무예』에도 천부적 재능을 가졌다—라는 말 같지도 않은 주장을 하면서도 실제로 무술의 달인인 그 앞에서는 치명적이었다.

"죽어라, 망할 안경잡이."

퉁 하고 땅을 차는 소리가 들렸다. 대지를 흔드는 돌진의 충격을 오로지 극한에 달한 체술로 주먹에 집중해 발산한다.

균형이 무너진 오스카가 피할 재간은 없었고, 기껏해야 검은 코트의 옷자락으로 방어하는 것이 최선이었다.

그 위로 달려드는 호랑이처럼 유연하면서도 막강한 파괴력을 품은 반드르의 주먹이 작렬했다.

"으헉?!"

도저히 주먹이 낼 수 없는 소리와 함께 몸을 관통하는 충격이 오스카의 내장을 가차 없이 때렸다. 버틸 여유 따위 없었다. 몸에 있는 공기가 강제로 빠지며 육체가 핀 볼처럼 튕겨 날아갔다.

그대로 굵은 나무에 등으로 격돌한 오스카는 땅으로 떨어졌다.

"커헉, 켈록…… 제장."

떨리는 팔로 몸을 일으켜 보지만, 네 발로 버티는 게 고작이었다. 역류하는 위액이 욕과 함께 튀어나왔다. 땅으로 떨어진 시선 한 편에 잔가지를 밟아 부러뜨리는 신발이 보였다.

"이걸로 딱 100전. 전적은 88승 12패. ……흥. 망할 안경잡이치고는 이해가 빠르다고 생각했는데, 내 착각이었나 보군."

"……뭐야? 인정은 하고 있었나 봐?"

오스카는 악문 이 사이로 흘러나온 목소리로 농담처럼 받아쳤다. 평소라면 즉시 반격이 들어왔겠지만, 반드르는 몹시 냉혹한 현실만을 들이밀었다.

"실전처럼 연습하고 싶다고 말한 건 너다. 그런데 최근의 이 꼬락서니는 뭐지? 안경잡이, 말해 봐라. 지난 열흘간 네가 이긴 횟수는 몇 번이지?"

"……."

"말하지 못하겠다면 내가 대신 알려주마. 0번이다."

실제로 마왕성에서 싸운 뒤 설원과 마왕국 사이에 낀 숲속 은신처에서 지내던 무렵부터 시작된 두 사람의 근접 격투 훈련은 50전까지 반드르의 전승이었다.

하지만 그 뒤 오스카도 조금씩 이기게 되면서 반드르는 내심 오스카의 노력과 부족한 격투 능력을 보완하는 전술을 높이 평가하게 되었다.

특히 공화국과 신국의 전쟁 후 수해에서 재개한 훈련에서는 오스카의 귀기 들린 기백에 밀려 연패한 적도 있을 정도였다.

하지만 그것도 처음뿐이었다.

3주째에 접어들 무렵부터는 눈 뜨고 못 볼 지경이었다. 마치 지금까지 한 대련을 전부 잊은 것처럼 저돌적으로 변했다.

냉정하게 상대방의 수를 읽고 다채로운 아티팩트로 그 모든 가능성을 봉쇄한다. 정말로 무서운 점은 수백 수천 가지의 악랄무쌍한 전술을 그 자리에서 고안, 실행, 전환하는 명석한 두뇌였다.

그 강점이 지금은 온데간데없이 사라졌다.

초조, 불안, 답답함. 자신의 무력함에 치미는 걷잡을 수 없는 짜증.

그 감정들이 오스카의 정신을 갈기갈기 찢어 놓은 것은 누가 봐도 뻔했고, 그 원인 또한 명확했다.

"이래서는 밀레디가 **눈을 떠도** 코웃음 치겠군."

"……."

그렇다. 밀레디가 아직 눈을 뜨지 않았다.

저번 전쟁에서 대수 우아 아르트에 파괴 공작을 벌이려던 『신의 사도』가 있었다.

밀레디는 그 교회 최강이자 최악의 적과 1 대 1로 맞붙었다.

세계의 변혁을 바란다면 오늘 이곳에서 증명해야만 한다.

『절대적』이라고 믿는 교회에 인간이 이길 수 있다는 사실을.

자유 의지는 결코 신위의 구현에 지지 않는다는 사실을.

그것을 다른 누구도 아닌, 해방자 리더인 자신이 증명해야만 한다.

그렇게 밀레디는 승리했다.

극한의 극한까지 내몰린 전투 속에서 그녀는 무언가를 깨달았다.

다만, 그『무언가』— 밀레디가 발휘한 마지막 힘은 솔직히 말해서 비정상이었다.

신의 사도에 저항할 여지도 주지 않는, 별 그 자체가 밀레디에게 힘을 빌려주는 듯한, 그야말로 신의 기적이라고 불러야 할 영역의 힘.

심신에 어마어마한 부담을 줬으리란 것은 상상하기 어렵지 않다.

물론 메일의 재생 마법으로 육체는 완치했지만, 실제로 밀레디는 한 달여가 지난 지금까지도 혼수상태였다.

지금은 분명히 깊은 잠에 빠져 지친 마음을 치유하고 있을 뿐이다. 틀림없이 눈을 뜬다.

밀레디 라이센이 이 정도로 끝날 리 없다.

누구나 그렇게 믿으며 그녀가 깨어날 날을 기다렸다.

그래도 생각과 감정은 별개다.

밀레디가 싸우기 전에 자신들이 조금이라도 사도의 힘을 빼놓았더라면…….

그런 의미 없는 후회와 자책이 밀려와서 무력감에 대한 초조와 짜증이 쌓여갔다.

잘 안다. 그 마음. 사무칠 정도로.

반드르는 마음속으로 중얼거리면서도 냉엄한 목소리와 눈초리로 오스카를 압박했다.

"다들 자기 소임을 다하고 있다."

"……나도 알아."

"밀레디가 없어도 우리 해방자는 흔들리지 않아."

"……."

"흔들려서는 안 돼. 그게 우리 리더의 바람이니까."

오스카가 일어섰다. 어금니를 악문 것처럼.

그것은 바른말을 받아치는 막연한 반항심 같기도, 동시에 무언의 긍정 같기도 했다.

"밀레디가 세계에 보여준 『인간의 강인함』을 이번에는 우리가 증명한다. 밀레디는 혼자가 아니야. 우리가 어깨를 나란히 하고 있다고, 밀레디 본인에게도 보여주기 위해서. 그러려고 이런 훈련을—."

"나도 안다고!"

땅을 박차는 폭음을 닮은 소리가 무의미한 101차전의 시작을 알렸다.

난폭한 말투가 보여주는 오스카의 심경에 반드르가 혀를 찼다.

"아는 놈이 그따위로 굴어?!"

짜증을 표출하며 달려든 오스카를 얼음 속성 마법으로 즉석에서 만든 십자 창으로 정면에서 받아쳤다.

격렬한 전투 소리가 드럼을 난타하는 것처럼 울려 퍼지고 충격파가 초목을 요란하게 흔들었다.

살기등등했다. 언뜻 보면 처절하기 짝이 없는 싸움의 재개였다.

그리고 그 광경을 구경하는 사람이 한 명 있었다.

"……기운도 좋아라."

권태로운 분위기에 싸움을 말릴 기색은 추호도 없어 보였다.

거리가 떨어진 나뭇등걸에 앉아 한쪽 무릎을 턱을 올리고 한 손으로 호두 같은 광석을 가지고 노는 메일이었다.

겉보기에는 남아도는 시간을 주체하지 못하는 글러 먹은 어른이었다.

실제로 전투 후 열흘 전후로는 수해와 도시 복구, 부상자 치료로 눈코 뜰 새 없이 대활약했지만, 지금은 특별히 할 일도 할 수 있는 일도 없었다.

"……바쁠 때가 좋았어."

메일이라는 인간은 기본적으로 게으름뱅이였다.

할 일이 없으면 퍼질러져 있고, 너무 할 일이 없으면 바쁜 사람에게 시비를 건다.

한마디로 글러 먹은 어른이다.

그래서 지금 혼잣말은 위험천만한 사고의 예고였다. 메르지네 해적단이 들었으면 분명히 폭풍우가 다가온다며 야단법석을 피웠을 것이다.

물론 『글러 먹은 메일 누님』으로 소문 자자한(?) 해적 여제가 이런 추태를 보이는 것도 밀레디가 혼수상태이기 때문이었다.

"내가 고칠 수 없는 건 없다고 큰소리쳤는데 뭐야. 얼굴에서 불날 거 같아."

일에 치이면 적어도 쓸데없는 생각은 사라진다.

예를 들면 자신의 무능함이 그렇다.

치료가 특기인데 가장 고쳐주고 싶은 아이에게 힘이 되어주지 못한다.

치료가 자신의 역할인데 정작 중요할 때 중요한 사람을 고쳐줄 수 없다.

후아…… 깊은 한숨이 격렬한 전투 소리 사이에 녹아 사라졌다.

그런 그때.

"안녕하세요, 언니."

훈련장을 둘러싼 흰 안개 벽에 서서히 사람의 형상이 떠올랐다.

비단처럼 흐르는 백금색 머리카락에 안개를 모아 만든 것 같은 순백색 옷.

수해의 여왕— 류터리스였다.

"두 분은 좀 어떤— 물어볼 것도 없네요."

"넌 또 뭐 하러 왔어? 저리 가."

나긋나긋하고 우아하게 다가온 여왕님에게서 「크흥」 하고 묘하게 더러운 신음 같은 소리가 새어 나왔다. 기다란 귀가 파닥거렸다.

그러다 어흠 헛기침했다.

"말리지 않아도 되나요?"

눈은 전방에서 『사투』를 벌이는 동료에게 향해 있었다.

"그냥 장난치는 거야."

"장난치고는 치명적인 공격을 남발하는걸요……."

"오스카가 요즘 정서적으로 불안해. 저 정도쯤이야 뭘."

"저 정도……."

목인가, 머리인가, 심장인가. 두 동료는 집요하리만큼 서로의 급소를 노렸다.

그것은 결코 훈련이 아니었다. 하물며 장난도 아니었다. 그도 그럴 것이 살기가 너무하잖아? 서로 죽이려고 들잖아?

당황하는 류티리스를 보고 메일은 쓴웃음을 지었다.

"그래, 『저 정도』. 안 그러면 오스카의 스트레스가 안 풀리잖니? 그래서 반이 상대해 주는 거야."

오스카와 정면에서 치고받고 싸우면서도 어느 정도 여유를 가지고 받아줄 수 있는 사람은 격투의 달인인 반드르밖에 없었다.

"만일의 사태에 대비해서 나를 부른 것도 반이야."

"어머…… 저 알아요. 밀레딩한테 배웠어요. 그런 걸 『츤데레』라고 한다죠?"

"그래, 츤데레 맞네. 후후."

귀를 기울이면 고막을 때리는 전투 소리에 섞여 「이 짝퉁 예술가!」, 「닥쳐, 안경이 본체인 주제에!」, 「안경 타령 좀 그만하시지! 그러는 너는 목도리가 본체면서! 평생 나풀대기나 해!」,

「내 목도리를 비방하지 마라! 심미안도 없는 얼간이!」라는 수준 낮은 말싸움이 들렸다.

류티리스는 안심한 것처럼 수긍했다.

"듣고 보니 평소랑 다를 게 없네요."

"그렇지? 그러니까 오스카는 괜찮아."

류티리스는 안도의 한숨을 내쉬었다. 그러고는 어깨를 으쓱이는 메일을 곁눈질하며 긴 귀를 늘어뜨렸다.

오스카는 괜찮다. 그렇다면 메일은 어떨까?

사실 정서 불안으로 따지면 메일도 오스카와 오십보백보였다.

아니, 불안보다는 자신감 상실이라고 표현해야 맞을까?

"……왜?"

물끄러미 바라보자 메일이 거북하게 항의했다.

류티리스는 흠 하고 잠시 고민에 빠졌다. 그리고 청초하게 메일 앞에서 서고는— 네 발로 엎드렸다.

"언니. 그런 딱딱한 나무 말고 저한테 앉으—."

"죽어."

퍽 하고 박 깨지는 소리가 났다. 류티리스의 머리에 메일 누님의 발꿈치가 꽂히는 소리였다.

"아앙♡"

필연적으로 교성도 났다. 엉덩이를 드는 천박한 자세에 얼굴은 부엽토 속에 파묻혔다.

그런데 흙투성이가 된 얼굴을 뾱 뽑고 한다는 말이…….

"갑작스러운 포상, 감사합니다!"

"갑작스러운 변태, 혐오스러워."

공화국 국민의 총애를 한 몸으로 사는 여왕님의 머리가 이번에는 발로 짓밟혔다. 그것도 잘근잘근.

그런데 이 여왕님은 엄청 기쁘게 헉헉대고 계신다. 황홀하게 풀린 얼굴은 눈 뜨고 봐주기 힘들 지경이다.

하지만 어쩔 수 없다. 왜냐면 이 여왕님은 진성 마조히스트니까.

참고로 가장 오래된&가장 친한 친구는 바○벌레.

요약하자면 겉과 속이 따로 노는 여왕님이다.

"그런데 너, 집무는 어쨌어?"

농땡이 피우지 말고 얼른 꺼지라는 의지를 풀풀 느끼고 더욱 격하게 헉헉대는 류티리스. 얼굴이 흙 범벅이라서 더 보기 추했다.

그래도 진성 사디스트라는 이름의 『운명의 언니』가 물으면 열심히 대답한다.

"휴식이에요. 언니가 요즘 기운이 없어 보여서 함께 티타임을 가지려고……."

"그래? 나 때문에 신경 썼구나?"

"생각했는데, 그런 거보단 저를 마음껏 욕하고 밟으면서 스트레스를 푸시면 어떨까요?"

"신경 좀 써 봐."

이 여왕님은 정말로 답도 없다…….

메일은 깊이, 정말로 땅이 꺼지도록 한숨 쉬었다.

하지만 인정하고 싶지 않아도 우울하던 마음이 조금은 개운해진— 기분이 들락 말락 했다.

그리고 류티리스는 이럴 때만큼은 기똥차게 눈치가 빠르다.

"후후, 조금 기운이 나셨네요."

절대로 인정하고 싶지 않다!

깜찍 발랄한 윙크가 밀레디 버금가게 짜증 났다.

변태 주제에! 격려하려고 연기 좀 해봤다는 표정을 짓고 난 리야, 엉?

그렇게 외치고 싶었다. 하지만 그러기 전에 류티리스의 분위기가 변모했다.

조금 전 변태성은 눈 녹듯 사라진 모습으로.

"메일. 자랑스럽게 여기세요."

"무슨—"

그곳에는 신비로운 존재가 있었다.

감히 범접하기 힘든 기품과 위엄을 갖춘 수해의 여왕이.

모든 것을 꿰뚫어 보듯 투명한 비취색 눈동자가 똑바로 메일을 보고 있었다.

저기 옆에서 목도리가 찢어진 반드르와 안경이 깨진 오스카가 길길이 날뛰며 102차전에 돌입했지만, 도저히 류티리스에게서 눈을 뗄 수 없었다.

"당신은 우리나라에 공헌한 바가 큽니다. 사람, 동물, 초목, 생명이 깃든 모든 것이 당신의 도움을 받았습니다."

메일이 없었으면 인적 피해만 해도 현재의 수십 배에 달했을 것이다.

누구나 할 수 있는 일이 아니었다. 가히 기적과 같은 치유사였다.

"모두 당신에게 감사하고 있어요. 말로는 다 표현하지 못할 정도로."

땅끝 너머에서 찾아온 『서쪽 바다의 성녀』.

한때 교회의 눈을 속이려고 쓰던 호칭이 지금은 많은 동포가 인정하는 경칭이 되었다. 그렇기에—.

"자랑스럽게 여기세요. 왜 가슴을 펴지 않나요?"

"그건…… 그야……."

"밀레디가 깨어나지 않아서?"

"……."

"오스카의 동생을 고쳐주지 못해서?"

"……."

"그리고 대수도?"

까득, 어금니가 갈리는 소리가 났다.

"그래! 항상 중요할 때, 가장 고치고 싶은 걸 못 고쳐! 그런데 뭘 자랑하라고!"

화풀이임을 알면서도 메일은 류티리스를 노려봤다.

"자신만만하게 떠들어 놓고 너의, 너희의 소중한 대수에도 내 힘은 아무 도움도 안 됐어. 웃어. 차라리 욕을 해. 쓸모없는 인간이라고!"

격앙해서 퍼붓는 말은 메일이 류티리스에게 처음 들려주는 약한 속마음이었다.

그래서 류티리스는 웃었다. 미소 지었다. 기쁘게. 사랑스럽게.

그리고 나무라듯이.

"사람은 신이 아니에요, 메일."

메일은 말문이 막혔다. 앓는 소리를 내고 볼을 붉혔다. 오만하다고 지적받은 것 같아서 치미는 수치심이 목구멍을 틀어막았다.

"대수가 그렇게 된 건."

조용히 다가온 류티리스는 그 가늘고 하얀 손가락으로 메일의 머리를 빗었다.

"대수가 자신의 의지로 행한 일이에요. 설명해 드렸죠?"

"그건…… 그렇지만……."

그 손이 몹시 부드러운 탓일까. 평소라면 바로 쳐냈을 손길을 거부할 수 없었다.

몸을 맡긴 채로 떠올린다. 대수가 지금 어떤지를.

대수 우아 아르트. 공화국의 상징이자 중추. 이번 전쟁에서 그 최심부로 사도가 침입하여 중핵을 공격당했다.

하늘을 찌를 법한 천 미터를 넘는 나무가 지금은 약 400미터 높이로 내려앉았다. 웅장한 기둥에는 많은 균열이 생겼고 잎은 대부분 떨어졌으며 가지는 눈에 보일 정도로 생기를 잃었다.

당연히 메일은 대수에도 재생 마법을 걸었지만…….

"대수는 지금 여왕의 권능 외에는 아무것도 받아들이지 않아요. 여왕인 저도 최심부의 문은 열지 못하죠."

여왕의 증표이자 대수에게 선택된 자의 증거—『수호장』.

그 지팡이의 소유권을 가진 류티리스는 대수 내부의 구조 변화, 안개 조종, 수해 재생 등 권능을 부릴 수 있었다.

하지만 그 외의 모든 힘은 차단당했다. 예컨대 뿌리 조종이나 지하 출입도.

그것은 어떤 이유로든 심층부에는 간섭할 수 없다는 대수의 의사 표명이었다.

대수의 수호자인 수해의 여왕조차 그런 상황이었다.

아무리 신대 마법 사용자라고 할지라도 예외는 아니었다.

"죽은 게 아니에요. 조금씩 스스로 치유하고 있죠."

다시 말해 대수는 지금 껍데기에 틀어박힌 거북이처럼 방어 모드에 들어갔다는 것이 류티리스의 견해였다.

"자유로운 의사를 존중한다. 그게 해방자의 신념이에요. 그렇다면 『메일에게 의지할 필요도 없어~. 알아서 나을 테니까 괜찮아~』라는 대수 우아 아르트의 자유의사도 존중해주세요."

"······그 말투는 또 뭐야."

쓰다듬던 손을 멈추고 류티리스는 메일 앞에 무릎 꿇었다.

앞에 있는 메일의 무릎에 두 손을 얹고 확신에 찬 눈으로 올려다봤다.

"밀레디는 반드시 눈을 떠요. 반드시요."

"······."

"오스카의 동생들도, 다른 분들도 반드시 정신을 되찾고요.

왜냐하면……."

류티리스는 손가락으로 메일을 가리켰다.

"당신은 포기하지 않았어요. 지금 이 순간에도 노력하고 있죠. 자는 시간도 아끼며 자기 재능을 승화시키려고 해요."

손가락 끝에는 메일이 손장난을 하던 광석— 오스카에게 부탁해서 나눠 받은 『봉인석』이 있었다. 이 세계에서 『마력을 튕겨 내는 특성』이 가장 강하여 감옥이나 구속구에 사용된다.

메일은 신대 마법 사용자라도 간섭하지 못하는 그 돌에 끊임없이 손상 재생 마법 『괴각』과 손상 복원 마법 『절상』을 걸고 있었다.

할 일이 없다고 하면서도 사실은 쉴 새 없이 훈련을 계속하고 있었다. 오스카나 다른 동료와 마찬가지로.

"포기하지 않아요. 불가능하다고 생각해도, 벽이 아무리 높고 두꺼워도 절대로—. 그렇게 당신들은 『절대적』이라고 믿었던 것들을 극복해 왔어요. 그렇죠?"

그러니까 이번에도.

"아무런 문제도 없어요. 낙담할 필요가 어디 있나요."

그렇게 말을 끝맺은 류티리스는 숲으로 새어드는 햇살 같은 미소를 지어 보였다.

메일은 잠깐 멍하게 있다가 고개를 홱 돌렸다.

"……너, 아까부터 좀 건방지다? 변태 여왕 주제에."

"감사합니다."

그 순간 신비함이 신기루처럼 사라졌다.

메일은 생각했다. 「이, 이 녀석, 설마 이중인격은 아니겠지?」라고. 그만큼이나 놀라운 변모였다.

역시 타고난 변태면서 그 사실을 국민에게 완벽하게 숨겨온 실력이다.

그러나 은근슬쩍 손을 포개고 끈적하게 주물거리는 것은 못 참겠다.

검지 관절을 뒤로 꺾어 버릴까 생각하는데…….

"끝이다, 망할 안경잡이!"

"크하악?!"

마침 102차전이 종료됐다. 오스카가 땅과 수평으로 날아오고 있었다. 류티리스의 등을 향해서. 당연히 둘은 세차게 충돌했고…….

"꾸이익♡"

힘차게 고꾸라진 류티리스는 정면에 있던 메일의 무릎에 안면을 강타. 돼지 멱따는 비명과 함께 우두둑 하고 끔찍한 소리도 났다.

"어머나. 순식간에 중상이구나."

"아이차아암~♡ 이런 데서 깜짝 선물을!"

류티리스는 엉뚱한 방향으로 휘어진 코는 내버려 둔 채로 두 손으로 얼굴을 덮고 브릿지 자세로 격통과 환희를 드러냈다. 손가락 사이로는 코피가 범람했다.

"크으, 류, 미안! 괜찮아?!"

같은 격통으로 몸을 웅크렸던 오스카가 비지땀을 흘리면서도 사과했다.

"안 괜찮아요! 오스 씨, 잔인한 사람! 멋져요!"

"다행이야, 평소랑 똑같아서."

"다행도 아니야. 봐, 이 더러운 모습."

환희의 브릿지를 하면서 움찔움찔 경련하고 꾸익꾸익 황홀한 소리를 내는 여왕의 모습은 차마 눈 뜨고 봐주기 힘들었다.

공화국 국민이 보면 트라우마가 될 것 같았다. 특히 아이들에게는 절대로 보여줄 수 없었다. 성적 취향이 뒤틀릴 위험성이 있다. 어쩜 이리도 정서 교육에 안 좋은 여왕이 있단 말인가.

그래서 메일이 한 손으로 고쳐 버렸다.

또 공화국에 혁혁한 공헌을 해 버렸다고 메일이 가슴을 폈다. 우쭐우쭐.

참고로 진지한 상황이 아니면 류티리스는 오스카를 『오스 씨』, 반드르를 『반드 씨』, 나이즈를 『나즈 씨』라고 부르기로 한 모양이다.

평범하게 이름을 불러달라고 몇 번 긴히 아뢰었지만, 역시 무슨 일이 있어도 별명을 부르고 싶다며 말을 듣지 않았다.

원래 첫 친구인 바ㅇ벌레에게 『준동암흑의 우로보로스』, 두 번째 친구인 맹독 나비에게 『극채만사의 디트릭스』라는 이름을 붙이는 끔찍한 작명 센스의 소유자라서 이 또한 불가피한 결말인지도 모른다.

아무튼 각설하고.

떨어진 가지와 잎을 발로 차며 난폭한 걸음걸이로 반드르가 다가왔다. 보란 듯이 불만 가득한 얼굴이었다.

"흥. 이제 좀 네 비참함을 이해했나?"

"언니, 언니. 의역하면 『이제 좀 스트레스가 풀렸나?』가 맞나요?"

"류, 훌륭한 츤데레 언어 번역이야."

"거기! 닥치고 있어!"

수군대는 여자 둘을 확 노려보며 반드르는 『보물고』에서 새로운 목도리를 꺼냈다.

"……어쩌라는 거야."

분한 기색이 역력한 오스카는 『보물고』에서 새 검은 안경을 꺼내고 일어나서 절도 있게 착용했다.

"발전한다는 느낌이 안 들어. 강해진다는 실감이 안 나."

"말했을 텐데. 밀레디의 그 힘은 비정상이라고."

반드르도 목도리를 둘둘 감았다.

"하루아침에 얻을 수 있을 리 없지."

"그래도 도달해야 한다고! 안 그러면 밀레디는, 또!"

같은 신대 마법 사용자를 찾아 헤맨 이유는 밀레디가 바랐기 때문이었다.

자신과 나란히 설 자를.

등을 맡길 자를.

그렇다면 오스카와 동료들도 도달해야 한다. 사도를 압도하는 경지에.

그러지 않으면 밀레디는 또 『홀로 지켜낸 자』가 되고 만다.

"그렇다고 무턱대고 덤벼서 될 일이면 아무도 이 고생 안 해."

냉철하게 내려다보며 목도리를 슥 올렸다. 입과 함께 반드르의 표정이 가려진다.

"그렇게 단정하는 이유는?"

눈살을 찌푸리며 안경을 슥 올렸다. 렌즈가 빛을 반사해 오스카의 표정을 숨긴다.

"밀레디는 극한 상황에서 그 힘을 얻었잖아?"

"그래서 자신을 몰아붙인다고? 하, 극한은 무슨. 네가 하는 짓은 그냥 떼쓰기지."

"엉?"

"뭐?"

두 사람은 딱 달라붙어서 눈싸움을 벌였다.

"아, 안 되겠어요, 언니! 대화 내용이 머리에 안 들어와요! 안경이랑 목도리 때문에! 물 흐르듯 자연스럽게 장착했어요!"

"야, 말로 하지 마! 분위기 보고 웃음 참는 중이었는데! 여벌이 몇 개냐고 묻고 싶은 것도 참았는데!"

"봐요, 언니. 슥! 슥! 동작도 똑같고 표정 가리는 효과까지 똑같아요! 얼마나 사이좋은 거예요!"

"푸핫. 그만, 배 아파!"

그것을 보면서 메일과 류티리스는 웃음을 참느라 부들대고 있었다. 류티리스는 슥슥 흉내까지 냈다.

굉장히 즐거워 보인다.

남자들은 심각한데 여자들은 웃고 떠든다. 온도 차가 극심했다.

야, 여자들 웃지 마아~ 라고 말하고 싶지만 꾹 참는 남자들. 서로 노려보면서도 『보지 않는다, 듣지 않는다, 관심 주지 않는다』로 암묵의 합의를 봤다.

그렇게 오스카가 뜻대로 되지 않는 초조와 짜증을 끌어안은 채, 피폐한 몸으로 무작정 훈련을 재개하려는데…….

"뭐지, 이 혼란한 상황은?"

짙은 안개를 헤치고 기막혀하는 목소리가 들렸다.

"어머, 나이즈. 어서 와."

"나즈 씨, 수고 많으셨어요."

"아니, 나즈 씨라고 하지 말라고 내가 그렇게……."

최근 주름이 늘어난 것 같은 나이즈였다.

그 어깨에는 작고 검은 물체가 올라가 있었다. 준동암흑의 우로보로스 씨였다. 풀어서 말하면 여왕님의 친구, 바퀴벌레다.

처음에는 매번 비명을 지르던 해방자들도 이제는 익숙해지고 말았다. 왜냐면 우로보로스 씨는 저절로 『씨』를 붙이게 될 정도로 부지런하고 배려심 있고 의협심이 넘치니까.

지금도 「가 보마, 친구! 길 안내가 필요하면 언제든지 나를 불러라!」라고 위풍당당한 자세와 더듬이를 붕붕 휘둘러 표현하고는 바람처럼 숲 속으로 사라졌다.

감사 인사조차 바라지 않는 그 자세, 수해 최고의 인격자—아니, 충격자.

"나이즈, 이제 왔어? 우루루크와 쿠오우는?"

"쉬어. 좀 무리한 일을 시켜서."

"그래? 그럼 그 일은 어떻게 됐어?"

"문제없어."

나이즈가 고개만 돌려 뒤로 눈짓하고 반드르는 흡족하게 고개를 끄덕였다.

오스카가 나이즈에게 잘 돌아왔다고 말하면서도 의아한 표정을 지었다.

공간 전이라는 가장 빠른 이동 수단을 보유한 나이즈는 전령이나 운반책으로 최적의 인재였다. 여기에 반드르의 종마인 비룡 우루루크와 빙설랑 쿠오우가 합세해 나이즈가 마력을 회복하는 와중에도 쉬지 않고 이동하면 그 이동 범위와 속도는 상상을 초월한다.

그래서 나이즈는 종전 직후부터 종마 두 마리의 협력을 얻어 동분서주했다.

약 일주일 전에도 한 번 돌아와서 바로 제국으로 갔다가 지금 돌아온 참인데…….

"그 일이라니?"

당연히 오스카는 나이즈가 전달하는 보고, 연락, 상담의 내용을 파악하고 있었다.

그렇기는 하지만…… 반드르와 나이즈의 눈빛 교환을 보면 오스카가 모르는 반드르의 개인 의뢰가 있었나 보다.

그 의문의 해답은 바로 밝혀졌다.

"저, 저기…… 오빠?"

"······?! 콜린?! 왜 여기에 콜린이?!"

나이즈 뒤에서 빼꼼 머리를 내민 것은 오스카의 동생 콜린이었다.

콜린을 포함한 라이센 지부 멤버는 지금 여러 그룹으로 나뉘어 흩어져 있었다.

마셜과 미카엘라는 【오디온 연방】의 동향을 감시하기 위해서, 배드가 임시 지부장을 맡은 【앙그리프 지부】로.

슈슈를 비롯한 라이센 지부의 행동 부대 및 슈네 일족은 그대로 제국 지부에.

그리고 콜린 같은 비전투원은 【백색 대수해】와 【흑색 대설원】의 경계 부근에 있는 남부 대륙 북동쪽 숲에 있는 새로운 은신처에.

통칭 『성모향(聖母鄕)』.

『신병 창조 계획』 피해자와 대 신대 마법 사용자 부대 『키메라』 인원 및 피험자들을 위해서 특별히 요양 설비를 갖춘 마을이었다.

콜린이 합류한다는 이야기를 듣지 못한 오스카는 예기치 않은 재회에 적잖이 놀란 눈치였다.

"어떻게 된 거야, 망할 목도리!"

"잘 들어라, 망할 안경잡이."

자연스럽게 주고받는 욕을 듣고 나이즈는 관자놀이를 꾹꾹.

콜린은 눈을 깜빡깜빡.

"네 쓸모없고 무의미하고 민폐만 끼치는 작태에 계속 시간을 뺏길 수는 없지. 그래서 나이즈에게 부탁해서 특효약을 가지고 오게 했다."

"특효약이란 게 설마……."

"그래. 바보는 약으로도 못 고친다고 하지만, 중증 시스콤인 너에게는 이게 직방이지. 자, 콜린! 이 멍청이가 얼마나 멍청한지 알려줘라!"

그렇게 된 일이었다.

오스카가 콜린을 휙 돌아봤다.

콜린은 아마 나이즈에게 사정을 들었는지 동요하지도 않고 반드르를 보고, 나이즈를 보고, 메일과 류터리스에게도 눈길을 보내고 마지막으로 빤히 오빠를 바라보더니…….

"오빠. 밀레디 언니 이야기, 들었어."

"그, 그래?"

천천히 걸어오는 콜린에게서 왠지 모를 박력을 느꼈다.

비유하자면 고아원에서 지낼 때 사고를 친 오스카에게 웃으면서 혼을 내던 모린 엄마와 같은 박력.

오스카 오빠는 자연스럽게 주눅 들어 뒷걸음쳤다.

"걱정되지?"

그러면서 콜린은 정말로 걱정스럽게 눈썹을 팔자로, 작은 어깨를 힘없이 늘어뜨렸다.

오스카는 퍼뜩 깨달았다.

콜린은 밀레디를 무척 좋아했다. 충격받았을 동생 앞에서 묘한 박력이 어쩌고 말할 상황이 아니었다.

"괜찮아, 콜린. 다른 사람도 아니고 밀레디잖아. 누가 마음대로 할 수 있겠어? 자기가 일어나고 싶을 때 불쑥 일어나서 또 귀찮게 굴겠지."

동생 앞에 서면 언제나 든든하고 멋있는 오빠가 되고 싶은 법. 설령 아무리 속이 뒤집어져도 이건 조건 반사다.

콜린 앞에 무릎 꿇어 눈높이를 맞추고 웃는 얼굴로 단언해도 어쩔 수 없다.

그래서 콜린도 생긋 웃었다.

"응! 콜린도 그렇게 생각해! 오빠랑 다른 사람들이 무사해서 다행이야…… 정말로 다행이야. 다들 엄청엄청 걱정했어. 빨리 만나고 싶다고."

"응, 그래. 나도 빨리 만나고 싶어."

물론 그때는 건강해진 밀레디도 함께.

역시 강한 유대감으로 묶인 가족답게 말로 하지 않은 마음도 콜린에게는 분명히 전해졌고—.

"그러니까 오빠도 무리하면 안 돼."

"어? 어, 응. 그래야, 겠지?"

어라? 왜 갑자기 이야기가 그쪽으로? 오스카 오빠가 안경을 올려 쓰려는데— 그 전에 손을 붙잡혔다. 콜린의 고사리 같은 두 손에.

"오빠, 그거 버릇이야. 할 말 없거나 말 돌리고 싶을 때 안경 올리는 거."

"으응?! 내, 내가 언제 그랬다고."

콜린의 안경 올리기 캔슬에 주위에서 탄성이 쏟아졌다.

"오빠, 표정이 무서워. 웃고 있어도 콜린은 알아."

자기 두 손을 감싸고 물끄러미 바라보는 동생을 보며 오스카는 생각했다.

고아원을 나와 『해방자』에 들어온 뒤로 콜린은 특히나 성장했다.

몸뿐 아니라 마음이 크게.

똑 부러진 누나가 다 됐다.

하지만 그런 평가로도 한참 부족했다. 지금 콜린은 방금 생각한 대로 모린 엄마를 방불케 했다.

그게 무슨 소리인가 하면, 저절로 머리가 숙여진다는 뜻이다.

"오빠가 얼마나 힘든지, 콜린은 잘 몰라. 그래도 있지."

지금 오빠를 보면 밀레디 언니는 슬퍼할 거다.

"평소대로 멋진 오빠가 되면, 분명히 전부 다 잘 풀릴 거야."

왜냐면.

"항상 그랬잖아?"

그러니까.

"초조해하지 마, 오빠. 알았지?"

그러면서 콜린은 포근하고 자애롭게 미소 지었다.

참고로 올해로 여덟 살이다.

오스카는 털썩 두 손으로 땅을 짚었다.

"콜린……. 오빠가 잘못 생각했어."

힘이 빠졌다. 꽁꽁 뭉쳐 있던 마음이 풀리는 것처럼. 마치 하늘에서 한 줄기 광명이 비친 것처럼.

오빠의 그, 좀 위험한 사람 같은 분위기에 콜린이 살짝 당황하지만, 지금 콜린은 슈퍼 얼티밋 성녀(8세).

"아니야. 잘난 척해서 미안. 오빠는 잘못 없어. 너무 열심히 했을 뿐인걸."

그렇게 말하면서 앓는 소리를 내는 오스카의 머리를 끌어안았다.

모성과 포용력이 어마어마했다. 콜린은 여덟 살이다.

후광까지 보이는 것 같았다. 다시 말하지만 콜린은 여덟 살이다.

"으으, 내 동생이 너무 천사 같아서 괴로워……."

오스카의 떨리는 목소리는 과연 자괴감 때문인가, 아니면 동생의 진화나 다름없는 성장에 대한 경악인가.

"엄마……."

"마망……."

글러 먹은 메일 누님과 변태 여왕 류티리스가 이상했다.

아니, 원래부터 정신 상태가 이상했지만, 지금은 더 이상했다.

두 사람이 함께 정화된 것처럼 맑은 표정이었다. 이대로 바람이 불면 가루가 되어 사라락 사라져 버릴 꼴이었다.

"설마…… 특효약인 줄은 알았지만, 이 정도였다니……."

반드르는 동요했고 나이즈는 먼 곳을 바라봤다.

"사실 마을에서 데리고 나올 때도 힘들었어."

"……? 무슨 일 있었어?"

"마을 사람들이 뜯어말리더군. 콜린을 데리고 가지 말라고. 울면서 매달리는 사람도 있고……. 내가 악당 같았어."

"그렇군. 대강 이해했어."

마왕국과 대설원 사이의 숲에 머물던 때부터 이미 조짐은 있었다. 전투원과 비전투원을 막론하고 지친 어른들, 심지어 알게 된 지 얼마 되지 않은 슈네 일족과 요양자, 피험자들까지 하던 말이 있다.

—대성모 콜린.

—최강의 정화 어린이.

—왜 재생 마법 사용자가 콜린이 아니라 글러 먹은 메일인가.

—콜린 마마 응애.

선천적인 상냥함과 온화한 분위기, 은근한 배려심에 마음이 정화되지 않은 사람은 없었다.

익숙하지 않은 『해방자』 생활에도 불만 한마디 하지 않고 오히려 솔선해서 사람들의 뒷바라지를 하고 돌아다녔다. 하지만 절대로 억지로 하는 기색은 없었다. 조금이라도 도움이 되어 기쁘다고 웃는 모습에 기특하다는 말밖에 나오지 않았다.

게다가 최근에는 실력도 붙기 시작했다. 가사는 만능에 가깝고 손재주도 뛰어났다.

그것이 곧 자신감으로 이어져서 콜린의 마음을 강하게 지탱해줬다.

시야가 넓어지고 많은 곳으로 눈을 돌리게 됐다.

그 결과, 여덟 살 여자애에게 있을 리 없는 『포용력』까지 생긴 것이다.

마을 이름이 누구를 가리키는지는 일목요연. 만장일치의 결정이었다.

"반. 호위로 붙여준 네 종마들 말이다만…… 이제 네 명령은 안 들을지도 몰라."

"그, 그러냐……."

종마조차 절대복종해야 할 반드르보다 콜린을 우선할 것처럼 따르고 있었다.

세상 풍파에 찌든 어른들은 말할 것도 없었다.

마지막까지 「콜린, 빨리 돌아와야 해!」, 「내일부터 뭘 희망으로 살아가야 하지……」, 「오스카 그 자식, 오빠라니 부럽잖아. 질투 나……」라며 비관과 절망과 질투가 소용돌이치는 은신처의 남녀노소를 보고 나이즈는 전율할 수밖에 없었다.

이, 이 인간들, 완전히 약물 중독자잖아! 콜린, 무서운 아이! 라고.

그중에서 정상은 모린 엄마와 루스뿐이었다.

두 사람이 없었으면 마을 사람들을 설득하느라 더 많은 시간이 소요됐을 것이다.

물론 나이즈에게 가장 무서운 것은 따로 있었지만.

—나이즈 님? 왜 콜린만 데리고 가시죠? 저는요?

그렇게 나이즈에게 병든 눈으로 암흑 오라를 뿌리는 수샤를……

—수 언니. 콜린이 없는 동안 환자분들을 잘 돌봐주세요.

―아니, 콜린. 나는 이번에야말로 나이즈 님 곁에―.

―되도록 빨리 올게요. 알았죠?

―그, 그렇지만 나이즈 님을―.

―수 언니.

―윽……

―부탁드릴게요.

―네…… 잘할게요.

미안하게 『부탁』해서 제정신으로 되돌려놓았다.

틈만 나면 병드는― 아니, 일편단심인 언니를 제정신으로 되돌리는 역할은 언제나 동생 윤파의 몫이었건만…….

『모두의 어머니』인 모린의 뒤를 잇는 콜린에게 수샤는 요즘 강하게 나가지 못했다.

그렇게 회상이니 대화니 하는 사이에 오스카가 부활했다.

"큼, 으흠!"

오스카는 왠지 고개를 돌리고 헛기침만 하고 있었다.

어색해서겠지. 여러모로.

그래서 대신 대성모 콜린이 성모의 면모를 선보였다.

"메일 언니, 반 오빠, 오랜만에 봬요! 두 분 다 건강해 보여서 다행이에요!"

"콜린, 잠깐 안아 봐도 되겠니? 아니, 반대로 안아주면 안 되겠니?"

"잘 왔다, 콜린. 큰 도움이 됐어."

메일 언니는 좀 참아. 그런 마음의 소리가 들릴 듯한 쓴웃음이 콜린의 얼굴에 떠올랐다. 하지만 똑 부러진 여덟 살은 보고도 못 본 척할 줄도 안다.

네 발로 기어서 다가오는 메일을 슬쩍 피하고 류티리스 앞으로 갔다.

"저, 그, 여왕님이신가요? 처음 뵙겠습니다! 오스카 오빠 동생인 콜린이에요! 오빠랑 잘 지내주셔서 고마워요!"

콜린이 꾸벅 인사했다. 굉장히 긴장한 분위기였다.

앞에 있는 사람은 일국의 여왕님이고, 심지어 난생처음 보는 신비로운 미녀였다.

그것만으로도 몹시 긴장되는데, 반드르가 사전에 허가했다고는 하나, 원래 이곳은 자신 같은 서민 아이가 들어와도 되는 곳이 아니란 사실을 아는 콜린은 무슨 실수라도 하지 않았는지 신경 쓰여서 예의를 차리려고 필사적이었다.

그 예의 바르고 기특한 반응에 모두 마음이 훈훈해졌다.

류티리스는 순식간에 표정을 고쳤다.

"안녕하세요, 콜린. 저는 공화국 여왕 류티리스 하르치나예요. 만나서 반가워요."

신비로운 분위기. 몽환적으로 아름다운 미소. 흘러넘치는 기품과 위엄.

류티리스는 한쪽 무릎을 꿇고 콜린의 손을 잡았다.

콜린의 볼이 확 붉어졌다. 숲의 여왕님에게 매혹되었다!

주변 인물들은 생각했다. 아니, 참지 못하고 말했다.

"콜린! 속으면 안 돼! 그 녀석은 정신 나간 변태야!"

"그래, 콜린! 지금 당장 떨어져! 더러운 게 옳아!"

"나이즈! 저게 정서 교육의 천적이라고 안 알려줬어?!"

"큭, 미안하다. 가혹한 현실을 어떻게 전할지 망설이다가……
간접적인 표현을 골랐어."

콜린이 당혹스러운 표정을 짓고 류티리스와 다른 이들을 번
갈아 봤다. 그리고 동시에 떠올렸다. 그러고 보니 나이즈 오빠
가 말하지 않았던가……

『특수한 성격이니까 원래 그런 생물이라고 여기고 깊이 생
각하지 마. 헉헉대기 시작하면 눈을 돌려. 콜린은 착한 아이
니까 절대로 보면 안 돼…….』

분명히 그렇게 주의했었다.

콜린의 발이 슬그머니 뒤로 빠졌다.

어린애가 무서워하면 이 변태는 더 좋아하지 않을까? 콜린
앞에서 못 볼 꼴을 보이지 않을까?!

일동은 경계했다. 도화선에 불이 붙은 폭탄을 보는 기분으로.

하지만 의외로 류티리스는 옆으로 털썩 주저앉으며 슬픈 표
정을 지었다.

"너무해요……. 저는 수해에서 나간 적도 없고 여왕이라서
대등한 친구도 없어요……. 그래서 바깥 세계의 상식이 부족
할지는 모르지만……."

일동은 생각했다.

이 자식, 콜린 앞에서 『멋진 여왕님』을 연기할 작정이다! 그
리고 누구에게도 이해받지 못하는 가엾은 피해자인 척 성모

콜린에게 보호받을 생각이다!

"거짓말하지 마! 바ㅇ벌레랑 독 나비는 친구 아니었어?!"

"바깥 세계 상식은 무슨! 친구를 어떻게 대할지 모를 뿐인 것처럼 말하지 마! 원래 넌 상식 밖에 있었어!"

"매도와 폭력에 느끼는 변태 주제에!"

"어서 본성을 드러내!"

콜린 앞에서 변태짓을 했다가는 가차 없이 날려 버릴 생각 이었는데 왠지 변태성을 드러내라고 요구하고 있었다.

하지만 어쩌겠는가.

콜린 앞에서 변태짓은 용납되지 않는다.

하지만 콜린이 변태에게 경애심을 품는 건 더 용납할 수 없다!

그야 이 인간은 정말로 답도 없는 변태니까!

"흐흑, 너무들 하세요. 저는 지극히 평범하고 진지하고 책임감 강한 여왕일 뿐인데……. 친구라고 생각한 건 저뿐이었군요……."

""""이 자식이.""""

"콜린? 당신은 알아주시겠죠?"

류티리스는 끝까지 성실하고 가련한 여왕님 연기를 밀어붙 였다.

콜린의 표정이 당혹스럽게 변하고…….

"저기…… 여왕님."

"네, 뭔가요?"

"신대 마법을 쓰는 사람은 거의 다 『그런 성격』이니까 진짜 여왕님이 어떻든 신경 안 써요."

""""""으윽?!""""""

세계 최강의 마법사들이 동시에 벼락이라도 맞은 것처럼 경직했다.

그런 성격.

그렇다. 그런 성격이다…….

"콜린?! 그런 성격이 뭐야?! 오빠를 이상한 사람이라고 생각했어?! 오빠 좀 충격인데?!"

오빠는 필사적이었다. 콜린은 그저 애매하게 웃어넘기려고 한다.

이래서는 안 된다. 양심과 치유의 화신인『모두의 여동생』이란 인식을 한시라도 빨리 개선해야 한다.

그런 고로 오스카뿐 아니라 전원이 콜린을 둘러싸서 자기 어필을—.

"그런 것보다도!"

""""""그런 것보다?!""""""

작은 손으로 짝 손뼉 한 번. 세계 최강 마법사들의 마음과 이야기를 딱 잘라 버린 콜린은 중얼거리다시피 말했다.

"밀레디 언니도 만나고 싶어……."

일동의 기세가 꺾였다. 듣고 보니 그렇다.

"그래, 콜린. 온 김에 밀레디를 만나봐."

"후후, 밀레디니까 콜린이 만나러 온 걸 알고 벌떡 일어날지도 몰라."

오스카와 메일이 부드럽게 미소 지었다.

반드르가 눈으로 류티리스에게 물었다. 왕궁에 새로운 인간이 들어가도 되겠냐고.

물론 거절할 리는 없었다.

오스카의 동생이고 작아도 어엿한 해방자의 일원이니까.

그 증거로…….

"마을 환자들이 걱정되니까 3일밖에 못 있지만…… 밀레디 언니 간호는 맡겨줘, 오빠."

자기 역할을 잊지 않는다. 할 수 있는 일을 찾아서 실천한다.

오스카는 동생의 성장을 실감하고 눈시울이 뜨거워졌다. 그 반응은 이미 오빠를 넘어 아빠…….

"콜린, 일주일은 있어도 되지 않을까?"

오히려 오스카가 헤어지기 아쉬운 마음에 그런 소리를 하고 말았다.

"안 돼."

"왜? 요양 마을이 그렇게 바쁘지는 않을 텐데……."

"그건 그렇지만, 마음은 아니니까."

"마음?"

"응. 루스 오빠도 엄청 만나고 싶었을 테니까……."

"콜린……."

오스카 오빠의 눈물샘은 무너지기 일보 직전이었다.

자기만 먼저 재회했다. 전쟁에 나가서 누구나 진심으로 걱정하는데 자기만.

그렇다면 마음대로 굴 수는 없다. 설령 더 오래, 하다못해 밀레디가 깨어날 때까지 곁에 있고 싶다고 생각하더라도.

그런 기특하고 이타적인 콜린을 보고 다른 이들도 천사가 내려왔다며 눈망울이 그렁그렁해지고⋯⋯.

"무엇보다도."

"응? 훌쩍, 뭐라고?"

"수 언니가 이상해지니까."

"⋯⋯."

"빙글빙글 도는 새까만 눈알에서 못 돌아오니까. 윤도 수단을 안 가리게 되니까. 그러면 결국 나이즈 오빠가 봉변을⋯⋯."

"오스카, 콜린한테 억지 부리지 마! 3일이다. 콜린이 보는 수샤의 한계치! 말린다면 설사 신이라도 용서하지 않겠다!"

나이즈 오빠는 필사적이었다.

요즘 점점 더 애정이 깊어져 점점 더 병들기 쉬워진 수샤와 반대로 냉정함이 늘었지만 점점 더 음흉하게 나이즈 포위망을 굳혀 나가는 윤파.

순수(?)한 호의니까 기쁘지 않을 리 없다.

그렇기는 하지만⋯⋯.

상대가 열두 살과 여덟 살이지 않은가! 그리고 나이즈는 곧 서른이다!

이 세상은 잘못됐다고 주장하는 조직의 일원인데 방심해서 그녀들의 수작에 넘어가기라도 하면⋯⋯.

너야말로 인간적으로 잘못됐다고 가증스러운 신이 지적해도 할 말이 없다!

"콜린은 이제 두 사람을 말릴 마지막 억제제야. 반드시 돌아가야 해!"

떨어져 있어도 나이즈의 동향을 완벽하게 파악하는 수샤. 시공마저 가볍게 뛰어넘는 사랑에 나이즈가 사시나무처럼 떨었다. 류티리스가 고개를 갸웃했다.

"저는 이야기로만 들었지만…… 그 두 분은 그렇게 주의가 필요한 인물인가요? 나즈 씨가 당할 것 같지는 않은데요."

"아뇨, 둘 다 착해요."

심성도 배려심도 콜린과 비견할 만하다.

"그래도 사랑에 빠진 소녀니까."

사랑하는 임을 생각하면 폭주해도 어쩔 수 없다. 그렇게 말하며 콜린은 웃었다.

모두 한마음으로 생각했다. 콜린은 속이 너무 넓다고.

"어서 돌아가지 않으면 마을 사람들이 걱정하겠군."

"이 모성, 한번 빠지면 쉽게 헤어 나오긴 힘들겠어."

"콜린, 무서운 아이!"

"응?"

왠지 전율하는 듯 보이는 오빠, 언니들을 보고 콜린은 의아해할 따름이었다.

그런데 그때, 초목을 밟는 거침없는 발소리가 들렸다.

모두 그쪽으로 눈을 돌리고 몇 초 후.

짙은 안개를 헤치고 나타난 것은 한 표인. 지적인 미모를 가진 근위 전사단 전사장 크레이드였다.

어지간히 급하게 왔는지, 공화국 최강의 검사인 그가 바로 말을 꺼내지 못할 만큼 가쁜 숨을 내쉬고 있었다.

"크레이드? 왜 그렇게 급하게 오셨죠? 설마 신국이나 연방 쪽에 움직임이라도?"

"아, 아닙니다, 그런 것이 아니라."

한 차례 심호흡 후, 크레이드는 비상사태라기에는 너무 밝은 표정으로 목청을 올렸다.

"밀레디 님이— 눈을 뜨셨습니다!"

대망의 보고가 울창한 숲 속에 메아리쳤다.

숨을 헉 들이켠 사람은 누구였을까.

이것도 대성모 콜린의 축복인가……. 그런 농담을 가슴속에 품고 일동은 서로를 돌아봤다. 그리고 잠깐의 침묵 후, 기쁨을 주체하지 못하고 일제히 달려 나갔다.

밀레디가 누워 있던 곳은 전에 배정받은 그 방이었다.

여왕의 방에서 엎어지면 코 닿을 곳이었다.

대수가 약 600미터나 내려앉았어도 원래 알현실과 비슷한 높이에 있어서 지금은 지상에서 가까워져 오히려 출입하기 편해졌다.

오스카가 한 팔로 안아 든 콜린이 너무 빠른 속도에 비명을 질렀고, 반색하며 달리는 여왕 일행을 보고 눈을 동그랗게 뜬 사람들을 지나치며 단숨에 대수 기둥을 달려 올라갔다.

"지름길을 만들게요!"

류티리스가 수호장을 휘둘러 기둥에 구멍을 내고 내부로 뛰어들었다.

"뭐, 뭐야?!"

순찰 중이던 전사(아저씨)가 펄쩍 뛰어오르지만 무시한다.

쏜살같이 복도를 달리다가 앞쪽에 사람이 몰려 있는 것을 발견했다.

밀레디의 방이었다.

하지만 왜일까…… 기묘한 분위기가 감돌았다.

분위기 메이커인 밀레디가 일어났으면 소란을 떨 테고, 그러면 주변 사람도 덩달아 떠들썩해지고는 했다.

그런데 지금은 분위기가 묘하게 진지하다고 해야 하나…….

"밀레디!"

왠지 모를 불안 때문에 오스카는 무심결에 소리쳤다.

인파가 일행을 알아보고 서둘러 길을 터줬다.

바로 밀레디의 방으로 들어가 보니―.

"……오 군?"

정말로 밀레디는 깨어나 있었다.

침대 위에 오도카니 앉아 두꺼운 흰 원피스를 입어 맨발이 살짝 드러났다.

묶지 않은 풍성한 금발이 환상적으로 물결쳤고 무릎 위에 올린 손바닥 위에는 말랑한 슬라임― 반드르의 종마 버틀럼

이 타고 있었다.

　사도와 싸울 때 밀레디의 방패가 되어 하마터면 소멸할 뻔했으나, 핵은 기적적으로 무사하여 금방 부활할 수 있었다. 그 후로 버틀럼은 잠든 밀레디를 지키며 돌보았다.

　버틀럼을 향해 있던 밀레디의 눈동자가 오스카에게로 돌아갔다. 쾌청한 하늘을 담은 것 같은 푸른 눈동자가 멍하게 오스카에게 고정됐다.

　형용하기 어려운 안도감이 사람들의 가슴에서 흘러넘쳤다.

　침대 건너편에서 묘인 노인— 파샤 미르 재상이 콧잔등에 주름을 잡고 밀레디를 살펴보는 것이 신경 쓰이지만…… 어쨌거나 밀레디는 깨어났다.

　흐릿해지는 눈을 닦지도 않고 콜린을 내린 오스카는 밀레디 곁으로 걸어갔다. 자연스럽게 미소가 떠올랐다.

　"……정말로 다행이야. 이런 잠꾸러기인 줄은 몰랐어."

　밀레디는…… 여전히 멍한 느낌이 남아 있었다.

　그래도 시선은 한순간도 오스카에게서 떨어지지 않았다.

　오스카 뒤로 다른 일행도 따라 들어왔다.

　말이 없는 밀레디가 조금 걱정되지만, 그럴 만하다는 생각도 들었다. 한 달이나 잠들어 있지 않았나. 아무리 밀레디라도 아직 머리가 제대로 돌아가지 않겠지.

　그리고 오스카처럼 다른 이들도 각자 말을 걸려다가— 파샤의 표정이 좋지 않은 이유를 알게 됐다.

　"……응."

밀레디가 버틀럼을 옆으로 내려놓고 느릿하게 침대 옆으로 기어 왔다.

향하는 곳은 오스카의 정면. 바로 코앞이었다. 그리고—.

"……오 군."

그대로, 찰싹.

"미, 밀레디?!"

오스카는 반사적으로 허둥댔다. 눈 아래로 밀레디의 아름다운 금발과 가마가 보였다.

밀레디가 오스카의 가슴 언저리에 안긴 것이다.

쭉 감정이 보이지 않던 얼굴이 살며시 풀어지고, 뭔가를 느끼려는 것처럼, 혹은 마음을 달래는 것처럼 살며시 눈도 감았다.

아울러 뺨도 비볐다. 홍조도 더해갔다.

물론 그 광경을 바라본 이들은 입을 다물었다. 다물 수밖에 없었다.

한순간 평소처럼 오스카를 놀릴 속셈인가 했지만…….

마치 어리광을 피우듯 부드러운 분위기가 도저히 연기 같지 않았다.

그래서 할 말을 잃은 것이다.

오스카 옆에서 두 사람을 올려다보던 콜린이 조그만 비명을 지르며 빨간 얼굴을 두 손으로 가렸다. 물론 손가락 사이로는 뚫어지게 쳐다본다.

그만큼 거기서 느껴지는 감정은 진실하고 의심할 여지가 없는, 강렬한 친애였다.

달콤한 분위기에 아무도 말을 꺼내지 못하는 가운데, 밀레디가 갑자기 얼굴을 뗐다.

"······오 군, 땀 냄새."

"······?! 그, 그래. 조금 전까지 반이랑 훈련하고 있었어."

왜일까. 올려다보는 밀레디와 눈을 맞출 수가 없었다.

이 녀석은 밀레디! 최강의 진정 주문을 마음속으로 외워 보지만—.

"온통 땀이니까 조금만 떨어지—."

"······싫어."

"뭐?! 왜?!"

"······싫지는 않으니까."

다시 찰싹. 심지어 쿵쿵. 표정도 빙그레.

"크으~!"

오스카, 흥분&석화.

그래서 남자 동료들이 오스카의 마음을 대변했다.

""넌 누구냐?!""

나이즈와 반드르의 고함이 정확하게 겹쳤다.

솔직히 너무 예상 밖이지 않은가.

누구나 생각하지 않겠는가. 깐족의 화신인 밀레디라면 일어나자마자······.

『밀레디, 부~활~! 찬양해라, 찬양해! 위대한 천재 미소녀 마법사 밀레디를! 무서워~, 미소녀인데 사도까지 해치운 천재성. 나조차 내가 무서워~! 귀여운데 최강이라서 미안! 푸하하핫!』

이 정도는 말해도 이상하지 않다. 적어도 짜증나도록 시끄러울 게 뻔하다!

그런데 이건 뭔가?

대체 뭐냐고, 이건!

이런 건 밀레디가 아니야!

우리 해방자 리더가 이렇게 솔직하고 귀여울 리 없다!

밀레디 라이센의 전무후무한 짜증스러움을 우습게 보지 마!

그렇게 영문 모를 분노마저 들었다.

그러던 그때, 뭔가 픽 터지는 소리가 났다. 메일이었다.

"포, 폭발했어……."

귀여움이, 라는 뜻이리라. 아니면 메일 언니의 코에서 터져 나온 붉은 열정이거나. 손으로 막아도 탁류처럼 벌컥벌컥 흘러넘친다.

콜린이 허둥지둥 손수건을 건넸다.

"미, 밀레딩? 괜찮은 건가요?"

밀레디에게 잡혀서 돌이 되어 버린 오스카를 곁눈질하며 류티리스가 물었다.

다른 동료들에 비하면 알고 지낸 기간이 짧은 덕분일까.

객관적인 시점으로 보아서 밀레디가 오스카를 얼마나 좋아하는지는 모르는 바가 아니다.

하지만 밀레디가 그런 애정을 솔직하게 표현하는 소녀던가? 답은 NO다. 그 사실을 알기에 그녀라고 당혹스럽지 않을 리는 없었다.

"그, 그렇지. 지금 밀레디는 문제가 있어!"

"나이즈, 이게 뭔지 아나?!"

"틀림없이 생사를 헤매던 탓에 머리가 더 맛이 간 거야!"

"나이즈, 너…… 천재냐!"

평범하게 귀여운 밀레디라는 이상 사태에 직면하고 오히려 나이즈와 반드르가 살짝 맛이 갔다. 동요해도 너무 동요했다.

아무튼 그 소란 탓인지, 아니면 단순히 만족했기 때문인지 밀레디가 마침내 오스카에게서 떨어졌다.

그런데 희미한 미소가 다시 무표정으로 변했다.

"……『화천』."

""으헉?!""

"하앙?!"

"""""페하아?!"""""

나이즈와 반드르, 더불어 류티리스가 바닥에 처박혔다.

오스카를 탐닉하는 와중에도 그들의 무례한 발언은 듣고 있었나 보다.

"왜, 왜 저까지?"

지당한 의문이다. 파샤와 복도에 대기하던 크레이드, 그리고 사용인들도 허둥대며 밀레디에게 당혹스러운 눈길을 보냈다.

밀레디는 까딱 귀엽게 고개를 기울였다.

"……좋아할 거 같아서. 승전 축하로."

무슨 헛소리냐! 한마음으로 생각하는 사용인 일동.

"감사합니다! 바닥 핥기 너무 좋아!"

그런 깊은 뜻이! 환희하며 감사하는 여왕 폐하.

사용인 일동이 눈을 까뒤집고 재상과 근위 전사장은 머리를 쥐어뜯었다.

점점 분위기가 혼돈의 도가니로 빠져들었다.

하지만 밀레디는 아랑곳하지 않았다. 조용하고 패기가 없는 상태 그대로 전과는 다른 의미로 고잉 마이 웨이였다.

"……콜린?"

밀레디가 이번에는 콜린을 신기하게 바라봤다. 메일의 코피를 막으려고 뒷목을 톡톡 두드리던 콜린이 더듬더듬 말을 받았다.

"어, 저기, 오랜만이야. 밀레디 언니."

"……응."

"그게…… 오빠 도우러 와서……."

"……그래?"

마주 본다. 콜린의 눈이 살짝 돌아갔다. 평소와 다른 밀레디 때문에 마음이 진정되지 않는 모양이었다.

하지만 그것은 다른 동료와는 다른 이유였다.

콜린에게 밀레디는『동료를 격려하기 위해서 일부러 광대놀음을 하는 착하고 강한 언니』— 물론 사람들은 착각이라고 알려줬으나 콜린은 그렇게 믿는다 — 라서 오히려 평소에는 보여주지 않는 본성을 보여줬다고 느꼈다.

그래서 원래 품었던 동경과 존경심 때문에 말없이 똑바로 바라보면 쑥스러워서 견딜 수가 없었다. 볼도 발그레 물들고 몸도 꼼지락댔다.

밀레디가 그런 콜린을 손짓으로 불렀다.

모두 이번에는 뭘 하려는지 주목하는 가운데, 콜린은 시키는 대로 총총 다가갔다.

"우왓."

그리고 밀레디에게 꽉 끌어안겼다.

"……고마워."

"응? 뭐, 뭐가?"

허둥대는 콜린에게 밀레디는 듣는 사람이 놀랄 만큼 자상한 목소리로 말했다.

"……부적. 내 목숨을 구해줬어."

극한의 전투 속에서 사도의 불합리하기 짝이 없는 힘에 좌절할 뻔했지만, 몸이 찢겨 튀는 피 사이로 보인 『부적』이 다시 일어날 힘을 줬다.

콜린이 재료를 모으고 루스가 가공한, 아무런 효과도 없지만 무사하기만을 바라는 강한 마음이 담긴 창궁색 목걸이였다.

"……그러니까 고마워."

자세한 사정은 모른다. 하지만 지켰다는 말은 진실이라고, 그것만은 분명히 전해져서 콜린은 영문도 모른 채 눈물이 날 것 같았다.

"……잘됐다. 밀레디 언니한테 도움이 돼서…… 잘됐어."

감정을 곱씹는 것처럼 콜린도 밀레디를 끌어안았다.

혼란스럽던 방에 잔잔한 정적이 깔렸다.

무표정이라도 알 수 있었다. 밀레디가 품은 감사와 사랑스러움과 자애.

그리고 콜린이 품은 경애와 환희와 안도.

서로를 부둥켜안은 두 사람의 모습은 마치 한 폭의 아름다운 그림 같았다. 범접하기 힘든 신성함마저 느껴 지켜보는 이들은 말로 표현하지 못할 감동에 젖었다.

그로부터 얼마 후.

파샤는 일단 사용인과 전사들을 해산시켰다. 밀레디의 상태를 논하기 위해서였다.

현재 이곳에 있는 사람은 오스카를 비롯한 해방자와 파샤뿐.

크레이드는 뒤이어 찾아올 문병객, 특히 공화국 중진들을 응대하기 위해서 자리를 비켰고, 버틀럼도 보급을 목적으로 수해로 나갔다. 부활은 했어도 몸의 대부분을 잃은 상태이므로 밀레디를 돌보는 짬짬이 수해로 나가서 재활이란 이름의 포식 활동을 벌이고 있었다.

어쨌거나 마침내 분위기가 진정되자 오스카가 진지하게 입을 열었다.

"그래서…… 밀레디 너는 지금 상태가 어떤지 스스로 알겠어?"

냉정함을 되찾은 오스카의 안경 너머 눈동자는 평소보다 예리한 분석가다운 날카로움이 묻어났다.

콜린과 포옹을 푼 밀레디는 또 멍한 분위기로 돌아가 있었다.

진정됐다기보다 패기가 빠져버린 느낌이었다.

항상 쓸데없이 활기찬 언동을 생각건대 역시 『자다 깼으니까』라는 이유로는 설명이 되지 않았다.

아니나 다를까 밀레디는 말에는 반응해도 고개를 갸우뚱거릴 뿐이었다.

대신 밀레디가 눈을 떴을 때 마침 용태를 보러왔다가 누구보다 일찍 대응했던 파샤가 대답을 돌려줬다.

"자각은 없는 듯합니다. 하지만 사고 능력을 잃지도 않았지요. 이미 종전했다고 대강 설명했고 상황도 제대로 이해하는 것으로 보입니다."

눈을 뜬 뒤 가장 먼저 사람들이 무사한지 물었고 질문하면 잠시 생각하다가 아는 게 있으면 답했다.

목이 마르면 자발적으로 물을 요구하기도 했다.

기억에도 일상생활 수행에도 문제는 없었다.

"우리 헛소리에도 항의했으니 성격이 변했다고 보기도 어렵군."

"콜린을 대하는 태도를 보면 감정이 죽은 것도 아니야."

"하지만…… 뭐라고 표현해야 좋을까요. ……굳이 이름을 붙인다면 『적극성 상실』일까요?"

"아니, 상실보다는 『필요 최소한』 아니니?"

"흠. 혹시 아직 완전히 회복하지는 못한 게 아닐까요? 의지, 사고, 행동을 모두 억제해서 소모를 줄이는 건지도 모릅니다."

나이즈에 이어서 반드르, 류티리스, 메일, 그리고 파샤가 의견을 나눴다.

하지만 그중에서 오스카만은 눈살을 찌푸려 미간에 깊은

골짜기를 팠다.

아무래도 더 깊은 부분―『왜 그런 상태가 됐는가』라는 근원적인 부분까지 생각이 미친 것 같았다. 더불어 썩 좋지 않은 견해인 듯했다.

그리고 그건 콜린 또한 마찬가지였다.

"이건…… 설마."

"오빠…… 밀레디 언니, 어쩐지 좀……."

콜린이 하고 싶은 말은 분명했다. 바로…….

"딜런이랑 케티와 같은 상태……."

"""……?!"""

그 말이 무엇을 의미하는지 아는 나이즈와 반드르, 메일이 눈을 크게 떴다. 설마 그럴 리가, 라며.

오스카가 눈짓으로 확인을 바라자 메일이 심각한 표정으로 고개를 끄덕였다.

"밀레디, 재생 마법을 걸게."

머리를 쓰다듬듯 자상하게 손을 올리고 재생 마법을 발동했다.

아침놀 색의 화사한 빛이 밀레디를 감쌌다.

"어때?"

"……?"

뭐가? 생기 없는 밀레디의 눈동자가 되물었다.

살아만 있으면 어떤 상처나 몸의 이상도 고치는 신대 마법이 통하지 않는다.

원인이 무엇이든 본래 있을 수 없는 일이다.

단순히 피로가 다 풀리지 않았을 뿐이라면 더더욱.

하지만 효과가 없는 것은 엄연한 사실. 분명히 딜런과 케티의 증상과 아주 유사했다.

신병 창조 계획— 고대 전사의 혼백을 강제로 복사해 옮기는 실험.

재생 마법으로 의식은 찾았으나, 딜런과 케티의 자아는 몹시 미약한 상태였다.

그렇다면 그 원인이 재생 마법이 미치지 못하는 영역— 혼백에 있다는 추측은 자연스러운 귀결이었다.

오스카와 반드르가 훈련하면서도 걱정하던 부분.

회복이 본분인 제 역할을 다하지 못한 메일은 분한 듯 입술을 깨물었다. 밀레디의 머리를 쓰다듬던 손이 힘없이 빠져나가는데……

"……괜찮아."

"응?"

밀레디의 손이 메일의 손을 잡았다. 그리고 손을 가슴으로 끌어안았다.

생기가 없지만 흔들림도 없는 눈빛이 메일을 똑바로 바라봤다.

"괜찮아."

한 번 더. 그래도 이번에는 더 또렷하게.

"밀레디……"

아아……. 메일은 반사적으로 천장을 올려다봤다.

나이즈와 반드르, 류티리스도 마찬가지였다.

"역시 우리 리더야."

안경을 올리며 오스카가 말했다. 입매는 웃음을 참지 못하고 올라갔다.

그 말이 옳다고 누구나 생각했다.

한 달을 혼수상태로 보내고도 혼백이 회복되지 않아 이 상황에 놓였건만…….

그래도 우리 천재 미소녀 마법사 리더의 말은 이다지도 힘차고 확신에 차 있었다.

공기가 바뀐 느낌이었다. 탁하게 가라앉지 않은, 청정한 공기로.

덩달아서 나이즈도 웃음을 보였다.

"확실히 아무런 문제도 없지."

"그래. 마침 가입 예정인 신인이 혼백 마법 사용자야."

반드르의 입꼬리도 자연스럽게 올라갔다.

"그러면 그의 동향을 알고 싶은걸. 신도에 가족이 있다고 했었지…….''

"무사히 나올 수 있을까요?"

류티리스의 우려는 다른 이들도 생각하던 바였다.

그― 라우스 번의 힘은 밀레디와 호각을 이룰 정도였다.

아니, 류티리스의 승화 마법을 받은 밀레디와 싸워서 그랬다. 사도마저 물리쳤을 때 사용한 상식을 벗어난 힘은 예외로 두고, 평상시라면 『한계 돌파』와 경험의 차이로 밀레디를 능가

할 것이다.

실제로 밀레디는 한 번 패배했다. 혼백이 빠져나가 버린 것이다. 메일과 나이즈의 조력이 없었으면 그대로 끝장이었다.

그래서 그의 실력을 믿고 기다리기로 했다.

밀레디가 언제 눈을 뜰지 모르는 상황에서 모험을 저지를 수는 없었고, 그 모험이란 신의 도시로 뛰어드는 짓이다. 공간 전이가 있어도 잠입이 용이하지는 않을 것이다. 그렇다면 도리어 라우스의 탈출 계획을 방해할지도 모른다.

물론 아예 손을 놓고 있지는 않았다.

"본부 소속 정예 부대가 움직이고 있어. 에스페라도 지부 부대와도 연계해서 말이지. 신도 근교와 국경에도 새로운 안전가옥을 준비했어."

나이즈의 눈이 류티리스에게로 돌아갔다.

"첩보원 중에는 조커도 있어. 아마 가능한 일은 다 했어."

"조커…… 정말로 조커가 되어주면 좋겠네요. 그 애, 틈만 나면 게으름을 피워서……."

"임무를 하달했을 때도 한참 불평을 늘어놓았지요, 그 잉여 토끼. 천성이 나태해서 예상은 했습니다만."

스이였다. 방년 16세. 심지어 본디 소심하고 싸움을 무척 싫어하는 토인족 소녀.

그런데도 은밀 전사단 전사장으로 공화국에서 다섯 손가락에 드는 강자였다. 그녀의 은폐 능력은 신대 마법 사용자들도 혀를 내두를 수준이었다.

하지만 곤혹스럽게도 성격에 큰 문제가 있었다.

쉽게 말하면 쓰레기다. 일은 농땡이 치고 숨 쉬듯 책임 전가. 자존심은 쥐뿔도 없어서 누구보다 쉽게 머리를 숙이지만, 그다음 순간 독을 뿌린다.

—수해의 퀸 오브 쓰레기 토끼.

—불성실과 나태의 화신.

—책임감과 성의를 엄마 배 속에 두고 온 잉여 토끼.

—사람을 짜증나게 하는 천재.

이따위 별명을 동료들이 붙였을 정도다.

그래도 동료를 위해서라면 몸을 던질 줄 알고, 결국에는 어떠한 어려운 임무라도 처리하니 『조커』라는 평가는 틀리지 않았다.

이번 『라우스 보호 작전』은 높은 은밀성이 필요한 임무며 능력 면에서 스이 이상 가는 적임자는 없었다. 그래서 공화국이 해방자에 대한 우호와 감사의 표시로 파견했는데…….

『싫어요옷, 스이는 집에서 뒹굴 거라구요! 전쟁에서 할 만큼 했잖아요! 이제 평생 일하지 않기로 마음먹었어요! 절대 밖에 안 나가! 폐하는 악질 상사!』라며 신하로서 상상도 하지 못할 망발을 쏟아내고 도망 다니기 바쁘던 그녀를 떠올리자 류티리스와 파샤는 새삼스럽게 불안에 휩싸였다.

해방자 본부에서 컴플레인이 들어오지는 않을까, 하고.

불안과 걱정으로 낯빛이 나빠진 두 명에게서 나이즈가 눈을 돌렸다.

그녀들의 걱정이 적중했으니까. 인간은 고쳐 쓰는 게 아니랬다.

"지금쯤 재미를 붙이지 않았을까."

"네? 나즈 씨? 무슨 뜻인가요?"

"처음에는 농땡이를 피웠지만, 도중부터 부대 활동 자금으로 군것질을 하거나 옷과 장신구를 사고 다니더군…… 마을 생활이 썩 마음에 든 모양이야."

""……?!""

오히려 악화했다. 류티리스와 파샤가 양손으로 얼굴을 덮었다. 긴 귀와 고양이 귀가 힘없이 처졌다.

기억을 좇으며 허공을 응시하는 나이즈가 거기에 쐐기를 박았다.

"그리고 작전 중에 몇 번 지원자에게 협력을 받았는데, 그것도 악영향을 미쳤는지 모르지. 열심히 지원자의 활동 방식을 묻고 다녔어……."

『지원자』 대다수가 평소에는 『해방자』 임무와 상관없이 평범하게 생활을 영위하며 정보를 수집할 뿐이며, 필요하면 생활비를 지원받기도 한다는 이야기를 들은 순간 스이는 득달같이 달려들었다.

"폐하……. 고 녀석, 전직하려는 속셈 아닐까요?"

"……다시는 돌아오지 않을지도 모르겠네요."

일국의 여왕과 재상을 동시에 체념시키는 토끼…….

오스카 일행은 차마 불쌍하다는 눈길을 감출 수 없었다.

뭐 그건 일단 넘어가고.

나이즈가 지난 한 달간 바쁘게 돌아다닌 덕에 라우스를 맞이할 준비는 착실하게 갖추어졌다.

분위기를 일신하고 파샤가 고민하며 나이즈에게 물었다.

"신전 기사단이 신도로 귀환한 게 대략 20일 전이라고 하셨지요?"

"그래."

"그럼 무슨 일이 생겼다면 정보가 도착하고도 남았을 시기인데……."

하지만 아직 라우스와 관련된 정보는 없었다.

신국에서 공화국까지는 거의 대륙의 절반을 횡단해야 하는 거리였다.

그렇지만 전달 부대장인 동물 조련사— 팀 로켓이 강화한 전서조의 이동력은 굉장히 우수했다.

류티리스의 권능으로 수해 안개에도 현혹되지 않고, 대수 꼭대기에는 전용 정박장도 설치하여 직접 소식을 전달할 수도 있었다.

만약 라우스가 귀환해서 며칠 내로 행동을 일으켰다면 정보는 이미 전해졌을 만도 했다.

아직 행동에 나서지 않았을까.

아니면 나서지 못하는 것일까.

그것도 아니라면…….

"아무래도 우리도 움직일 때가 된 것 같군."

반드르의 시선이 밀레디에게 옮겨갔다.

혼이 어디로 날아가 버린 듯한 모습이라도 역시 최소한의 능력은 갖췄다. 밀레디가 끄덕, 기분 탓인지 강하게 고개를 끄덕였다.

"……정보, 자세하게, 정리."

더불어 지시까지 내렸다.

똑같이 혼에 타격을 입어도 타인의 혼백이 강제로 혼입된 것과 자기 힘이 과부하해서 입은 피해는 정도의 차이가 있는지도 모른다.

어쨌거나 오랜만에 내려온 명령이었다.

오스카의 입이 순간 기쁜 듯 휘었지만, 곧 진지한 얼굴로 말했다.

"그럼 회의를 할까? 향후 방침을 정하고 싶어. 나이즈."

"배드를 부를 건가?"

"바로 그거야. 앙그리프 지부로 가줄래? 밀레디가 깨어난 걸 알면 다들 오려고 하겠지만……."

"지부를 비울 수는 없지. 배드와 마셜, 미카엘라만 부르겠다."

"야유는 알아서 견뎌줘."

농담조로 말하는 오스카에게 나이즈는 피식 웃고 어깨를 으쓱였다.

"류, 전사장들을 집합시켜. 그리고 국민에게 밀레디에 관해 설명해줘."

"숨기지 않으시네요?"

"숨긴다고 숨겨지기나 해?"

그건 그렇다며 류티리스는 실소했다. 수해의 백성들도 밀레디가 기운이 넘치다 못해 폭발한 아이란 사실을 잘 알고 있었다.

—깨어났지만 말수가 적어졌다. 그래도 아무 문제도 없다.

그렇게 설명한들 단언컨대 아무도 믿지 않는다.

"괜한 억측과 불안감이 퍼지면 더 힘들어. 솔직하게 나가자."

구국의 영웅, 깨어났으나 후유증 남음. 하지만 심각한 수준은 아니며 회복할 전망.

객관적인 사실이었다. 그렇다면 진실을 숨길 이유는 없다는 오스카의 의견에 류티리스도 반대하지 않았다.

"파샤, 회의 준비를 부탁드려요."

"알겠습니다, 폐하."

"그리고……."

밀레디의 잠옷과 묶지 않고 물결치는 머리를 보고 미소를 흘렸다.

"숙녀의 몸단장도 도와주세요."

"분부대로 하겠습니다, 폐하."

"차라리 평상시와는 다른 스타일도 좋지 않아? 밀레디가 이렇게 얌전한 건 지금뿐일걸?"

레어야, 레어. 레어 밀레디야! 한껏 신이 난 웃음이었다. 류티리스도 파샤도 메일의 말에 즉각 편승했다.

여자 셋이 모이면 접시가 깨진다고 했는데 정말로 옳은 말이었다.

이게 좋다! 저게 좋다! 기왕이면 보통 안 입는 의상이 좋다! 정작 본인은 고개를 갸웃거릴 뿐인데 아이디어가 난무했다.

반드르가 기막힌 얼굴로 나이즈에게 말을 걸었다.

"새롭게 마음가짐을 다지자마자 리더가 장난감이 됐군."

"역시 여자는 무서워."

"……나이즈, 나는 요즘 네가 너무 불쌍하더라."

주로 어린 자매에게 편지를 받을 때, 마치 폭탄 처리라도 하는 것 같은 모습을 보면.

그렇지만 너무나도 개성이 강한 여성들 속으로 뛰어들 용기는 반드르에게도 없었다. 그래서 남에게 떠넘기기로 했다.

"어이, 안경잡이. 빨리 말려—."

"메이드 복은 어떨까!"

안경잡이가 뭐라고 주장하기 시작했다. 그것도 굉장히 힘차게.

무심코 여자들이 화들짝 놀라서 대화를 중단했다.

모든 시선이 오스카에게 쏟아진다. 왜일까. 안경이 수상하게 빛을 반사해서 눈이 보이지 않는다…….

"메이드 복은! 어떨까!!"

"이, 이 녀석, 욕망에 충실해."

반드르가 전율했다. 여자들은 식겁했다.

하지만 리더가 약할 때를 틈타서 자신의 욕망을 채우려는 이 메이드광 귀축 안경은 기회를 놓칠 생각이 없었다. 그 손에는 이미 『보물고』에서 꺼낸 메이드 복이 들려 있었다.

메이드 복을 한없이 사랑하는 오스카가 자신의 철학을 담아 자작한 밀레디 전용 메이드 복이었다. 소박한 남색 롱스커트 원피스, 프릴이 잔뜩 들어간 흰 앞치마. 하지만 밀레디의 일상복을 의식해서 소매는 짧고 가슴과 어깨 부분은 파였다. 메이드용 헤어밴드와 포인트를 주는 리본에 가터벨트까지 달렸다.

무척, 소름 끼쳤다.

오스카는 그 메이드 복을 들고 「지금이다! 지금밖에 없다!」라며 결사의 투쟁이라도 벌이는 기백으로 밀어붙였다.

상종하기 싫은 메이드광 변태 신사였다.

"오스카, 누나도 그건 못 받아주겠어……."

"여왕의 권능을 써서라도 밀레딩을 지켜야 할지도 모르겠네요……."

"폐하, 여성 근위병을 부르지요."

"솔직히 나도 옹호 못 하겠다, 오스카."

동료들의 비난이 폭풍처럼 쏟아졌다. 일국의 재상에게는 영락없는 변태 취급. 그리고……

"오빠……."

"헉?! 오, 오해야! 콜린!"

콜린의 표정이 굳었다! 그리고 한두 걸음 물러나고 고의인지 무의식인지 그대로 메일 언니 옆으로 갔다. 당연히 메일 언니는 콜린을 감싸며 뒤로 숨겼다.

아무래도 오스카의 열정은 오빠라면 껌뻑 죽는 콜린의 허용 범위마저 넘어선 모양이었다.

사랑하는 동생이 두려워한다면 제아무리 메이드광 오스카라도 제정신으로 돌아올 수밖에 없었다.

　하지만 거기서 예상 밖의 사태가 벌어졌다.

　살며시 뻗은 손이 오스카가 넣으려는 메이드 복을 빼앗은 것이다.

　"어? 밀레디?"

　그렇다. 밀레디였다. 평소라면 오스카가 메이드광이 된 순간 「오 군, 진심으로 재수 없어」라며 싸늘한 눈길을 보내는데, 지금은 멍하지만 거부감은 보이지 않았다. 오히려…….

　"……입을래."

　모든 사람 머리 위로 『?!』 마크가 튀어나왔다.

　"미, 미미, 밀레디, 왜 그래?! 오스카 눈매가 더러워지니까 절대로 안 입을 거랬잖아!"

　당황한 메일이 모두의 마음을 대변했다. 그에 대해 밀레디는 느릿하게 오스카에게 눈을 돌리고는…….

　"……좋아?"

　뭔가를 판단하려는 눈으로 물끄러미 오스카를 봤다.

　"그, 그야 뭐, 좋기는 하지만…….

　"응. 그럼 입을래."

　"미안, 밀레디! 뭔지는 몰라도 내가 잘못했어! 안 입어도 돼!"

　안 된다. 지금 밀레디는 너무 솔직하다! 동료들이 보내는 경멸의 눈초리보다 양심의 가책을 견딜 수 없다! 오스카는 메이드 복을 빼앗으려고 손을 뻗었다.

"싫어!"

그런데 왠지 밀레디 쪽에서 거부했다. 몸을 틀고 메이드 복을 끌어안아 오스카의 손을 막았다. 입장이 완전히 역전됐다.

"미, 밀레디, 왜? 평소에는 그렇게 싫어했잖아."

밀레디의 완고한 태도에 오스카는 쩔쩔매며 물었다. 그러자……

"……싫은 게 아니야."

"뭐? 그렇지만—"

"……부끄러웠을 뿐."

"부끄러워?"

"……오 군, 엄청 칭찬하니까."

""아~.""

나이즈와 메일이 알겠다고 소리를 냈다. 안디카에서 카지노에 잠입하려고 메이드 복을 입었을 때는 정말로 많이 칭찬했다. 흥분한 나머지, 귀여워! 귀여워! 밀레디, 너는 최고야! 라며 입에 침이 마르도록 칭찬했다.

처음에는 「그렇지, 그렇고말고! 더 칭찬하라!」 하며 우쭐대던 밀레디도 마지막에는 혐오스럽게 바라봤지만…….

"어머나, 밀레딩은 소녀네요!"

"밀레디 언니, 귀여워~."

류티리스와 콜린이 꺅 새된 비명을 질렀다.

밀레디가 아닌 척하면서도 오스카의 칭찬에 기뻐했다는 사실을 알고 연애 세포가 자극된 모양이었다.

나이즈는 당시 밀레디를 알기 때문에, 반드르는 평소 태도로 판단하여 차마 믿어지지 않는 것처럼 경악한 표정이었다.

"놀랐어……."

두 사람과는 별개로 메일은 입을 멍하게 벌렸다.

아무리 숨겨도 밀레디의 속마음 정도는 바로 알아차리는 메일이었다. 그래도 밀레디가 그 마음을 솔직하게 겉으로 드러낸 적은 지금까지 한 번도 없었다.

그걸 여기서 폭로하다니…….

하지만 그 심경 고백에 가장 놀란 사람은 누가 뭐래도 오스카였다. 심지어 아직 끝이 아니었다.

"……오 군이 좋아해. 나도 기뻐. 그러니까—."

"미, 미미미, 밀레디? 자, 잠깐만 진정하자!"

너나 진정하라고는 아무도 말하지 않았다.

무표정, 억양 없는 어조, 생기가 옅은 눈동자.

하지만 볼을 발그레 물들이고 우물쭈물 새침한 눈길을 보내며 마지막 일격.

"……뭐든 할 거야."

"크으으~!"

말을 잇지 못하는 오 군.

목과 귀까지 새빨개져서 두 손으로 얼굴을 가리고 허리가 있는 대로 뒤로 꺾었다. 어찌나 꺾었는지 머리가 바닥에 닿았다. 그것을 내려다보며 반드르가 말하길…….

"치명타군."

더불어 류티리스가 흥분한 얼굴로 인터뷰를 시도했다.

"오스 씨! 오스 씨! 지금 기분이 어때요?! 기분이 어떠냐니까요!"

오스카는 듣기 싫다고 악악 소리 지르며 벽 쪽으로 데굴데굴 굴러서 피난하더니…….

"이건 밀레디 이건 밀레디 이건 밀레디."

벽에 머리를 쾅쾅 찍어댔다. 「오빠, 그만해~!」 하며 콜린이 등에 매달려 말리지만, 망가진 오빠는 멈추지 않았다.

"대체 어떻게 된 거야?"

나이즈가 곤혹스러운 눈으로 밀레디를 봤다.

그 의문에는 「여자애가 뭐든 한다고 하면 안 돼, 밀레디!」라며 밀레디를 타이르던 메일이 살짝 어물거리며 답해줬다.

"……딜런이랑 케티를 보면 예상되지 않아?"

"그 둘?"

"그래. 오스카한테서 떨어질 줄 모르는 케티나 누나 가슴에서 눈을 못 떼는 딜런."

"……아."

나이즈가 수긍했다. 그리고 동시에 메일과 똑같이 뭐라고 말하기 힘든 표정을 지었다. 반드르가 어깨를 으쓱하며 말을 이었다.

"지금 신병 창조 계획 피해자들은 본능과 취향, 욕망을 억제하지 못하는 상태지."

그 말대로였다.

츤데레가 기본 사양이던 케티는 오스카 오빠를 좋아해도 솔직하게 안기거나 애교부리지 못했다.

하지만 지금은 틈만 나면 안겼다. 콜린이 떨어뜨리려고 해도 그 손을 쳐낼 정도로 찹쌀떡처럼 달라붙어 있었다.

그리고 가난 때문에 애써 참으며 먹던 콩도 콜린이 아무리 애써서 만들든 쳐다보지도 않았다.

딜런도 마찬가지였다. 존경하는 형을 따라서 『여성에게는 신사적으로, 무슨 일이든 진지하게!』를 신조로 삼는 완벽한 모범생이었던 아이다.

언제나 동생들을 우선하고 모범이 되고자 자기 자신을 통제하던 아이다.

그런데 지금은 루스가 지적하든 주의하든 아랑곳하지 않고 여성에 관한 관심을 숨기지 않았다. 특히 좋아하는 것은 메일 누나의 꿈과 희망으로 가득 찬 탐스러운 과실이었다. 기회만 있으면 뚫어지게 쳐다봤다. 어엿한 가슴광 변태 신사였다.

다시 말해 그 아이들과 비슷한 상태에 빠진 밀레디도 억제하지 않는 상태— 요컨대 자기 마음에 솔직해진 상태라면?

"원래대로 돌아온 다음이 문제겠어."

"늦든 빠르든, 그렇게 되겠지."

"흥. 고집 피우고 꼬이는 것보다는 훨씬 낫지. 어떻게 보면 요행이군."

리더와 참모의 관계 변화가 찾아오는 미래를 상상하고 메일, 나이즈, 반드르는 서로를 보며 픽 웃었다.

"언니는 밀레디가 행복하다면 뭐든 상관없어."

"으응?"

오스카는 뇌진탕으로 눈이 맛 갔고, 콜린이 그 이마에서 철철 흘러내리는 피를 예비 손수건으로 필사적으로 막고 있었다.

메일은 볼썽사나운 오스카를 걱정스럽게 바라보는 밀레디를 끌어안으며 상냥한 목소리로 그렇게 중얼거렸다.

"오스카, 넌 예전부터 마음에 안 들었어. 그냥 죽었으면 좋겠어."

앙그리프 지부에서 대수 왕궁으로 온 배드가 처음 와서 한다는 소리가 그거였다.

"마, 말이 너무 심하지 않아? 배드."

"연애질하는 것들은 모조리 참형에 처하고 싶지만, 너는 그렇게 편하게 죽지 않았으면 좋겠어."

"정색하고 무서운 소리 하지 말아줄래?"

해방자 부리더이자 현실을 충실히 살아가는 남녀를 보면 무심결에 파트너인 대낫을 휘두르고 싶어지는 40대 아저씨. 하지만 할 때는 한다.

특히 최근에는 독신 동료라고 생각하던 동년배 아저씨— 마셜이 미카엘라와 『좋은 분위기』를 연출해서 암흑 오라로 들끓고 있다는 사실을 알기 때문에 더더욱 위험을 느꼈다.

실제로 어깨를 톡톡 치는 『마식 대낫 에그제스』에서도 원념과도 같은 시커먼 독기가 풀풀 피어나는 것이 제정신으로는 보이지 않았다.

"나는 말이야, 애초에 여기를 떠나기 싫었어. 알지?"

"그야 뭐……."

오스카가 떨어져 있는 류티리스를 힐끔 봤다.

이 한심한 아저씨가 연모하는 상대다.

은근슬쩍 어필은 했지만 전혀 통하지 않았다. 심지어 본성(마조 변태)도 보이지 않았다. 대단히 애매한 거리감이었다.

이 한심한 아저씨는 한심하도록 소심했다.

원래부터 사무 작업은 죽어도 하기 싫다며 조직 넘버2면서 빈번히 행방을 감추는 아저씨였다. 앙그리프 지부의 임시 지부장이 되라는 본부의 명령이 내려왔을 때는 좋아하는 사람과도 떨어져야 한다며 죽자고 떼를 썼다.

너무 보기 흉해서 류티리스가 차마 직시하지 못할 정도였다.

마셜이 「배드…… 넌 그게 문제야. 정말로」라며 안쓰러운 눈길을 보내도 억지로 끌고 나가지 않았으면 분명히 지금까지도 왕궁에 눌러앉아 있었을 것이다.

그런 샤이하고도 찌질한 아저씨는 암흑이 깃든 눈알로 불평과 저주를 늘어놓았다.

"그래도 나는 노력했어. 지금도 하고 있고. 배신자 마셜이 스무 살이나 어린 여자랑 노닥대도 살려 뒀지, 리더가 혼수상태라서 하기 싫은 일도 했지, 가고 싶은 곳도 안 가고 계속 참았어."

"좀 호들갑이 심하지 않나……."

밀레디를 보고 일희일비하던 마셜과 미카엘라가 동시에 흠 칫하는 모습이 얼핏 눈에 들어왔다. 두 사람 모두 절대로 배 드 쪽을 보지 않으려고 했다.

"그런데도 말이야."

배드가 에그제스에 마력을 불어넣는다!

이미 집합해서 밀레디를 둘러쌌던 전사장들— 심과 발프, 닐케와 크레이드도 보지 않고 듣지 않고 말하지 않으려고 무 던히 애쓰는 모습이 보였다.

"야, 오스카. 잘생기면 다냐? 샌님인 척하는 짝퉁 신사 자 식이."

"마, 말이 너무 심한 거 아냐?! 제발 진정해, 배드!"

유령처럼 슬금슬금 다가오는 질투의 화신을 앞에 두고 오 스카도 슬금슬금 뒤로 빠지면서 구원을 요청하지만…….

"자, 우리는 회의실로 가자, 밀레디."

"착한 아이는 보면 안 된답니다."

"바보와 변태는 내버려 둬. 시간 아까우니까."

"오스카, 시체는 거둬주마."

동료들도 도와줄 생각은 추호도 없어 보였다.

그렇지만 지금은 그게 최선의 선택이었다. 한심한 아저씨는 적당히 상대해주며 스트레스를 풀어주면 틀림없이, 아마도, 어쩌면 조금은 진정될 것이다.

지금 무엇보다 위험한 상황은—.

"……오 군."

"앗, 안 돼! 밀레디!"

밀레디가 오스카에게 달려오는 것.

밀레디는 전사장들이 빙 둘러싸서 만든 육체의 포위망을 쑥 빠져나가고, 메일의 손도 휙 피해 버렸다.

에너지 억제 상태인데 이럴 때만 쓸데없이 날렵했다.

오면 안 돼! 오스카가 눈짓으로 신호하지만, 그런다고 멈출 밀레디가 아니었다. 오 군을 지키려고 돌진하더니 하필이면 꼭 안겨 버렸다.

아니나 다를까, 얼굴이 굳었다. 배드도, 물론 오스카도.

"이, 이이이, 이 자식, 오스카아아! 나 보라고 하는 짓이냐아아?!"

"오해하지 마!"

"오해~? 그 꼴로? 어이구, 퍽이나 믿음이 가겠다."

오스카는 생각했다. 그럴 줄 알았다고.

그럴 만도 했다. 밀레디는 지금 오스카 취향에 맞춰 메이드 복장이니까.

결국 여성들의 거듭된 설득에도 불구하고 밀레디는 오스카 특제 메이드 복을 끝끝내 벗으려고 하지 않았다.

객관적으로 봐도 그 자태는 굉장히 사랑스러웠다.

하늘하늘한 헤어밴드 때문일까, 웬일로 오늘 밀레디는 머리를 풀었다. 하늘하늘한 헤어 슈슈도 귀여움을 더했다.

그에 반하여 평소의 천진난만함이 자취를 감추고 본래 미모가 두드러진 탓에 드러낸 쇄골과 가느다란 어깨가 묘하게 요염했다.

메이드광 변태 신사의 무시무시한 집념이 느껴지는 부분이었다.

그것을 아무렇지 않게 입는 점이 배드의 섬세한 마음을 푹푹 쑤시는 것이리라.

더군다나…….

"……오 군은 내 거니까."

""응?!""

두 남자의 얼굴이 이번에는 다른 이유로 굳었다!

"……괴롭히면 배드라도 용서 안 해."

그러면서 밀레디는 끌어안는 팔에 더 꽉 힘을 넣었다.

"밀, 밀레디. 나는 괜찮으니까 좀 떨어져 줄래? 봐, 다들 보잖아."

"싫어."

그 대화는 그야말로 폭탄의 도화선에 불을 붙이는 행위였다.

모두 고개를 젖히고 탄식한 직후, 뚝 소리가 들렸다.

"커플놈들에게, 천벌을 내릴 시간이다— 에그제스으으으으으!"

질투의 화신, 탄생하다.

그 후, 나이즈와 반드르, 그리고 전사장이 총출동해서 진압에 나서서 가까스로 사태는 수습되었다.

하지만 질투를 힘으로 바꾼 것처럼 저번 전쟁 때보다 기민한 몸놀림에 온갖 마법을 먹어 치우는 에그제스와 놀라운 기교가 합쳐진 위력이란…….

교회조차 공포에 떠는 『기사 사냥꾼』이자 『해방자』 넘버2란 사실에 의심의 여지가 없음을 그 자리에 있던 모든 이가 확신했다.

그와 함께 류티리스와 이어지는 미래도 영원히 날아가고 말았지만.

그런 해프닝을 거친 끝에 마침내 회의가 시작됐다.

목제 롱테이블의 상석에 류티리스, 왼쪽에는 공화국 멤버인 재상 파샤 미르, 웅인 전사장 심 가토, 낭인 유격 전사단 전사장 발프 루갈, 익인 비공 전사단 전사장 닐케 주크가 앉았고 근위 전사장 크레이드 울스는 조용히 류티리스의 뒤에 대기하고 있었다.

오른쪽에는 밀레디, 오스카, 메일, 나이즈, 반드르, 그리고 배드, 마셜, 미카엘라가 순서대로 앉았다.

그리고 사실은 콜린도 있었다. 반드르와 배드 사이에 오도카니.

본인은 자기가 여기 있어도 되느냐는 눈치로 안절부절못하지만, 있어도 상관없었다. 오히려 있어 줬으면 했다.

질투의 화신을 그 모성과 포용력으로 억제하기 위해서.

아무리 배드라도 콜린 같은 소녀에게는 강하게 나가지 못하니까.

실제로 못마땅하게 팔짱을 끼고 있지만, 옆자리를 흘끔거리고는 시선을 알아차린 콜린이 빙그레 웃자 왠지 큭 소리를 내며 얌전해졌다.

여러 방면에서 대활약하는 콜린이었다.

"종전 뒤 우리나라의 내정은 지금 확인한 대로입니다. 이 외에 보고할 사항은 있습니까?"

회의 진행을 맡은 파샤가 주위를 쭉 둘러봤다.

복구 상황과 대수의 상태, 공화국에 관련된 부분은 이미 밀레디도 설명을 들어서 아무도 의제를 추가하지 않았다.

파샤는 고개를 한 번 끄덕이고 다음 의제로 넘어갔다.

"인근 국가의 사정으로 넘어가지요. 우선 오디온 연방부터. 배드 공?"

"여전히 아무런 움직임이 없어. 아그리스도 총장국의 수도라고 생각할 수 없을 정도로 조용해. 역습을 두려워하는 분위기가 역력해."

누구나 전전긍긍하고 있다. 【아그리스】에 있는 교회 관계자는 마치 적진 한복판에 버려진 듯 절망했다.

"서쪽 지국(支國)으로 피난 행렬이 이어지고 있어. 각 지장(支長)이 막으려고 하지만 멈추지 않는 상황이야."

"새로운 총수 선출은?"

질문자는 심이었다. 쓴 것을 삼킨 얼굴이었다.

"아직이야. 원래 5년에 한 번 모의 전쟁을 치르고 선출하는데 그럴 여유가 없으니까⋯⋯. 후보로 나서는 인간조차 없어."

믿어지지 않는 참패를 겪은 뒤였다. 지금 총수 자리는 독이 든 성배. 그건 어린애라도 알 만한 사실이다.

"그럴 만도 하지. 잘못은 털끝만큼도 없던 데틀레프 전 총수가 그 꼴이 됐으니까."

책임 떠넘기기의 희생양이라고 봐야 할까.

신국의 무리한 요구에도 이를 악물고 부응하던 무인 수령은 신전 기사단이 완전히 철수하기 직전, 그들 손에 처형당했다.

마치 패전의 원인은 연방 측에 있다고 주장이라도 하듯이.

당연히 진실은 그렇지 않았다. 패전이 교회의 위신에 누가 되지 않게 발버둥 치려다 저지른 만행이었다. 하지만 효과는 안 하느니 못한 수준인지라 화풀이라고 봐도 무방했다.

"아까운 사람을 잃었군."

심이 분하게 신음했다.

훌륭한 무인이라고 생각했다.

교회의 명령이라고는 해도 동포를 결사대로 이용하며 마음 아파했다.

거역할 수 없는 자신을 무력하다며 자조했지만, 한 명의 무인으로서 전장에 섰다.

서로 통성명을 했을 때, 심은 확실하게 느꼈다.

종족을 초월해 한 명의 무인으로서 마음이 통했다고.

결국 칼을 나누지는 못했지만, 밀레디가 말하는 세계의 변혁이 성공하면 어쩌면 술잔을 나누지는 않을까 기대도 했었다.

심의 반응에 잠시 말을 아끼던 미카엘라와 마셜이 보충했다.

"아그리스 성내를 감시했지만, 현재는 전쟁 참가 지국의 지장들이 합의로 의사 결정을 내리는 것 같아요."

"군대도 염탐해 봤는데…… 글렀어. 지금 연방군은 군대로 기능하지 못해. 전사자가 너무 많고 무엇보다 패전으로 병사의 사기가 밑바닥까지 떨어졌어."

"그런 이유로 연방은 당장 걱정할 필요 없어."

가령 신국에서 뭔가 명령이 떨어져도 공화국을 어찌할 여력이 없다.

그렇게 단언하는 배드에게 파샤는 깊이 고개를 끄덕여 보였다.

"그랜더트 제국은 어떻죠? 나이즈 공."

"아직 혼란에 빠져 있어."

"하긴, 그들이 믿던 공군을 나랑 반이 거의 다 격추했으니까."

"주포도 나이즈가 막아서 피해도 거의 없었고."

거만하던 콧대가 똑 부러졌을 것이다. 게다가 『절대적』이라고 믿었던 신국이 패퇴했으니 혼란의 도가니가 펼쳐졌으리라.

한 달이 지나도 수습되지 않을 정도의 혼란이.

"그리고 공군이 나오기 전에 파괴 공작도 많이 했지. 지금은 첩자를 찾으려고 혈안이 돼 있지 않을까?"

당연히 그 첩자란 슈슈와 토니, 에이브 같은 전 라이센 지부 행동 부대, 그리고 마가레타가 이끄는 슈네 일족, 전 앙그리프 지부 지부장 하우저 알메이다 등이다.

"그래, 맞아. 적어도 그 정도는 해야 제국의 체면이 서니까. 탐문이 나날이 심해져서 우리 멤버는 이미 거점을 분산하고 이동을 시작했어."

"나이즈, 마가레타 쪽은 괜찮아?"

"문제없어. 적극적으로 탐문에 혼란을 주고 게릴라전을 펼치고 있어."

"적극적으로……?"

"그래, 아주 적극적이지. 스트레스 풀기에 적당하다더군."

"잠깐만. 스트레스라고? 무슨 일이라도 있었나?"

소중한 일족에 관한 이야기가 나오자 반드르는 반사적으로 묻고 늘어졌다.

하지만 그에 반해 나이즈의 반응은 미적지근했다.

"―『반 님 곁에서 싸우고 싶었다……』라고 한다만?"

"……그, 그러냐."

마가레타 씨는 존경해 마지않는 반 님과 함께 있고 싶었나 보다.

제국 교란도 중요한 임무라는 걸 머리로는 이해한다.

하지만 역시 전쟁이라는 중대사에 함께 서고 싶었겠지. 그리고 그건 슈네 일족 모두의 뜻이기도 할 것이다.

참고로 스트레스로 성격이 거칠어졌는지, 최근 제도에서는 마물과 함께 나타나서 제국병을 공격하는 흰옷 일당 때문에 『나쁜 아이는 마물을 탄 흰 괴물이 잡아간다~』라는 상투어가 아이 훈육용으로 퍼지고 있다나 뭐라나.

각설하고.

"반…… 너까지……."

"배드 아저씨! 그러면 안 돼!"

"큭."

한쪽에서 질투하는 아저씨가 어린애한테 교육받고 있었다.

매우 귀찮은 아저씨라서 아무도 눈길조차 주지 않았다.

"그나저나 테러리스트가 따로 없군, 하하."

"제국이 불쌍할 지경이네요."

발프와 닐케가 어이없이 웃으며 말했다.

아무튼 제국도 수해에 보복할 상황이 아니란 것만은 확실했다.

"타국끼리 손을 잡으려는 움직임은 없나요?"

신국의 패전은 세계를 뒤흔드는 뉴스였다. 그 영향은 좋든 나쁘든 강했다.

그렇다면 교회를 절대시하는 사상이 흔들린 나라도 있을지 몰랐다.

예를 들어 신국에 대한 불만으로 거리를 두려는 나라.

혹은 야심의 불씨를 키우는 나라.

반교회파가 늘어나리라는 기대와 괜한 전쟁의 불길이 퍼지지 않을까 하는 걱정이 류티리스의 말에서 묻어났다.

배드가 해방자 본부에서 흘러든 정보를 꺼냈다.

"샤르드 연합과 이그돌 마왕국에 수상한 움직임은 없어. 아직은 좀 이르지."

대륙 반대편과 최남단이었다. 이제야 겨우 종전 소식이 도착했을 것이다.

"우르디아 공국은 식량 지원을 끝냈을 뿐. 베르카 왕국과 엔트리스 상업 연합 도시도 조용해. 어디나 숨죽이고 신국의 동향을 살피는 느낌이야."

"그러니까 다들 충격이 너무 강해서 눈치만 보는 중이란 거죠?"

류티리스의 정리에 모두 납득하고 동의했다.

그만큼 공화국의 승리는 세계에 믿어지지 않는 일이었다.

"그리고 신국도 라우스 번을 포함해서 움직임은 없다고요?"

파샤가 확인주로 묻자 배드와 나이즈가 고개를 끄덕였다.

"누가 신의 나라 아니랄까 봐 작은 마을에도 사제를 두고 백성을 모조리 관리하고 있어. 개개인의 신앙심도 타국과는 비교가 안 돼. 아무런 동요도 없어."

"국내에서는 무작정『개선』으로 밀어붙인 모양이야."

"신기하게도 그게 통한단 말이지."

"신국 사람들에게는 어차피 변경에서 난 전쟁이야. 사제님이 말씀하시면 그게 진실인 거지. 의심할 여지는 없다고 생각할걸."

메일의 의문에 오스카가 허무하게 웃고『하지만』이라며 말꼬리를 이었다.

"사도를 격파할 줄은 상상도 못 했을 거야."

『절대』의 상징이라고 할 수 있는『신의 사도』. 비유도 과장도 없이 말 그대로『세계 최강』이었던 그것을 정면에서 꺾었다. 그 충격은 헤아리기 힘들었다.

배드가 낄낄 웃었다.

"그야 그쪽도 밀레디의 현재 상황을 모르는 이상 쉽게 손을 대지는 못하겠지. 웬만한 병력으로는 또 호되게 당할 뿐이니까."

"응. 신국은 기껏해야 『승전 선언』으로 밀어붙이는 수밖에 없어. 그리고 연방병과 제국병은 자기네가 목격한 기적을 떠벌리지 않고는 못 배길 거야."

"그러면 당연히 각국은 신국의 절대성을 의심하고 밀레디에게 주목하게 돼."

"해방자란 무엇인가. 그 이념도 더는 무시할 수 없겠죠."

모든 시선이, 예전 모습을 알면 믿어지지 않을 만큼 얌전한 밀레디에게 쏟아졌다.

밀레디는 허공을 바라보지— 않고 옆을 빤히 보고 있었다.

눈이 맞았다. 당연히 오스카와.

"왜, 왜 그래, 밀레디?"

"······그냥."

다들 알고 있었다. 회의하는 동안 쭉 밀레디가 어디를 보고 있었는지.

오스카는 진정되지 않아 애꿎은 안경만 올려 썼다.

어머나, 오호, 하는 탄식이 여기저기서 들려왔다.

"쯧."

"배드 아저씨, 안 돼."

"윽······ 내, 내가 잘못했어. 그러니까 그런 눈으로 보지 말아주련?"

그런 대화도 들리지만 무시하고, 오스카는 이 견디기 어려운 분위기를 불식하려고 시도했다.

"그, 그런데 나이즈! 내가 시험 제작한 『검은 문』은 어땠어!"

"목소리 좀 낮춰, 오스카."

"어땠어!"

친구가 쩔쩔매는 모습을 보고 나이즈는 저도 모르게 웃음을 터뜨렸다. 하지만 내용은 중대하므로 애써 진지한 표정을 지으며 답했다.

"역시 지금은 50킬로 전후가 한계야. 하지만 내 전이와는 비교를 불허할 만큼 마력을 적게 먹어. 그거라면 평균적인 마력량만 있어도 충분히 기동할 거야."

"그래? 일단 성공이구나. 그래도 거리는 조금만 더 늘리고 싶어."

"물량으로 충당하는 것도 괜찮다고 봐."

심과 발프, 크레이드는 마치 무시무시한 것을 본 듯한 표정이었다.

"『이동』에 관한 기존의 상식이 뒤집히겠군."

"군단으로 이동할 수 있다면…… 으어어, 신출귀몰한 군대라니 악몽이야."

"적에게 이용당하지 않는 게 중요해. 양날의 검이 될 수 있어."

누구나 사용할 수 있는 공간 전이 아티팩트―『검은 문』.

겉모양은 손바닥 크기의 큐브. 속이 비치는 검은 수정 같은 색상에 내부에는 햇살을 내뿜는 공 모양 입체 마법진이 새겨져 있다.

여기에 기동용 아티팩트『검은 열쇠』(생김새도 검은 열쇠 모양)를 쓰면 반경 50킬로미터 내에서 『검은 문』 장소까지 전이할 수 있다.

"건네준 50개는 가능한 한 발견하기 어려운 곳에 설치했어. 공화국, 본부 사이에 스무 개. 본부에서 엔트리스 사이에 일곱 개. 에스페라도 지부에 세 개. 신국 내에서 공국 국경으로 이어진 열 개. 마지막으로 제국으로 가는 길에 열 개."

"한 군데에 집중하지 않고? 한 루트만이라도 한번에 이동하는 편이 좋지 않아?"

눈살을 찌푸리는 반드르에게 오스카는 고개를 저었다.

"보안이 불안해. 크레이드가 우려한 대로 적에게 이용당했을 경우를 생각하면 지금은 분산하는 편이 나아."

가능하다면 라우스가 탈출하기 쉽게 돕고 싶다. 그러려면 기사단이 귀국하기 전에 신도 근교에 잠복해야 한다.

그런 이유로 종전 후 나이즈와 스이가 출발하기 전에 불과 며칠 사이에 급조한 물건이었다. 라우스의 신속한 탈출을 우선한 탓에 보안 대책을 세울 여유가 없었다. 적이 탈취하면 악용될 가능성이 농후했다. 라우스가 합류하는 대로 반드시 회수해야 한다.

참고로 수해 안에 설치하면 안전하고 우로보로스 씨의 권속도 감시해주므로 현재 공화국과 『성모향』 사이의 거리는 절반 정도로 줄어들었다.

"흥, 그렇다면 빨리 개선해, 망할 안경잡이."

"……말 안 해도 알아. 망할 목도리."

돌려주는 욕에 힘이 없었다. 오스카 본인이 무력함을 실감하는 탓이다.

콜린에게도 혼났고, 최소한 이곳의 분위기를 해치지 않도록 연기했다.

그런 오스카의 팔을 톡톡 두드리는 손이 있었다.

밀레디였다. 지겹지도 않은지 여전히 오스카를 쳐다보고 있었다.

무표정이지만 「괜찮아, 조바심 갖지 마」라고 말해주는 것 같아서 기쁘면서도 낯간지러운 감정이 밀려왔다.

회의장의 분위기가 또 미적지근하게 식었다.

오스카가 어렵게 화제를 전환해서 분위기를 바꿨는데.

가시방석이다. 쏟아지는 눈초리가 따갑다.

"밀레디, 고마워. 나는 괜찮아."

그러니까 그만 두드리라고 밀레디의 손을 잡지만, 이번에는 그 손을 꾹꾹 주물렀다. 오스카에게서 「으흑~!」 하고 괴성이 흘러나왔다.

"그럼 이쯤에서 정보 정리는 끝마칠까요, 밀레딩?"

벌꿀처럼 달콤한 분위기에 볼이 살짝 붉어진 류티리스가 아마도 두 사람을 도우려고 말문을 열었다. 그러자 밀레디도 마침내 오스카에게서 눈을 뗐다.

"……응."

"그럼 남은 의제는 해방자의 향후 방침일까요, 배드 공?"

이쪽은 이쪽대로 어린애에게 머리를 톡톡 얻어맞으며 헛기침했다.

조건반사로 고개를 드민 질투심을 콜린이 걷어내고 거북하게 자리만 지키던 45살 아저씨는 이때가 기회다 싶어 마음을 추슬렀다.

　"현재는 전쟁의 결과를 전 세계 지부로 알리고 있을 뿐이야.『대비하라』라는 말을 덧붙여서."

　그러면서 어깨를 으쓱인 배드는 겨우『해방자 부리더』다운 얼굴이 되었다.

　"이제부터 어떻게 할지는, 리더에게 달렸지."

　박력이 느껴지는 날카로운 눈초리가 밀레디에게 꽂혔다.

　작게 끄덕인 밀레디가 동료를 한 명씩 돌아봤다.

　"데리러 가."

　누구를 말하는지는 물을 필요도 없었다. 최후의 동료와 합류해야 비로소 크게 한 걸음을 내디딜 수 있으니까. 그러니까 거기에 이견이 있을 리 없었다. 하지만…….

　"……다 같이, 라우스를 구할 거야."

　"그건 안 돼, 밀레디."

　"……?!"

　방법론에 관해서는 별개였다.

　밀레디가 어쩐지 충격을 받은 표정으로 오스카를 봤다.

　"지금 너를 안전권에서 내보낼 수는 없어. 절대로."

　당연하다면 당연한 이야기였다.

　"어머나, 언니, 들으셨어요? 오스 씨는 구속하는 남자래요!"

　"역시 귀축 안경이야. 구속을 넘어서 감금할 생각이야. 무서워라."

어디선가 그런 숙덕거림이 들리지만, 헛소리니까 신경 쓰지 않았다.

안경을 올리는 손이 떨려도 그건 분노 때문이 아니었다. 아무튼 아니었다.

"최소한 메일과는 같이 있어. 그리고 수해에서 류 곁에 있으면 이보다 안전한 곳도 없어. 너는 여기 남아."

"……그치만."

"괜찮아. 대신 나랑 나이즈, 반이 셋이서 갈게."

밀레디의 눈동자가 흔들렸다. 입을 앙다문다.

"……싫어."

몹시 단호한 거부였다.

"밀레디……."

"싫어."

말 붙일 엄두도 못 내겠다. 자연스럽게 오스카의 목소리도 낮아졌다.

"그러지 말고 들어 봐, 밀레디. 지금 너는…… 좀 엄하게 말할게. 방해만 돼."

"……으."

"그 사람을 구하러 가도 만약 전투가 벌어지면 오히려 네가 도움을 받게 될 거야. 지금 상태에서 강한 마법을 쓰면 네 몸에 어떤 영향이 있을지도 몰라."

"……우으."

"전투는 어림도 없어. 신국에 다가가는 것도 허락 못 해. 이해하지?"

구구절절 옳은 말이었다. 반론의 여지도 없을 정도로. 그래서…….

"우, 우으으으, 흐윽."

"어?! 잠깐만, 밀레디?! 울 것까지는 없잖아?!"

말로 하지 못할 감정은 눈물로 표현한다. 일자로 꽉 다물어진 입술이 내심의 불만을 뚜렷하게 표출했다.

밀레디를 소중하게 여겨서 엄하게 대하던 태도가 순식간에 무너져 내렸다.

오스카가 역대 최고로 당황했다. 의자를 넘어뜨릴 기세로 일어나서 두 손이 밀레디에게 닿을락 말락 한 공중을 방황했다.

""울~렸대요~, 울렸대요~. 귀축 안경이~ 울렸대요~♪""

"거기, 조용히 해!"

"오빠……."

"콜린, 아니야! 그게 좀 그거 한 거뿐이야!"

놀리는 메일과 류티리스, 어쩐지 비난의 감정이 엿보이는 콜린의 눈동자. 울음을 터뜨린 밀레디에게는 공화국 인물들도 놀라움과 동시에 「아이고, 사고쳤네」라는 눈치로 말을 잇지 못했다.

"어이쿠, 밀레디가 우는 건 오랜만에 보는구만."

"어, 어쩌죠, 마셜 씨. 저 살짝 찡해요! 그 귀엽던 시절의 밀레디가 돌아온 거 같아서."

"그럴 때도 있었지. 해방자에 막 들어왔을 무렵까지는 솔직했는데 말이야."

열심히 짜증나는 언동을 배우려고 하지만, 곱게 자란 티를 벗지 못해 흐뭇할 뿐이었다.

그 점을 지적해 놀리면 부끄럽고 분해서 눈물까지 머금던 귀여운 열 살의 밀레디 아가씨는, 1년 뒤 죽었다.

설마 이제 와서 부활할 줄이야……. 마셜과 미카엘라는 알 수 없는 감동에 잠겼다.

"반! 나이즈! 살려줘!"

결국에는 오스카가 울면서 매달렸다. 반드르가 그 꼴을 한심하게 바라보며 한숨 쉬었다.

"어이, 밀레디. 너도 보호할 기회를 줘라."

"으응?"

"너는 지금까지 다른 사람을 계속 지키기만 했지? 하지만 그것만으로는 부족하니까, 나란히 설 자가 필요하니까 우리를 찾아서 여행에 나섰지."

"……."

"지금은 우리가 있어. 그렇다면 몸이 안 좋을 때는 보호도 받아야지."

반드르의 설득을 듣고 밀레디는 마치 혼난 아이처럼 치맛자락을 꽉 잡으며 고개 숙였다.

나이즈가 쓴웃음 지으며 말을 이어받았다.

"라우스는 반드시 **나와 반드르가** 데리고 오겠다."

"응? 나이즈, 나는—."

"오스카는 두고 갈 테니까 걱정하지 말고 기다려."

"아니, 무슨 소리야, 나이즈! 신국 한복판이야. 거길 두 명만 가겠다고?"

"닥쳐라, 망할 안경잡이. 요 근래 연패만 하는 너는 있으나 마나 마찬가지다. 그럴 바에야 거기 정서 불안정 리더의 정신 안정제로 두는 편이 훨씬 유익하지."

"반……."

그게 반드르의 배려임을 깨닫지 못할 만큼 오스카는 둔하지 않았다.

분명히 현지에는 본부 소속 정예 부대와 특정 조건에서는 공화국 최강자인 스이도 있으니까 엄밀히 말하면 두 사람만은 아니었다.

무엇보다 공간 전이와 용화로 비행이 가능한 두 사람의 이동 능력은 타의 추종을 불허한다. 적어도 도주에 관한 불안은 없다.

그러나 어떤 상황에 빠질지 모르는 이상, 가장 대응력이 강한 자신이 있어야 한다는 생각도 지울 수 없다…….

꾹꾹 소매를 당기는 감촉에 오스카는 생각을 중단했다.

"……두고 가지 마."

"으윽."

눈물로 글썽거리는 눈동자가 자신을 올려다본다!

엄청난 파괴력이었다. 무슨 파괴력인지는 말을 아끼겠지만.

평소보다 격렬하게 안경을 꾹꾹 올려댔다. 코 받침이 눈을 찌를 기세다.

"······알았어, 알았다고. 나도 남을게."

"······같이, 있어줄 거야?"

"있을게! 그러니까 그, 그거! 그 느낌! 조금만 자제해주면 안 될까?!"

오스카가 무슨 말을 하는지 잘 모르겠다.

그래도 자신을 두고 가지는 않겠다고 한다.

그래서 마음속 깊이 안심해서······.

"······잘됐다."

입이 헤벌레 벌어졌다.

"크으으으~!"

오스카에게 오늘만 몇 번째인지 모를 크리티컬 히트.

"굉장하군. 옛날 밀레디보다 파괴력 있지 않나?"

"아앗, 다른 사람들한테도 보여주고 싶어! 이 귀여운 밀레디를!"

왠지 마셜과 미카엘라가 몸부림치고 있었다.

참고로 콜린이 빤히 감시하는 탓에 질투를 폭발시키지 못하는 배드는 어쩌면 이미 조련당했는지도 모른다.

그리고 전시에 하늘을 자유롭게 나는 밀레디를 보고 수많은 밀레디 팬이 있는 비공 전사단과 똑같이 팬이 된 전사장 닐케는 탁상에 엎드려 날개를 찰싹찰싹 내리치며 떨고 있었다.

오른쪽에 앉은 발프의 머리에 직격해서 굉장히 거슬려 보인다.

메일은 자기 안경으로 촬영하느라 여념이 없었고 류티리스와 파샤도 참지 못하고 입꼬리가 올라갔다.

그런 가운데, 밀레디는 눈을 벅벅 문지르고 제법 당당해진 표정으로 입을 열었다.

"……보호받을래. 그래도 본부에는 가."

간신히 몸부림에서 회복한 오스카가 여전히 빨간 얼굴로 눈썹을 내리떴다.

"왜야, 밀레디. 수해가 가장 안전한데."

"……본부도 안전해."

"그건 뭐, 그렇지만……."

상대방은 어디 있는지도 모르니까 안전하다면 안전했다.

그러나 역시 류티리스가 있는 수해는 절대적인 어드밴티지를 자랑한다. 아마 세상에 이보다 안전한 곳은 없다.

『신의 사도』 같은 부조리의 화신이 습격하지 않는 한.

그런데도 불구하고 밀레디가 안전권에서 벗어나려는 것은…….

"……본부 쪽이 가까워. 내가 가면 메르 언니랑도 가까워."

그런 이유 때문이었다.

위험한 장소에는 가지 않는다. 동료들의 마음을 받아들여 보호받는다.

하지만 신도 쪽에 불상사가 생겼을 때 오스카와 메일이 바로 대응할 수 있도록 조금이라도 가까운 곳에 있고 싶다.

실제로 본부는 【우르디아 공국】에 있다. 신국과의 거리는 공화국과 비교하면 절반 수준이다.

"밀레디……."

오스카가 난감한 표정으로 밀레디를 보지만, 그 푸른 눈동자는 설령 빛을 잃어도 자신이 잘 아는 것이었다.

아아, 이건 절대로 양보하지 않는다……. 그걸 깨달았다.

"후후, 오스카가 졌어."

"그러게."

오스카는 눈썹을 팔자로 뜨며 얌전히 의자에 앉을 수밖에 없었다.

그것을 보고 류티리스가 말을 걸었다.

"파샤."

"폐하…… 함께 가실 생각이십니까?"

"네. 같은 길을 가기로 결정한 이상, 저도 한번 그들의 본거지에 가야겠죠. 무엇보다 밀레디를 지켜야만 해요. 설령 수해가 아니라도 제 힘은 필요할 테니까. 이곳은 당신에게 맡겨도 되겠죠?"

"여왕이 나라를 떠나려고 한다면, 본래는 무슨 일이 있어도 막아야겠지요."

그 말이 나온 시점에서 여왕의 출국을 인정한다는 것이나 마찬가지였다.

파샤도 알고 있었다.

류티리스가 지금 이 변혁하려는 격동의 시대에서 일국의 왕으로 머무를 수는 없는 존재라고.

여왕이기 이전에 신대 마법을 짊어진 자로서 책무를 다할 때가 왔다고.

그렇다면.

"소신에게 맡겨주십시오."

그렇다면 후환을 덜어주는 것이 신하의 도리.

"심, 발프, 닐케, 그리고 크레이드. 당신들에게도 부탁해도 되겠죠?"

"어명, 받들겠습니다."

"맡겨주십시오, 폐하."

"수해의 하늘을 수호하겠습니다."

심, 발프, 닐케도 전사장의 긍지를 품고 경례했다. 하지만 크레이드만은 뭔가 하고 싶은 말이 있어 보였다. 근위 전사장으로서 곁을 지키고 싶겠지.

"크레이드, 여왕이 없는 조국에서 당신이 지켜야 할 사람은 파샤예요. 아시겠죠?"

"알고는, 있습니다……."

"후후, 당신의 충의는 기뻐요. 하지만 그곳에는 스이도 있어요."

"그래서 불안한 겁니다."

"크흠. 『동료』가 있으니까 걱정할 필요는 없어요."

크레이드는 한 번 심호흡하고 내면의 갈등을 삼키고 정중하게 머리를 숙였다. 그리고 시선을 나이즈에게, 가장 강한 우의를 맺은 상대에게 돌렸다.

"나이즈, 폐하를 지켜다오."

"그래. 나를 믿어라."

남자들의 우정에 그보다 긴말은 필요치 않았다.

그건 그렇고, 어쩐지 자신을 둘러싼 남자들의 대화를 듣고 마치 연애 소설의 주인공이라도 된 기분을 맛본 류티리스가 볼을 살며시 붉혔다.

물론 크레이드와 나이즈에게는 흑심은 일절 없으며 진정한 충성심과 우정에서 나눈 대화임을 알지만…… 쪼끔 귀가 파닥거리고 말았다.

어라? 배드의 상태가……. 크레이드와 나이즈를 보는 눈이 마치 살인자처럼…….

콜린의 손이 배드의 볼을 찰싹찰싹 때렸다. 진지한 눈빛과 함께.

아저씨는 다시 얌전해졌다.

역시 이미 조련당했다…….

"어흠. 그럼 방침도 정해졌으니까 회의는 이쯤에서 끝내도록 하지요. 출발은 언제지요?"

폐하와 영웅들이 출국한다면 그만한 행사가 필요한 법. 백성도 제대로 배웅하고 싶을 것이다. 파샤의 질문을 받고 류티리스는 오스카에게 눈빛으로 물었다.

"글쎄…… 가급적 빨리 가고 싶지만, 출발하기 전에 콜린을 은신처로 돌려놓기도 해야 하고……."

"저, 저기……."

콜린이 머뭇머뭇 손을 들었다. 폐를 끼치고 싶지 않은 마음에 긴장하면서도 콜린은 제안했다.

"반 오빠가 비룡을 빌려주면 콜린 혼자서도 갈 수 있어."

""절대로 안 돼.""

겹쳐서 나온 목소리는 오스카와 반드르의 것이었다. 콜린은 두 오빠가 지체 없이, 그리고 강력하게 반대하고 나서자 아으 으 소리를 내며 움츠러들었다. 어째선지 반드르까지 콜린에게 시스콤의 냄새를 풍기기 시작했다.

물론 멀리서 불러온 여덟 살짜리 여자애를 혼자 돌려보내 는 것은 비상식적이기 짝이 없다.

그래서 대신 마셜이 나섰다.

"그렇다면 내가 바래다주면 되지?"

"음…… 콜린에게는 상상 이상으로 많은 도움을 받았어. 부 른 사람은 나니까 책임지고 보내주고 싶었지만……."

"차라리 수해에 있으면 어때요? 여왕의 이름으로 허가할게요."

"정 안 되면 앙그리프 지부라도 상관없어."

"아니, 오히려 같이 본부로 가면 되지 않을까?"

어른들의 대화를 듣던 콜린이 다시 손을 들고 이번에는 강 한 어조로 말했다.

"저기! 콜린은 돌아갈래요. 도와주고 싶은 사람이 많아요!"

어른들이 무심결에 「아, 네」라고 대답해 버릴 정도의 기백이 었다.

"그리고 여기 있든 다른 곳에 있든, 콜린은 별로 도움이 안 돼요. 지금 제일 잘할 수 있는 일은 환자분들 뒷바라지 정도

예요. 콜린은 도움이 되고 싶어요."

열심히 자기 마음을 말로 표현하는 것은 콜린이 이미 긍지를 가졌기 때문이 틀림없었다.

"콜린은, 해방자니까요!"

보호받기만 하는 아이가 아니라 『동료』니까.

"야, 오스카. 네 동생 대단한데."

배드의 거짓도 과장도 없는 소감은 그곳에 있는 모두가 공감하는 바였다.

마셜이 배드보다 오래 알고 지냈기 때문인지 왠지 자기 일처럼 우쭐하며 말했다.

"그럼 내가 보내줘도 되겠지? 수해에 대기 중인 비룡 한 마리 빌린다?"

"……흥. 어쩔 수 없지. 류, 강화해 줄 수 있을까?"

"그럼요. 오래, 빠르게 날 수 있게 할게요."

그렇게 콜린의 귀환에 관한 이야기가 정리되고 출발은 내일, 늦어도 모레로 결론을 내렸다.

그리하여 일단 해산하기로 했는데— 그 직후.

회의실 문을 난폭하게 두드리는 소리가 났다.

"들어오도록. 무슨 용무인가?"

무슨 사건이라도 터졌나 싶어 파셔가 미간에 주름을 잡았다.

그 예상은 반쯤 정답이었다.

다급하게 들어온 사람은 류티리스의 측근인 삼인족 시녀였다. 그녀의 어깨에는 전서조가 한 마리 올라타 있었다.

"크림!"

오스카가 반사적으로 외친 그 이름. 팀의 파트너이자 오스카 일행 전용 전서조— 크림색 이소니얼 새 크림이었다.

"방금 이 아이가 와서 이걸⋯⋯."

그녀가 내민 것은 『긴급』을 나타내는 인장이 들어간 편지였다.

오스카가 그것을 받아 열었다.

—라우스 번의 정보 입수

그곳에는 목을 빼고 기다리던 정보가 적혀 있었다.

다만, 희소식은 아니었다. 교회 이단자 토벌 부대가 그를 노리는 긴박한 내용이었다.

"미안, 파셔 씨. 아무래도 지금 당장 출발해야겠어."

밀레디가 눈을 뜨자마자 사태가 급변하기 시작했다.

마치 운명이라고 불리는 것이 기다리고 있었던 양.

오스카 일행은 암묵의 동의를 나누고 행동을 개시했다.

시대의 흐름이, 마지막 태풍을 불러오리라 예감하며.

어느 마을의 뒷골목을 빠른 걸음으로 빠져나가는 작은 그림자가 있었다.

회색 후드를 깊숙이 눌러쓰고 척 보기에도 값싸 보이는 풀대로 엮은 자루를 소중히 끌어안았다.

자루에서는 기다란 빵과 붉은 과일 같은 것들이 걸음의 진동에 맞춰 규칙적으로 흔들렸다.

문득 작은 인물이 멈췄다.

앞쪽에 두 사람이 섰다. 좁은 골목은 그것만으로 길이 막혔다.

한순간 작은 인물의 몸에 힘이 들어갔지만, 그 둘이 풍채 좋은 중년 여성과 머리를 딴 귀여운 열 살 전후의 소녀임을 알고 바로 긴장을 풀었다.

그리고 아무 일도 없었다는 것처럼 조금쯤 느려진 발걸음으로 다시 걸어갔다.

벽 쪽으로 붙어 길을 양보하면서 말없이 지나치려는데……

"어머, 심부름이니? 어린데 장하기도 하지."

넉살 좋은 아줌마가 말을 걸어왔다.

작은 인물은 고민했다. 무시해도 되겠지만…….

후드로 얼굴을 가렸는데 말까지 무시하면 의심해 달라고 부탁하는 짓이 아닐까?

이곳은 상업이 발달한 마을이라서 외지에서 온 사람이 많고 오늘처럼 햇살이 강한 날은 여행복으로 후드를 쓰는 사람도 드물지는 않다.

그래도 밝게 인사했는데 어린아이가 무시한다면 굉장히 인상에 남을 것이 분명하다.

이상한 아이 다 보겠다고.

그런 생각을 순식간에 끝낸 그 인물은 밝은 목소리로 화답했다. 켕길 구석은 하나도 없다는 투로.

"네, 아버지가 시키셨어요!"

아줌마는 그 쾌활하고 예의 바른 말을 듣고 푸근하게 웃어 보였다.

"애가 참 참하네."

그녀는 작은 인물이 지나가기 쉽게 길을 터줬다. 익숙한 행동을 보아 아마 이 근처에 사는 사람일 것이다.

"나도 심부름할 줄 아는데."

한편, 아줌마와 함께 있던 소녀는 다른 집 아이를 칭찬하는 어머니에게 들리게끔 투덜거렸다. 질투심에 불타는 눈총도 빼먹지 않았다.

인물은 자기도 모르게 소녀를 돌아봤다.

두 사람은 키가 거의 비슷해서 자연스럽게 후드 안쪽도 보이고 말았다.

그 순간, 소녀가 눈을 깜빡깜빡하더니…….

"어…… 그게, 미안해."

"아, 아니야!"

소녀는 얼굴이 확 붉어지며 허둥지둥 눈길을 피했다. 아줌마가 어머나, 하며 딸을 보고 흐뭇하게 웃었다.

아무래도 후드 안쪽— 목소리로 보아 소년은 제법 잘생겼나 보다.

"그럼 가 볼게요. 아버지가 기다리셔서요."

꾸벅 머리를 숙이고 잽싸게 옆을 빠져나가는 소년에게 아줌마는 조심해서 돌아가라고 말을 던졌다.

얼굴을 못 봐서 아쉽다고 생각하면서.

"후후. 당분간 시장에 갈 때는 이 길로 다닐까?"

"됐어!"

말은 그렇게 하면서도 소년이 떠나간 쪽을 힐끔거리는 딸을 위해서 이날부터 얼마간 어머니는 자기 제안을 실천하지만……
끝끝내 소년과 재회하는 일은 없었다.

만약 소년의 정체를 알면 재회하려는 생각조차 하지 않았겠지만.

한편, 한눈에 소녀의 마음을 빼앗은 후드 속 미소년은…….

"싹싹한 건지 거리낌이 없는 건지…… 역시 신도 사람들과는 다르구나."

그래도 나는 저런 사람이 좋다고, 얼굴에 어울리지 않는 지저분한 뒷골목을 나아가며 혼잣말을 흘렸다. 자신이 잘 아는 선택받은 백성의 차가운 분위기를 떠올린 소년은 말로 하기 힘든 복잡한 표정을 지었다.

그런 생각을 하는 사이 목적지에 도착했다.

마을 외곽 쪽에 있는, 원래는 상회로 쓰였을 낡은 3층 건물이었다.

그곳 뒷문 앞에서 티 나지 않게 주위를 두리번거리며 아무도 없는지 확인했다.

그리고 문을 열어 미끄러지듯 실내로 들어갔다.

부서진 의자와 더러운 커튼, 잘 모르는 물건의 잔해가 널브러진 실내에는 눈길도 주지 않고 계단을 올랐다.

삐걱삐걱 귀에 거슬리는 소리가 들릴 때마다 꾹 다문 입에 힘이 들어갔다. 당장에라도 바닥이 내려앉지 않을지 불안했다.

3층에 도착하고 참았던 숨을 내쉰다. 안쪽 방을 노크하려는데…….

"들어와라."

간략하고, 몸속을 파고드는 낮은 성인 남성의 목소리가 들렸다.

평범한 아이라면 반사적으로 움츠러들, 굉장히 근엄한 목소리였다.

소년에게는 세상에서 가장 마음이 놓이는 목소리지만.

"돌아왔어요, 아버지."

"잘 왔다."

방구석에는 가죽 소파가 놓여 있고, 여기저기 좀먹고 살짝 기울기까지 한 거기에 한 남자가 몸을 파묻고 있었다.

"별일 없었느냐, 샤름."

무서운 얼굴이었다. 날카로운 안광은 노려보는 것처럼도 보였다.

하지만 소년— 샤름 번은 안다. 그래도 평소보다 눈꼬리가 내려가고 입꼬리는 살며시 올라갔다는 것을.

아버지가, 라우스 번이 자신이 돌아와서 진심으로 안도했다는 것을.

그래서 샤름도 혼자 외출한 긴장감에서 해방되어 표정을 느슨하게 풀었다.

샤름은 말 그대로 곱게 자란 도련님이었다. 난생 신도를 나올 일도 없었거니와 뒷골목에는 들어간 적조차 없었다. 물론 직접 장을 본 경험도.

세상에서 가장 권위 있는 대국의, 위에서 세는 편이 빠른 유서 있는 명가의 여덟 살 난 자제였다. 필요한 일은 전부 주변에서 해주는 것이 당연한 삶을 살았다.

일단 이 마을에 머물면서 심부름은 몇 번 경험했다.

하지만 한 손으로 꼽을 정도의 경험이었다. 아직 마음의 여유를 가지기에는 일렀다.

그래도 존경하는 아버지가 준 임무이지 않은가. 이 정도는 무사히 해내고 싶었다.

샤름은 괜히 뿌듯해져 가슴을 펴고 보고했다.

"네, 아버지. 무사히 식량을 샀어요."

"그러냐? 잘했다."

아버지의 칭찬을 듣고 수줍게 에헤헤 웃은 샤름은 방을 돌아봤다.

"아버지. 라인하이트는 아직 안 왔나요?"

"그래."

다른 한 명의 여행 동료— 라인하이트 아셰.

정직하고 성실한 청년 기사도 라우스의 지시에 따라 밖에
나가 있었다.

그는 현재 큰 부상이 완치되지 않은 상태며 체력도 다 회복
되지 않은 상태인데……

그렇게 생각하면서도 지금은 전보다 과묵한 아버지 쪽 걱정
이 앞섰다.

"몸은 어떠세요?"

"괜찮다. 네가 도와준 덕분이야."

"……그런가요."

거짓말이다. 샤름은 눈썹을 팔자로 늘어뜨리고 말았다.

『완고』라는 말을 체현한, 흡사 웅장한 거목 같은 아버지는
지금 전에 없이 야위어 보였다.

볼은 앙상하게 파였고 낯빛은 창백했다. 눈 밑으로 내려온
다크서클은 거의 문신을 방불케 했다.

왼쪽 소매는 안이 텅 비어 소파에 축 늘어진 점도 라우스가
마른 나무 같다는 인상을 줬다.

어쩔 수 없는 일이었다.

그 날. 무시무시한 『신탁의 무녀』와 호광 기사단 단장 달리
온 커즈와 맞서고 교회, 조국, 그리고 가족과 결별한 날.

그때부터 약 3주가 지났다.

라우스는 최소한의 물자만 챙겨 바로 신도를 탈출했다.

그 시점에서 라인하이트는 몸을 대각선으로 가른 깊은 절상과 배에 뚫린 구멍으로 중상.

라우스도 왼팔이 절단되고 만신창이 상태였다.

본래대로라면 신도는 나와도 인근 작은 마을에 잠복하며 요양했어야 했다.

하지만 라우스는 신국 자체에서 나오기를 우선했다.

도중에 단 한 번도 마을에 들르지 않고 큰 가도조차 쓰지 않고, 가진 힘을 총동원해서 『혼백 감지 능력』과 『혼백 은폐를 이용한 기적 차단』으로 사람과의 만남을 모조리 피했다.

신국 영토에서는 아무리 작은 마을에도 교회와 사제가 있었다.

더불어 백광 기사단 단장의 얼굴은 이미 너무 유명했다.

중책을 맡은 지위 때문에 원정 임무가 적어서 타국 백성에게는 그 명성이 전해졌을 뿐이지만, 신의 나라에서 군사력의 상징인 그의 얼굴을 모른다면 불신자일 뿐이다.

국가적 행사가 있을 때면 반드시 참석하기도 하여 국내에서 정체를 숨기기란 불가능했다.

하지만 반대로 라우스가 심각한 부상을 입고 나라를 빠져나가려는 사실이 전혀 알려지지 않는다면……

"샤름. 뭔가 움직임은 있더냐?"

"아뇨. 이 마을 교회는 평소와 다를 바 없어 보였어요. 딱히 순찰이 늘지도 않았고요."

샤름은 식량을 오늘 먹을 양식과 여행용 보존식으로 나누며 미소 지었다.

"오늘도 마을은 평화로웠어요. 아버지 말씀대로 교회는 우리를…… 그, 배교자로 발표하지 않았나 봐요."

"말할 수 있을 리가 없지."

군사력의 상징이 적이 됐다.

실질적인 패전을 겪고 얼마 되지도 않았는데 그런 사실을 공표하면 혼란은 피할 수 없다.

국내에는 『개선』이라고 발표했는데 말이다.

―공화국에 신의 위광을 알렸다.

―우리 신앙의 승리다.

구체적인 내용이 없어도 신국의 백성에게는 그것만으로 충분했다.

설령 대의명분이었던 『신의 자식 탈환』의 성패 여부조차 애매한 말 속에 감추었다 하더라도.

하지만 백광 기사단의 단장이 반기를 들었다면?

"위광이 흐려진다, 정도로는 안 끝나지."

아무리 신민이라도 의구심을 품을 것이다. 정말로 승리한 거냐고.

사실 그마저도 사소한 일일 뿐.

"교회가 『절대적』이라는 현실이 흔들린다."

이는 세계의 근간이 뒤집힐 전조다.

그렇기에 라우스가 자국민에게 들키기 전에는 교회도 굳이 스캔들을 들추어내지는 않는다.

위치가 발각되면 압도적인 힘으로 짓뭉개질 라우스와 라우스의 배교를 알리고 싶지 않은 교회의 이해관계는 이 한 점에서 일치했다.

그 상황을 전제로 교회의 바람은 오직 하나.

"토벌대에 붙잡히지 않아서 천만다행이야."

암살.

비밀리에 라우스 일행을 처리하고 적당한 사정을 날조해서 후임자를 세운다.

그것이 교회에 가장 타격이 적은 최선의 방책이었다.

그래서 라우스는 무리를 해서라도 출국을 우선시했다.

자국 내에서 사람이 있는 곳에는 갈 수 없었으니까.

사람이 살지 않는 산간 지역이나 삼림 지대, 길 없는 길을 갈 수밖에 없었는데 그런 곳에서 『신의 사도』라도 마주쳤다가는 모두 끝장이었다.

한시라도 빨리 타국 도시에 숨어드는 것이 라우스 일행에게는 가장 좋은 생존책이었다.

"『배신(背信)의 흙잔』을 정말로 속여 넘기다니…… 역시 아버지는 대단하세요!"

"그건 피를 매개로 혼의 정보를 기록하고, 감응 반응을 추적하는 아티팩트니까. 혼백을 숨기면 당연히 기능하지 않지."

『배신의 흙잔』― 교회의 비보 중 하나.

교회 관계자, 특히 총본산 출입이 허락된 자는 누구나 예외

없이 처음에 잔 형태의 아티팩트에 피를 바치게 된다.

기능은 라우스가 말한 대로였다. 쉽게 말하면 배신자를 절대로 놓치지 않기 위한 보험이었다.

혼백에 간섭하는 비보에서 벗어나기란 원칙적으로 불가능했다.

예외는 두 가지. 죽거나 혼백 마법으로 혼을 숨기거나.

사실상 라우스는 이 세상에서 유일하게 비보를 피할 수 있는 존재였다.

교회 측이 라우스를 찾아내지 못한 가장 큰 이유이기도 했다.

그렇지만…….

'일부러 놔줬다는 건…… 지나친 생각인가?'

과연 신의 눈까지 속일 수 있는 법일까?

정말로 『신의 사도』는 쫓지 못한 것일까?

혼백 마법을 이용한 광역 탐색에는 단 한 번도 탐색대 같은 집단은 걸리지 않았다. 그 점이 오히려 불안을 부추겼다. 정말로 찾고 있다면 한 번쯤은 지나칠 법도 하지 않은가.

정체 모를 불안이 쭉 따라다녔다.

그것이 강행군을 멈추지 못한 이유이기도 했다.

그래서 마력 대부분을 빈사 상태인 라인하이트의 치료에 쏟으면서 『한계 돌파』를 상시 발동해 이동하는 자살행위를 벌였다.

길 없는 길에서는 당연히 마물도 나온다. 식량을 구하기 위해서 야생동물을 사냥할 필요도 있었다.

잘 때도 모두의 혼을 끊임없이 은닉하고 광범위하게 탐색을 계속하느라 깊이 잠들 수 없었다.

보통 사람이라면 하루에 20킬로만 가도 대단한 악조건으로 가득한 여정.

그것을 남쪽으로 약 600킬로미터.

2주 남짓의 도주극.

세계 최강급 기사라도 그 대가는 비쌌다.

지금 라우스의 피폐함은 극에 달했다. 『한계 돌파』를 너무 오래 지속해 혼백 자체가 쇠약해졌고 체력도 마력도 회복이 현저히 더뎠다.

혼백 은폐 마법―『은둔』만은 깊이 잠들어도, 혹은 예상치 못한 사태로 정신을 잃어도 문제없도록 발동 시 마력 사용량에 비례해서 자신의 상태에 상관없이 이어지도록 여행 도중 가까스로 개량했다. 다시 걸지 않아도 앞으로 두 달은 걱정 없다.

물론 전투가 벌어지면 그마저도 장담할 수 없지만…….

'추격대로는 나를 확실하게 죽일 수 있는 병력을 보내겠지. 전력을 다해도 승산은 낮아. 무리해서라도 엔트리스에 들어오는 편이 살아남을 확률은 높다……. 그 판단은 틀리지 않을 거야.'

라우스가 목표로 한 곳은 【엔트리스 상업 연합 도시】였다.

누구나 자유롭게 왕래할 수 있고 사람과 물건이 언제나 복잡하게 뒤얽히는 상인의 성지.

수도 【에스페라도】를 중심으로 각각 다른 특색을 가진 여섯 도시가 원형으로 둘러싸고 있다.

그 여섯 도시 중 라우스 일행이 숨어 지내는 곳이 바로 이곳— 요리와 약학의 도시 【팔란티노】다.

찌그러진 마름모 모양인 【엔트리스】에서 신국과 접한 북서쪽에 위치한 지역이다.

생각한 대로 활기가 있고 매일 사람으로 북적였다.

이곳에서 습격당하면 라우스의 배신을 숨길 수 없으므로 습격할 가능성은 낮을 것이다. 일단 혹시 몰라서 주민이 말려들지 않게 마을 외곽의 폐허를 이용하고는 있지만, 아직은 문제가 없었다.

이 도시에 숨어든 지도 오늘로 일주일째.

도시의 특색이기도 한 보양에 좋은 음식과 일반적 약, 마법약을 불문하고 효능 좋은 회복약, 그리고 편하게 쉴 수 있는 환경 덕분에 막 도착한 당시와 비교하면 라우스의 심신도 절대 안정이 필요한 상황은 간신히 벗어났다.

"이제는, 움직여야지."

"……! 하지만 아버지는 아직!"

"괜찮다."

괜찮을 리가 없다며 샤름은 이를 갈았다. 자신이 더 도움이 된다면, 하다못해 아버지를 업을 수 있다면……. 어린 몸이 분하고 답답해서 견딜 수 없었다.

"토벌대가…… 올 때가 됐다고 생각하세요?"

"글쎄. 하지만 한 장소에 오래 있는 건 좋지 않아. 예정으로는 이틀 전에 출발했어야 했어."

아무리 숨기려고 해도 오래 있을수록 정보의 파편은 흐르기 마련이다.

그것을 줍는 것은 주변에 사는 주민들이고, 소문이라는 형태로 바람을 타고 퍼져 나간다.

라우스의 설명을 듣고 샤름은 방금 만난 모녀를 떠올리며 수긍했다. 수긍할 수밖에 없었다. 아무리 아버지가 걱정되더라도.

고개를 숙인 아들을 보고 라우스는 눈을 가늘게 떴다. 무척 자상하게.

"걱정하지 마라, 샤름."

"……."

"나는 안 죽는다. 살아갈 이유가, 약속이 있어."

"약속…… 그, 라이센 백작가의 영애, 말인가요?"

여행 도중 라우스와 샤름은 많은 말을 나누었다. 신앙과 주변에서 보는 눈 때문에 꺼내지 못했던 말도, 숨겼던 마음도, 정말로 많이.

전쟁의 진실, 신의 진실, 저항하는 자들에 관해서도.

그중에서도 인상적이었던 것은 한 소녀의 이야기였다.

충격적이었다.

이야기로 들은 그녀의 신념, 삶의 궤적에 뒤통수를 얻어맞은 기분이었다.

이 세상에 그런 소녀가 존재한다니. 마치 용사의 이야기를 듣는 심경이었다.

그래도 샤름이 가장 놀란 점은…….

"크크, 『전(前)』을 잊었구나, 샤름. 지금 그 녀석은 『영애』와는 거리가 멀지."

"……여성에게 그런 말씀 하시면 안 돼요, 아버지."

그녀에 관해 이야기할 때마다 아버지는 이런 식으로 웃었다.

언제나 철가면이라도 쓴 것처럼 무표정인 사람이었다. 그런 라우스 번의 웃는 얼굴이란 『눈매가 살짝 휘어진다』, 『입꼬리가 살며시 올라간다』가 고작이었다.

그런데 지금은 어떤가.

그 소녀를 입에 올릴 때만은 주름이 파일 만큼 표정이 변했다. 누구나 알 수 있을 만큼.

가족과 이야기할 때도 그런 얼굴은 보이지 않는데.

그것이 어쩐지 몹시 마음을 뒤흔들었다.

뭔가 무거운 족쇄에서 아버지가 해방된 덕이라고 생각하지만, 샤름으로서는 인정하기 어려웠다.

그렇다면 마치 교회뿐 아니라 번 가문에서 보낸 생활에도 아버지는 괴로워했다는 생각이 드니까. 자신도 아버지에게는 짐이었을 뿐인지도 모른다는 무서운 생각이 고개를 내미니까.

"……아버지는 역시 교회와…… 신과 싸우시는 건가요?"

"그래."

"밀레디 라이센을 위해서요?"

자기 목소리가 생각보다 날이 섰다는 사실을 샤름은 깨닫지 못했다.

머리로는 이해한다. 샤름은 여덟 살답지 않게 총명했다.

세상을 놀이판 삼아 인간을 농락하는 신.

신과 교회에게만 유리한 절대적 교의.

그것들로부터 사람을 해방하기 위한 싸움.

샤름도 나날이 느끼던 의문의 정체에 납득하고 어리지만 의분을 느꼈다. 강대한 적에게 겁먹지 않고 맞서려고 결단한 아버지를 자랑스럽게도 생각했다.

그래도 아버지가 목숨을 거는 이유가 자신이 모르는 소녀를 위해서라면……

"어리석은 것아."

"네?"

갑작스러운 질타, 아니, 황당해하는 말에 샤름이 고개를 번쩍 들었다.

그리고 무심결에 넋이 나갈 만큼 상냥한, 아버지의 눈을 보았다.

"다 너를 위한 일이다."

"저, 저를 위한 일요?"

"그래."

라우스는 마음처럼 움직이지 않는 몸을 채찍질하고 일어났다.

눈을 어디에 둘 줄 모르고 두리번거리는 샤름 앞에 한쪽 무릎을 꿇고 어깨에 손을 얹었다. 그리고 정면에서 똑바로 눈을 맞췄다.

"그리고 리코리스, 카임, 셀름을 위해서지."

"아······."

샤름은 가슴 깊은 곳이 조여드는 기분이었다.

자신을 괴롭히고 비수 같은 말을 던지던 가족을 떠올렸다.

마음에 무지근한 통증이 파고들고 차가운 슬픔이 휘몰아쳤다.

하지만, 그래도 가족 아니던가. 그래서 그 뒤틀리고 일그러진 곳에 두고 온 사실에 불안과 후회가 배어 나와 검은 안개처럼 마음에 들러붙었다.

그래도 자신을 구출할 때 라우스는 미안하다고, 그들을 버려두고 떠나야 한다고 사과했다.

그렇다면 더는 아버지에게 짐을 주고 싶지 않다. 구하러 가지 않느냐고 물었다가 아버지가 자책감에 시달릴지 모른다고 생각하면 차마 말을 꺼낼 수 없었다.

그래서 잊은 것처럼, 불안과 답답함을 마음속 깊이 가두었다.

하지만 아버지는 잊지 않았다.

포기하지 않았다!

기쁨과 안도와 존경심으로 샤름의 눈시울로 눈물이 한 방울 떨어졌다.

최강이자 최고의 기사를 아버지로 두고 이런 일로 눈물을 보이다니, 한심한 짓이다.

그렇게 생각한 샤름은 눈을 벅벅 닦고 괜히 쑥스러워서 농담을 던졌다.

"아버지, 할머니를 잊으셨어요."

"잊기는 누가."

지체 없이 대구하며 일어선 라우스는 샤름의 회색 머리를 힘주어 쓰다듬고는 비밀을 밝히는 것처럼 무겁게 분위기를 잡고 말했다.

"사실, 어머니를 싫어해서 말이다. 일부러 뺀 거다."

"네?!"

"어머니는 둘째 부인을 들여라, 셋째 부인은 어떠냐 하며 혼담 얘기만 하지 않더냐."

"아, 그랬죠……."

"그게 너무 싫었어."

"…………어, 네? 설마, 그런 이유로요?!"

라우스는 정색하고 고개를 끄덕였다.

샤름의 눈이 휘둥그레졌다. 아연실색을 그림으로 그린 듯한 표정이었다.

그런 아들을 잠깐 바라보던 라우스가 히죽 웃었다.

아 소리를 낸 샤름은 이어서 난감한 표정을 지어 보였다.

"……몰랐어요. 아버지가 농담을 하실 줄은……."

"글쎄, 무슨 소리인지 모르겠구나."

라우스는 어깨를 으쓱이고 소파로 돌아갔고 샤름은 아버지를 어처구니없다는 듯 바라봤다.

그런데 마침 그때.

"음, 라인하이트가 돌아온 모양이군."

도피행 동료 중 마지막 한 명이 돌아왔다.

"다행이에요. 아직 몸도 성치 않을 텐데……."

몸을 던져 샤름을 구하다가 얻은 명예의 부상이지만, 보통은 두 번 죽어도 이상하지 않을 상처였다.

라우스가『혼백 정착과 고정』을 하며 회복 마법을 계속 사용하였기에 지금은 돌아다닐 수준은 됐지만, 아직 완치와는 거리가 멀었다.

"돌아왔습니다, 라우스 님, 샤름 님."

문을 열고 들어온 청년 기사는 역시나 안색이 나빴다.

한눈에 다정하고 성실한 인상을 주는 단정한 외모가, 라우스만큼은 아니지만 상당히 야위어서 지금은 흡사 수행자를 방불케 했다.

번 가문의 호위 기사로서 품위도 지켜야 한다며 언제나 깔끔하게 손질하던 애시 브라운색 머리도 어쩐지 색이 바랜 듯했다.

"어서 와, 라인하이트!"

"잘 왔다. 일은 어떻게 됐지?"

"무사히 마쳤습니다."

그러면서 라인하이트가 외투 안쪽에서 꺼낸 것은 작고 얇은 직사각형 나무패였다.

"에스페라도 행 티켓, 세 장입니다."

엔트리스 최대의 특색이자 명물은 무엇인가?

이 대륙에서 그 질문에 대답하지 못할 사람은 없을 것이다.

그 정도로 유명한 것이 『마력 구동 열차』였다.

유래는 먼 옛날. 아직 【엔트리스】가 존재하지 않고 상업 연합 도시의 구체적인 구상이 계획되던 무렵.

상업의 성지라면 사람과 물자 운반이라는 장사의 기본이자 최중요 사항에서 우세를 점해야 한다. 그렇다면 타의 추종을 불허할 효율적인 운반 수단은 없을까…….

짐마차의 문제점을 한 번에 해결할 방안은 없을까…….

있지? 설마 없다고는 안 하겠지?

이건 신의 나라가 참가한 거대 상업 도시 창설 계획이야.

한마디로 신의 뜻이라고!

신은, 정확히는 신을 등에 업은 교회의 높으신 분들은 어느 시대건 말도 안 되는 억지를 부리기로 정편이 났다. 당시 계획 참가국(강제)이 모두 머리를 쥐어뜯었을 것이다.

그래서 죽도록 머리를 굴리고 수차례 연합 회의를 연 끝에 어떤 천재가 이렇게 말한 것이다.

짐마차의 적재량? 말의 체력? 기상 악화? 험로?

그렇다면 강철 레일을 달리는 거대 짐마차 골렘을 만들면 되잖아? 라고.

길을 포장하는 것보다 레일 두 개가 쉽고 돈도 덜 먹는다.

골렘이라면 연성 마법을 쓰는 기술자만 있으면 체력이나 건강도 문제되지 않는다.

그 결과, 기술 대국 【베르카 왕국】의 주도하에 『연결형 짐마차 골렘』—『마력 구동 열차』 개발 및 배치가 시작됐고, 그 후

수백 년 동안 이어진 상업의 성지를 완성했다.

뭐 아무튼 그건 그렇고.

"와아! 라인하이트, 이것만 있으면 열차를 탈 수 있는 거지!"

"예, 샤름 님. 기대되시나요?"

"앗, 그게……."

죽음을 무릅쓴 도피행 중에 신나서 소리쳐 버렸다. 샤름은 아차 싶은 얼굴이었다.

"그러고 보니 전에 타 보고 싶다고 했었지?"

"아, 아버지, 기억하세요?"

샤름은 더더욱 움츠러들었다.

하지만 여덟 살 남자애가 거대 골렘 열차에 관심을 보이는 것은 당연한 일이었다.

라우스와 라인하이트는 훈훈하게 미소 지었다.

"이런 기회는 잘 없다. 즐길 때는 즐겨야지."

"그, 그렇지만."

"샤름 님. 사실 저도 타고 싶었습니다. 저는 시골에서 자랐고 기사가 된 후로는 신도를 떠날 일도 거의 없었으니까요."

"그, 그랬어? 라인하이트도 그랬구나…… 에헤헤."

안심하고 숨을 후 내쉰 샤름은 초롱초롱한 눈으로 자신의 티켓을 들여다봤다.

그 사이 라인하이트가 라우스 곁으로 다가갔다. 그리고 우려스러운 표정으로 소곤거렸다.

"그런데 라우스 님, 정말로 에스페라도에 가실 겁니까? 그곳에는—."

"대륙 중앙 교회가 있다, 이건가?"

"예……."

지명수배되지는 않았어도 그곳에는 총본산—【신산】 꼭대기에 있는 대신전을 제외하면 대륙 최대의 교회가 있다.

당연히 파견된 교회 관계자도 중진이다.

교회에 일곱 명밖에 없는 대사교 중 한 명도 배치되었고, 고유 마법을 가진 사교와 신전 기사도 많다.

그런 자들은 하나같이 라우스와도 면식이 있다.

라인하이트가 걱정하는 이유도 알 만했다.

"에스페라도를 피하고 위성 도시를 거쳐 발레리아로 가야 하지 않겠습니까?"

마력 구동 열차의 노선은 여섯 개의 바퀴살을 가진 바퀴 모양으로 각 도시를 연결한다.

수도 【에스페라도】를 기준으로 각 도시의 이름과 위치 관계는 아래와 같다.

—북서쪽 팔란티노.

—북동쪽 오비우스.

—동쪽 루마루스.

—남동쪽 발레리아.

—남서쪽 텔리오.

—서쪽 키스피스.

이중 【오비우스】와 【루마루스】는 일부가 【우르디아 공국】에

접했고 【발레리아】는 【그랜더트 제국】에 접해 있었다.

현재 라우스 일행의 계획은 【발레리아】에서 제국으로 들어가 그대로 동쪽에 있는 수해로 가는 것.

즉, 【엔트리스】 외곽을 시계 방향으로 돌아서 【발레리아】로 가거나 【에스페라도】를 경유해서 일직선으로 가야 하지만, 라인하이트는 전자를 추천하고 있었다.

자고로 위험은 피하는 것이 상책이랬다. 그렇게 생각하면 분명 라인하이트의 제안은 가장 무난한 선택이다.

하지만 라우스는 고개를 가로저었다.

"내가 말했을 거다. 지금은 사람이 많은 곳이 가장 안전하다고."

300킬로미터 평방에 달하는 【엔트리스】는 거의 모든 구역이 개발되고 발전했다. 하지만 위성도시 사이에는 산과 들이 펼쳐진 무거주지도 존재했다.

심지어 각 도시와 수도 사이에도 역이 몇 군데 있는데, 수도로 가는 노선에는 직통 열차가 있는 반면 위성 도시 사이를 잇는 노선은 모든 역에 정차하는 열차편밖에 없었다.

"설마 달리는 열차를 습격하지는 않겠지만, 사람이 적은 역에 정차했을 때는 공격당할 가능성이 커."

"그건…… 그럴지도 모릅니다만……. 그럼 차라리 공국으로 빠지시는 편이?"

"공국은 농업 국가잖나. 제국에 비하면 마을도 인구도 적어. 더구나 이웃 나라인 연방도 넘어야 해. 국경을 넘는 횟수는 적을수록 좋아."

"그렇군요……. 교회도 에스페라도에서 우리와 싸우고 싶지는 않겠죠. 역시 지금은 인파 속에 섞이는 편이 최선이란 말씀이군요?"

"기사로서 일반인을 방패로 삼는 것 같아서 부끄러울 따름이지만……."

그래서 너도 안 내키는 것 아니냐고 씁쓸한 웃음을 짓는 라우스에게 라인하이트도 똑같은 웃음을 지어 보였다.

"이제는 대륙 중앙 교회의 대사교가 엉뚱한 생각을 하지 않기만 바라야겠군요."

교회 상부에도 권력 투쟁은 당연하게 존재한다. 총본산의 실태나 다름없는 라우스의 배교는 알려지지 않았으리라 생각하지만…….

만약 알려지면 공적에 눈이 멀어 강행 수단을 쓸 가능성도 없지 않았다.

"라인하이트, 가능성을 일일이 따지면 끝이 없다."

"그건, 그렇지요."

"그렇다면 결국 중요한 건, 무엇을 믿고 싶은가."

"믿어야 하는가, 가 아니라요……?"

라우스는 무게 있게 고개를 끄덕였고 라인하이트는 지친 것처럼 한 손으로 눈을 덮었다.

어느샌가 샤름이 거리를 두고 상황을 살피고 있었다. 무척 걱정스러운 눈빛으로.

"후회하나?"

라우스의 말은 조용했으나, 라인하이트는 화들짝 놀라듯 고개를 들었다.

젊은 얼굴이다. 라우스는 생각했다.

실제로 라인하이트는 아직 스물네 살에 불과했다.

방금 자신이 말한 대로 신국의 변방 마을 출신이며 상태 이상에 걸리지 않는 고유 마법이 판명되었기에 신도로 불려왔으나 기사로서 그의 실력은 최하급.

만약 라우스가 거두어 번 가문의 호위 기사가 되지 못했다면 신전 기사단에서는 평생 주목받는 일 없이 어딘가 전쟁터에서 죽었을지도 모른다.

요컨대 라인하이트는 고난을 뛰어넘은 경험은커녕 제대로 된 전투 경험조차 없었다.

성실함만이 장점인, 평화 속에서 살아온 평범한 청년…….

그랬던 이가 어느새 조국을 배반한 적이 됐다. 그 심경이 어떠할지는 헤아리고도 남는다—.

"일말의 후회도 없습니다."

라우스의 생각을 끊는 패기 어린 목소리였다.

"저는 제가 믿는 교의에 따랐습니다. 제 의지로 선택한 겁니다."

그러니까 후회할 리 없다.

"피곤해서 마음이 조금 약해졌나 봅니다. 절 치료하며 강행군을 한 라우스 님이 더 힘드실 텐데……."

라인하이트는 자괴감에 고개를 숙였다. 라우스가 그 어깨를 힘주어 잡았다.

"너는 잘하고 있다. 비하할 이유는 하나도 없어."

"맞아, 라인하이트! 내가 말했지! 너는 아버지만큼이나 존경하는 기사라고!"

"라우스 님, 샤름 님……."

달려온 샤름이 들이받다시피 매달렸다. 어찌나 필사적으로 옹호하는지, 라인하이트는 더는 아무 말도 하지 못하고 쑥스럽게 머리를 긁적였다.

라우스는 미소를 띠며 지적했다.

"라인하이트. 네가 신중론을 제기하는 건 마음이 약해져서가 아니라 해방자를 믿지 못하기 때문 아니냐?"

"그건…… 그럴지도 모릅니다."

사실 에스페라도를 경유하는 루트에는 숨은 의도가 하나 더 있었다.

어떻게든 제국으로 들어간다고 치자. 거기서 공화국까지 도착할 수 있는가? 현실적으로 지금 상태를 고려하면 상당히 불리한 도박이었다.

추적자가 있다면 더더욱.

"레지스탕스인 해방자라면 에스페라도에도 숨어 있을 가능성이 크다. 저도 그 말에는 동의합니다. 하지만…… 정말로 우리를 도울까요?"

이것이 바로 라우스의 계획, 아니, 기대였다.

하지만 라인하이트는 해방자를 모른다. 그리고 자신들은 교회 기사며 그들과 원한 관계였다. 솔직히 도와준다는 말도 반신반의였다.

"합리적으로 생각하면 라우스 님을 아군으로 끌어들이는 이점을 고려해 도와주겠죠. 하지만—."

"사람의 감정은 때로 합리성을 무시한다."

"예……."

라우스가 만전의 상태였다면 걱정 따위는 주제넘는 짓이다. 하지만 지금은 이런 상황이다. 위험은 조금이라도 줄이고 싶다.

그게 라인하이트의 거짓 없는 본심이었다.

"애초에 우리에게 접촉할지 어떨지."

"이것도 맞는 말이에요, 아버지. 우리는 눈에 띌 수 없으니까 어쩌면 우리를 못 찾을지도 몰라요."

"너희의 걱정은 나도 이해한다. 하지만 토벌 부대도 눈에 띌 수 없는 건 피차일반. 아마 소수 정예로 움직일 거다. 그렇다면 『눈』은 해방자가 훨씬 많을 테지."

"상대가 우리를 적극적으로 찾고 있다는 말씀이십니까?"

"그래. 도망치고 숨는 노하우는 우리와 비교도 안 되겠지."

신국 내에서 접촉하면 모조리 싸잡혀서 죽을 수도 있다.

그래서 해방자의 눈이 신도 근방에 있을 가능성을 고려하여 인구가 많은 타국 【엔트리스】를 목표로 했고, 이미 이렇게 당도했다.

조력을 얻을 준비는 마쳤다.

조력을 얻을 수 있다고 믿고 이토록 무리한 것이다.

"믿고 계시는군요, 해방자를."

"물론."

마치 라우스의 단짝이었던 성퇴와 같은 힘찬 단언.

눈이 휘둥그레진 라인하이트와 샤름에게 라우스는 씩 웃으며 말했다.

"안 그러면 『절대』에 도전하려는 생각 따위 안 하지."

라인하이트와 샤름은 잠시 서로를 바라보다가 그건 그렇다며 피식 웃음을 흘렸다.

다음 날, 정오를 앞둔 시각.

라우스 일행은 지금 역에 있었다.

승합 마차 정류소와는 전혀 달랐다. 굵은 기둥들과 아름다운 조각으로 장식된 신전 같은 역사였다.

넓은 공간에는 대기실과 벤치, 화물 보관소가 있고 이 세상 사람이 모두 모여 있는 듯한 착각이 들 만큼 붐볐다.

물론 새벽부터 아침 시간대에 비하면 이것도 양호한 편이지만.

점심보다 아침이 혼잡한 것은 마력 구동 열차에서는 흔한 이야기다.

사실 라인하이트도 아침 티켓을 구하고 싶었지만, 표 구하기에 이골이 난 상인들이 혈안이 되어 쟁탈전을 벌이니 이길 재간이 없었다.

라인하이트가 어제의 격전을 추억하고 있는데 샤름이 무언가에 흥미가 끌린 것처럼 눈을 가늘게 찌푸렸다. 그 시선이 향한 곳에는 승강장으로 가는 계단이 있고, 모든 단 측면에는 문자가 새겨져 있었다.

"아버지, 왜 사람 이름이 적혀 있죠?"

빼곡하게 적힌 문자는 모두 사람 이름이었다.

"열차 창설에 힘쓴 자들의 이름이야."

"샤름 님. 익숙한 이름이 있지 않나요?"

"아, 정말. 역사서에 나오는 사람이야……."

샤름은 감탄하며 눈을 반짝였다. 역사의 정면에 섰을 때부터 쭉 흥분이 가시지 않는 기색이었다.

본인은 침착하다고 생각하나 보지만, 시골내기처럼 여기서 두리번거리고 저기서 어슬렁대며 호기심을 주체하지 못하는 모습이었다. 지나치게 총명해도 역시나 여덟 살 아이였다.

눈에 띄지 말아야 한다고 생각하면서도 라우스와 라인하이트는 훈훈한 마음에 차마 말릴 수는 없었다.

사실 후드까지 벗겨져 천진난만한 미소년의 얼굴을 만천하에 드러내서 주변 사람, 특히 여성들의 눈길을 사로잡고 있었지만 본인은 역시 알아차리지 못했다.

세 명 모두 후드를 뒤집어쓰면 도리어 수상쩍게 보이므로 라우스도 딱히 주의하지는 않았다.

사실 예정 시각 한 시간 전부터 교회 관계자나 사람을 찾는 듯한 인물, 주의가 필요한 자가 없는지는 확인을 마쳤다.

열차가 올 때까지 남은 시간은 약 10여 분.

그 정도라면 오히려 『해방자』가 접촉할 가능성을 믿고 그냥 두고 싶은 게 라우스의 심정이었다.

그런 이유로 라우스 본인은 안 되더라도 지명도가 없는 라인하이트도 지금은 맨얼굴을 내놓고 있었다.

"샤름 님. 잠시만 기다려주십시오."

"앗. 미, 미안, 라인하이트."

자기가 들떴다는 것을 깨닫고 부끄러워서 얼굴을 붉히는 샤름과 밝게 웃으며 미아가 되지 않게 손을 잡아주는 라인하이트는 마치 우애 좋은 형제 같았다.

주변 부인에게서 「아, 아름다워」라는 괴상한 혼잣말이 들렸다.

응? 왠지 코를 부여잡고 웅크려 앉는 누님까지…….

생각 이상으로 이목을 산 모양이다.

라우스는 「샤름의 귀여움은 만국에 통하는군.」이라며 무의식적인 팔불출 기질을 발휘하면서 역 한쪽 구석으로 갔다.

방금 샤름이 넋을 놓았던 원인— 열차 모형. 그 손바닥 크기의 기념품을 냉큼 사서 샤름에게 건넸다.

"아, 아버지. 저는 딱히."

"됐으니까 받아라."

그 말만 하고 라우스는 이곳을 떠나고자 승강장으로 척척 걸어갔다.

샤름의 시선은 손에 든 모형과 라우스의 등을 바쁘게 오갔다.

"장난감은 처음 받았어……."

"이것도 교회에서 등을 돌린 덕이군요."

"……라인하이트, 이단자가 다 됐구나."

어깨를 으쓱이고 자기 손을 잡는 청년 기사에게 샤름은 형용하기 어려운 표정을 지었다. 그러나 그것도 잠시뿐. 샤름은 오히려 라인하이트의 손을 잡아끌 기세로 라우스의 등을 좇았다.

"아버지! 감사합니다! 소중히 다룰게요!"

그리고 만면에 웃음꽃을 피웠다.

귀 끝이 살짝 빨개진 라우스를 본 라인하이트의 어깨는 홀로 떨리고 있었다.

승강장으로 들어서자 마침 마력 구동 열차가 들어오는 참이었다.

쇠가 삐걱거리는 소리가 고막과 소년의 마음을 크게 자극했다.

"우와……."

샤름이 무의식적으로 감탄했다.

실제로 마력 구동 열차는 웅장하다는 말에 걸맞은 박력이 있었다.

은색 광택으로 빛나는 강철 거체는 거의 200미터는 되어 보였다.

연결된 차량 하나만 떼놓고 보아도 웬만한 짐마차와는 비교를 불허하는 크기였다.

표면에는 복잡하고 변칙적인 마법진들이 새겨져 옅은 빛을 내고 있었다.

승강장에 들어올 때도 빛 입자가 뒤로 길게 이어져서 샤름이 탄식을 흘릴 정도였다.

열차 정면에는 투명하고 큰 보주가 박혀 있었다. 그 보주 안에서도 복잡하고 정밀한 마법진이 빛났다.

정면 상부에는 창문 두 개가 좌우 대칭으로 나 있는데 그게 꼭 눈처럼 보여서 험상궂은 분위기를 내고 있었다.

더불어 뒤쪽 화물 전용 차량에는 집게 크레인까지 달려서 원활한 화물 운반을 가능케 했다.

이렇게 보니까 알겠다. 이건 분명히 골렘이다.

라우스조차 작은 흥분을 느끼며 두 사람과 함께 열차에 올랐다.

다크 브라운색 나무판자를 붙인 듯한 내부 디자인은 시크한 분위기를 줬고 와인레드 색 천으로 감싼 좌석은 모두 동반석으로 이루어졌다.

"여기에 앉지."

라우스가 눈길을 준 곳은 가장 앞쪽 자리였다.

혹시 모를 사태에 즉시 대응하기 위함이리라.

안쪽 창 측에 샤름, 그 옆에 라우스, 정면에 라인하이트가 자리를 잡았다.

"……."

"아버지, 괜찮으세요?"

표정으로 드러낼 생각은 없었건만, 아무래도 몸을 앞드며 느낀 피로감과 통증이 전해졌나 보다. 샤름이 걱정스럽게 올려다보고 있었다.

"라우스 님, 받으십시오."

라인하이트가 작은 병에 든 회복약을 내밀었다.

"미안하군."

"아닙니다. 에스페라도까지 가려면 다섯 시간은 걸립니다. 푹 쉬십시오."

"고맙다. 네 말대로 하마."

단맛과 쓴맛이 번갈아 찾아오는 분홍색 액체를 쭉 들이켰다.

혼백 자체의 피로가 원인이라서 솔직히 마음의 위안에 지나지 않았다.

오장육부에 스미는 느낌을 맛보며 라우스는 조용히 눈꺼풀을 내렸다.

잠시 차장이 흔드는 핸드벨 소리가 딸랑딸랑 울렸다.

출발 신호였다.

끼이이익, 골렘에 마력이라는 생명을 불어넣고 기동하는 소리.

덜컹, 무언가가 빠지는 소리.

그리고 삐걱삐걱 소리를 내며 바퀴가 돌아가는 진동이 느껴졌다.

그 소리들을 멀어져 가는 정신 속에서 들으며 라우스는 조용히 잠으로 빠져들었다.

그 무렵, 【수도 에스페라도】에서는.

"하으~, 여긴 낙원이에요~."

토끼 한 마리가 나태의 화신으로 거듭나 있었다.

딱히 관리하지 않은 짙은 남색 보브 헤어, 잘 단련해 예술품처럼 날씬한 몸매, 너무 크지도 작지도 않고 탄력 있는 가슴, 보송보송한 처진 토끼 귀. 얼굴도 굉장히 귀여워 외모만은 미소녀라고 평하기에 부족함이 없었다.

다만, 방은 돼지우리지만.

옷과 수건이 어지럽게 널브러진 건 물론이거니와 먹다 남은, 혹은 먹다 흘린 음식이 떨어져 있고 칼집 없는 나이프나 괴상한 액체가 든 병 같은 위험물까지 발 디딜 틈 없이 바닥을 메우고 있었다.

언뜻 보기에도 고급스러운 융단도, 지금 뒹굴대는 침대도 과자나 음식으로 얼룩이 져서 추잡하기 짝이 없었다.

"숲 밖에서 임무라고 하길래 사실상 추방인 줄 알았는데, 폐하께 감사해야겠네요."

벌러덩 누워서 의미 없이 빙빙 꼬인 리조트용 호화 빨대를 물고 오렌지색 주스를 쭉쭉 빨아 먹는다.

그리고 사레들렸다.

오렌지색 방울이 튄다.

고급스러운 방이 한층 돼지우리처럼 되어 간다…….

"켈록켈록, 완전 맛있어~. ……응, 역시 퇴직하자!"

방이 더러워지는 건 신경도 쓰지 않고, 이 토끼는 주스가 맛있다고 퇴직 결의를 표명했다.

"나는 해방자의 지원자(한량)가 될 거야!"

"누구더러 『밥벌레』래요! 놈팡이 토끼 주제에!"

방에 갑자기 울린 여성의 고함에 놈팡이 토끼, 공화국 은밀 전사단 전사장 스이는 비명을 지르면서 펄쩍 뛰었다.

　침대도 고급이었다. 그 탄력은 튀어 오른 토끼를 더욱 튀어 오르게 했다.

　띠용, 하고 침대 밖으로.

　물론 이런 한숨만 나오는 토끼라도 공화국 다섯 손가락 안에 드는 강자라서 무난하게 낙법을 취해 융단 위를 굴렀다.

　그리고 고개를 들자 그곳에 악귀가 있었다.

　정확히는 그렇게 착각할 만큼 눈을 치켜뜬 여성이. 회색 세미롱 헤어에 같은 색 눈동자를 가진 지적인 미인이었다. ……화만 내지 않는다면.

　"뭐, 뭐예요, 셜리 누님! 남의 방에 맘대로 들어오고!"

　"당신 방이 아니에요! 뻔뻔하긴!"

　길길이 날뛰는 그녀의 이름은 셜리 넬슨.

　이곳 【에스페라도】 중심가에 우뚝 선 역사와 전통의 일류 호텔 『르쉐나』의 오너 집안 딸이자 에스페라도 지부 소속의 해방자였다.

　그리고 이 방은 그녀 말대로 스이의 방이 아니었다.

　르쉐나가 자랑하는 최상층(15층)에 자리한 스위트룸이었다.

　참고로 셜리가 들어온 곳은 문이 아니라 벽에 붙은 선반 뒤였다. 사실 선반이 회전문이며 지하에 있는 『해방자』 시설에서 벽 속을 이동해 온 것이었다.

　"그, 그치만! 마음대로 써도 된다면서요!"

"정도란 게 있잖아요?!"

"어쩌라구요~. 그런 이야기 못 들었거든요~? 스이는 맘대로 써도 된다고 해서 맘대로 썼을 뿐이고~, 문제가 있으면 미리 말해주셨어야죠~. 이제 와서 조건 추가하는 건 좀 아니지 않아요~?"

"이, 이게 보자보자 하니까."

셜리는 당장에라도 발을 쾅쾅 구를 것 같았다. 평소에는 침착하고 밝은 성격이지만, 이 사람을 속을 벅벅 긁는 토끼와 만나고부터 나날이 감정 미터기가 요동쳤다.

공화국에서 실력 있는 첩보원을 파견한다고 들었을 때는 대단한 조력을 얻었다며 기뻐했지만······.

보다시피 잉여 토끼는 이 꼬락서니였다. 어찌 한숨이 안 나오겠는가.

"야, 셜리. 네가 익숙해지는 수밖에 없어. 스이는 원래 이런 놈이야."

"레오 씨······."

셜리의 뒤를 이어 회전문으로 나온 사람은 신사와 도적을 반반씩 섞은 듯한 중년 남성이었다.

레오나르도 아방.

본부 소속 제2 행동 부대 대장이며 『라우스 보호 작전』의 지휘관이기도 했다.

신사적이고 말쑥한 외모는 몸가짐을 단정히 하고 말없이 미소 짓는다면 고위 귀족처럼도 보일 것이다.

하지만 드문드문 자란 수염과 기본 장비처럼 입에 문 담배, 가뜩이나 후줄근한 가죽옷을 풀어헤치고 언제나 주머니에 손을 꽂아 넣은 모습은 동네 양아치가 따로 없었다.

어디 사는 부리더와 닮은 구석이 있는데, 사실 그럴 만도 했다.

나이는 46세. 독신. 다시 말해서 배드와 동년배 친구. 닮은 꼴이라면 닮은꼴이었다.

여담이지만 제1 부대 대장은 부리더를 겸임한 배드였다. 대장이 걸핏하면 증발하는 탓에 그쪽 부대원은 실질적으로 사무총장인 살루스의 부하지만.

아무튼 쓴웃음을 지은 레오나르도는 씩씩대는 셜리의 어깨를 잡고 달래며 방을 돌아봤고—

"……이봐, 스이. 일단 옷 정도는 입지 그러냐?"

적어도 속옷은 입고 있었다. 그런데 이 토끼, 도시 물 좀 마셨다고 요즘 유행하는 살짝 섹시한 속옷이나 입고 앉았다.

객관적으로 보면 성실한 남자도 늑대가 될 모습이지만…….

슬프게도 배드와 달리 여성 문제로 부족함이 없는 독신 인기남에게는 아무런 감흥도 불러오지 못했다.

"마음대로 들어와 놓고 너무하네요. 여자의 속살을 봤다구요! 5년은 놀고먹을 위자료를 받아야겠어요!"

"평생 누워서 살게 해주랴?"

"죄송합니닷!"

야성미 있는 미남 아저씨가 으름장을 놓으니 확실히 무서웠다. 정말로 그럴 만한 실력도 있어서 더더욱.

그렇다면 자존심을 어머니 배에 두고 나왔다고 소문 자자한 스이가 꺾이지 않을 리 없었다. 더없이 손쉽게 자행되는 초고속 큰절.

헤헤, 두목, 당연히 농담이죠. 신발이라도 핥을까요? 라고 말하는 것처럼 감탄스러울 만큼 비굴했다.

"됐고 옷이나 입어."

"네~!"

레오나르도가 담배 연기를 푹 내쉬며 말하자 스이는 언제 그랬냐는 듯 가볍기 짝이 없는 대답을 하며 옷 수색을 시작했다.

"……이런 말 하고 싶지 않지만, 여왕 폐하가 사람을 잘못 고른 게 아닌가요?"

만사 귀찮게 엉덩이를 긁적이며 돼지우리를 뒤지는 스이를 보면 공화국과 해방자의 협력을 상징하는 인재라는 생각은 들지 않았다.

"하지만 실력은 진짜야."

"그게 참 미스터리예요……."

쓰레기 아래에 숨어 있던 자기 마름쇠를 밟고 빽 비명을 지르며 뒹굴거리는 토끼. 물론 속옷 차림. 선정적인 속옷이라서 엉덩이가 다 보였다.

그런 스이를 죽은 생선 눈깔로 바라보면서도 두 사람은 차마 「너희 숲으로 꺼져! 이 식충아!」라고 말할 수 없는 이유를 떠올렸다.

닷새 전 일이었다.

이 나태의 화신은 놀랍게도 【에스페라도】 중심지에서 위용을 뽐내는 『대륙 중앙 교회』에 단독으로 침입해 정보를 캐왔다.

에스페라도 지부 첩보 부대에서도 아직 아무도 이루지 못했던 쾌거였다.

그런데……

『하루하루 일에 치이는 일상에 화가 나서 확 저질렀어요. 저도 그때 제가 왜 그랬는지 모르겠어요. 반성하고 후회도 합니다! 두 번 다시 안 할게요!』

이런 이유로 라우스의 정보를 빼 온 것이다.

첩보 부대 리더는 충격으로 그 자리에 털썩 주저앉았다.

"정보를 빼앗긴 교회도 좀 불쌍하네요."

"그보다 이 녀석, 신도 근교에 잠복할 때부터 일은 거의 안 했잖아? 오히려 맨날 농땡이에 자기 하고 싶은 일만 했다고."

그랬다.

레오나르도는 나이즈의 협력을 받아 기사단이 귀국하기 며칠 전부터 신도 근교에 잠복했지만…… 이 토끼는 파견된 직후부터 틈만 나면 게으름을 피웠다.

경계 임무를 맡으면 이 핑계 저 핑계를 대며 도망치고.

잠복 생활의 불평, 불만을 시도 때도 없이 쏟아내고.

심지어는 불가시화 고유 마법 『곡광』과 『기척 조작』이 특기인 토인족 중에서도 제일가는 『기척 차단』 능력을 활용해 몰래 근처 마을로 가서 부대 활동 자금을 군것질이나 쇼핑으로 탕진하는 방약무인함.

당연히 레오나르도 및 협력자들은 격노했다.

당장은 화낸 사람들이 할 말을 잃을 만큼 비굴하게 반성하지만, 시간이 조금 지나면 아무 일도 없었던 것처럼 똑같은 짓을 반복한다.

누구나 생각했다.

이 녀석 혹시 공화국이 해방자에 보낸 방해 공작원이 아닐까, 라고.

그렇게 복장 터지는 나날이 계속되던 중, 레오나르도는 결단했다.

오매불망 기다려도 라우스가 탈출할 기미는 보이지 않고 나이즈는 이미 돌아갔으며 신도로 잠입은 불가능에 가까운 상황. 그런데 유일하게 가능해 보이는 녀석도 『죽기 싫어~!』라며 결사반대를 부르짖었다.

그래서 부대를 둘로 나누게 됐다.

하나는 당연히 신도 근교에 잠복해 라우스를 기다리는 부대.

또 하나는 이미 출국했을 가능성을 고려해 다시 정보를 모으기 위해 에스페라도 지부로 거점을 옮기는 부대.

물론 스이는 후자였다.

대기조로 남겼으면 오히려 스이가 탈출했을 테니까.

"당시에는 정말로 성가신 짐짝을 맡았다고 생각했는데……."

에스페라도 지부에 도착한 날.

바로 정보 공유에 착수한 해방자 멤버는 『대륙 중앙 교회에 흰 로브를 입은 자 열 명이 비밀리에 들어갔다』라는 정보를 입수해 앞으로의 계획을 의논했다.

　어느샌가 스이가 사라지고 없었지만, 이미 신경 쓸 마음도 가셨다. 보나 마나 어디서 농땡이 피우고 있을 테니까.

　그런데 뜬금없이 나타나서는…….

　『다녀왔어요~. 잠깐 교회에 잠입했는데 라우스 씨는 귀국한 날 바로 탈출했나 봐요. 아, 동행은 막내아들이랑 호위 기사 한 명뿐이라던데요?』

　대수롭지 않게 그런 말을 내뱉는 게 아닌가?

　날이 밝을 때까지 이어진 회의가 마침내 결론에 도달했을 무렵의 일이었다. 청천벽력이란 이를 두고 하는 말일 것이다.

　모두 입을 떡 벌리고 아연실색하는데 또다시 추가타. 콸콸콸 정보의 물결이 쏟아졌다.

　흰 로브 집단의 정체는 라우스 토벌 부대라는 것.

　그 부대 태반이 공국 측 국경선에 감시망을 펼쳤다는 것.

　하지만 라우스의 흔적이 전혀 발견되지 않아서 【엔트리스】에 잠복했을 가능성을 생각해 대장을 포함한 소수 정예가 【에스페라도】에서 감시망을 펴겠다는 것.

　대륙 중앙 교회를 거점으로 하며, 대사교는 사정을 알지만 교황 직할 부대의 권력으로 간섭하지 못하게 명령했다는 것.

　수십 미터 내로 접근하면 교회의 비보로 라우스의 위치를 대강 파악할 수 있다는 것 등등…….

모두 그녀가 아무 쓸모없는 잉여 토끼라고만 생각했는데…….

설마 이런 방식으로 기대를 배신할 줄이야. 뒤통수를 맞은 기분이었다.

그래도 성과는 어마어마하다! 이게 바로 『고양이는 발톱을 감춘다』의 전형이 아닌가!

레오나르도와 부대원은 그녀의 재주를 알아보지 못한 사실을 창피하게 여겼고 에스페라도 지부 사람들은 아예 넋이 나갔다. 첩보 부대 대장에 이르러서는 무릎을 안고 앉아 벽만 보고 있었다. 미안, 도움이 안 돼서, 미안……이라고 중얼거리며.

그런 그들에게 스이는 활짝 웃는 얼굴로 요구했다.

『여러분이 게으름 피우는 사이에 엄청나게 일했어요. 특별 수당 주세요.』

안 그러면 나갈 거다. 앞으로 절대로 일 안 할 거다.

목숨 걸고 일했으니까 대가를 내놔! 어서 빨리! 구체적으로는 스위트룸에서 호화로운 삶을 보장하라!

스이는 역시 스이였다. 그래서 다들 한마음이었다.

이 토끼, 찢어 버리고 싶다……라고.

하지만 이야기를 들어 보면 그 각오는 보통이 아니었다.

레오나르도가 만약 잡히면 어쩔 뻔했느냐고 걱정을 담아 쓴 소리를 하니, 스이는 당연하다는 양 이렇게 대답했다.

부식독(수해 마물로 제작)으로 얼굴도 판별할 수 없게 자멸할 수단이 있었다고.

죽고 싶지 않다는 말을 버릇처럼 해대는 주제에 경박함 속에 숨어 있는 오싹할 정도의 냉철함. 동료를 위해서라면 죽음도 불사하는 용기.

모두 인정할 수밖에 없었다.

이게 공화국의 『비밀병기』라고.

이제는 헛웃음밖에 나오지 않았다.

보상해줘야 마땅했다. 감히 누가 불평할 수 있겠는가.

설령 수해에 있는 밀레디 일행에게 『라우스의 정보』를 보낸 뒤 오늘까지 닷새 동안 손가락 하나 까딱하지 않고 이 스위트룸에 틀어박혀서 나태와 사치에 젖어 있다 하더라도!

불평할 수가 없다! 누구보다 큰 성과를 거둬 버려서!

사실 온화한 셜리조차 화냈지만!

"그래도 할 때는 하잖아. 동료를 위해서 말이야. 너그럽게 봐줘."

"레오 씨는 아닌 척하면서도 여성에게 너무 관대해요. 특히 젊은 여자한테!"

겨우겨우 찾은 옷을 입은 스이에게로 두 사람은 말로 하기 힘든 눈빛을 보냈다.

"에효~, 호화 생활도 끝이네요. 성과에 비해 너무 초라하다구요. 악덕이에요, 악덕! 그래도 이제 지원자만 되면…… 으히히. 해방자 돈으로 꿈에 그리던 평생 뒹굴뒹굴 백수 라이프! 이제 수해에는 안 돌아가요! 파이팅, 스이!"

뭔가 쓰레기 같은 소리를 지껄이고 있었다. 비열한 웃음이 이토록 어울리는 토끼가 있을까.

"동료를, 위해서?"

"말하지 마, 셜리. 아마 토인족이, 이런 종족인 거겠지."

말도 안 되는 오해였다.

"후암~. 그런데 대체 무슨 일이에요? 누가 움직였나요?"

하품하면서 묻는 스이에게 레오나르도는 히죽 웃으며 답했다.

"그래. 발견했어, 라우스 번 일행을."

"그 일로 회의가 있을 거예요. 당신만 오면 되니까 서두르세요!"

"어우, 성질 좀 부리지 마세요. 나이 먹으면 다 저러나?"

"진짜 맞고 싶어요?!"

궁합이 안 좋다기보다 아마 스이에게는 누구나 이렇게 된다.

이미 익숙해진 레오나르도는 어른답게 마음을 가라앉히고 시선을 허공에 뒀다.

신대 마법 사용자. 교회 최강의 기사.

그를 토벌하려는 부대는 과연 어떤 힘을 가졌을까.

"전초전인데, 사지가 되겠군."

마지막 연기를 뱉고 짧아진 담배를 손으로 꽉 쥐었다. 주먹은 불을 끄는 데 불필요할 만큼 힘이 들어갔고 단단했다.

그 후.

세 사람은 다시 벽 뒤쪽 비밀 통로와 승강기를 써서 지하 아지트로 이동했다.

여러 책상과 서류의 산을 넘어 지부원과 본부에서 온 파견원이 바쁘게 오가는 방 안쪽, 파티션으로 구분된 목제 원탁으로 향했다.

그곳에는 이미 회색 머리와 돌돌 말린 콧수염이 잘 어울리는 노신사— 호텔 오너이자 지부장 리건 넬슨과 『라우스 보호 작전』의 반장들이 모여 있었다.

"이제야 오는군. 게을러 빠져서는."

등을 굽히고 하품하는 스이의 의욕 없는 모습을 지적한 사람은 머리 앞쪽이 훤한 데 비해 풍성한 흰 수염이 특징인 노인이었다.

나이는 70을 넘었으나 진녹색 작업복으로 엿보이는 그의 팔뚝은 마치 통나무 같았다.

땅딸막하면서도 근육질인 몸이 판타지에 나오는 드워프를 연상케 했다.

—에스페라도 지부 행동 부대 대장 아르셀 블레어.

평상시에는 폭죽을 파는 장인이지만, 전투가 벌어지면 【발파(發破)】라는 지정 좌표를 자기 뜻대로 폭파하는 고유 마법을 사용하는 무서운 노인이었다.

"스이는 주어진 권리를 누렸을 뿐이라구요~."

"스이, 『정도껏』이나 『염치』라는 말 알아?"

"아이참, 당연히 알죠."

"……나도 스위트룸에서 놀고먹은 적 없는데……."

검은 원피스와 흰 판초를 입은 여성이 한 명 어깨를 축 늘어뜨렸다.

—에스페라도 지부 소속 첩보 부대 대장 징크스 렌카.

귀가 드러날 정도의 검은 단발에 처진 눈이 특징인 30세 전후의 누님이었다.

참고로 스이의 첩보 능력과 성과를 보고 면벽 수행에 빠졌던 인물이다.

평소부터 멍한 분위기를 내는 사람이지만, 지금은 「무능해서 미안……」이라는 말버릇과 가련함이 더해졌다.

여기에 본부에서 온 지원군의 대장인 레오나르도와 공화국이 파견한 첩보원 스이가 합류하여 간부 회의의 자리가 모두 채워졌다.

스이가 두리번거렸다. 만난 지 얼마 되지 않았지만 무슨 생각을 하는지는 일목요연했다.

마실 게 없다고 불만을 품은 얼굴이다.

만장일치로 무시했다.

"그럼 빠르게 처리하죠."

리건의 명료한 목소리가 자연스럽게 모두의 주목을 모았다.

"팔란티노에 있는 지원자가 전서조로 연락을 넣었습니다."

리건의 눈짓을 받고 셜리가 말을 이었다.

"오후가 되기 전에 온 연락이에요. 저녁에는 라우스 번 일행이 도착한다고 합니다."

마력 구동 열차의 운행 속도는 약 30킬로미터.

마차의 두세 배 속도로 휴식 없이 달리며 획기적인 운반량까지 고려하면 정말로 경이로운 이동수단이었다.

하지만 아무리 그래도 『해방자』가 쓰는 강화 전서조의 속도에는 전혀 미치지 못했다. 전서조는 열차를 추월해 먼저 소식을 날랐다.

"겨우 찾았군. 역시 최강의 기사야. 우리 감시망조차 빠져나가셨군."

"도움이 못 돼서 미안……. 살아 있어서 미안……."

징크스의 자학이 악화됐지만 일단 그쪽은 무시한 채 셜리는 보고서를 읽었다.

"공교롭게도 승차하기 직전이었고 거리도 멀어서 접촉하지 못했지만, 보고자의 말에 따르면 번 씨는 상당히 초췌한 상태라고 합니다. 왼팔도 절단된 것으로 보인다네요."

"뭐? 정말로?"

레오나르도가 얼떨결에 얼굴을 찌푸렸다. 그리고 왠지 스이까지 인상을 썼다.

"네. 그리고 역시 가족은 아들 한 명밖에 확인되지 않았어요."

"번 가문의 가족 구성원은 아내와 모친, 그리고 아들이 세 명이었던가?"

"친족은 더 있지만, 본가는 그래요. 동행은 아마도 막내로 추정돼요."

"다른 가족은 시간을 두고 이동하거나 호위를 붙여서 따로 행동하는 거 아니야?"

"그럴 가능성은 있지만, 확인은 되지 않았어요."

아마 탈출이 험난했던 것 같다며 멤버들은 눈빛을 주고받았다.

"토벌대는?"

"여전히 교대로 몇 사람이 중앙역을 감시하고 있어요."

"스이의 보고에 따르면 어느 정도 거리로 들어오면 탐지하는 아티팩트가 있다지? 이대로 가면 들키겠군."

"신도 근교의 『검은 문』 배치 교체는 아직인가?"

아르셀 옹의 질문에 셜리가 고개를 저었다.

"설치 장소도 숙고해야 해요. 겨우 닷새로는 어렵죠."

"네. 그래서 먼저 접촉해서 오비우스 행 열차로 갈아타야 합니다."

리건의 지침을 받고 모든 시선이 스이에게로 몰렸다.

처진 토끼 귀 끝이 움찔 튈었다. 스이는 자연스럽게 뒤를 봤다.

"어딜 봐, 네 얘기야."

레오나르도 대장의 정확한 지적이 날아들었다. 스이가 싫은 티를 풀풀 내면서 돌아봤다.

"도착하자마자 접촉해서 곡광과 기척 차단으로 숨으면서 갈아타란 거예요?"

게으른 성격에 반해 역시 머리 회전은 빨랐다.

스이의 은형술은 닿기만 해도 타인에게도 영향을 미친다.

한때 메일은 류티리스라는 이름의 변태에게서 도망치기 위해서 스이에게 매달려 있었을 정도로 그 은신 효과는 대단했다.

"네, 맞습니다. 스이, 해주시겠죠?"

리건이 부드러운 신사처럼 말했다.

"싫어요."

하지만 스이는 단호하게 거절했다.

셜리의 이마에 푸른 혈관이 떠오르고 레오나르도가 관자놀이를 꾹꾹 누른다. 징크스와 아르셀은 함께 들으라는 듯 한숨 쉬었다.

협조성이라는 개념을 대못으로 박아 넣고 싶다……. 그런 분위기를 감지한 스이는 토끼 귀를 신경질적으로 파닥거리며 항의했다.

"아니, 들어보세요! 교회가 라우스 씨의 배교를 숨기고 싶으면 사람이 많은 곳에서 공격하지 않을 거랬잖아요! 만에 하나 스이가 접촉한 걸 알면 강행수단을 쓸지도 모른다구요! 이게 다 시민들을 생각해서 하는 소리예요!"

"하지만 그들은 당신의 은형술을 알아채지 못했어요. 그래서 우리가 그들의 정보를 얻은 거고요. 아닌가요?"

"그건 그렇지만! 확실한 보장은 없다구요! 게다가 그것들이 확고하게 『찾으려고』 마음먹고 앞을 지나치기라도 하면……."

그 또한 맞는 말이었다.

누가 뭐래도 전례가 있었다. 스이의 은형술은 밀레디 일행에게 통하지 않았다.

그렇다면 밀레디 일행과 동급인 라우스를 쫓는 부대는 스이를 감지해도 이상하지 않았다.

대륙 중앙 교회에서 첩보에 성공한 이유는 그저 스이의 뛰어난 청각으로 거리를 두고 이야기를 엿들은 것, 그리고 상세한 설명을 요구한 대사교와 교황 직할 부대의 직함을 들먹여 최소한의 설명만 하려는 토벌 부대 대장이 티격태격하다가 언성을 높인 탓이 컸다.

"안심하시죠, 스이. 차선책은 마련해 뒀습니다."

리건의 목소리는 온화하건만, 스이는 처진 토끼 귀를 더욱 머리에 밀착시켰다.

경험상 알기 때문이다. 조직 상부에 있는 온화한 인간은 흔히 웃을수록 무서운 사람이다. 결국에는 거절할 수 없는 화술로 요구를 받아들이게끔 한다.

이 토끼 귀는 아무 말도 안 들린다고 마음속으로만 외쳤다.

그런 스이 앞에 검은 수정 같은 열쇠가 놓였다.

그것만으로 스이는 눈치챘다. 내 이럴 줄 알았다고.

"우리 지부에 지급된 『검은 열쇠』입니다. 만약 당신을 감지하면 라우스 번 일행과 함께 뛰어드십시오."

이 『검은 열쇠』는 한정된 인원에게만 지급됐다.

본부 파견 부대의 리더인 레오나르도를 제외하면 이 지부에서는 리건이 유일했다.

만에 하나 지부가 습격받을 시에는 도시 밖으로 바로 피난할 수 있도록.

그것을 맡긴다는 뜻은 유일한 생명줄을 놓아 버리는 것과 다름없었다.

"잠깐만, 리건 씨. 그럴 거면 내 열쇠를 주면 되잖아?"

"아닙니다, 레오나르도. 만약 스이가 전이하면 당신들은 바로 뒤를 쫓아야 해요. 그러니까 그건 당신이 가지고 계십시오."

타협을 거부하는 온화함은 각오의 증거였다.

리건의 잔잔한 대양 같은 눈빛이 다시 스이를 보았다.

"라우스 번을 리더에게 데리고 가는 건 우리 목숨보다 중요한 사명입니다. 알고 계시죠?"

"그, 그치만 말했잖아요! 그것들 틀림없이 위험하다고!"

"예, 들었죠."

"정말이라구요! 정말로, 말로 하기 힘들지만, 저어어엉말로 위험해요! 라우스 씨와 접촉하기 전에 『아닛, 모습을 감춘 수상한 녀석, 죽어라!』라고 달려들지도 모르잖아요!"

그렇다. 스이가 이토록 떼를 쓰는 이유는 젊은 나이에 전사장까지 올라간 전투 센스가 온 힘을 다해 경종을 울리기 때문이기도 했다.

대륙 중앙 교회에 침입해 대사교와 이야기하는 부대를 봤을 때, 사실은 즉시 도망치고 싶었다.

정확한 이유는 말하기 힘들었다. 어떤 불길함. 이상한 느낌.

그저 흰 로브를 걸친 열 명 남짓한 집단에 스이는 진심으로 겁먹었다.

저건 건드리면 안 된다.

저것들과 싸워서는 안 된다.

죽는다!

그래도 반드시 필요한 정보인 줄 알았으니까 목숨을 걸고 토끼 귀를 쫑긋 세운 것이다.

무사히 귀환했을 때는 참았던 식은땀이 줄줄 흘러내렸다.

그야말로 며칠은 놀고먹게 해달라고 생각할 정도로 정신적으로 피폐해졌다.

"압니다, 스이. 하지만 감시의 눈을 피해 라우스 번 일행을 비밀리에 이동시킬 수 있는 사람은 당신뿐이에요."

"왜, 왜 그렇게까지……."

"본래대로라면 엔트리스까지 나간 뒤 합류해야겠죠. 만약 라우스 번이 혼자서 대응할 수 있다면 오히려 우리는 방해만 될 가능성도 있습니다. 그럴 경우에는 토벌 부대를 물리친 다음에 합류해도 돼요."

"그렇다면—."

"하지만 지금 라우스 번은 아마 대응하지 못하겠죠? 호위 기사란 사람도 실력은 미지수입니다."

그리고, 라며 말을 덧붙인 리건은 한번 눈을 질끈 감았다.

"당신의 보고, 토벌대 중 특징적인 두 사람…… 그 보고를 듣고 저는 불길한 상상을 했습니다."

"불길한 상상이요?"

스이는 갈피를 잡지 못했다. 셜리와 다른 멤버들도 서로 얼굴을 돌아보고 있었다.

리건은 제발 아니기를 기도하는 것처럼 손을 맞잡고, 그 손을 입가로 모아 표정을 가린 채 고개를 끄덕였다.

"대응 가능한지 어떤지를 떠나서, 라우스 번과 토벌대는 만나면 안 됩니다."

그건 그랬다. 아무 일도 없이 밀레디와 합류하려면 그게 최선이었다.

하지만 그런 뜻이 아니었다.

리건이 하려는 말은 다른 의미라고, 이 자리에 있는 모든 이가 짐작했다.

"토벌대가 도시 내에서 라우스 번과 접촉해도 전투가 벌어지지 않는다. 정체를 감추고 연행할 가능성이 있다. 그렇게 생각하는 거지, 리건 씨?"

"네. 무엇보다 제 상상이 틀리지 않았다면…… 잔인한 일이 될 겁니다. 그에게."

레오나르도가 날카로운 눈빛으로 물었다. 레오나르도는 『해방자』 최고참의 말에 의심을 품지 않았다. 그건 다른 이들도 마찬가지였다.

스이만이 아직 당황한 채였다. 애초에 가장 목숨이 위험한 사람은 자신이었다. 석연치 않았다. 애매한 말로 얼렁뚱땅 넘어가려는 게 아닌가 살짝 의심까지 했다.

"근거라도 있어요?"

"아뇨. 말했지요? 상상이라고."

그는 스이가 반론할 틈을 주지 않고 말을 보탰다.

"하지만 저는, 신을 믿습니다."

"네? 뭐라고요?"

더더욱 상황이 이해되지 않는 스이에게 리건은 쓴웃음과 비꼼, 조금 밖으로 샌 증오를 담아서, 이번에는 확신에 찬 눈으로 말했다.

"그 악랄함 하나만은 말이죠."

이후 리건의 우려를 들은 스이는 점점 더 죽상이 되어 갔다.

그리고 몸소 깨닫게 됐다.

리건의 말이 옳았다고.

신의 악랄함은 결코 기대를 저버리지 않는다고.

"라우스 님, 라우스 님."

어깨를 흔드는 감각에 라우스는 깊은 늪에서 기어 올라오는 심정으로 눈을 떴다.

"음, 도착했나?"

"얼마 안 남았습니다."

라인하이트가 선반 위에서 짐을 내리며 말했다. 희미하게 무릎 위를 누르는 무게로 시선을 떨어뜨리니 샤름이 새근새근 자고 있었다.

"출발한 뒤로도 한참 신나 있으셨죠."

"지금까지 피로가 쌓이기도 했을 거다."

"달리는 열차 안이라서 안심했겠죠."

"······인내심이 대단한 아이야."

"예. 역시 라우스 님의 아드님입니다."

"아무렴."

픽 웃으며 답한 라우스는 샤름의 머리를 쓰다듬었다. 제대로 손질하지 못한 머리는 부드러움을 잃고 푸석푸석했다.

"해방자는 접촉해 올까요?"

"글쎄. 그들은 민중의 편이야. 우리를 발견해도 자제할지도 모르지."

"그렇다면 역시 엔트리스를 넘고 나서일까요?"

"그럴 가능성이 커. 하지만 엔트리스 안이라면 열차로 이동할 수 있어. 이럴 때 체력을 아껴 둬야지."

"그렇죠. 앞으로도 갈 길이 머니까요."

차창으로 보이는 경치가 변해 갔다.

여정의 중간에는 아무리 상업 도시라도 산과 들이 펼쳐졌지만, 지금은 작으나마 마을이 보이기 시작했다.

이곳부터 점차적으로 도시의 모습이 드러날 것이다.

바깥 풍경을 바라보던 라인하이트는 결의가 담긴 눈빛으로 라우스를 돌아봤다.

"라우스 님. 만약 추적자와 싸우게 된다면 상황이 허락하는 한 제게 선봉을 맡겨주십시오."

"내 힘이 온전하다고 상정한 병력이다. 만만한 상대가 아니야."

"알고 있습니다. 하지만 라우스 님."

생각보다 무겁게 깔린 음성이었다. 라우스가 무심결에 입을 다물 정도로.

"저는 범부입니다. 당신은 그런 저를 거두어주셨죠."

시골에 있는 가족에게 『번 가문 전속 호위 기사가 됐다』라고 편지를 썼을 때 느낀 자랑스러움. 돌아온 편지에 적힌 어머니의 글씨는 조금 번져 있었고, 아버지의 필적은 평소보다도 굵고 삐뚤빼뚤했다.

부모님이 어떤 감정을 실어 답장을 썼는지 눈에 보이는 듯했다. 그건 『네가 대견하다』라는 한마디로 축약될 것이다.

마을의 지인들도 한 줄씩 칭찬과 격려를 보냈다.

인생에서 이만큼 자랑스러운 날은 두 번 다시 오지 않으리라. 그렇게 생각했다.

그래도 아니었다.

운이 좋았을 뿐. 자신은 아무것도 이루지 못했고 그 무엇도 되지 못했다.

그런데 어떻게 그걸 자랑스럽다 할 수 있겠는가.

"이건 저의 시련입니다. 진정으로 긍지 있는 기사가 되기 위한 시련."

누가 내린 시련도 아니다. 주체가 있다면, 분명히 더 큰 무언가다.

"호위 기사인데도 오히려 도움을 받고 주인을 곤경에 빠뜨리면서까지 저는 여기 있습니다. 그렇다면 이제부터는 제 본분을 다하게 해주십시오."

"라인하이트……."

"부디 청컨대, 저를 지키지 말아주십시오."

가장 먼저 싸울 사람은 자신.

다치거나 죽음의 위기에 처해도 이제는 마력 한 방울도 받지 않겠다.

라우스 번의 남은 힘은 모두 본인의 생존과 가족을 지키기 위해서만 써야 한다.

그렇게 말하는 라인하이트의 손은, 본인은 아는지 모르는지, 무릎 위에 올린 검을 더듬고 있었다.

라우스는 투박한 칼집에 화려한 자루가 부조화를 이루는 그것— 용사에게만 사용이 허락되는 『성검』을 힐끔 보며 말했다.

"자만에 빠진 건 아니겠지?"

"한심하지만, 그럴 능력이 없다는 건 이미 뼈에 새겼습니다."

호광 기사단 단장의 창으로. 라인하이트는 자조적으로 웃었다.

한심하다는 말에 라우스는 머리를 저었다. 자신에게는 아까운 인물이라고도 생각했다.

눈앞에 있는 청년은 주인의 검이 되고자 하는 충의의 기사. 수호자라는 이름에 부족함이 없는 마음을 충분히 보여줬다.

"알았다. 상황이 허락하는 한 너에게 맡기마."

"가, 감사하니—."

"단."

신뢰에 희색을 내비치는 라인하이트에게 라우스는 똑바로 선을 그었다.

"삶을 포기하지 마라. 너는 선택받은 거야. 수천, 수만의 기사 중에서 전설은 너를 골랐어. 그 사실을, 그 의미를 절대로 잊지 마라."

"……명심하겠습니다."

이번에는 라인하이트의 말문이 막혔다. 시선을 떨어뜨리고 묘한 표정으로 파트너가 된 검에 손을 올렸다.

성검— 교회가 보유한 비보 『칠성 무구』 중에서도 원초의 무구로 불리는 현존하는 전설.

성무구 중에서 유일하게 위대한 의지가 담겼다는 성검의 사용자는 언제나 시대의 변혁기에 나타났다.

무언가를 바꾼 자도 있는가 하면 무엇도 바꾸지 못하고 떠난 자도 있다.

그래도 그자— 『용사』가 평온한 삶을 보냈다는 이야기는 단 하나도 전해지지 않는다. 그는 반드시 격동하는 소용돌이에 빠져들기에.

마치 성검이 인도라도 한 것처럼.

'어쩌면…….'

라우스는 생각했다.

이 언뜻 보기에는 평범한 청년을 찾아낸 것도, 번 가문으로 초대한 것도, 그날 세계를 적으로 돌린다는 사실을 알고도 교회까지 동행한 것도, 어떤 거대한 힘이 작용한 결과…… 운명이었는지도 모른다고.

너무 몽상적이었나 싶어 자조했다.

그리고 골똘히 생각에 빠진 성실한 청년 기사를 보고 지나치게 부담을 준 것 같아서 긴장을 풀고, 더불어 장난스럽게 입꼬리를 씩 끌어올렸다.

"그리고 지나친 겸손은 예의가 아니란 것도 잊지 말도록."

"네?"

"호광 기사단 단장을 이긴 평기사는 전무후무해. 어디가 평범하단 말이냐?"

"아, 아뇨, 그건! 비겼다, 아니, 마지막에 라우스 님이 도와주시지 않았다면 그마저도 장담하지 못했습니다! 결코 제가 이긴 게!"

"정확하게 심장을 꿰뚫지 않았던가?"

"그러기는 했지만……. 그보다 어떻게 그 상처를 입고 일어날 수 있는지 지금도 믿어지지 않습니다."

삼광 기사단의 단장은 다 그런가? 라인하이트가 의문스러운 눈으로 라우스의 가슴을 봤다.

"확실히 짚고 넘어가야겠군. 나라면 그냥 죽는다."

"그, 그렇겠죠."

"영체로 살아남아서 그사이 육체를 복구하면 소생은 가능하지만."

"역시 안 죽잖아요!"

"달리온도 뭔가 숨겨둔 수가 있었겠지."

"분명히 죽었을 텐데…… 왠지 또 만날 것 같은 기분이 드는 건 저뿐인가요?"

라인하이트는 달리온 격파 후, 성창이 저절로 날아간 광경을 떠올렸다.

무섭도록 불길한 예감을 입에 담자 라우스도 거기에 동의했다.

일단 전투가 끝나고 유해에 혼백이 남지 않은 것은 확인했지만…… 살며시 눈길을 돌린 것이 무엇보다 명확한 대답이었다.

라인하이트는 「정말로 선봉이 될 수 있을까? 아니, 약해지면 안 돼! 힘내라, 힘! 나라면 할 수 있어!」라며 들릴락 말락한 목소리로 자신을 고무하고 있었다.

그런데 그때.

"……!"

샤름이 눈을 번쩍 뜨며 벌떡 일어났다.

도착할 때까지 최대한 자게 두려고 했던 라우스와 라인하이트는 그 갑작스러운 행동에 놀라서 눈을 크게 떴다.

"샤름, 왜 그러느냐? 무서운 꿈이라도 꿨나?"

"어, 아, 아버지…… 아니, 그런 게 아니라……."

샤름은 말을 더듬거리며 불안하게 주변을 두리번거렸다.

"샤름 님?"

"왠지 가슴이 엄청 술렁거리는 기분이…… 안 좋은 느낌이들어요."

"안 좋은 느낌이요?"

"응. 점점 강해져……."

라우스와 라인하이트는 얼굴을 마주 봤다.

라인하이트는 바로 경계하며 자세를 낮춰 몰래 차량 내부를 돌아봤다.

"샤름. 그 느낌은 전에도 느낀 적이 있느냐?"

"아, 아뇨. 지금이 처음이에요. ……아."

뭔가 생각이 났는지 샤름은 자기 속에 있는 정체 모를 것을 필사적으로 붙잡으려는 것처럼 가슴팍을 꽉 쥐었다.

"팔란티노에 들어가서 심부름을 하게 된 뒤로 느껴진다고 해야 할지, 알게 된다고 해야 할지⋯⋯."

"⋯⋯? 뭐가 말이냐?"

"예를 들면 물건을 살 때 이 상품보다 저게 좋다거나 거리에서 사람들과 지나칠 때 아, 이 사람한테는 다가가지 말아야겠다, 그런 느낌이에요."

"⋯⋯흐음."

"그리고 한번 뒷골목을 지나려는데 뭔가 안 좋은 느낌이 들어서 다른 길로 돌아갔어요. 그런데 좀 있다가 그쪽에서 싸우는 소리가 들렸어요⋯⋯."

"그렇군."

"라우스 님. 혹시 샤름 님은⋯⋯."

"그래. 고유 마법에 각성했는지도 몰라. 이름을 붙인다면『초 직감』일까? 어찌 됐건 단순한 착각으로 넘어갈 수는 없겠어."

번 가문 직계에서는 지금까지 고유 마법에 각성하지 못한 자가 없었다. 라우스는 발안해하는 샤름의 머리를 쓰다듬었다.

"제 고유 마법, 이요?"

"아직은 추측이다. 집에서만 지내던 네가 그만한 고난을 여러 번 극복하고 힘든 도피행까지 겪었어. 각성할 계기로는 충분해."

"이게, 내 고유 마법⋯⋯."

"샤름. 그 감각에 집중해라. 장악하는 거다. 이 도피행 중에 그 힘은 분명히 큰 힘이 되어줄 거다."

라우스의 말을 들은 샤름은 허를 찔린 표정이었다.

"제가…… 제가 아버지와 라인하이트의 도움이 될 수 있나요?"

"지금까지도 충분히 도와줬잖느냐?"

"후후, 맞습니다, 샤름 님. 하지만 지금까지 했던 것보다 더 도움을 받겠네요."

"아…… 에헤헤, 응. 열심히 할게."

끼익 쇳소리를 내며 열차가 속도를 늦췄다.

차창으로 보이는 경치는 어느덧 고층 건물이 늘어선 도시 풍경으로 바뀌어 있었다.

"아버지, 역시 역에 다가갈수록 안 좋은 느낌이 강해져요."

"매복인가."

"우리가 올 줄 알고요? 설마 『배신의 흙잔』에 들킨 걸까요?"

"그럴지도 모르지. 혹은 단순한 검문이거나."

"어떻게 하시겠습니까?"

"상황을 보겠다."

가령 포착됐어도 바로 습격하지는 않을 것이다.

사람이 없는 곳까지 미행해서 정리하거나 주변 일반인을 인질 삼아 중앙 교회로 연행하겠지.

그렇다면 유리한 곳을 스스로 골라야 한다. 유도해서 전투를 치르고. 격퇴까지는 힘들더라도 『배신의 흙잔』을 파괴하거나 탈취한다.

그것마저 불가능하다면 최악의 경우 수해까지 수천 킬로미터를 죽기 살기로 도망치는 수밖에 없다.

수해는 여왕의 영역. 도착해서 수용만 해준다면 안전지대다.

반대로 단순한 검문이라면 어떻게든 속여 넘기고 당초 예정대로 남동쪽 도시 발레리아 행 열차를 타서 제국으로 빠져나간다.

어느 쪽이 됐든 추적자인지 아닌지부터 확인하고 판단할 일이다.

"혹시 모르니까 『은둔』을 중첩해서 걸어 두마."

"효과가 있나요?"

"마음의 위안이야."

그러는 사이에 열차는 점점 감속하여 마침내 역으로 들어섰다.

차창으로 다음 승객과 그들을 배웅하는 사람으로 북적이는 승강장이 보였다.

세 사람은 미리 자리에서 일어나 밖에서 보이지 않게 연결통로로 나왔다.

출입구는 이미 열차에 익숙해진 손님으로 가득했다.

자주 이용하는 상인들이리라. 출입 시의 혼잡을 피하려고 오래전부터 준비한 모양이었다.

거기에 녹아들고자 라우스 일행은 후드를 깊이 눌러썼다.

약한 관성을 느끼며 열차가 멈췄다.

밖에서 대기하던 역무원이 정중한 동작으로 슬라이딩 도어를 열었다.

물밀 듯 몰려나오는 승객들로 승강장의 혼란이 가중된다. 이미 사람과 부딪치지 않고 지나가기는 불가능할 정도다.

강의 물살을 타는 심정으로 라우스 일행도 밖으로 나왔다.

과연 연합 도시의 중심, 모든 선로의 기점이 되는 역다웠다.

철과 유리로 된 아치형 천장은 예술적이었다. 벽과 기둥 하나하나에 조각으로 신화를 그려 넣은 복도는 실로 장엄함의 극치였다.

지금도 안 좋은 예감이 해일처럼 밀려오고 있을 샤름이 무심결에 탄식하고 주변을 두리번거릴 만도 했다.

"라우스 님. 발레리아 행 승강장은 저쪽 같습니다."

라인하이트가 안내 간판을 보고 앞장서려고 했다. 하지만…….

"잠깐."

라우스가 험악한 눈초리로 제지했다.

그의 시선을 좇아도 키가 작은 샤름은 물론이고 라인하이트도 인파밖에 보이지 않아서 고개를 갸웃거렸다. 그런데 한순간, 인파 사이로 흰 로브를 입은 2인조가 보였다.

후드를 써서 얼굴은 보이지 않았지만, 여행복으로 후드 달린 외투는 일반적인 편이었다. 라인하이트는 딱히 특별한 느낌은 받지 않았지만…….

"앗, 아, 안 돼. 라인하이트."

"샤름 님?"

창백해진 샤름이 라인하이트의 팔을 당겼다.

"뭐냐…… 저 혼은."

라우스의 눈이 희미한 광택을 발했다. 그는 보고 있었다. 사람의 혼백을 직접.

지금 라우스는 이 승강장에 있는 무수한 사람을 본래 모습대로 보고 있지 않았다. 마치 빛나는 인간 형상의 안개처럼 보았다.

그 특별한 시야가 수많은 빛 너머로 기이한 혼을 발견했다.

예를 들자면 누더기 인형일까?

묘하게 희미한 빛에 몇 번이나 고치고 기운 것 같은 난잡함. 육체와 혼의 연결조차 희박해 보였다.

그런데 엉겁결에 멈춰 선 세 사람이 굉장히 거슬렸나 보다.

뒤따르던 통행인이 그들을 밀치며 욕을 뱉었다.

그 때문일까.

흰 로브 두 사람이 문득 라우스 일행을 돌아봤고―.

"―아버지!"

"안다."

"히엑?!"

라우스의 단검이 몰래 옆 여성의 겨드랑이 아래에 닿아 있었다.

팔 안쪽을 베면 동맥을, 가슴 쪽을 찌르면 심장까지 닿을 필살의 위치였다.

라인하이트에게서 경악의 목소리가 새어 나왔다.

그럴 수밖에. 그 여성 오른손이 자기 등에 닿아 있었으니까. 게다가 왼손은 라우스의 어깨에 올라와 있었다.

선봉을 맡겠다고 큰소리쳐 놓고 이리도 쉽게 등을 빼앗기다니. 심지어 『초직감』 덕이겠지만 지켜야 할 샤름이 자기보다 먼저 위험을 깨달았다.

식은땀과 함께 자신을 향한 분노와 상대를 향한 적의가 분출했다. 하지만 갑자기 접촉한 여성— 아니, 여자아이를 보고 자기도 모르게 독기가 빠져 버렸다.

나이는 10대 중반.

끝이 살짝 말린 아름다운 금발 보브 헤어를 세련된 머리띠로 장식하고 가슴과 소매, 미니스커트에 프릴이 치렁치렁 달린 캐주얼한 복장. 에스페라도 여자애들 사이에서 유행하는 귀여운 옷차림이었다.

"우으, 이래서 신대 마법 사용자는 싫어요! 스이의 은형술을 너무 쉽게 간파한다구요~. 게다가 이런 조그만 애까지 눈치채면 자신감이 박살나잖아요~!"

투덜투덜, 훌쩍훌쩍. 심지어 와들와들.

습격자라고 믿기지 않을 정도로 불만과 우는소리를 술술 쏟아냈다. 그 분위기가 너무 가여우면서도 한심했다.

물론 그런 꼴이라도 라우스와 라인하이트에게 접촉한 손은 절대로 떼려고 하지 않지만.

"너…… 그 혼, 본 적이 있어. 설마 공화국?"

"으엑, 위험한 사람한테 찍혔다……. 아, 못 해. 더는 못 버텨. 퇴직할래."

왜일까. 면식 없는 라인하이트와 샤름이 함께 헛것을 보았다. 시들시들하게 처진 토끼 귀를.

"너, 너는 대체―."

"네~, 네~, 스이는 공화국 전사장이고 지금은 해방자 파견 직이에요. 스이한테 닿으면 모습도 안 보이고 기척도 사라지고요. 그래도 얼마나 통할지 모르니까 잔말 말고 빨리빨리 이동이나 하세요! 아, 아드님 손 절대로 놓지 마세요! 몸이 닿지 않으면 효과 없으니까!"

겁먹었다고 생각했는데 태도가 급변하더니 자포자기한 것처럼 떠들었다.

라우스와 라인하이트를 꾹꾹 밀면서 진로를 틀었다.

토인족일 텐데 무슨 까닭인지 인간 소녀로밖에 보이지 않았지만, 라우스의 눈과 기억은 그녀가 전장에서 본 공화국의 전사장이라고 말하고 있었다.

그래서 라인하이트가 라우스를 바라보아도 고개를 끄덕이며 단검을 집어넣음으로써 대답을 대신했다.

모습이 보이지 않는다는 건 사실 같았다.

사람이 너무 많아서 어물쩍 넘어가지만, 바로 뒷사람은 보이지 않는 벽에 부딪친 것처럼 어리둥절하고 있었다.

아무튼 쉬지 않고 이동해야 한다는 건 옳은 판단이었다.

"통해라, 제발 통해라. 죽기 싫어……. 으으, 라우스 씨, 왜 그렇게 약해진 거예요? 괴물's 중 하나잖아요? 정신 좀 차리라구요오."

여전히 투덜투덜. 밀레디와는 다른 방식으로 짜증을 돋워서 라우스는 이마에 피가 쏠리는 기분이었지만, 지금은 그럴 때가 아니라는 마음으로 꾹 참았다.

"어디로 가는 거지?"

"오비우스 행 열차요. 티켓이라면 이미 구해 놨어요. 다음 열차는 20분 뒤에 올 거예요."

"북동쪽 도시인가. 공국으로 빠져나간 셈인가?"

"맞아요. 이것저것 준비해 뒀거든요."

"방금 흰 로브는 추적자인가?"

"그렇다니까요오. 진짜 위험하니까 자세한 얘기는 나중에 해요!"

말할 여유가 없다는 건 사실일 것이다.

스이의 이마에는 땀이 맺혔고 말투는 장난스러워도 눈은 등줄기가 오싹해질 만큼 날카롭게 주위를 관찰했다.

그 긴장된 분위기에 라우스 일행도 숨을 죽인 채 뒤따랐다.

오비우스 행 승강장은 그리 멀지 않았다. 지독히도 사람이 많지만 5분이면 도착할 거리였다.

하지만 그 5분의 이동이 굉장히 멀게 느껴졌다.

흰 로브 2인조가 방금까지 라우스 일행이 있던 곳에 서 있는 모습이 보였다. 후드 때문에 잘 보이지 않지만, 주변을 돌아보는 듯했다.

아무래도 스이의 불가시화와 기척 차단은 라우스의 존재를 흐릿하게 하는 혼백 은폐 마법까지 더해져 완전히 그들의 눈을 피하고 있었다.

"앗, 조금만 우회할게요."

"알아서 해라."

전방에서 또 다른 두 명의 흰 로브가 다가왔다.

스이가 움직이기 쉽도록 라우스와 라인하이트는 스스로 스이 좌우 어깨를 잡았다. 샤름은 그대로 라인하이트가 손을 잡아줬다.

그런데 이번에는 옆 복도에서 흰 로브가…….

'……어떻게 된 거지? 모두 저 기묘한 혼백을 가졌어? 대체 정체가 뭐지?'

지금까지 본 흰 로브 여섯 명의 혼백은 정말로 사람인지 의심될 정도로 기이했다.

그리고 그들은 정확한 위치는 몰라도 라우스의 위치를 대강 아는 것처럼 주변을 수색했다. 인파 속에 섞이며 몇 번이나 길을 우회하기를 15분여.

"좋아. 지금 가면 출발 직전에 올라탈 수 있겠어요."

"알겠다."

"샤름 님, 실례하겠습니다."

"으, 응. 고마워, 라인하이트."

라인하이트가 샤름을 옆구리에 끼는 것을 신호로 일행은 단숨에 오비우스 행 열차 승강장으로 달렸다.

투명해진 상태라서 사람들은 피해주지 않았다. 몸을 붙이고 있다고는 하나 네 사람의 부피로 인파를 헤치고 나가기는 제법 어려웠다.

아니나 다를까 도중에 부인이 끄는 캐리어에 라우스의 발이 걸려 요란하게 엎어 버리고 말았다.

"이런!"

보통은 절대로 안 할 실수. 라우스가 얼마나 피폐해졌는지 짐작할 수 있었다.

스이가 옷깃에 단 장식에 「상황3, 대응!」이라고 급하게 외친 것과 부인이 갑자기 튀어 오른 카트에 화들짝 놀라 비명을 지른 것은 동시였다.

조금 거리가 있는 2층 테라스에서 1층을 수색하던 흰 로브 한 명이 그 비명을 들었다. 엉뚱한 방향을 살피던 얼굴이 인형처럼 획 돌아갔다.

그 순간, 텅텅텅 시끄러운 소음이 들렸다.

"아앗, 죄송해요! 조심하세요!"

캐리어가 테라스로 이어진 계단을 굴러떨어지는 소리였다.

흰 로브의 시선도 그쪽으로 유도됐다.

판초를 걸친 단발 여성이 허둥대며 계단을 뛰어 내려갔다.

아래에 있던 남자가 어색하게 웃으면서 캐리어를 주워 여성에게 건네는 광경을 보고 흰 로브는 관심을 잃은 것처럼 시선을 되돌렸다.

하지만 그곳에는 당황한 눈치지만 이미 캐리어를 챙기고 빠르게 떠나가는 부인밖에 없었다.

그는 판초 여성이 고개만 돌려 2층을 힐끔 올려다보는 것도 눈치채지 못했다.

"동료인가?"

"그렇죠, 뭐."

뒤에서 펼쳐진 일을 보고 라우스가 묻자 긍정의 답이 돌아왔다.

"참고로 티켓은 특별석이에요~."

"정성이 지극하군."

"하, 하하…… 제가 해방자를 과소평가했나 보군요."

"……저, 정말로 있었어. 이런 대도시에."

세 명이 저마다의 감상을 내놓는 가운데, 가까스로 출발 직전인 열차로 뛰어드는 데 성공했다.

안으로 들어가자 처음으로 눈에 들어온 것은 부드러워 보이는 와인 색 융단이 깔린 통로였다. 그 통로 한쪽에는 문이 주르륵 늘어섰다.

이곳의 특별석은 모두 객실 같았다.

고급스러운 옷과 비싼 장식품으로 치장해 온몸으로 돈이 많다고 광고하는 듯한 부부가 걸어왔다.

스이는 모습을 숨긴 채로 복도 벽에 착 달라붙어 그들을 지나치고 차량 중앙쯤에 있는 방으로 들어갔다. 널찍한 좌석 두 개가 마주보는 6인실이었다.

그곳에 들어선 직후, 차장이 출발을 알리는 종을 울렸고 열차가 무거운 쇳소리를 내며 움직이기 시작했다.

그 순간.

"푸하아아! 죽는 줄 알았네~. 솔직히 스위트룸 1년 치는 일했어요."

스이는 척 보기에도 폭신폭신한 좌석에 몸을 던지고 고개 숙인 채 발을 버둥거렸다.

짧은 치마가 뒤집히는 데 부끄러운 줄도 모르고 그 날씬한 다리와 예의 섹시한 속옷을 훤히 드러냈고…….

""……!""

샤름과 라인하이트가 냉큼 눈을 돌렸다. 굉장히 신사적이다.

"설명해 주겠나."

부동의 남자, 라우스. 버둥대는 다리를 쳐서 떨어뜨리고 스이 옆에 앉았다. 샤름과 라인하이트도 존경의 눈빛을 보내며 맞은편 자리에 앉았다.

"왜 접촉해 왔지?"

스이는 머리띠를 빼며 답했다.

"아~, 그대로 있으면 무조건 들켰을 거라구요."

"……배신의 흙잔인가?"

"그건 모르죠. 스이가 아는 건 라우스 씨가 아무리 잘 숨어도 수십 미터 내라면 탐지하는 아티팩트가 있다는 것뿐이에요."

그녀의 머리색이 남색으로 변하고, 처진 토끼 귀가 나타나서 살랑 흔들렸다. 처음 보는 토인족에게 샤름의 눈이 못박혔다.

"라우스 님. 교회에 그런 아티팩트가 있습니까?"

"아니, 들은 적이 없어. ……배신의 흙잔을 증폭하는 수단이 있는 건가."

"그래도 역을 빠져나왔으니까 더는 못 찾겠지만요."

스이는 그러면서 세련된 신발을 휙휙 벗어 던졌다.

발을 의자 위까지 올려서 벗는 탓에 또 섹시한 속옷이 샤름과 라인하이트의 정면에! 두 사람은 눈을 휙 돌리고 말없이 서로를 바라봤다.

"하지만 시민의 안전과는 맞바꿀 수 없지. 다른 이유도 있었나?"

"으음, 글쎄요."

정말로 모르는 걸까, 아니면 말을 끊은 걸까.

경박한 분위기가 스이의 속내를 감추었다. 그리고 이번에는 니 삭스를 훌렁훌렁 벗어젖혔다.

"그냥 지부장 명령이라고만 알아 두세요. 그럴만한 이유가 있었다는 거겠죠."

"흠……."

토벌 부대가 그만큼 위험하다는 뜻일까. 라우스는 생각에 빠져 턱을 만졌다.

스이가 옷에 손을 댔다. 가슴에 달린 리본을 스르륵 풀고 단추를 풀어……

"자자자잠깐만 기다려 보세요! 당신 아까부터 뭐 하는 겁니까?!"

"으아아아~!"

라인하이트가 다급하게 스이의 두 손목을 잡고 탈의를 저지했다.

한쪽 어깨가 드러나고 가슴도 살짝 보인다. 당연히 아래는 통통한 허벅지까지 맨다리가 다 드러났다.

참고로 비명의 주인공은 스이가 아니라 샤름이었다.

누나의 갑작스러운 요염한 모습에 숫기 제로인 소년은 두 손으로 얼굴을 가리고 좌석 구석에서 최대한 몸을 웅크렸다.

얼굴을 넘어 귀와 목까지 새빨갰다. 하지만 순박한 소년은 미지의 세계를 향한 호기심을 이기지 못하고 손가락 사이로 힐끔힐끔.

"왜 벗지?"

라우스 아버님, 살짝 혈압이 오르신 모양이다. 아들의 성 의식을 뒤틀어 버릴지 모를 변녀에게 대답 여하에 따라서는 혼백 충격파도 불사할 각오로 질문했다.

"혹시 모를 사태에 대비해서 전투복으로 갈아입으려고 하는데요?"

의외로 정상적인 대답이었다. 확실히 유비무환이다. 공국에 들어가도 에스페라도 여자처럼 꾸미고 다니면 눈에 띄기도 하고.

"그렇다고 사람들 앞에서 벗을 건 없잖아요?!"

맞는 말이었다. 라인하이트가 얼굴을 붉히면서도 멍청한 동생을 타이르는 성실한 오빠처럼 쓴소리를 날렸다.

"남자 앞에서 어떻게…… 상스러워요! 당신은 부끄럽지도 않습니까?!"

"네? 뭘 속옷 가지고 그렇게……. 그나저나 흠~, 흐응~, 호오~?"

"뭐, 뭡니까?"

스이가 갑자기 히죽대자 라인하이트가 몸을 뒤로 뺐다.

"아니, 교회 사람한테 토인족 여자는 여자로 보지도 않을 거라고 생각했거든요~."

"그, 그건 뭐, 그런 분이 많을지도 모르지만……."

"오빠는 다르다고요? 스이의 흐트러진 모습을 보고 흥분했다고요?"

"흐, 흥분?! 안 했어요! 저는 상식을 논하는 겁니다!"

"너무해…… 역시 스이는 그냥 짐승이라고 생각하는군요……."

"설마! 귀여운 숙녀라고―."

"그럼! 귀여운 숙녀의 야한 모습을 봤으니까 위자료 주세요! 책임져요!"

"채, 책임……."

태어나서 처음 맞닥뜨린 여성의 책임 문제. 일에 여념이 없어서 이성과 인연이 없던 퓨어한 라인하이트에게는 크나큰 정신적 타격이었다. 저도 모르게 몸이 휘청거렸다.

열차의 방향이 미세하게 변해서 차창으로 햇빛이 들어왔다.

멀리 보이는 노을로 물든 하늘과 석양빛에 잠긴 거리 풍광은 예술품처럼 아름다웠다.

그리고 흘러가는 경치를 배경으로 반라의 토끼 소녀와 건실한 청년이 티격태격하는 광경은, 몹시 흉했다.

순수하고 순진하다고 믿는 아들은 야한 누나의 허벅지에서 눈을 떼지 못했다.

라우스는 먼 곳을 봤다.

대체 이 혼란은 뭔지 생각하면서.

그런데 라우스의 심정을 알아차린 것처럼 인기척이 났다. 바로 문밖에서.

"들어갈게. ……아, 우리 변태가 또. 미안해."

들어온 사람은 레오나르도였다. 반라인 스이를 본 순간 모든 상황을 파악했다.

"너는?"

"인사할게. 해방자 본부 소속 레오나르도 아방. 번 일행 보호 팀의 리더야."

"그런가? 조력에 감사하지. 알다시피 라우스 번이다. 우선 이걸 어떻게든 해주지 않겠나?"

"……정말로 미안해."

이거라며 스이를 가리키는 라우스의 얼굴이 얼마나 초췌한지 레오나르도는 자기도 모르게 정색하고 사과하며 스이의 머리를 쥐어박았다.

그 후로 환복을 끝내고 퍼질러진 스이를 없는 사람 취급하며 라우스와 레오나르도는 정보 교환에 전념했다.

해방자들의 초기 탈출 계획. 그 후 행동 계획. 그밖에도 이곳에 탄 해방자 멤버. 밀레디의 현황.

5일 전 토벌 부대를 확인한 시점에서 급보를 보냈으니까 이르면 오늘내일 안으로 나이즈가 데리러 온다는 사실까지.

라우스도 지금까지 한 도피행과 자신의 상태를 설명했다.

그중에서도 『신의 사도』가 건재하며 여러 명일 수 있다는 정보는 충격적이어서 레오나르도와 스이는 사이좋게 눈을 까뒤집었다.

어떻게든 정신을 추스르고 마지막으로 왜 가족이 샤름 혼자인지 설명을 마쳤을 때는 한 시간 남짓한 시간이 지나 있었다.

"……그렇군. 그렇다면 어떻게든 다른 가족도 데리고 나와야겠어."

레오나르도의 다른 의도 없이 따스한 말에 라우스는 미소지었다.

아직 열두 살과 열 살인 아들 두 명은 넘어가더라도, 리코리스와 데보라는 신앙심에 모든 것을 바치며 살아가는 모범적인 신민. 가령 데리고 나와도 다른 삶의 방식을 받아들일 수 있을까? 새 삶을 살도록 만들 수 있을까?

그런 당연한 걱정이 라우스에게서는 느껴지지 않았다.

그건 틀림없이 이 문제가 라우스만의 문제가 아니라 『해방자』라는 조직이 안은 문제이기 때문이다.

교회를 타도하고 변혁한 뒤의 세상에서 신의 악랄한 진실을 알고 기댈 곳을 잃은 신민은 과연 어떻게 살아갈까. 살아갈 수 있을까.

신민에게는 진실 따위 해악일 뿐일지도 모른다. 지배당하고 농락당하는 인생에 만족할지도 모른다.

'그렇다면 변혁은 그들의 행복을, 내 가족의 행복을 파괴하는 행위……'

그렇게 생각하나, 라우스는 곧 머리를 저었다.

눈앞에는 거친 겉모습에 비해 놀라울 만큼 맑은 눈빛을 보내는 남자가 있었다.

다 안다. 『그래도』 하겠다.

그 눈동자는 그리 말해주고 있었다.

그 의지와 각오는 피차 마찬가지였다.

그래서 말도 없이 서로 희미한 미소를 나눴다. 그러나 그 직후, 문득 레오나르도의 표정에 파문이 일었다. 왠지 입맛이 쓴 얼굴이었다.

"아~, 그런데 말이지……."

"응?"

뭔가 말하려던 레오나르도가 갑자기 시선을 느끼고 입을 다물었다.

스이와 눈길이 맞았다. 그것으로 뭔가가 전해졌는지 레오나르도는 생각을 고치고 담배를 꺼내지만, 이번에는 샤름과 눈이 맞아 불 없이 담배만 꼬나물었다.

얼버무릴 수 없는 어색함 때문에 라우스가 질문하려고 하지만…….

그 전에 레오나르도가 분위기를 전환하려는 것처럼 무릎을 때렸다.

"뭐, 아무튼 당신은 일단 쉬어. 본부에 도착하면 편하게 쉴 수 있을 거야."

"……그러지. 고맙다."

부자연스럽게 끊긴 말이 마음에 걸리지만, 뭐가 됐든 체력

회복이 우선임은 분명했다.

"그런데 이쪽 형씨는…… 믿어도 되는 건가?"

지목당한 라인하이트가 인상을 팍 찡그렸다.

"지금 의심하는 겁니까?"

"가족도 아닌 신전 기사가 양심과 충의로 세상에 반기를 든다. 그래, 미담이지. 너무 대단해서 믿어지지 않을 만큼."

이야기는 들었다. 샤름을 목숨 걸고 지켰다고.

하지만 평기사가 목숨 한번 걸었다고 호광 기사단 단장을 물리칠 수 있단 말인가?

라인하이트의 행동을 개략적으로만 들은 레오나르도에게는 좀처럼 의심이 가시지 않는 내용이었다.

"잠깐만요! 라인하이트를 의심하는 건—"

샤름이 참지 못하고 항의하지만, 라우스가 한 손을 들어 제지했다.

"미안하군. 이야기가 옆으로 샐까 봐 마지막으로 미뤄 둘 생각이었다."

"음? 뭘?"

"라인하이트는 위기의 순간, 성검에게 선택받았다."

"……지금 뭐라고?"

"당대의 용사라는 말이다."

"……."

레오나르도는 잠시 눈만 깜빡였다.

현실적인 이야기를 하는데 갑자기 전설 속 존재가 현실로 튀어나온 셈이었다.

기름을 치지 않은 양철 인형처럼 눈이 끼기긱 소리를 내며 라인하이트의 무릎 위에 놓인 검으로 돌아갔다. 그러자 성검은 마치 의지를 가지고 자기 존재를 증명하려는 듯 희미한 빛을 발했다.

다시 끼기긱거리는 눈이 라인하이트를 향하자…….

"잘은 몰라도, 그렇다고 합니다."

난감한 얼굴로 긍정한다. 잠시 후.

"뭐어어어어어어?!"

차내에 레오나르도의 경악에 찬 외침이 울려 퍼졌다. 스이가 시끄럽다고 토끼 귀를 접었다.

확실히 시간순으로 설명했다면 신경 쓰여서 이야기가 탈선할 것이다. 그만한 임팩트 있는 화제였다.

"후후, 알았어요? 레오나르도 씨, 라인하이트는 훌륭한 기사예요! 라인하이트를 못 믿을 정도면 세상에 믿을 사람은 없어요!"

"샤, 샤름 님. 그건 과언입니다."

샤름이 가슴을 쭉 내밀자 라인하이트는 쑥스러워서 겸손했다. 아직도 왜 자신이 선택됐는지 모르는데 너무 띄워주는 것도 반응하기 곤란했다.

그 모습을 보고 레오나르도도 겨우 라인하이트를 받아들였다.

"이야~, 마지막 신대 마법 사용자를 맞이했더니 엄청난 선물을 들고왔군……. 뭔가 느낌이 오는구만."

"느낌? 무슨?"

고개를 갸웃거리는 라우스에게 레오나르도는 팔짱을 끼며 깊게 숨을 내쉬었다.

"운명적이란 뜻이야. 마치 해방자를 향해 순풍이 불어오는 것 같잖아?"

"듣고 보니 그렇군."

공범자 같은 웃음이 객실 안에 퍼졌다. 레오나르도가 자연스럽게 손을 내밀었다.

"아무튼 잘 지내보자고, 용사님."

"라인하이트라고 불러주시죠, 레오나르도 공."

"하, 그럴 거면 나도 공은 빼."

"스이한테는 님을 붙여도 돼요."

"너는 닥쳐."

한결 편안해진 분위기로 잡담을 나눴다.

마침내 해가 기울어 오렌지색으로 불타며 산 너머로 사라지고 있었다.

차량 내부의 등이 번쩍 켜졌다.

어둡던 객실이 노을과 따뜻한 불빛으로 밝혀졌다.

그것을 신호로 레오나르도가 입을 열었다.

"그럼 이제 오비우스에서 나이즈를 기다리기만 하면 돼. 괜찮으면—"

저녁이라도 먹지 않겠냐고 물으려던 그 순간.

"……! 아버지, 뭐가 와요!"

거의 절규 같은 경고였다. 즉시 행동에 나선 사람은 라인하이트였다.

차창 밖 저 멀리서 별빛과 같은 조그만 반짝임이 하나 보였다. 그것이 시야에 들어오자마자 검을 뽑고 외쳤다.

"—『성절』!"

라우스가 샤름을 끌어안았다. 스이, 레오나르도 순으로 라우스를 몸으로 감쌌다.

그 찰나, 섬광. 굉음. 충격.

천지가 뒤집히는 감각과 동시에 모든 이의 의식도 끊기고 말았다.

"—윽, 지금 그건……."

고막이 이명을 울리며 피해 상황을 알려주는 가운데, 라우스는 엎어진 몸을 일으켰다. 정신을 잃은 건 한순간이었나 보다.

품에는 샤름이 있었다. 정신을 잃었지만 상처는 없었다.

안심한 것도 잠시뿐. 바로 주위를 돌아봤다.

"어떻게 이런…… 정말로 열차를 습격했나!"

깨진 차창은 천창이 되었고, 좌석은 벽으로, 입구가 바닥으로 변했다. 열차가 전복된 것이다.

"라우스 님, 샤름 님! 무사하십니까?!"

"으아~! 대체 뭐예요, 정말!"

"이놈들이…… 도시에서 떨어지자 습격해? 한 방 먹었군."

다른 인원도 무사한 듯했다.

레오나르도가 옷에서 작은 보주를 꺼냈다. 통신용 아티팩트였다. 그것으로 분산해서 승차한 동료의 안위와 상황을 빠르게 확인했다.

"쳇. 기관차 외에는 여기뿐이라고? 그렇군, 불이 켜지고 안이 보인 타이밍에!"

"아아~. 그럼 오비우스로 간다는 것 자체는 들켰다는 말이네요."

"라인하이트! 『성절』을 계속 유지해!"

"옛!"

라우스의 경고 직후, 다시 충격이 엄습했다.

전복되어 차량 바닥이 벽처럼 됐는데, 그 두꺼운 금속을 섬광이 꿰뚫었다. 첫 공격이 포격이라면 지금 건 관통에 특화한 저격일까?

차량 바닥이 방패가 되어 위력이 줄었음에도 『성절』이 삐걱댔다.

원래 라인하이트는 최상급 방어 마법을 못 쓴다. 성검의 도움을 빌려서 발동했을 뿐이며 아직 익숙해지지도 않았다.

지금은 성검을 믿고 필사적으로 마력을 쏟아붓지만, 두 번, 세 번 충격이 퍼지자 라인하이트가 악문 이 사이로 신음이 흘러나왔다.

"저 사정거리, 이 위력…… 레오나르도! 동료에게 전해라! 성궁일 가능성이 있다!"

"성궁? 빌어먹을! 흰 로브 중에 수광 기사단 단장이 계셨어? 돌아 버리겠군."

"레오 씨, 어떻게 해요? 열차를 멈췄다는 건 승객이 말려들든 말든 신경 쓰지 않는다는 말이잖아요?"

"기억 조작이라면 아주 양심적인 편이지. 최악의 경우엔 몰살이야."

모습을 드러내지 않고 처리하면 나중에 테러리스트, 특히 『해방자』의 소행이라고 할 수 있다.

하지만 샤름의 『초직감』과 샤름의 경고를 듣자마자 방어할 수 있도록 대비하던 라인하이트, 그리고 성검의 힘이 그 기습을 막았다.

이대로 계속 막아선 끝이 안 난다. 적은 분명히 직접 처러 오리라……

"윽, 아버지…… 와요!"

샤름이 눈을 떴다. 스이가 진중하게 천창이 된 차창으로 머리를 내밀었다.

"비룡 다섯 마리 접근 중. 그중 한 마리가 공격해 와요!"

"행동이 빨라! 전복시킨 건 혼란을 틈타 접근하기 위해서였나!"

이미 바닥 벽은 벌레 먹은 이파리처럼 구멍투성이였다.

하지만 공격받는 곳은 이곳뿐. 굳이 천창으로 머리를 내미는 별난 승객은 없을 것이다. 목격당할 위험이 적으니까 가차 없이 돌격해 왔다.

고뇌는 한순간. 다행히도 이곳은 『검은 문』 범위 안이다.

"어쩔 수 없지. 스이! 전이해!"

"여러분은요?"

"승객을 두고 갈 수는 없잖아?"

"저것들한테 이길 수 있어요?"

"이길 필요는 없어. 놈들이 한순간이라도 물러나면 내가 검은 열쇠를 써서 승객을 피신시킬게. 무엇보다 아직 승객은 놈들을 못 봤어!"

수십 미터 내에서 탐지할 수단이 있다면 번거롭게 차내를 확인하지 않고 열차 상공만 훑고 지나가도 도망쳤는지 알아낼 것이다.

그렇다면 굳이 필요 없는 학살에 시간을 들이기보다 주변 수색에 시간을 할애하리라.

"알겠어요. 플랜2로 가면 되죠?"

"오케이! 부탁하마!"

스이는 옷에서 『검은 열쇠』를 꺼냈다.

"전이할게요!"

"그렇지만…… 아니, 알았어. 레오나르도, 미안하다."

"하, 이럴 땐 고맙다고 하는 거야. 이따가 보자."

승객을 말려들게 해서 마음이 불편했다. 이대로 두고 가자니 양심의 가책을 느꼈다. 하지만 라우스 일행이 이곳에 있으면 훨씬 큰 위험을 불러온다는 것도 사실이었다.

그렇게 자기 마음을 달랜 라인하이트는 샤름을 옆구리에 꼈다.

스이가 『검은 열쇠』를 기동했다. 공간이 뒤틀리고 눈앞에 빛나는 막이 출현했다.

"그럼 갈게요!"

레오나르도가 바닥에 있는 객실 출입문을 통해 복도로 뛰어내리고 엄지를 들어 보인 뒤 달려갔다.

"라우스 님! 먼저 가십시오!"

『성절』을 펼친 라인하이트가 마지막으로 들어와야 했다.

라우스는 그 역할을 이해하고 게이트를 넘으려고 하나, 그 전에 하다못해 토벌 부대 외의 혼백도 확인하려고 했고······.

"이게, 무슨! 말도 안 돼. 아니, 그럴 리가─!"

마치 있을 리 없는 무언가를 본 것처럼 멈춰 버렸다.

그 찰나.

─흔들렸군?

익숙한 목소리로 그런 말이 들린 것 같았다.

더 자세하게 확인하고자 반쯤 아연실색하면서도 밖을 보려고 하지만······.

"아니, 쫌! 안 들어가고 뭐 해요!"

인내심이 바닥 난 스이가 몸으로 들이박았다.

라우스는 균형을 잃고 스이와 함께 게이트 너머로 넘겨졌다.

그 모습을 지켜본 라인하이트도 곧장 뒤를 따랐다.

『성절』이 사라진다.

그 직후, 한층 강한 섬광이 허공을 가르고 마침내 라우스 일행이 탔던 객실을 통째로 지워 버렸다.

"헉헉, 여기는……."

"에스페라도 중심에서 대략 100킬로미터 떨어진 곳이에요."

『성절』로 저격을 버티느라 숨을 헐떡이는 라인하이트의 의문에 스이가 대답했다.

주위 경치가 계곡으로 탈바꿈했다. 크고 작은 바위 사이로 잔잔한 냇물이 흐르고 아치를 그리는 나뭇가지가 하늘을 덮는 장소였다.

【에스페라도】에서 긴급 탈출용으로 설치한 『검은 문』은 총 두 개.

지부에서 도시 외곽으로 나가는 것 하나. 그곳에서 더 거리를 벌리는 것 하나.

지금 있는 곳은 두 번째 『검은 문』이 설치된 곳이었다.

"그렇다면 오비우스까지 절반 정도 남았나요……."

"그렇죠. 이 게이트를 오비우스에도 설치할 예정이었는데 완료했나 모르겠네요. 벌써 설치했다면 효과 범위로 들어가는 대로 전이할 수 있어요. 그렇게 따지면 실질적으로 50킬로미터 남았네요."

【에스페라도】와 【오비우스】 사이의 거리는 약 200킬로미터.

본래는 신도에서 공국으로 빠질 예정이어서 수가 얼마 없는 『검은 문』을 그쪽에 설치할 계획이었으나, 닷새 전에 그럴 필요가 없다는 사실이 판명됐다.

그래서 전서조를 날려 급하게 배치를 바꾸라고 지시했지만,

아무래도 두 도시를 잇기에는 시간이 너무 부족했다.

"뭐, 계획대로 풀렸으면 애초에 열차를 탈 필요도 없었지만요."

"불평한다고 뭐가 달라집니까. 그보다…… 토벌대는 우리가 오비우스로 간다는 걸 알아요. 그게 문제네요."

라인하이트가 성검을 칼집에 넣으며 고민했다.

"조만간 쫓아올 거예요. 아니면 비룡을 가졌으니까 무턱대고 찾기보다 먼저 오비우스로 가서 잠복하거나……."

"그 전에 우리가 도착하면 오비우스에서 공국으로 빠지는 『검은 문』이 있으니까 단숨에 거리를 벌릴 수 있어요."

나무로 된 천연 아치 사이로 석양이 보였다. 마침 먼 산으로 해가 넘어가는 참이었다.

길게 뻗은 그림자를 따라서 눈길을 되돌린 라인하이트는 라우스에게 물었다.

"레오나르도 씨 쪽도 걱정됩니다. 여기서 기다릴까요?"

하지만 대답이 없었다. 샤름을 안은 채 라우스는 고개를 살짝 떨어뜨리고 뭔가 생각에 빠져 있었다. 라인하이트의 질문도 들리지 않는 눈치였다.

"저…… 라우스 님?"

샤름도 당혹스럽게 라우스를 올려다보고 있었다. 샤름은 라인하이트를 보며 눈빛으로 도움을 청하는 것 같았다.

아무래도 라인하이트가 스이와 대화하는 사이 샤름도 라우스에게 말을 걸었던 모양이다.

"라우스 씨~? 들려요~? 선 채로 기절하는 강자 클리셰인가요?"

스이의 장난스러운 말투에 반응한 것은 아니겠지만, 마침내 라우스가 얼굴을 들었다.

"스이."

"오, 반응했다. 다행이야, 다행—."

"뭘 숨기고 있지?"

"흐엥?"

스이에게서 얼빠진 소리가 나왔다.

라우스의 눈이 날카롭게 가늘어졌다. 희미한 빛이 깃든 눈은 혼백의 흔들림으로 진위를 파악하려는 것일까?

"너도 레오나르도도 대화 중에 부자연스럽게 말을 끊었지. 토벌대에 관해서 말하지 않은 사실이 있지 않나?"

"아~, 그건, 으응~."

"거짓말은 안 통한다."

스이는 난감한 표정으로 볼을 긁적였다.

"딱히 거짓말을 하려는 생각은 아니에요. 그냥 우려되는 사항이 있고, 지금 라우스 씨 상태를 고려해서 굳이 말하지 않은 일은 있지만."

"우려? ……확증은 없다는 말인가?"

라인하이트와 샤름에게는 당최 영문을 모를 대화였다.

다만, 확증은 없느냐고 물은 라우스가 마치 기도라도 하는 분위기라서 무심코 빤히 바라보고 말았다.

"네. 제가 아는 건……."

스이의 시선이 한순간 샤름에게 향했다.

"토벌대 대장으로 보이는 두 명의 체격이 작다는 것뿐이에요."

"……그런가."

해방자도 흰 로브의 얼굴을 확인할 여유는 없었다. 성궁 말고는 생각할 수 없는 사정거리와 위력을 자랑하는 무기를 사전에 확인하지 못했을 정도다.

그런 뜻이 담긴 스이의 말에는 라우스도 납득할 수밖에 없었다.

"반대로 묻고 싶은데, 이 타이밍에 질문하는 이유는 뭐죠? 확증이 생겼어요?"

라우스도 팔로 안아 든 샤름을 보고 탄식했다.

그러고는 아들을 땅에 내려주며 어처구니없는 생각을 떨치려는 양 머리를 휘휘 저었다.

"아니, 확증은 없다."

"그런가요……."

스이가 라우스를 보는 눈에는 어딘지 모르게 냉철한 빛이 깃든 것처럼 보였다.

라우스의 정신 상태를 파악하고 한 명의 병력으로 얼마나 믿을 수 있는지, 감정을 배제하고 합리성만을 고려하는 눈이었다.

"그쪽의 우려…… 아니, **배려**는 이해했다. 추궁한 것 같아서 미안하군."

"아뇨, 그건 상관없는데……."

현실적으로 생각해서 말이 안 된다.

그 혼백의 강한 빛, 토벌대 대장다운 힘을 생각하면 더더욱.

자신이 무력화될지도 모른다고 생각한 해방자에게 얕보지 말라고, 화가 난다고 말하고 싶지만, 그 생각을 이해하지 못하는 바는 아니다.

실제로 지금 자신은 동요했다. 그것을 스이가 알아봤다.

라우스는 한 번 분위기를 바꾸려고 숨을 깊이 뱉었다.

"걱정할 필요 없다."

"그렇다면 다행이지만요······."

지금 해야 할 일은 안다.

설령 무슨 일이 있어도 살아남을 것. 몸을 완전히 회복하는 것. 그렇지 않으면 아무런 바람도 이루지 못한다.

확증도 없는 걱정에 사로잡혀 있을 때가 아니다.

이 가슴속 울렁거림은 오로지 『신의 악랄함』에 대한 우려일 뿐이니까.

"아버지? 아까부터 무슨 이야기를 하시는 건지······."

"라우스 님? 괜찮으십니까?"

샤름과 라인하이트의 걱정스러운 눈빛에 라우스는 웃음으로 답했다.

"미안하다. 별문제는 아니야."

샤름을 생각해 우려는 마음속 서랍에 집어넣었다.

두 사람은 석연치 않은 반응이지만, 라우스는 일부러 화제를 돌렸다.

"슬슬 출발해야겠군. 스이, 그래도 되겠나?"

"네. 만약 추적자에게 발각돼도 최악의 경우 다시 여기로 전이하면 시간을 벌 수 있어요. 연달아 에스페라도로 돌아갈 수도 있고요."

"흠. 레오나르도 쪽은?"

"토벌대는 목격자를 피해서 떨어질지도 모르지만, 그 부근은 마물도 있어서……."

"승객을 두고 올 수는 없나."

"네. 그런 사람들이니까요."

"전이하기 전 이야기를 들으면 합류 계획이 있어 보이던데?"

"물론 있죠."

"그럼 걱정 없군."

그리하여 일행은 이동을 개시했다.

계곡을 둘러싼 숲의 나무들이 하늘에서 모습을 감춰주고, 계곡물은 동쪽에서 북쪽으로 완만하게 꺾이므로 해가 완전히 떨어지기 전까지는 우선 물줄기를 따라서 가기로 했다.

한 시간 정도 걸었을까.

어스름이 완전히 내려앉고, 별들이 하늘을 수놓았다.

어둠으로 시야가 제한된 탓인지 물 흐르는 소리가 묘하게 청명하게 들렸다.

"그러고 보니 차내식을 못 먹었네요."

스이의 배에서 꼬르륵 귀여운 소리가 났다. 그에 반해 혀를 차고 배를 탁탁 치는 모습은 귀여움과 거리가 멀었다.

덩달아 꼬르륵 소리가 들렸다. 샤름이었다. 얼굴이 빨개져서 배를 잡고 있었다. 차라리 이쪽이 더 소녀 같았다.

"……짐을 못 챙겼네요."

"문제없어요."

인상을 찌푸리는 라인하이트에게 스이가 보란 듯이 오른손을 들었다.

엄지에 반지를 끼고 있었다.

"오스카 오르크스가 쓰던, 그 아티팩트인가."

"보물고라고 하나 봐요."

스이에게 지급된 보물고는 즉석 제작이라서 용량은 작았다. 기껏해야 여행 가방 두세 개 분량. 하지만 암살 무기를 애용하는 스이에게는 이 정도도 감지덕지였다.

물론 보존식도 들어가 있었다.

"얼마 낼래요?"

후히히 웃으며 이런 상황에서도 돈을 뜯으려는 천박한 토끼의 모습이었다.

라인하이트의 얼굴이 여태껏 본 적 없는 형태로 일그러졌다. 형용하기 힘든, 「이 녀석은…… 아마 이런 생물이겠지……」라는 연민 섞인 눈빛이라고 해야 할까? 거의 벌레를 보는 눈에 가깝다.

라우스를 보자 역시 비슷한 표정을 지으면서도 한숨 쉬며 고개를 끄덕였다. 라인하이트는 부득이 품에서 부쩍 가벼워진 지갑을 꺼냈다.

하지만 느긋하게 식사를 할 시간은 애초부터 없었다.

"……! 와요!"

또 샤름의 직감이 일행을 구했다.

모골이 송연해져서 돌아본 곳에서 별빛, 아니, 살의의 증거가 번뜩였다.

"라인하이트!"

"예! —『성절』!"

성검의 힘을 빌려 즉시 전개한 빛의 돔에 즉시 충격이 퍼졌다.

"으에엑, 어떻게 여기까지 들켰지?"

스이가 불평하면서도 옷에서 『검은 열쇠』를 꺼냈다.

하지만 그것을 발동할 여유 또한 주어지지 않았다.

"제2 성창 기동—『카무이』 일극(一極)."

목소리가 내려왔다. 머리 위에서 섬광이 번쩍였다.

스이의 몸은 거의 본능적으로 움직였다. 위를 볼 새도 없이 전력을 다해 전방으로 몸을 던진다. 그 신속 과감함이 스이의 목숨을 구했다.

조금 전까지 그녀가 있던 곳에 사람만 한 굵기의 빛기둥이 치솟고 있었다.

『성절』의 방벽을 마치 종잇장처럼 찢어 버리고.

"성창! 역시 달리온은 살아 있었나?!"

라우스가 난적을 찾아 하늘을 봤다. 하지만 확인하기 전에 빛기둥— 성창이 뿜은 것으로 보이는 빛의 창이 사라지고 이번에는 앳된 티가 남은 목소리가 내려왔다.

"제2 성검 기동―『천상섬』!"

하늘에서 호를 그리는 빛의 참격이 날아들었다. 보통 신전 기사가 날리는 것과는 크기도 밀도도 격이 달랐다.

"아버지!"

"큭, 샤름!"

샤름의 초조함이 무엇보다 명확하게 『성절』이 버티지 못하리라고 말하고 있었다.

라우스는 퍼뜩 샤름을 안아 들고 무거운 몸을 채찍질하며 신체 강화를 발동해 그 자리에서 단숨에 뒤로 뛰었다.

유리가 깨지는 듯한 시끄러운 소리와 동시에 『성절』의 잔해가 허공에 흩날린다.

라인하이트는 반대편 냇가로, 스이는 상류 얕은 여울로, 샤름을 안은 라우스는 무릎까지 오는 냇물 속으로, 저마다 나뭇잎처럼 날아갔다.

그래도 세 사람은 간신히 낙법을 취해 자세를 바로잡았다.

그리고 보았다.

가벼운 발소리를 내며 땅으로 내려온 습격자들을.

라우스, 라인하이트, 스이 세 사람을 각각 협공할 수 있는 위치에 두 명씩.

흰 로브가 벗겨졌다.

라우스도 기억에 없는 기사들이었다. 수광 기사단 단장이자 성궁의 주인 무르무도, 호광 기사단 단장이자 성창의 주인 달리온도 없었다.

라우스 토벌을 명받을 최고위 실력자라면 라우스와 면식이 있을 만도 하거늘.

모두 무명의 기사면서 믿기지 않게 모두 교회의 비보― 칠성 무구 중 하나 『성개』를 닮은 갑옷을 입고 있었다. 게다가 이 또한 눈을 의심하게 되지만, 그들의 손에 있는 모든 무기도 익숙한 형태를 띠고 있었다.

"어, 어떻게……."

라인하이트가 신음하듯 말을 흘렸다.

그럴 만도 했다. 좌우로 선 남자와 여자 기사가 가진 검은 모두 자신이 손에 든 무기― 성검과 흡사했으니까.

심지어 스이를 둘러싼 두 명은 성창과 성궁, 라우스를 사이에 낀 두 명 중 한 명은 성창과 성순(聖盾), 그리고 다른 한 명은 파괴되었을 성퇴를 짊어졌다.

교회의 비보가 한자리에 모였다. 더군다나 같은 종류가 여러 개.

장관이라는 생각보다 당혹스러운 생각밖에 들지 않았다.

하지만 무엇보다도 라우스의 마음을 사로잡는 것이 있었다.

머리 위를 선회하는 비룡에서 마지막으로 뛰어내린 혼은 둘.

열차에서 본, 자신의 착각이라고 믿었던 익숙한 빛이 지금 정면에 있는 거대한 바위 위로 내려왔다.

둘 다 덩치는 작았다. 한쪽이 조금 클지도 모른다.

그래도 주위 토벌대와 비교하면 키가 가슴까지밖에 오지 않았다.

그 두 명이, 라우스를 내려다보는 두 명이.

"라우스 번. 가문의 수치. 드디어 잡았다."

"각오하세요. 우리가 받은 수모는 고통과 죽음으로 갚게 해 주죠."

마음이 얼어붙는 목소리로 말을 내뱉은 그들이 후드를 벗었다.

"어…… 왜……."

동요해 떨리는 목소리는 아래에서 들렸다.

그래도 라우스는 눈을 떨어뜨려서 샤름을 볼 수 없었다.

오히려 한탄하며 하늘을 우러렀다.

그들이 탔을 비룡 네 마리가 하늘을 날고 있었다. 그사이로 얄미울 만큼 밝게 빛나는 초승달이 보였다.

그것은 마치 신의 조소 같았다.

"아이고, 지부장님 예상이 그대로 맞았네."

"교회는…… 이런 짓까지 하는가……."

스이와 라인하이트의 목소리가 멀게 느껴졌다.

라우스는 천천히 눈길을 떨어뜨렸다. 그 앞에는 어찌할 수 없는 현실이 있었다.

잔혹하고, 차라리 웃음이 나올 만큼 무자비한…….

"……카임, 셀름."

아비를 죽이러 온 아들들이라는 현실이.

다시 혼백을 확인하니 역시 두 아들이 확실했다. 다만, 기억에 있는 그들과 비교가 안 될 만큼 강하게 빛나고 있을 뿐.

더 신경 써야 할 점은 보다 명확하고 기묘한 변화였다.

"그 머리는 어찌 된 거냐."

샤름과 달리 카임과 셀름은 어머니를 닮아 금발이었다.

하지만 5 대 5 가르마와 바가지 머리는 그대로지만, 그 색깔이 탈색한 것처럼 희었다.

"키도 제법 컸구나."

아직 아이의 체격이지만, 두 사람 모두 신도를 나오던 그날에 비해 10센티미터 가까이 성장한 듯 보였다.

말을 거는 목소리가 조금 떨리는 이유는 아버지로서의 걱정과 누군가가 아들들로 변장했을 뿐이길 바라는 소망이 섞인 탓일까.

어찌 됐건 이곳에는 어울리지 않는 말이었다.

아나나 다를까, 마치 잠시 출장을 간 아버지가 오랜만에 돌아와서 아들에게 건넬 법한 말을 듣고 그들은 격앙했다.

"네 이놈, 참회를 해도 모자랄 판국에!"

"이 상황에 처음 할 말이 그건가? 정말로 구제할 도리가 없군."

낯설게 느껴질 만큼, 무시무시할 만큼 두 사람의 얼굴이 일그러졌다. 굴욕과 증오로 점철된 표정이었다.

"카임 형! 셀름 형! 그 무녀한테 무슨 짓을 당했어요?!"

샤름이 소리쳤다. 저 무서운 눈동자, 보기만 해도 머릿속을 헤집는 것 같은 소름 끼치는 힘. 그것을 알기 때문에 샤름은 형들을 걱정하여 물었다.

아버지를 향한 감정의 선봉이 『분노』라면 막냇동생을 향한 그것은 『조롱』일까?

동시에 무엇을 떠올리면서 황홀한 표정도 보였다.

"경칭을 빼먹었다, 덜떨어진 것. 그러니까 우리 같은 특별한 『축복』을 받지 못하는 거다."

"그분은 자비롭게도 번 가문의 오명을 씻을 기회를 주셨어요."

그러면서 카임과 셀름이 마력을 발현했다.

막대한 마력이 두 개의 기둥처럼 하늘을 찔렀다.

마력량도 정상은 아니지만, 무엇보다 이상한 것은 색이었다. 원래 번 가문 특유의 검은색을 띠던 두 사람의 마력이 지금 은 하얗게 빛났다.

게다가 등에서는 같은 색 마력으로 구성된 날개까지 돋았다.

그 모습은 그야말로 『신의 사도』를 방불케 했다.

"맙소사……."

머릿속이 불타는 것 같았다. 아들들의 몸을 제멋대로 개조 한 것에 대한 분노로.

하지만 카임과 셀름은 라우스의 전율을 두려움으로 해석한 모양이다.

추악한 조소를 머금으며 아버지와 동생이었던 자들을 내려 다봤다.

"알겠나? 우리는 사도님의 위계에 도달할 자격을 받았다."

"너희를 토벌하고 성검을 회수한다. 그리하여 우리는 높은 경지로 오를 겁니다. 백광 기사단의 위신에 먹칠하지 않고 번 가문이 건재함을 신도들에게 널리 알리기 위해서."

라우스의 처형은 확정된 사항이다.

그렇다면 아무리 숨겨도 백광 기사단 단장의 부재는 세상에 알려진다.

그 대책이 이것이었다.

전 기사 단장의 아들 두 명이 사도로 거듭나 백광 기사단을 이끈다. 라우스는 대충 이야기를 지어내서 순교했다고 퍼뜨리면 그만이다.

굉장히 센세이셔널하고 기쁜 일이다. 사람들의 이목은 위업을 달성한 명가의 자재 두 명에게 모일 것이다.

'시나리오는 이미 완성됐나…….'

라인하이트가 발을 땅에서 거의 떼지 않고 라우스에게 접근하려고 했으나, 토벌대 두 명에게 견제당해 답답하고 초조해 보였다.

상류 얕은 물에 있는 스이도 한쪽 무릎을 꿇은 채로 빈틈을 찾아내려고 했다.

포위한 기사들은 으스스할 정도로 침묵을 유지했다. 표정에도 변화가 없고 으레 배교자에게 향하는 광신적인 감정도 보이지 않았다.

하지만 강하다. 그것만은 알 수 있었다. 그들은 전혀 빈틈이 없고 기계처럼 정확하게 라우스 일행을 견제했다.

'무력화……할 수 있을까?'

으스스한 토벌대를 타도하고 카임과 셀름을 구속해 데리고 갈 수 있을까……. 머리를 굴려 본다.

설령 아버지를 보는 눈이 아니더라도. 동생을 사랑하는 마음을 잃었더라도.

변해 버린 두 사람의 눈에 비친 것이 신의 적뿐이더라도.

그래도 분노와 비탄을 목구멍으로 삼키고 아들들을 구할 방법을 궁리할 수밖에 없었다.

그런 라우스의 심정과 다른 이들의 포기할 줄 모르는 의지를 느꼈는지 카임이 콧방귀를 꼈다.

"추하게 발버둥 치지 마라. 교황 성하께서 너희를 처단할 확실한 수단을 주셨으니."

카임이 손에 쥔 검—『제2 성검』으로 부르던 검을 들었다.

토벌대는 저마다 가진 유사 칠성 무구에 기분 나쁜 위압감을 부여했다. 아마도 일행을 말살할 수단이 따로 있는 모양이었다.

"절망하십시오. 신벌은 결코 당신들을 놓치지 않습니다!"

셀름도 손에 쥔 지팡이— 성장을 닮은 그것을 높이 들었다.

교회 최강의 기사 앞에서 긴장조차 하지 않는다. 그들에게 있는 건 승리에 대한 확신뿐.

기사들이 조용히 살기를 품었다.

그리고 마침내 토벌이 시작되려는데— 그 전에.

"해방자의 정보를 넘길게요오~!"

첨벙 소리와 함께 그런 헛소리가 울려 퍼졌다.

한순간 시간이 멈췄다고 착각할 정도로 완벽하게 긴장의 끈을 끊어 버리는 외침이었다.

무심코 목소리가 난 쪽을 보자 스이가 물에서 무릎 꿇고 가지런히 모은 손으로 땅을 짚은 채 굉장히 저자세로 머리를 굽실대고 있었다. 헤헤거리는 비굴한 웃음까지 더해지니 이렇게 졸렬해 보일 수 없었다.

"축생 따위가 어딜 끼어들―."

"신도 주변에 잠복한 해방자가 많아욧! 고유 마법 사용자도 있고요! 간부도 있어요! 거점도 다 알아요!"

무슨 말을 하기도 전에 무섭게 몰아친다. 카임이 뒷말을 잇지 못하고 입만 뻐끔거렸다.

"앗, 스이 씨! 당신 무슨 소리를―."

"닥쳐, 스이는 죽기 싫다구요! 이런 위험한 사람들 상대로 녹초 아저씨랑 신병 용사로 어떻게 이기냐구요, 생각 좀 하고 살아요!"

해도 해도 너무한 쓰레기 발언에 라인하이트도 뒷말을 잇지 못했다.

셸름이 얼굴을 실룩거리면서도 받아쳤다.

"당신 목숨값으로는 너무 싼 정보군요."

"셸름! 설마 거래할 생각은 아니겠지! 축생에게 현혹되지 마라!"

"하지만 형님. 이 축생은 보고받은 공화국 전사단의 전사장입니다. 우리 임무는 라우스 번을 포함한 3명을 토벌하는 것.

축생은 포함되지 않았죠. 정보원으로 잡아가도 명령에 위배되지는 않아요."

"그딴 문제가 아니야! 신앙도 없는 하등생물의 말은 믿을 가치도 없다는 뜻이다!"

"누가 믿는다고 했습니까? 하지만 살려 두면 정보를 캐낼 방법이야 얼마든지 있죠."

"그건……."

"지금 우리에게는 공적이 하나라도 많아야 해요. 어머니와 할머니 외에도 번 가문 관계자의 미래는 우리 손에 달렸으니까."

"……가족의 연금을 풀기 위해서 가문의 신뢰 회복이 급선무긴 하지만……."

카임과 셀름이 대화하는 동안 기사들은 움직이지 않았다.

리코리스와 데보라의 현황은 라우스 일행 또한 듣고 싶던 정보였다.

하지만 지금은 스이의 발언에 정신이 팔렸다. 설마 배신할 줄이야. 믿을 수 없다는 감정이 치밀었다.

세 명이 함께 스이를 보지만, 스이는 절하듯 머리를 숙여 얼굴이 보이지 않았다.

보이지는 않지만…….

라인하이트의 위치에서만 스이의 입이 살짝 보였다.

씩 찢어진 입이. 마치 「그래그래, 그렇게 의논해. 시간을 낭비하라고. 흐흐히」라며 비웃는 것처럼.

라인하이트는 자기도 모르게 눈을 돌렸다. 무서운 것을 본 것처럼.

라인하이트의 행동을 보고 샤름 또한 『초직감』이 발동한 것 같았다.

말로 하지 않고 자신을 안은 라우스의 가슴팍을 꽉 잡았다.

내려다본 라우스는 아들의 힘 있는 눈빛을 알아차리고 눈깜박임만으로 답했다. 아울러 대비했다. 빛의 사슬을 몰래 만들어서 샤름의 몸을 자신에게 고정했다. 손을 자유롭게 쓸 수 있도록.

그사이에 대화가 끝났는지 카임과 셀름이 스이를 돌아봤다.

"형님, 아시겠죠? 잘하면 밀레디 라이센과 공화국의 정보도 끌어낼 수 있을 테니……."

"흥. 좋다. 어이, 축생. 네놈을 본국으로 데려가 주마. 아는 사실은 전부 뱉어야 할 거다."

"으엥~, 여기서 봐주실 수는 없을까요……?"

"그 추악한 귀와 사지를 자르고 연행할 수도 있다."

"으아아, 알겠어요! 으으, 역시 신국 잠복인 정보만으론 부족한가요? 하긴 그렇겠죠~."

스이가 얼굴을 들었다. 질질 짜는 모습이 참 한심했다.

설마 그것이 『스이 극장』이라고 불릴 그녀의 필사적인 싸움이라고는 생각하지도 못하리라.

"당연하지. 그 정도 정보로는—"

"그렇죠! 이 정도 정보는 이미 알고 있겠죠!"

"뭐?"

"······무슨 뜻이죠?"

"무슨 뜻이고 자시고~, 『배신의 흙잔』인가 뭔가를 속이는 라우스 씨를 정확하게 찾아냈잖아요~!"

시간과 거리를 생각하면 열차에서 이곳까지 일직선으로 왔다고밖에 생각할 수 없었다.

교회의 비보로도 찾지 못했는데.

심신에 연이은 충격을 받고 생각이 미치지 못했던 중요 사항을 이제야 깨닫고 라우스 일행은 전기라도 통한 것 같은 얼굴이 되었다.

그러는 동안에도 스이의 혀는 기름칠이라도 한 것처럼 돌아갔다.

"비보를 뛰어넘는 수색 능력! 그럼 본거지에 있는 이단자를 못 찾을 리가 없잖아요! 일부러 놔둔 거였군요! 햐, 역시 명문가의 핏줄이에요!"

음흉하다. 굉장히 음흉한 발언이었다.

몰랐다고는 말할 수 없다. 그것을 인정하면 무능하다고 인정하는 꼴이다.

그런 『자존심 강한 어린애의 생각』이 확언을 막았다. 계획대로였다.

반응도 이만하면 충분했다. 스이에게는.

'어떻게 찾았죠? 범위는? 발동 조건은 뭔가요?'

그 정보만은 반드시 캐내야 했다. 안 그러면 이곳을 빠져나가도 또 잡힐 가능성이 있었다. 이 상태로는 절대로 은신처로 갈 수 없었다.

지금 카임과 셀름의 반응으로 스이가 파악한 정보는 두 가지였다.

하나. 역시 『배신의 흙잔』이 아니라 개인의 능력, 그것도 카임이나 셀름의 능력으로 찾았다는 것.

둘. 잠복인 정보를 무시하지 않온 점으로 보이 자유롭게 대상을 지정하는 능력은 아니라는 것.

여기서 꽤 확률 높은 추측을 해 보자.

역에서는 『배신의 흙잔』으로 대략적인 위치밖에 추적하지 않았다. 그렇다면 포착 능력이 발동한 것은 십중팔구 그 열차 습격이 있었을 때다.

거기까지 순식간에 생각하고 더 정보를 얻으려고 머리를 굴렸다.

하지만 그 전에 생각지도 못한 곳에서 엄호 사격이 들어왔다.

"거짓말이에요! 형들에게 아버지를 찾을 힘 같은 게 있을 리가 없어요!"

"뭐라고?"

"저 덜떨어진 녀석이……."

'도련님도 참! 멋진 도발! 좋아! 계속해!'

스이는 꿇어앉은 채로 속으로만 웃었다. 샤름이 어린애 특유의 신경질을 부린 게 아니라 직감적으로 스이에게 맞춰준 것이라고 확신했다.

"보나마나 에스페라도에서 거리가 가까워진 탓에 배신의 흙잔이 아버지를 인식했고, 그걸로 추적 능력이 향상됐겠죠! 형들이! 아버지를 이길 수 있을 리가 없어요!"

샤름은 도발에 재능이 있는 것 같았다.

의도는 알아차렸으나 라우스와 라인하이트까지 표정이 굳었다.

당연히 카임과 셀름도 마음이 편안할 리 없었다. 특히 도발 내성이 낮은 카임은.

"하, 멍청한 놈. 라우스 번을 찾은 건 틀림없는 내 능력이다. 반(半)사도화와 함께 각성한 고유 마법이지. 그리고 혼백 마법의 방어를 뚫고 포착한 건 다름 아닌 라우스 번의 무능한 실수 때문—."

"대장님."

문득 카임의 말이 멈췄다.

이 순간, 처음으로 기사가 입을 열었다. 라우스를 견제하는 창과 방패를 든 남자였다.

"신벌을 집행하십시오."

『시의 사도』 같은 기계적인 음성은 아니지만, 몸속으로 냉기가 스며드는 듯한 냉철한 목소리였다. 그러자 카임의 표정에서 조금 전 보였던 분노와 경멸의 감정이 사라졌다.

마치 대장이라고 불린 카임이 명령을 받는 것처럼.

"그래야지."

불가사의할 정도로 빠른 태도 변화였다. 그건 셀름 역시 마찬가지였다.

갑자기 찾아온 일촉즉발의 분위기. 더는 시간 벌기가 힘들다고 판단한 라우스 일행의 얼굴에 각오가 깃들었다.

카임이 라우스를 향해 검을 뻗었다.

"죄를 뉘우쳐라, 배교자들."

"신이시여, 지켜봐 주소서. 번 가문의 오점을 지금 멸하겠나이다."

그것은 불가피한 전투의 신호탄이었다.

"라인하이트! 스이!"

"버티는 데 집중하세요!"

"큭, 알겠어!"

라우스의 경고에 스이가 지시하고 라인하이트가 답했다.

그 직후 쾅, 하고 폭발에 가까운 충격음이 퍼졌다.

소리가 고막에 닿았을 때, 이미 카임은 라우스 코앞에 있었다.

수직으로 내려친 일격이 일말의 주저도 없이 라우스의 정수리로 떨어진다.

"큭, 카임! 제정신으로 돌아와라! ─『진혼』!"

라우스는 상상을 능가하는 속도에 눈을 크게 뜨면서도 검이 닿는 거리에서 빠르게 몸을 뺐다. 눈앞을 지나치는 칼날에서는 착각의 여지가 없는 살의가 풀풀 풍겼다.

피했을 텐데 고통을 느꼈다. 마음이 찢어지는 느낌이었다.

그래도 어떤 상태 이상이라도 해제하는 혼백 마법을 정통으로 맞힌 것은 과연 백광 기사단 단장다웠다. 하지만…….

"멍청하긴! 내 신앙은 미혹되지 않는다!"

"윽!"

카임에게는 아무런 영향도 없었다.

세뇌나 의식 유도 마법의 영향이 아니란 말인가. 아니면 라우스의 마법으로도 쉽게 해제하지 못할 만큼 강력해서인가.

정답이 뭐든 깊이 생각할 여유는 없었다.

좌우에서 방패와 창을 든 기사, 전투 망치를 든 기사가 치고 들어왔다.

폭풍 같은 전투 망치가 머리를 노리고, 섬광 같은 창이 배를 뚫으려고 완벽한 타이밍에 날아들었다.

"큭—『천절』!"

손바닥 크기의 빛나는 장벽을 즉시 소환해 창끝을 미끄러뜨리고 동시에 몸을 숙여서 전투 망치를 피했다.

땅을 때린 카임의 검이 튕기다시피 올라와 그대로 찌르고 들어온다.

목표는 샤름. 아니, 샤름을 꿰뚫고 라우스까지 찌를 셈인가.

통증을 호소하는 몸을 채찍질해서 외투를 걷어내며 허리춤에 찬 단검을 뽑았다.

곧장 카임의 칼끝에 맞춰 힘의 방향만 틀어 버리려는데—.

"뻔한 수작을!"

알고 있었다는 양 칼끝이 흔들렸다.

"아니!"

억지로 몸을 틀어서 피한다. 하지만 조금 늦어 위팔을 베였다. 피가 튀고 자세가 흐트러졌다.

오랜 전투 경험이 적색경보를 울렸다. 위험하다, 이어서 공격이 온다고.

위험을 벗어날 한 수는 조건 반사였다. 주변 일대를 무차별적으로 난타하는 『광폭(光爆)』을 쏘고 찰나의 시간을 벌려고 했다. 그러나 갑자기 정신이 흐릿해지며 마법이 중단됐다.

옆을 지나친 카임이 어깨 너머로 회심의 미소를 짓는 깃이 보였다.

무슨 짓을 당했다. 하지만 지체 없이 달려든 기사 두 명에 맞서느라 생각할 시간은 없었다.

볼품없이 벌러덩 넘어져 물속에 빠지면서도 한쪽 다리를 물을 차올렸다. 그리고 동시에 유일한 무기인 단검을 투척했다. 물 벽을 뚫고 창기사가 덤벼든다.

당연히 그 정도로는 멈추지 않지만 견제에는 성공했다.

기사들의 공격 타이밍이 어긋났다. 내리친 전투 망치를 굴러서 피하며 충격파와 깨진 돌조각은 등으로 막아내고 그 힘을 빌려 일어섰다.

숨이 막혔다. 등에 감각이 없었다. 아픈지조차 모르겠다.

하지만 가슴에 안긴 아들은 무사했다. 그렇다면 아무 문제도 없다.

무엇보다 한 수를 찔러 넣을 틈이 마침내 생겼다.

창기사의 돌격이 슬로 모션처럼 다가오는 가운데, 무영창으로 주특기 기술을 발동했다.

혼백 마법 『충혼』이 방사형으로 퍼져 나갔다.

몸 깊숙한 곳이 삐걱대는 소리가 환청처럼 들리고 순간 정신을 잃을 뻔했지만, 그 덕분에 기사 두 명과 카임은 신음하면서 멈췄다.

천재일우의 기회. 이 찰나의 순간에 적어도 기사 한 명은 무력화하려고 발에 힘을 넣지만—

"아버지!"

"……?!"

샤름이 외친 소리를 듣고 즉각 행동을 중단하고 쓰러지다시피 앞으로 몸을 던졌다. 그러자 조금 전까지 라우스의 머리가 있던 곳으로 빛의 화살이 통과했다.

곁눈질하자 스이와 싸우던 기사가 활로 라우스를 조준하는 모습이 보였다. 스이는 창기사의 맹공을 피하느라 여력이 없는 상황이었다.

그리고 그 찰나조차 되지 못할 한순간의 틈을, 적은 놓치지 않았다.

"제2 성순 기동—『마충파』."

장엄한 타워 실드를 이용한 실드 배시.

그것만이라면 뒤로 뛰어 피하면 그만이다. 하지만 거기에 광범위, 사거리 수 미터에 이르는 충격파가 더해지면 회피란 불가능하다.

라우스가 가능한 일은 당장 몸을 웅크려 샤름을 감싸는 것뿐이었다.

마치 전력 질주하는 군마에 치인 듯한 충격에 라우스의 입에서 피 섞인 기침이 터져 나왔다.

마치 물수제비의 돌처럼 수면을 튕겨 날아간 라우스가 스이의 맞은편 뭍에 있는 큰 바위에 등부터 격돌했다.

"라우스 님!"

바위가 깨지는 소리와 물보라의 폭음에 섞여 라인하이트의 절박한 목소리가 울렸다.

서둘러 라우스에게 달려가려고 하지만…….

"지금 구하러— 젠장, 비켜!"

검을 가진 기사 두 명이 무서울 정도로 정확한 연계로 끊임없이 연격을 펼치며 라인하이트를 제자리에 묶어 뒀다.

지금 버티고 있는 것은 성검의 인도 덕분이었다.

성검은 도피행 와중 라인하이트의 검술을 가히 진화라고 불러도 될 속도로 성장시켰다.

하지만 그래도 버티는 게 고작이었다.

그저 연계만 뛰어난 게 아니었다. 이들은 모두 기사단에서도 상위로 꼽힐 달인급 실력자였다.

더불어 이 둘은 서로 전혀 다른 검법을 구사하고 있었다.

남자와 여자의 차이일까? 남자 기사는 강검, 여자 기사는 유검. 폭풍과 유수라는 상반되는 기술의 파상 공세는 라인하이트의 호흡을 쉴 새 없이 흐트러뜨렸다.

거기에 이어지는 절망이 있었으니.

"아진, 세이스. 가세해줘라. 저 모양이라도 용사다. 방심하지 마라."

""예.""

카임의 지시로 라우스와 싸우던 기사 둘이 합세했다. 라우스가 생각 이상으로 약해진 탓일까. 카임 혼자서도 충분하다고 판단한 모양이었다.

혹은 자기 손으로 끝내고 싶거나.

'안 돼, 더는 못 버텨!'

동요한 빈틈을 찔려 여기사의 검에 옆구리가 얕게 베였다.

기사 아진의 창이 빛을 띠고 세이스가 단축한 주문을 읊조리지만, 이상하게 느려진 시야 속에서는 또렷하게 보였다.

이제 물불 가릴 때가 아니다. 죽음이 코앞까지 다가왔다.

"힘을 다오, 성검! ─『한계 돌파』!"

순백의 빛이 나선을 그리며 하늘을 찔렀다. 하늘을 선회하는 비룡들이 놀라서 울부짖으며 자리를 피했다.

"─『천상섬 윤화(輪華)』!"

이름도 얼굴도 모르는 선대 용사가 창안하고 성검이 계승해준 『천상섬』의 변칙 기술.

한 발을 축으로 고속 회전하면서 빛나는 원형 참격을 날린다.

검을 든 기사 둘은 도약과 몸을 뒤로 젖혀 피하고, 기사 세이스는 전투 망치로 방어, 기사 아진은 방패로 막으며 섬광 찌르기로 반격해 왔다.

"지금 그걸 반격해?!"

적에겐 아무런 타격도 없었다. 라인하이트는 카운터를 힘겹게 피하지만 어깨를 뚫리고 말았다.

"─『천상열파』!"

작은 빛의 참격을 전 방위로 흩뿌린다. 발악할 요량으로 쓴 3대 전 용사의 기술은 네 기사의 맹공을 잠깐이나마 막아줬다.

그 틈에 라인하이트가 외쳤다.

"스이 씨! 라우스 님을─."

"악!"

라우스의 모습과 기척을 숨기고 도망칠 수 없겠냐고 외치려던 순간, 돌아온 것은 외마디 비명이었다.

스이는 후려친 창에 옆구리를 얻어맞고 날아갔다. 그리고 바로 화살이 날아들어 막 바위에 격돌한 스이를 덮쳤다.

무의식적으로 몸을 비튼 역량은 과연 전사장다웠다.

하지만 심장을 지켜내기는 했어도 가냘픈 어깨에 직격한 화살까지는 어찌하지 못했다. 얼마나 강력한지 관통된 화살은 스이를 바위에 꽂아 버렸다.

"─으익?!"

"크윽."

고통 어린 소리가 겹쳤다. 라우스였다.

돌아보니 샤름을 감싸며 카임의 맹공을 조그만 장벽만으로 필사적으로 막고 있었다.

그러나 오래 갈 것 같지는 않았다.

카임이 눈을 의심케 할 정도로 강하다는 점도 있지만, 무엇보다도 라우스의 움직임을 알고 있는 것처럼 정확하게 대응해서였다.

그런 데다가 라우스는 급격하게 약해져 갔다. 안색도 빠르게 악화됐다. 잘 보니 스이의 안색도 제법 나빴다. 그 창백함은 고통 때문이라기보다 마치 병마에 시달리는 사람 같았다.

"이것들이— 『천상섬 이익(二翼)』!"

공중 옆돌기를 하며 두 번의 공격을 날렸다. 하나는 스이가 고정된 바위, 또 하나는 카임의 발치로.

대가로 여기사의 검에 어깻죽지를 썰리고 창에 뺨이 찢어졌으며 착지하기 직전 전투 망치에 정통으로 치였다.

갈비뼈에서 불길한 소리가 나고 어지럽게 천지가 뒤바뀌었다.

자신이 날아갔다고 깨달은 것은 계곡 옆 굵은 나무에 파묻힌 뒤였다.

우득우득 소리를 나무가 넘어간다.

시야가 고정되지 않았다.

쿨럭 기침하자 폐에서 산소와 함께 헛웃음이 날 정도로 많은 피가 나왔다.

그래도 대가를 지불한 가치는 있었다.

스이는 구속에서 탈출하고 숨통을 끊으려던 창을 간신히 피했다.

라우스도 카임의 공격이 끊겨 숨 돌릴 여유를 얻었다.

"스, 이! 모습을!"

스이의 진가는 암살에 있다. 그 능력이 흉악하여 저번 전쟁에서는 신전 기사단 제3 군단장 제바르와도 대등하게 싸우고, 철통같이 방어하던 총사령관 바란 디스터크 추기경도 처치했을 정도였다.

이 싸움에서 한 번도 모습을 감추지 않고 정면승부만 하는 쪽이 이상했다.

그래서 왜 은신하지 않느냐는 의문을 담아 외치지만······.

"아, 진짜 뭐예요오! 고유 마법은 발동도 안 하고 몸도 잘 안 움직이고!"

그런 답이 돌아왔다.

"라인하이트! 셸름 형을 막아!"

말할 여유도 없는 라우스를 대신해 샤름이 원인을 알려줬다.

"역시 용사에게는 안 통하나요. 지긋지긋하군요."

캉! 바위를 때리는 지팡이의 음색이 퍼졌다.

퍼뜩 그쪽을 돌아봤다. 잊었던 것은 아니었다. 다만 맹공으로 확인할 여유가 없었을 뿐. 셸름은 처음 위치에서 움직이지 않고 아름다운 지팡이를 들고 있었다.

몸에서는 마력광이 흘러나왔고, 자세히 보니 공기에 빛의 입자를 뿌려 놓은 듯했다. 마치 햇빛을 반사하는 먼지처럼.

"그렇지만 축생과 대역 죄인을 괴롭히는 건 정말로 유쾌하네요."

—고유 마법, 금기 지정.

셸름이 반사도가 되며 얻은, 지정한 상대의 고유 마법 발동을 방해하는 능력이었다.

"더 고통스러워하고 절망하세요. —제2 성장 기동 『쇠벌(衰罰) 집행』!"

지팡이를 기점으로 분수처럼 빛의 입자가 퍼졌다.

그러자 라우스와 스이가 힘들어하며 휘청거렸다.

"큭, 쇠약 마법인가!"

칠성 무구 중 하나 『성장』에는 강력한 버프, 디버프 권능이 있었다.

셀름이 가진 지팡이에도 같은 능력이 있다면 반사도화의 스펙까지 더해져 흉악한 효과를 발휘하리라.

라우스와 스이가 제대로 움직이지 못한 이유는 아마 그것이 원인이다.

오히려 원래 피폐했던 라우스가 이 맹공을 그만큼 버틴 것만 해도 경이로웠다. 물론 그것도 이제는 한계에 달했지만.

설마 양산형 성무구를 만들었을 줄은 몰랐다며 라우스의 속에서 초조함이 기어 나왔다. 동시에 전율도.

그런 무구가 주어질 만큼 강력한 기사들이라면 무명일 리 없었다.

게다가 한 번 보면 잊을 수 없는 기형적 혼을 가졌는데 백광 기사단 단장이었던 라우스가 모른다는 것은 말이 안 됐다.

쇠약한 상태에 쇠약 마법이 걸리고, 카임과 싸울 때마다 밀려드는 기묘한 감각 때문에 더 궁지로 내몰리고, 그 상황을 버티려고 무리하느라 더욱 약해진다.

그런 최악의 악순환으로 이미 몽롱해진 의식 속에서도 라우스는 정답을 찾아내고야 말았다.

"허억, 허억…… 네놈들, 호광 기사단인가……."

"오호, 잘 아시네요."

셀름이 어깨를 으쓱했다. 정답인가 보다.

단장 달리온 커즈를 제외하면 같은 삼광 기사단 단장조차 모르는 비밀 군단— 호광 기사단.

교황 직속 부대며 임무는 호위뿐. 그래서 미처 생각이 미치지 못했던 것이다.

소문으로는 모두가 단장 수준의 실력자로 구성됐다고 하던데 설마 그것이 진실일 줄이야…….

희열에 젖은 셀름, 그리고 카임은 절망을 들이밀었다.

마치 강박 관념에 사로잡힌 것처럼.

"원류인 성검을 토대로 위대한 옛 선인들이 창조한 여섯 성무구. 성검과 맞먹는 이것들을 아울러 교회의 비보 『칠성 무구』라고 부르는 건 잘 알려진 사실이지만……."

"이 『제2세대 성무구』도 칠성에는 미치지 못할지언정 파격적인 힘을 보유했지."

가지고만 있어도 발동하는 신체 강화는 물론이고 어마어마한 빛 속성 적성 부여, 마법 효과의 폭발적 효과 상승, 각 무구의 특성에 맞는 강력한 능력…….

그것들이 최고위 기사 전원의 손에 주어졌다.

그리고 호광 기사단이라면 그들 모두 고유 마법도 가졌을 터였다.

"아 참, 원군은 기대하지 마세요."

셀름의 시선이 스이에게 돌아갔다.

"전이 아티팩트라도 있나 보군요? 하지만 열차에 동료가 남아 있을 때를 대비해 우리도 두 명을 두고 왔죠."

레오나르도 쪽도 싸우고 있을까?

아니면 승객과 함께 도망쳤을까?

지금은 그저 그들이 무사하기를 바랄 수밖에 없었다.

"정보를 제공하면 살려준다는 이야기는 무산된 건가요?"

스이가 비지땀을 흘리며 물었다.

이야기 도중에 다짜고짜 시작된 전투였다. 이미 모두가 만신창이가 됐다.

2라운드의 막이 오르면 다음 공세는 더 버틸 재간이 없다.

'빨리 와 빨리 와 빨리 와 빨리 와 빨리 와 빨리 와 왜 이렇게 늦어 굼벵이 자식 죽으면 저주해서 죽여 버릴 테니까 빨리 와 제발요 뭐든지 할게요오!'

스이는 마음속으로 절규에 가까운 기도를 하면서도 전혀 내색하지 않고 비굴하게 자기만 살려주면 안 되느냐며 교섭으로 더 시간을 벌려고 했다. 하지만……

"필요 없습니다, 대장님."

기사 아진이 또 끼어들었다.

냉철한 눈빛을 보내자마자 셸름 역시 순순히 고개를 끄덕였다.

"그렇죠. 교회는 축생 따위의 정보를 필요로 하지 않습니다. 그럼요. 그렇고말고요."

"슬슬 쇠약함도 한계에 달했겠지. 절망했나?"

"떠올리십시오. 그리고 마음에 새기십시오."

"교회는, 신은ㅡ."

""『절대적』입니다.""

카임과 셀름이 미리 짠 대사라도 읽는 것처럼 번갈아 가며 말했다. 그 모습이 기이했지만, 확실히 본심이라고도 느꼈다.

분명히 지금까지 한 말도 전부 라우스 일행을 절망시키고 단죄하고 싶다는 바람의 발로일 것이다.

그것은 아마 호광 기사들도 마찬가지다. 카임과 셀름의 불필요한 말들을, 공격을 늦추면서까지 허용한 것이 무엇보다 큰 증거.

혹은 그렇게 명령받았을 뿐이거나.

아무튼 절체절명의 위기란 점에는 변함이 없었다.

라우스가 이를 갈았다. 이미 눈앞이 깜빡거리고 몸 깊은 곳에서 어떤 중요한 것이 빠져나가는 싸늘한 감각에 지배당했다.

라인하이트는 성검의 능력ㅡ 일정 범위 내 마력 흡수와 치유 능력으로 조금씩 회복하지만, 『한계 돌파』 유지에 힘을 쏟는 탓에 역시나 위험한 상태였다.

스이는 말할 것도 없었다.

최대의 강점은 봉쇄당했고 『검은 열쇠』를 기동할 여유는 전혀 없이 쇠약 효과로 다리가 떨리는 지경이었다.

누구나 한계였다.

번 시간은 불과 10분여.

그래도…….

"글쎄, 세상에 『절대적』인 것 따위 없다고 생각하는데."

"누가 절망할 것 같으냐!"

"맞아요! 우리는 절대로 포기 안 해요!"

"아, 뭐라도 외쳐야 하는 상황이에요? 좋아요, 좋아. 저도 할게요! 어흠, 야 이 꼬맹이들아! 각오해! 『절대적』인 건 너네 집안 탈모 유전이겠지!"

마지막까지 발버둥 친다. 저항한다.

어째 한 명만 절대적인 건 없다는 말과 모순되는 악담을 퍼부었지만······.

그리고 절대적인 건 없다고 말한 대머리 아저씨의 이마에 발끈 핏줄이 붉거지고······.

"쳇, 끝까지 헛소리를!"

"결국은 신앙을 등진 대역 죄인이죠."

하지만 그 불과 십여 분이, 저항하는 마음이.

"늦지 않은 모양이군."

""······?!""

언제나 미래로 이어진다.

목소리가 들린 곳은 셀름의 뒤쪽이었다.

언제부터였을까, 그곳에 남자가 서 있었다.

"너는, 해방자 나이즈─."

"잠깐 자라."

소스라치며 돌아본 셀름의 이마에 상냥함마저 느껴지는 손길이 닿았다.

짜악, 하고 박수를 친 것 같은 소리가 났다.

동시에 셸름이 흰자위를 드러냈다. 제2 성장이 절그렁 떨어지고, 셸름은 무릎 꿇고 쓰러졌다.

뇌진탕이었다. 아무리 강해졌어도 머리를 기습하는 공간 진동은 버티지 못했다.

"쳇, 베슈!"

제2 성궁을 가진 기사 베슈가 즉시 저격했다. 하지만 이미 나이즈는 그곳에 없었다.

머리 위쪽에서 강렬한 포효가 터지며 시리도록 푸른 달빛이 전장을 비추었다.

냉기가 다운 버스트처럼 쏟아졌다.

맹렬한 바람과 살을 에는 냉기, 그곳에 섞인 얼음 파편으로 카임과 기사들이 반사적으로 얼굴을 감쌌다.

거기에 추가로 다섯 그림자가 내려왔다.

"이번에는 뭐냐?!"

카임과 수 명의 기사가 퍼뜩 뒤로 물러나자 뒤늦게 거구가 냇물로 추락하며 물기둥을 세웠다.

그림자의 정체는 하늘을 선회하던 기사들의 비룡 네 마리.

그리고 한발 늦게 착지한 자.

『드디어 찾았다, 라우스 번.』

거구를 자랑하는 웅장한 빙룡. 아니, 달빛을 뿜으며 수축해 다이아몬드 더스트 속에서 모습을 드러낸 반드르였다.

"드디어 왔어! 이젠 이길 수 있어~! 좀 빨리빨리 다녀! 바보 멍청이들아!"

"여, 여전히 신경 거슬리는 녀석이군."

그러면서도 손가락 휘슬을 불자 양쪽 숲에서 한 줄기 섬광처럼 동물이 튀어나왔다.

반드르의 종마 세 축 중 둘, 비룡 우루루크와 빙설랑 쿠오우였다.

우루루크의 작열 브레스가 라인하이트를 포위하던 기사들을 덮치고, 쿠오우가 얼음창이 난무하는 폭풍을 일으키며 가히 번개 같은 속도로 스이를 둘러싼 기사 두 명을 몰아쳤다.

그리고 그 절묘한 연계로 카임의 정신이 팔린 순간, 나이즈가 출현했다.

바로 라우스 옆으로.

"……꼴이 말이 아니군."

"무얼 이까짓 걸로. 아직 죽기는 한참 멀었지."

샤름이 멍하게 쳐다보는 앞에서 농담조로 말을 주고받았다.

"이놈들—『극대 천상섬』!"

카임이 꿈에서 깬 것처럼 돌아보며 거대한 빛의 참격을 날렸다.

하지만 나이즈는 역시 즉시 사라졌다. 물론 라우스와 샤름도.

빛의 참격은 허무하게 강을 가르고 작은 지류를 만드는 데 그쳤다.

다음으로 나이즈가 이동한 곳은 스이 곁이었다.

"라우스 씨! 마킹은요?!"

망가져 버린 한쪽 팔을 축 늘어뜨린 채 스이가 소리쳐 물었다.

이대로 나이즈의 전이로 안전한 곳까지 도망치고 싶은 마음은 굴뚝같지만, 카임의 추적 능력을 해결하지 않는 한 거점으로 갈 수 없는 상황은 변함이 없었다.

그렇다면 최악의 경우 카임만이라도 무력화해서 끌고 가야 했다.

"술식은 알아냈다. 언제든지 해제 가능해."

라우스는 숨이 넘어가기 직전이면서도 똑똑히 단언했다.

지금 대화로 대략적인 사태를 짐작한 나이즈가 스이의 어깨에 손을 올리며 확인했다.

"문제없겠지?"

"아이아이! 어서 줄행랑쳐요!"

적의 비룡은 처리해 뒀다. 그렇다면 라인하이트는 반드르에게 맡기고 도망친 다음, 나중에 전이해서 데리고 가면 된다.

라우스가 카임과 셀름을 보지만, 그것도 한순간뿐이었다.

아들 둘을 무력화해서 데리고 가고 싶다고는, 차마 말할 수 없었다.

그래서 이를 악물고 고개만 끄덕이지만⋯⋯.

결단이 조금 늦고 말았다.

"쏜! 놓치지 마!"

"예."

라인하이트를 상대하던 제2 성검 기사 쏜이 명령이 떨어지기 무섭게 몸을 틀어 단걸음에 나이즈 쪽으로 뛰었다.

왜 궁수나 본인의 공격 마법으로 전이를 막으려고 하지 않는가.

이유는 금방 드러났다.

"큭, 발동이 안 돼?!"

—고유 마법, 마력 정화.

효과는 마력을 흩어 버리는 것. 바로 【라이센 대협곡】과 같은 능력이었다. 제2 성검을 든 호광 기사 쏜은 자신을 중심으로 반경 10미터 내에 마력 분산 지대를 만들어 낸다.

기사 쏜은 그대로 나이즈에게 육박해 검을 횡으로 휘둘렀다.

놀랍게도 제2 성검에는 빛의 칼날이 부여되어 대검처럼 커져 있었다.

마력 분산 지대를 본인의 뜻대로 조정할 수 있다는 증거였다.

'상대의 마법을 막고 자기는 마음대로 써? 귀찮군!'

속으로 푸념하면서도 뒤로 뛰고, 동시에 허리춤에 찬 쌍곡검을 뽑았다.

전이할 수 없다고 파악한 순간 라우스와 스이도 멀찍이 물러나려고 하나……

"아쉽지만 신대 마법 사용자가 나온 이상 절망을 보여줄 여유는 없다! 전원 고유 마법을 해제하라! 베슈! 축생에서 눈을 떼지 마라!"

셀름은 기절한 상태였다. 당연히 스이도 고유 마법을 쓸 수 있게 됐다.

회피와 동시에 배경에 스르륵 녹아들며 사라지지만, 제2 성궁 기사 베슈가 눈을 돌린 순간.

"으아아아아악?!"

전기라도 통한 것처럼 경련한 스이가 그대로 쓰러지고 말았다.

―고유 마법, 성안(聖眼).

초점만 맞으면 임의로 상태 이상 『마비』, 『인식 저해』, 『청각 이상』, 『환각 통증』, 『촉각 상실』을 일으키는 마법.

인사불성 정도가 아니다. 주시하기만 헤도 믹시에 길리는 듯한 고문에 가까운 감각을 맛본다.

당연히 그와 연계해 빛의 화살이 날아들고…….

"워우!"

간담이 서늘해진 타이밍에 쿠오우가 끼어들어 화살을 깨물어 부쉈다. 그리고 기사 베슈의 화살 탄막에 고드름 탄막으로 대항했다.

그래도 베슈의 시선은 스이에게서 떨어지지 않았다. 사방을 뛰어다니면서도 항상 스이를 시야에 담으며 절묘한 기술로 쿠오우의 방해를 용서하지 않았다.

한편, 라우스 쪽도…….

"아버지! 막으면 안 돼요!"

"―큭!"

제2 성창이 찌르고 들어왔다.

연기 같은 마력광을 띤 성창은 샤름의 경고가 없어도 불길한 예감밖에 주지 않았다.

외투를 벗어 던져 시야를 가리면서 꼴사납건 말건 죽기 살기로 옆으로 뛰었다.

요란한 물보라가 튀어 샤름이 콜록대는 사이 제2 성창이 외투를 찢었고—.

"이건, 부식인가?"

성창이 쳐낸 외투는 새까맣게 변색되며 부스스 부스러졌다.

—고유 마법, 성식자(聖蝕者).

제2 성창을 든 호광 기사 트레스의 능력, 대상을 부식시키는 마법이다. 마음만 먹으면 부식 마력광을 뿜어서 자신을 제외한 모든 것을 썩게 하는 영역도 형성할 수 있다.

그러지 않는 이유는…….

"죽어라! 라우스 번!"

아들의 손으로 아버지의 목숨을 빼앗게 하기 위함이리라.

속 보이는 악의에 이를 갈면서도 마음대로 움직이지 않는 몸을 방패 삼아 샤름을 감쌌다.

"어딜!"

간발의 차로 나이즈가 뛰어들었다. 기사 쏜을 끌고서.

카임의 일격을 막은 나이즈는 마법을 쓰지 못해도 쌍곡검으로 두 명을, 아니, 기사 트레스도 포함해 세 명을 동시에 상대했다.

"이 자식이 방해를!"

"당연한 소릴."

"그럼 너도 현혹되어 죽어라—『성도(聖導)』!"

"윽?! 이건!"

혼백을 동조해 위치 특정, 의식 유도, 표층 심리 읽기가 가능해지는 고유 마법이다.

『배신의 흙잔』에 등록된 라우스의 혼 정보에 동조해 효과를 증폭함으로써 수십 미터 이내에서 감지하도록 한 것도 이 능력이었다.

열차 전복도 라우스에게 자신의 존재를 알려서 동요한 틈을 파고들어 동조하기 위해서였다.

라우스가 전투 중에 느끼던 기묘한 감각도 이것이 이유였다.

한 번 동조하면 혼백 마법이 아닌 한 해제는 불가능할 것이다. 만약 해제해도 혼백이 약해진 지금 라우스라면 바로 다시 걸려 버릴 게 분명했다.

하지만 그래도 처음 보는 나이즈를 구하고자 혼백 마법을 발동했다.

"지금 해제하지. —『진혼』."

그 순간, 몸에서 힘이 빠졌다. 샤름이 아버지를 외치는 소리도 멀게 느껴졌다. 시야에서 색이 사라져 간다. 마침내 정신론으로는 해결되지 않는 진짜 한계가 찾아와 라우스를 땅으로 끌어당겼다.

쓰러진 라우스를 지키려고 앞을 막아선 나이즈는 천천히 약하게 숨을 내쉬었다.

일단 적을 타도할 생각을 버린다.

포기해서? 절대로 아니다.

지금은 움직이지 못하는 라우스와 샤름을 지키는 데 주력해야 한다.

동료를, 똑같이 적의 맹공을 받는 반드르를 믿고.

라인하이트와 등을 맞대고 일순의 순간에 다양한 얼음 무기를 만들어 무술로 막아 나갔다.

상대하는 자는 제2 성검을 가진 여기사와 제2 성창, 성순을 든 기사 아진이었다.

"쳇, 귀찮게 하는군."

"역시나. 조심하십시오! 여자의 공격은 치유를 방해합니다!"

즉석 태그인 반드르&라인하이트와는 비교가 안 되는 연계는 묘기에 가까웠다.

마치 한 마리의 생물을 상대하는 기분이었다. 심지어 거기에…….

―고유 마법, 성인화.

―고유 마법, 성흔.

파격적인 능력이 더해지면 그야말로 부조리의 극치.

전자는 기사 아진의 능력이며 효과는 단순한 스펙 증강.

하지만 그 수준이 정상이 아니다. 『한계 돌파』와 비견해도 손색이 없는, 아니, 오히려 그것마저 뛰어넘는 강화였다. 완력은 괴물 같고 속도는 모습이 흐릿하게 보일 정도. 마법은 당연한 것처럼 무영창으로 연사해 댔다.

더불어 고속 자동 치유와 고속 마력 흡수까지 겸비했는지 끝을 모르는 맷집까지 자랑했다.

후자는 여기사 필라의 능력으로, 상처의 치유 방해. 그녀가 낸 상처는 생물, 무생물을 불문하고 재생 마법이라도 쓰지 않는 한 절대로 낫지 않는다.

성검의 자동 치유도 통하지 않아 라인하이트는 심각한 피로와 출혈로 시시각각 죽음의 늪으로 빠져들고 있었다.

태그라고 표현해도 사실 반드르가 보호하며 싸우는 형태였다.

그리고 우루루크도 제2 성퇴를 든 기사에게 몰리고 있었다.

—고유 마법, 보이지 않는 단죄.

그것이 제2 성퇴를 든 기사 세이스의 능력. 일정 범위 내에서 공간을 초월해 공격한다. 심지어 방향은 자기 마음대로. 제자리에서 내리친 일격이 수 미터 앞에서 옆으로 휘둘러진다.

우루루크는 반격의 실마리조차 잡지 못한 상태였다. 본연의 강인함으로 버티고는 있으나, 패배는 시간문제였다.

그렇다. 시간문제에 불과했다.

"반드르 공! 이대로 가다가는!"

"문제없어. 이미 익숙해졌으니까."

"뭐요?"

전투 중에 한눈을 파는 어리숙한 라인하이트를 발로 차서 날려 버렸다.

그의 목을 치려고 한 여기사 필라의 검을 얼음칼의 자루로 쳐올리고, 완벽한 타이밍에 내지른 기사 아진의 음속 찌르기는 살며시 손바닥을 대서 옆으로 흘렸다.

기사 필라와 아진이 관성에 따라 양옆을 지나쳤고, 지나치는 순간에도 몸을 돌려 공격을 가했다.

목을 노린 제2 성검과 심장을 뚫고자 소리 없이 뻗어 오는 빛의 창.

하지만 그곳에는 이미 반드르가 없었다.

""......?!""

호흡을 읽고 흐름을 파악해 의식의 틈새를 빠져나간다.

단순히 수그렸을 뿐이건만, 무술의 경지에 이른 몸놀림은 순식간에 일기당천들의 시야에서 반드르를 사라지게끔 했다.

그 순간 지진이 일었다, 라고 착각할 만한 발구름— 진각.

그리고 주먹에 두른 것은 얼음 건틀릿.

"하앗!"

우렁찬 기합과 함께 지른 정권은 정확하게 여기사 필라의 명치에 꽂혔다.

"커헉?!"

충격을 남김없이 체내로 전달한 일격은 여기사 필라를 **날려 보내지 않았다.** 그녀는 제자리에서 무릎을 꺾고 고꾸라져 땅에 머리를 박았다.

거기로 타워 실드의 실드 배시가 날아든다.

강렬한 빛을 띤 방패는 다름 아닌 『마력 충격파』를 터뜨리기 위함이며, 가공할 완력과 속도로 감행된 공격은 이미 파성추나 다름없었다.

하지만 순식간에 만들어 낸 얼음 방패로 마력 충격파를 막고, 그 방패를 중심으로 힘을 빼며 회전해 춤이라도 추듯 옆으로 빠졌다.

그 모습은 흡사 황소의 돌진을 화려하게 피하는 투우사 같았다.

살짝 눈이 커지면서도 아진은 초인적 각력으로 관성을 상쇄해 즉석에서 몸을 돌리고 제2 성창을 휘둘렀다.

당연한 것처럼 순간적으로 발동한 빛의 칼날이 부여되어 있었다.

반드르는 그것을 역시 순식간에 만든 얼음 창으로 막았다.

아니, 창이 아니었다.

방어하는 순간 세 갈래로 나뉜 그것은 삼절곤. 원심력을 이용해 끝부분을 휘두르자 기사 아진이 예상치 못한 카운터가 들어갔다.

차마 피하지 못하고 기사 아진의 코끝이 부딪친다.

큰 피해는 아니었다. 그래도 몸이 뒤로 젖혀지는 것은 어쩌지 못했다.

"드디어 빈틈을 보였군."

내 차례다, 라고 말하는 듯한 웃음. 삼절곤을 놓고 얼음 대거 두 자루를 만든다. 그리고 거의 밀착하다시피 붙어 제2 성순 안쪽으로— 상대의 품으로 침입한다.

매끄럽게 휘는 2연격이 성개의 틈새로 육체 깊숙이 파고들었다.

"어차피 안 쓰러지겠지?"

방심도 하지 않고 얕잡아 보지도 않는다. 기사 아진은 예상대로 격통을 무시하고 바로 카운터를— 제2 성순을 휘두르지만, 불발.

처음부터 알고 있던 것처럼 피한 반드르는 바로 얼음 대거를 투척했다.

한 자루는 아진의 눈에, 다른 한 자루는 겨우 움직일 수 있게 된 여기사 필라가 떨어진 제2 성검을 집으려고 뻗은 손가락에.

"윽?!"

서걱, 중지와 약지가 날아갔다. 그곳으로…….

"―『천상섬』!"

라인하이트의 참격이 날아들고, 여기사 필라는 역수로 주운 제2 성검으로 막아내지만 튕겨 날아가 숲 속으로 사라졌다.

아진은 그쪽으로 관심조차 주지 않고 초인적인 신체 능력과 무술로 맹공을 퍼부었다.

반드르는 그것을 검으로 튕기고, 건틀릿으로 흘리고, 차크람으로 걸음을 흐트러뜨리고, 핼버드로 제2 성순에 대항하고…….

기사 아진의 공격은 파훼당하는 속도가 빨라지며 무기가 충돌하는 격한 소리는 차차 맑은 음색으로 변해 갔다.

반면, 반드르의 공격은 보고도 믿기지 않는 유려한 동작으로 기사 아진에게 상처를 입혀 갔다.

"괴물인가…….."

과묵한 기사마저 무심결에 전율할 수준의 무예의 극이었다.

신대 마법과 탁월한 마법 기능.

마인족이면서 용인족의 피를 이어 빙룡화도 가능.

대단한 재능이지만, 그게 아니었다.

반드르 슈네의 진정한 무서움은 그곳에 있지 않았다.

그야말로 세상 모든 무예에 통달한 자. 각고의 노력으로 자신의 재능을 갈고닦아야 오를 수 있는 경지.

바로 『노력하는 천재』라는 점이 반드르 슈네의 가장 무서운 부분이었다.

그렇기에 이 결과는 틀림없이 필연이었다.

기사 아진의 기술이 모조리 간파됐다.

아진 본인이 파악당했다고 느꼈을 때는 이미 얼음 사슬과 쐐기로 제2 성순이 땅에 묶이고, 길고 짧은 두 창으로 제2 성창을 튕겨내고 다시 안쪽까지 파고들었다.

"용의 브레스, 맞아 본 적 있나?"

성개의 심장부에 장타가 작렬했다. 충격이 갑옷을 뚫고 기사 아진의 심장을 덮쳐 부정맥으로 순간적인 경직을 일으켰다.

그 짧은 순간에 장타에서 빛이 범람했다.

밀착 상태에서 손바닥으로 내는 용의 포효, 『브레스』였다.

"아차—."

자신의 미숙함을 후회할 시간은 없었다.

얼어붙을 듯 시린 달빛의 격류가 가공할 충격을 선사했다. 격류가 기사 아진의 정신을 뒤흔들고 문자 그대로 피도 얼려 버릴 파괴력으로 그를 숲 속으로 날려 버렸다.

그 순간 반드르도 빛의 격류에 휩싸이더니 빙룡으로 화했다.

『타라! 여기에 남겨지기 싫으면!』

"아, 알겠습니다!"

라인하이트가 빙룡 반드르의 등에 타자마자 냉기 브레스가 우루루크와 싸우는 기사 세이스를 덮쳤다.

버티지 못하리라 예감하고 있는 힘을 다해 피하는 세이스. 필연적으로 우루루크는 자유로워지고 하늘로 날아올라 함께 브레스로 가세했다.

다만, 목표는 스이를 노리던 제2 성궁 기사 베슈였다.

위험을 알아챈 기사 베슈도 단걸음에 사선에서 벗어났다.

그러면서도 스이에게서 눈을 떼지 않는 점은 대단하지만, 땅을 휩쓸며 쫓아오는 작열 브레스에서 도망치기 위해서는 공세를 늦출 수밖에 없었다.

다시 말해 스이를 지키던 쿠오우가 풀려난다.

쿠오우의 목표는 당연히 나이즈의 힘을 봉인하던 기사 쏜이었다.

"트레스! 막아!"

"예."

카임이 급하게 제2 성창 기사 트레스에게 명했다.

지체 없이 기사 쏜과 쿠오우 사이로 뛰어든 트레스는 부식의 벽을 전개했다.

아무리 그래도 여기로 돌격할 수도 없는 노릇인지라 쿠오우는 두 번째 고유 마법 『공력』으로 허공을 차며 뒤로 물러났다.

하지만 그것으로 충분했다.

기회를, 반드르가 만들 반격의 기회를 믿고 버티며 움직이지 못하는 라우스와 샤름을 지키는 데 주력하던 나이즈가 이때를 기다렸다며 행동에 나섰다.

"비장의 수는 아껴 두는 법이지."

그렇게 중얼거리며 곡검 하나를 기사 쏜에게, 다른 하나를 카임에게로 던졌다.

허무하게 튕겨 나가지만, 한순간의 틈은 생겼다.

그사이에 품에서 꺼낸 물건을 척 장착한다.

"받아라, 안경 비―임!"

그리고 친구의 필살(?)기를 주저 없이 시전했다.

밤이 사라진 것 같은 강렬한 섬광이 기사 쏜과 카임을 덮쳤다.

"으아아, 내 눈!"

"크윽!"

카임이 비명을 지르고 기사 쏜도 팔로 눈을 감싸며 잠깐 움직임을 멈췄다.

하지만 보이지 않는다고 적을 감지하지 못하는 것은 삼류다.

섬광 속에서도 나이즈의 위치를 파악해 역으로 거대한 카운터를 날리려고 하나―.

"그리고 하나 더."

불길한 목소리는 폭음, 폭풍과 함께 찾아왔다.

그 순간 소리의 폭력이 고막을 때렸다. 삐이익, 하는 이명 외에는 아무것도 들리지 않았다.

더불어 몹시 자극적인 냄새가 코를 찔렀다.

퍼뜩 숨을 참지만, 이미 늦었다.

이걸 참기란 불가능하다. 이물질을 씻어 내려는 생물의 생리 반응이 발생한다.

"우와아아아아악, 눈, 코, 입에서! 우웩, 쿨럭!"

"—으, 으윽! 이 자식, 푸헉!"

봇물이 터진 것처럼 쏟아지는 눈물. 멈추지 않는 격렬한 재채기와 기침. 같이 나와 뒤섞이는 콧물과 침. 따갑고 맵고 냄새나고…… 대체 뭐가 뭔지 알 수 없었다.

모 귀축 안경이 모 쓰레기 오브 쓰레기 토끼에게 거금을 내면서까지 배운 레시피를 한층 더 흉악하게 개량한 특제 폭음&최루탄 효과였다.

"큭."

그래도 명불허전 호광 기사. 카임의 위치를 기척만으로 찾아서 쓰러뜨린 기사 쏜은 그대로 하늘을 향해 돌풍 마법을 사용했다.

눈을 감고 기침하면서도 무영창 『성절』까지 전개했다.

한 호흡, 두 호흡.

결계가 공격당할 기미는 없고 시력도 조금이나마 회복됐다.

눈물이 번진 시야로 상황을 확인한다.

그러자.

"……도망쳤나."

기사 몇 명은 그대로 있으나, 적들만 사라져 있었다.

기사 쏜의 마력 분산 영역에서 나간 순간 나이즈가 전원을 데리고 전이했으리라.

"큭, 당했어! 성도는…… 젠장, 해제했나! 하필 이런 실수를!"

과연 반사도였다.

물리적 상태 이상을 이미 회복한 카임이 발을 동동 굴렀다.

결계를 해제하며 그 모습을 어쩐지 싸늘한 눈빛으로 바라보는 기사 쏜은 곧 다른 기사들이 모인 뒤 하늘을 우러렀다. 그리고 중얼거렸다.

"아버지와 아들의 애증극……. 주여, 마음에 드셨나이까?"

하늘에 뜬 초승달의 빛이 짙어진 웃음 같아 보였다.

제3장 ◆ 호수의 정령

토벌대가 라우스 일행을 놓치고 얼마 뒤.

교회의 승전 선언으로부터 한 달이 지난 지금도 신도는 축제 분위기에 빠져 있었다.

신이 거하는 【신산】의 도시였다.

노점과 행사가 난립하지 않았을 뿐, 들뜬 분위기는 일목요연했다.

보통은 정숙하게 행동하려는 사람들이 도처에서 이야기꽃을 피우고 신과 교회의 위대함을 찬양했다.

그런 광경을 아득히 높은 곳에서 우울한 표정으로 내려다보는 여성이 있었다.

릴리스 아카인드.

27세의 젊은 나이에 신전 기사단 총대장을 맡은 여걸.

그 사실을 자각하고 책임감도 굉장히 강한 그녀는 공사를 불문하고 엄격했다. 몸가짐은 언제나 완벽하게, 언제나 전쟁에 임하는 마음으로. 온 나라의 여성들이 자신에게 보내는 동경과 존경마저 깨닫고, 늠름한 분위기를 갑옷처럼 두른 채 결코 벗지 않는다.

하지만 그런 완벽한 릴리스 총대장은 지금 아름다운 금색 단발머리가 쥐어뜯은 것처럼 망가졌고 짙은 초록색 눈동자에는 어두운 감정이 감돌고 있었다.

"……아무것도 모르면서, 무사태평이군……."

비아냥거리는 말에도 힘이 없었다. 더군다나 공식 발표를 부정하는 위험 발언이었다.

【신산】위에 건축된 장엄하기 그지없는 거대한 유백색 왕궁. 그 외곽을 기하학적으로 둘러싼 공중 회랑의 끝자락이라고는 해도 말이다.

냉랭한 눈으로 하계를 내려다보는가 싶더니 난간에 몸을 기대어 고개 숙였다. 미끄러져 내린 앞머리가 눈가를 가렸다.

"……왜…… 왜입니까……."

바람에 실려가 버릴 듯한 나직한 목소리. 그에 반해 입은 이가 갈릴 만큼 꽉 다물었고 난간을 잡은 손에서는 빠드득 소리가 났다. 우울과 당혹감, 의심과 분노…… 릴리스 속에서 다양한 감정이 소용돌이치는 것은 분명했다.

"아니, 릴리스 총대장님. 난간이 무슨 잘못을 했다고 그래?"

"……! 올릿지 단장."

예기치 않은 목소리에 릴리스가 화들짝 몸을 떨었다.

퍼뜩 고개를 들자 5 대 5 가르마를 탄 흑발과 단안경이 특징인 남자— 수광 기사단 단장 무르무 올릿지가 한 손을 들어 인사하며 걸어오고 있었다.

"늠름하던 총대장님은 어디 가셨어?"

"……추한 모습을 보여 미안하군."

"어이쿠, 그냥 농담이었어."

어깨를 으쓱이며 픽 웃은 무르무는 릴리스 옆 난간에 등을 기대고 하늘을 올려다봤다.

"농담이 안 통하는 점은 그 녀석이랑 똑같구만."

"……! 라우스 번 이야기는 꺼내지도 마! 심지어 닮았다니! 지금 그놈은 금기를 저지른 입에 담기도 꺼림칙한—."

"하지만 생각하고 있었잖아?"

"그, 그건……."

아니라고 단언하지 못하는 시점에서 인정한 것이나 마찬가지였다.

실제로 릴리스를 감싼 암울한 분위기의 원인은 라우스의 배신에 있었다.

배교자 때문에 마음이 심란하다는 사실을 지적당한 게 창피해서일까, 릴리스는 고개를 숙였다. 무르무는 그런 그녀에게 또 쓴웃음을 지으며 한숨 쉬었다.

"나도 그래. 하루도 그 녀석을 생각하지 않는 날이 없어."

잠시 정적이 깔렸다.

지금 가슴속에 있는 감정을 어떻게 말로 표현해야 좋을지 모르겠다.

보통 기사라면 배교자는 죽어야 한다고 단정 짓고 끝이다.

감정은 분노와 경멸뿐. 그 이상도 그 이하도 아니다.

예를 들면 신성한 곳에 들어온 벌레를 죽여 밖으로 던지는 것과 같다.

아주 단순한 일이다.

하지만 깊은 신앙심으로도 그러기는 쉽지 않았다. 아직까지도.

라우스 번의 배신은 그만큼 충격적이었다.

심지어 라우스와의 친분은 릴리스보다 무르무가 훨씬 두터웠다. 나이도 같고 친구라고 공언해도 좋을 사이였다. 형언하기 힘든 감정으로 힘든 것은 분명히 릴리스 이상일 것이다.

공감대가 릴리스의 표정을 조금 풀어줬다.

"기사단 재편은 어떻게 됐어? 그쪽 사정은 고려하지 않고 뽑았는데. 미안하게 생각하지만 우리도 급해서 말이야……. 괜찮아?"

굳이 이런 공중회랑 구석까지 찾아온 이유는 수광 기사단 인원 보충 건 때문이었나 보다.

릴리스는 화제가 라우스에게서 멀어지자 마음속 긴장이 풀리는 기분이면서도 진지한 얼굴로 고개를 저었다.

"신경 쓸 필요 없다. 수광 기사단은 기사 육성이 쉽지 않고 부단장과 성랑왕까지 잃었어. 힘든 건 지금부터지. 부담은 올릿지 단장이 클 거야."

"마음 써줘서 고마워."

어깨를 으쓱한 무르무가 「그러고 보니」 하며 뒷말을 이었다.

"제바르의 후임은 검성님이라지?"

"그래. 선생님께 부탁했지."

"그렇다면 걱정 없겠군."

신전 기사단 제3 군단장 제바르는 저번 전쟁에서 순교했다. 그 뒤를 잇는 사람은 전 총대장이자 현재 신전 기사단 교관을 맡은 노인이었다.

고령이고 본인이 희망하여 교관으로 보직을 옮겼지만, 그 실력은 80이 다 되어가는 나이에도 건재했다. 오히려 기교는 더 날카롭게 발전했다.

최근 삼광 기사단이 많이 희생되면서 신전 기사단에서 자주 인원을 보충했고, 달리 군단장을 맡길 적임자가 없기도 하여 그를 다시 불러들인 것이다.

참고로 총사령관을 맡았던 바란 디스터크 정무 추기경도 순교했지만, 그의 후임은 대사교 필두 키메예스 심티에르가 겸임하게 됐다.

"그럼 남은 문제는 백광 기사단뿐인가?"

"……그렇지."

달갑지 않은 화제가 나오자 릴리스의 미간에 주름이 잡힌다.

순간 무르무가 시선을 준 것 같지만, 릴리스가 눈을 돌리기 전에 이야기가 진행됐다.

"각국이 정보를 캐내려고 떠보고 있어. 승전 축하를 빌미로 넌지시."

"……흉계를 꾸민다는 뜻인가?"

"아니, 어디까지나 눈치를 살피는 정도야. 하지만 신의 위엄을 보이지 않으면 조만간 착각에 빠진 바보들이 소란을 피울지도 몰라."

요컨대 『교회와 신은 절대적이지 않다. 더는 순종할 필요가 없다』라는 착각.

"어리석은 것들."

"누가 아니래. 머지않아 사도님을 민중 앞에 세울 예정이라고 해."

각국이 『교회의 절대성』을 의심하기 시작한 가장 큰 근거는 『신의 사도』 격파였다. 연방과 제국의 패잔병이 많아서 그 입을 모조리 막기란 불가능했다. 이미 소문은 널리 퍼졌다.

하지만 그 근거를 부수기는 쉽다.

이유는 당연히 『신의 사도』가 건재하기 때문이다.

귀국 직후, 릴리스와 무르무는 정말로 기절할 만큼 놀랐다.

마중 나온 사람이 전장에서 쓰러진 사도님이었으니까.

기사와 사제, 누구 하나 예외 없이 충격을 받았고, 원수를 갚을 기회조차 잃어 미쳐 버릴 것 같았는데 그 원인이 아무렇지 않게 눈앞에 나타났다.

혼이 나간다는 게 이런 기분일까.

동시에 역시 신은 절대적이다, 이단자에게 질 리가 없다며 신앙심이 더 깊어진 것은 두말하면 잔소리다.

"헛수고였다고 절망하는 해방자 녀석들의 얼굴을 빨리 보고 싶군."

릴리스는 진심으로 가소롭다는 듯이 웃었다.

거기에는 예전보다도 격렬하고 깊은 감정이— 검은 먹구름 같은 증오와 몸을 태우는 업화 같은 분노가 자리해 있었다.

이단자라는 이유만은 아니었다. 성전을 방해했다는 이유만도 아니었다.

라우스의 배신과 관련됐다는 것은 자명했고, 해방자와 만나지만 않았으면 그가 배신할 리도 없었다는 적반하장에 가까운 마음이 있는지도 몰랐다.

무르무가 조용히, 하지만 어째선지 한기가 드는 눈으로 속을 꿰뚫어 보듯 자신을 바라보는지도 모른 채.

속을 알 수 없는 눈빛에 반해 무르무의 목소리는 가벼웠다.

"그렇지만 사도님의 본래 사명은 『신탁의 무녀』야. 전장에 나오시게 한 것도, 이렇게 신의 위엄을 되찾고자 힘쓰는 것도 우리가 못난 탓이지."

"……그건 그렇군."

"하다못해 아라임이 단장 대리였다면 재편성 정도는 할 수 있었을 텐데."

"설마. 지금 상태로는 어림도 없어. 여러 의미로."

백광 기사단 부단장 아라임 오크맨.

소집된 곳에서 라우스의 배신이 알려졌을 때 그의 반응은 정상이라고 보기 어려웠다.

동공이 커진 충혈된 눈도, 이를 악문 입도, 부들거리는 몸도.

더구나 그곳에서 사임을 신청하고 라우스를 쫓게 허락해 달라고 요청했다.

자신은 예전부터 단장의 신앙심을 의심했었다. 그런데도 보고하지 않았다. 신의 위광을 증명하는 흰 빛의 정점이 설마 배신할 리 없다고 믿었으니까.

그 결과가 이거다.

그러니까 부디 배신자 토벌과 그 임무를 달성한 뒤 자결을 인정해 달라.

피를 토할 기세로 호소하는 이유는 부단장의 책임감 때문인가, 아니면……

"그 녀석은 라우스에게 심취해 있었으니까. 토벌한다는 명목으로 떠나서 그쪽에 붙을 가능성도 없진 않아."

본심은 그저 라우스를 따라가고 싶을 뿐이지 않을까.

가장 배신하지 않을 것 같던 사람이 배신했다. 그라고 어떻게 믿을 수 있으랴.

그런 연유로 교황 루시루플은 아라임의 요청을 불허했다. 그리고 번 가문에 명예 회복의 기회가 주어졌다. 반사도화의 영광과 함께.

그 이야기를 듣고 아라임이 반쯤 발광한 것도 필연이었는지 모른다.

"복귀는 절망적인가?"

릴리스도 당시에는 망연자실해서 아라임에게까지 생각이 미치지 못했고, 현재는 관할도 달라 그가 어떻게 됐는지 알지 못했다.

마지막으로 본 것은 구속되어 영창으로 끌려가는 모습이었다.

"아니, 나오긴 진작에 나왔어. 성하의 자비로 말이야. 지금은 순교의 방에 틀어박혔어."

"……정말로 죽을 셈인가?"

『순교의 방』이란 왕궁에 존재하는 『실험 시설』이었다. 모종의 이유로 역할을 수행할 수 없게 된 자가 마지막으로 교회의 보탬이 되고자 온갖 비인도적 실험에 자기 육신을 바치는 곳이었다.

하지만 릴리스의 추측에 무르무는 고개를 저었다.

"새로운 강화 계획에 지원하겠다고 제안했대. 소양은 뛰어나니까 성공하면 위대한 힘을 얻을 수 있다고 해."

"그런 계획이……. 그걸로 라우스 번을 치라는 건가?"

"카임과 셀름이 실패하면."

"……그 정도로 강화된다고?"

"나도 잘 몰라. 하지만 토벌대의 후비를 맡긴다면 반사도화 이상으로 강해진다는 뜻 아니겠어?"

"……흠."

저번 전쟁에서 힘이 부족하다는 걸 절실하게 체감했다. 반사도화라는 어마어마한 영예를 누리리라는 오만불손한 생각은 하지 않지만, 어디까지나 교회의 기술이라면 자기도 지원하고 싶다는 생각이 밀려왔다.

"아직까지는 실험 단계야. 총대장님이 받을 만한 시술은 아니지."

마음을 읽힌 릴리스는 말문이 막혔다.

잠깐의 침묵 후, 갑자기 무르무의 어조가 변했다. 어딘지 모르게 냉혹한 어조로.

"뭐, 그래 봤자 다 소용없겠지만."

"뭐라고?"

"카임이든 아라임이든, 라우스한테는 못 이겨."

묘하게 확신에 찬 말이었다. 릴리스는 의아하게 눈살을 찌푸렸다.

분명히 라우스는 강하다. 그는 교회 최강자 중 한 명이었다. 하지만 카임과 셀름에게는 최대한의, 그것도 굉장히 파격적인 무력이 주어졌다.

"가능성이 없지는 않다고 보는데……."

"바꿔 말하지. 이기는 꼴은 못 봐."

"뭐?"

방금 릴리스가 그랬던 것처럼 무르무는 난간을 보듯 고개를 숙였다.

표정이 가려서 보이지 않았다. 릴리스는 놀란 눈으로 그 옆얼굴을 바라봤다.

"용납할 수 없어. 그렇게 생각하지 않아? 릴리스 총대장."

"올릿지 단장?"

설마 라우스 토벌을 인정할 수 없다는 뜻인가?

믿을 수 없는 마음 반. 교황 성하가 승인한 작전이 실패하길 바라다니, 배교로 간주되어도 할 말이 없는 위험 발언이었다.

하지만 반대로 그가 아직 라우스와의 우정을 저버리지 않았다고 납득하는 마음 반. 그것은 릴리스의 희망 사항이기도 했다.

하지만 그런 마음은 금방 전율로 바뀌었다.

"놈에게 세뇌는 일절 통하지 않아. 해방자가 수작을 부려서 타락한 게 아니라고. 놈의 마음에는 처음부터 이단의 불씨가 있었어. 훨씬 오래전부터. 뻔뻔한 얼굴로 신앙을 짓밟고 있던 거야. 나와 말할 때도, 전장에서 등을 맡겼을 때도! 용서할 수 있어? 못 하지. 절대로 못 해. 배신보다 심각한 이야기야. 나는! 우리는, 쭉 이단자에게 우정과 경의를 가졌었다고! 이게 악의가 아니면 뭐란 말이야! 우리는 쭉 라우스 번의 악의 속에 있었어! 내 말이 틀려? 틀리냐고, 릴리스 총대자아앙!!"

차분하던 목소리는 차츰 원한 어린 절규로 변해 갔다.

천천히 고개를 든 무르무의 눈을 보고 릴리스는 숨을 쉬지 못했다.

깊은 어둠 같은 눈동자였다. 충혈되어 붉게 물든 눈은 흡사 지옥의 가마솥을 닮았다. 얼굴은 악귀나찰이 따로 없었다.

그제야 겨우 이해했다.

형언하기 힘든 감정에 공감? 아직 라우스의 배신을 믿지 못한다?

아니다. 전혀 아니다. 릴리스와는 달랐다. 결정적으로.

무르무 올럿지에게 망설임은 없었다. 우울한 감정 따위 존재하지 않았다.

있는 것은 압도적인 굴욕. 그리고 설욕을 위한 강렬한 분노와 증오.

라우스 번만은 자기 손으로 끝장내고 싶다. 설령 그게 교황 성하의 생각에 반하는 불경한 바람일지라도.

그의 마음에 있는 감정은 오로지 그뿐이었다.

그리고 릴리스를 찾아온 까닭도 평온함과는 너무나 거리가 멀었다.

"너는 어때?"

"어떠냐니……?"

"직접 처리하고 싶지 않느냐고."

"올릿지 단장, 좀 진정해. 지금 그대는 냉정하지 못한―."

"냉정해. 냉정하게 평가하고 있지."

"평가해? 설마, 나를? 해석하기에 따라서는 간과할 수 없는 모욕―."

"존경했잖아? 라우스를."

"큭, 무슨 소릴!"

피가 머리로 솟구치는 기분이었다. 그게 분노 때문인지 수치심 때문인지는 릴리스 본인도 분간하지 못했지만.

무르무는 그런 릴리스에게 큰 관심을 두지 않고 혼잣말처럼 말했다.

"그 녀석이 결혼하기 전에 너희 가문에서 약혼을 제안한 적도 있지?"

"그, 그건!"

"열 살이 돼서 약혼자를 정할 때, 네가 직접 말했다지? 그것도 가문의 급이 안 맞는다고 단칼에 거절한 아버지에게 대들면서까지."

"……."

할 말을 잃었다. 평정을 한 방에 깨 버리는 말이었다.

사실은 사실이었다.

릴리스의 집안도 신국에서 이름을 날리는 명가 중 하나며 당시부터 두각을 드러내던 라우스와 얼굴을 마주한 적도 있어서 어린 마음에 존경과 사모의 감정을 품었다.

그러나 신대 마법 사용자인 라우스에게는 당시부터 셀 수도 없는 혼담이 들어왔고 아카인드 가문의 제안은 그중 하나에 불과해 예상대로 선택받지 못했다.

물론 그 부분을 조사하지 못할 이유는 없지만…… 아버지와 다툰 일은 지극히 개인적인 사건이었다.

어떻게 그런 옛날의, 집안사람조차 잊었을 법한 일을 아는지 이해가 안 됐다. 식은땀이 흘러나왔다.

동시에 이것이야말로 무르무가 릴리스에게 온 이유라고 확신했다. 말 그대로 평가하려는 것이다. 릴리스의 경력과 신변을 조사한 뒤에.

"참 노력이 갸륵해. 그 나이에 총대장님이잖아."

"……하고 싶은 말이 뭐야?"

"네 고유 마법 『뇌공』은 강해. 하지만 전기 계열 고유 마법 자체는 특별히 드물지도 않지. 마법에 특화한 대장급이라면 대강 마법으로 재현할 수도 있고."

그 말이 맞았다. 발동 속도와 소비 마력은 현격히 달라도 릴리스의 마법이 특별하지는 않았다.

본래 전격을 즉시 발동하는 고유 마법을 총대장에 어울리는 수준까지 연마하고 수많은 응용 기술까지 만들어 낸 것은 부단한 노력의 결과였다.

그토록 노력한 이유는 당연히 신께 헌신하기 위해서. 깊은 신앙심이야말로 그녀의 원동력이었다.

하지만 무르무는 그 부분을 의심하고 있었다.

"『가문의 급이 안 맞으면 대신 지위로』…… 그렇게 생각했다면 정말 기특한걸. 데보라 여사도 둘째 부인, 셋째 부인을 원했다고 하지? 설마 이번 토벌도 사실 라우스를 걱정해서 실패하길 바란다거나—."

그 순간 빛이 번쩍였다. 거대하고 아름다운 양날 검이 무르무의 목에 딱 닿아 있었다.

"제아무리 수광 기사단 단장이라도 나의 신앙을 의심하는 발언은 육체적 고통으로 속죄해야 할 거다."

조용한, 하지만 살 떨리는 살의가 담긴 목소리였다.

무르무의 눈동자가 희번덕 움직여 릴리스의 눈길과 충돌했다.

아무런 열도 감정도 없이, 보기만 해도 상대의 생기를 빼앗는 듯한 냉철한 눈이었다.

정반대로 릴리스는 맹렬히 타오르는 눈빛으로 대항했다.

높은 절벽 위에서 외줄 타기라도 하는 듯한 긴박감이 휘몰아쳤다.

얼마나 시간이 지났을까.

돌연 목소리가 끼어들었다.

"뭘 하는 거지?"

""……!""

두 사람이 허를 찔렸다. 말도 안 되는 일이건만.

휙 돌아보자 어느샌가 한 남자가 바로 옆에 서 있었다.

"······호광 기사단 단장이 무슨 용무지?"

무르무가 의심스러운 눈길을 보내는 상대는 호광 기사단의 단장 달리온 커즈였다.

릴리스도 뭔가를 살피는 눈치였다.

그럴 만했다.

두 사람이 얼마 전까지 달리온이라고 생각하던 자와 이 자는 다른 인물이었다.

전에는 짧은 갈색 머리에 평범한 체격인 특징 없는 중년 남자였다. 그런데 지금은 흰 올백 머리에 붉은 눈, 아직 청년이라고 해도 좋을 외모였다.

이전의 달리온이 어떻게 됐는지는 주지의 사실이었다.

달리온은 라우스에게 패배해 순교했다고 여겼으나······.

─걱정하지 말라. 우리 최강의 기사는 건재하니.

교황 루시루플이 그렇게 말한 뒤, 소란스러워진 알현실 안쪽에서 나온 자가 그였다. 교황은 그가 바로 달리온이라고 밝혔다.

항상 대동하던 예전 달리온은 어디까지나 호광 기사단 단장에 지나지 않았다며.

당연히 사람들은 당황했다.

하지만 교황을 수호하는 핵심이 굳이 호위 대상에게서 떨어져 혼자 배교자를 추격할 리 없지 않느냐고 하면 모두 납득할 수밖에 없었다.

라우스의 위험도를 고려해 심복 하나를 사용한 것에 지나지 않는다고 생각하는 편이 합리적이었다.

그 후, 호광 기사 30명으로 편성된 토벌대와 양산형 칠성 무구의 존재, 아라임의 발광, 카임과 셀름의 반사도화 등 충격적인 정보가 이어진 탓에 깊이 생각하지는 못했으나, 일단 그가 진짜 달리온 커즈라고 받아들였다.

그러나 잠시 시간이 지나자 도무지 기묘한 느낌을 지울 수 없었다.

어쩌면 릴리스보다도 어릴 청년이 호광 기사단 단장이란 사실도 그렇지만, 무엇보다도 다른 사람일 텐데 죽은 대역과 분위기가 너무 닮았다.

겉모습은 전혀 다른데 자연스럽게 달리온 단장이라고 받아들인 점이 오히려 부자연스럽게 와 닿았다.

그 정체 모를 느낌에 두 사람은 본능적으로 경계심을 품었다.

그걸 아는지 모르는지, 달리온은 무표정을 유지한 채 말을 되풀이했다.

"한 번 더 묻겠다. 뭘 하는 거지?"

검을 들이댄 릴리스뿐 아니라 무르무에게도 묻는 것 같았다.

동시에 압박감이 강해졌다.

묵비라는 선택은 없다는 듯이.

"……간과할 수 없는 모욕에 철회와 사과를 요구하는 중이다."

"기사단, 나아가서는 교회의 미래를 위해 필요한 일을 하는 중이지."

다시 릴리스와 무르무의 시선이 부딪쳤다. 그사이로 불똥이 튀는 것만 같았다.

"아카인드 총대장, 검을 거둬라. 올릿지 단장은 발언을 철회하고 사과하도록."

"하지만—."

"이것 봐, 이건 필요한—."

반사적으로 대꾸하는 두 사람에게 달리온은 눈을 가늘게 뜨며 잘라 말했다.

"같잖군."

단칼에 말이 잘린 릴리스와 무르무는 자기도 모르게 입을 다물어 버렸다.

"내가, 성하 곁에 있어야 할 내가 이곳에 있는 이유를 모르겠나?"

제정신으로 돌아온 것처럼 험악하던 분위기가 한순간에 사라졌다.

이유는 명백했다. 신전 기사단 총대장과 수광 기사단 단장, 최고위 간부 두 명이 충돌하면 말릴 수 있는 사람은 얼마 되지 않는다. 특히 지금은 더.

"사도님도 한탄하고 계신다."

"으, 면목이 없군."

"난감하네……. 이래서는 주객전도인데."

릴리스는 허둥지둥 검을 거뒀다. 무르무도 사도님이 지금 대화를 감지했다는 걸 알고 벌레 씹은 표정으로 물러났다.

그는 한 차례 심호흡한 뒤 거칠어진 감정을 다스리며 릴리스와 마주 봤다.

서먹서먹한 분위기가 표정으로 드러나 있었다. 찐득하고 탁하던 눈동자에도 감정의 빛이 돌아왔다.

"발언을 철회하지. 반쯤 화풀이였어. 릴리스 총대장, 너그러운 마음으로 용서해줘."

그러면서 머리까지 숙인 무르무에게 릴리스는 한순간 뭐라고 해야 할지 모를 표정을 짓지만, 이내 평소의 진지한 얼굴로 돌아왔다.

"의도는 이해했다. 사과를 받아들이지."

"정말로 미안했어. 확인하지 않고는 못 배기겠더라고."

"제2, 제3의 라인하이트 아셰를 내지 않기 위함이지? 내가 그 후보에 오른 게 아니꼽지만, 삼광의 한 축이 공석이 된 지금은 실질적으로 그대가 군대의 최고 책임자나 마찬가지지. 그 중책은 나도 이해한다."

"하하. 이해해주니 고맙네. 관용에 감사할게."

라우스의 영향력은 굉장히 컸다. 지금도 그에게 심취한 기사는 많다.

배신 자체는 고위층에게만 알려진 정보지만, 소문은 연기처럼 일어나 바람에 실려 어디까지고 퍼져 나가게 마련이다.

의심도 경계도 반드시 필요했으리라. 릴리스의 라우스에 대한 동경을 아는 입장이라면 더더욱.

굳은 악수를 나누는 두 사람을 보고 달리온은 살며시 고개를 끄덕였다.

"둘 다 소집에 응하라는 명이다."

"전령 역할까지 맡았었나. 거듭 미안하군."

"아~, 정말로 미안해, 달리온 단장. 그런데 무슨 일이야?"

이미 발길을 돌리고 걸어가는 달리온의 뒤를 따르며 무르무가 물었다.

달리온은 고개를 살짝 돌려 답했다.

"토벌대가 복귀했다. 임무는 실패했다."

그 소식에 릴리스는 눈을 크게 떴고, 무르무는 미세하게 입꼬리를 끌어올렸다.

같은 시각.

해발 600미터에 위치한 알현실 테라스에 세 사람이 있었다.

"어떻게 하시겠습니까?"

새하얀 장발과 수염, 버드나무 같은 눈썹을 가진 노인— **교황 루시루플**이 공손하게 물었다.

하계를 보는 눈이 향한 곳은 공중 회랑 중간부에서 공중으로 뻗은 철교— 비룡용 이착륙장이었다. 토벌대를 태운 비룡이 한 마리, 또 한 마리 땅에 발을 붙였다.

"한 번 더 기회를 주시죠."

억양이 없지만, 비인간적일 만큼 아름다운 목소리였다.

마찬가지로 하계로 눈을 둔 은색 무녀. 신의 사도— 에르스트였다.

"부자의 애증극이 마음에 드셨나 보군요."

"예. 번 가문은 아주 좋은 말입니다. 주인님께서 크게 기뻐하셨습니다."

"그거참 다행입니다."

루시루플의 목소리가 희색을 띠었다. 실처럼 가는 눈이 고양된 감정을 보여주듯 살며시 뜨였다. 회색 눈동자는 기이할 정도로 형형했다.

"결과적으로 배신이 요행수였군요."

처음에는 라우스를 교회의 병력으로 내세워 밀레디 라이센과 죽을 때까지 싸우게 할 계획이었다.

가족을 볼모로 잡아 배신을 막고 저울질하게 하는 것이다.

그가 한때 금기를 저지르면서까지 목숨을 구한 『신탁의 무녀』— 벨타 리에브르의 유산과 자신의 가족을.

"결과적이라는 말은 적절치 않네요."

에르스트의 시선이 루시루플에게로 향했다.

"어느 쪽이든 상관없었으니까요."

교회든 해방자든. 라우스가 어디에 붙을지는 중요치 않았다.

라우스 번이라는 인간이 자기 마음을 죽이고 넘어오면 교회에, 희망을 품고 마음의 껍질을 부순다면 해방자에.

어느 쪽에 있든 발버둥 치는 모습은 즐길 수 있다.

즐길 수 있도록 씨를 뿌렸으니까.

"벨타 리에브르의 생존을 허용한 것도, 라우스 번을 책망하지 않은 것도 주인님의 무료함을 달래기 위한 『씨앗』."

라우스 번이라는 신대 마법 사용자가 태어났을 때부터.

혹은 벨타 리에브르라는 『너무 많은 것을 보는 무녀』가 나타났을 때부터.

이 시대의 게임은 시작됐다고 볼 수 있었다.

신이 불러온 전시대의 멸망 이후, 다시 새롭게 시작한 당대에 문명을 재구성— 무대를 마련하고 기다려 왔다.

신의 유희에 어울리는 말이 모이기를.

그리하여 주요한 말들은 새롭고 멋진 말을 키우고, 그것들은 신이 준비한 무대에서 춤추며 무럭무럭 자라났다.

그 유희의 종착점이, 클라이맥스가 곧 시작된다.

그렇게, 에르스트는 무감정하게 저열하기 짝이 없는 소리를 입에 담았다.

루시루플은 턱수염을 만지며 감탄한 듯 고개를 주억거렸다.

"그러하다면 얼마 남지 않은 제 목숨도 주인님의 유희에 바칠 수 있겠군요. 감개무량할 따름입니다."

"예. 그들은 반드시 이곳으로 옵니다. 교황으로서 막아서십시오. 남은 생명을 모두 쥐어짜서."

"분에 넘치는 기쁨입니다."

환희에 떨면서 눈물까지 머금는 루시루플에게서 에르스트는 눈을 돌렸다.

그곳에는 그림자처럼 한 발자국 물러나 있는 호광 기사단 단원이 있었다. 군청색 곱슬머리와 같은 색 눈동자를 가진 호리호리한 여성 기사였다.

그 여성 기사에게 에르스트가 명했다.

"토벌 부대는 현 시각부로 해산합니다. 공국의 국경선에 전
개한 부대도 불러들이십시오. 새로운 임무를 내리겠습니다."

"옛. 바로 통지하겠습니다. 헌데 그 임무란?"

"이들을 데리고 오십시오."

그러면서 에르스트는 여성 기사와 얼굴이 닿을 만한 거리에
서 눈을 들여다봤다.

그 순간 여성 기사가 살짝 휘청거렸다. 정보를 직접 머리에
집어넣은 것 같았다.

여성 기사는 머리를 흔들고 곧 자세를 바로잡은 뒤 확인했다.

"알겠습니다. 생사는 고려합니까?"

"살려서 오세요. 죽으면 의미가 없으니까요."

"의미, 말입니까?"

"네."

다시 눈을 밖으로 돌렸다. 멀리 펼쳐진 대지를, 혹은 그 너
머에 있는 나라들을 내다보는 것처럼 에르스트는 말했다.

"준비에 너무 시간을 들이면 주인님의 흥이 식습니다."

"……그렇군요. 이들을 써서 마지막 유희의 시기를 우리 쪽
에서 지정하는 거군요."

에르스트는 고갯짓으로 긍정했다.

"너무 눈에 띄는 마십시오. 너무 일러도 좋지 않습니다.
실행할 타이밍을 맞추세요."

"알고 있습니다. 그래서 다른 기사단이 아니라 저희에게 임

무를 하달하셨다는 것도."

"**많은 시간이 지났어도** 당신 여전히 우수한 말이네요."

"그 말씀만으로도 무한한 영광입니다."

에르스트는 그 말을 끝으로 먼 곳을 바라본 채 마치 인형처럼 입을 닫았다.

여성 기사도 입을 다물고, 대신 관자놀이를 누르며 허공을 바라봤다. 호광 기사단 내에서만 사용하는 통신을 하는 중이었다.

"사도님, 시간이 되어 저는 이만 물러나겠습니다."

루시루플이 에르스트에게 깊이 머리를 숙이고 발걸음을 돌렸다.

여성 기사는 지시를 내리면서 그를 따라가려고 했다.

그러나 루시루플은 한 손을 들어 제지하고…… 그녀의 이름을 불렀다.

"호위는 필요 없다. 사도님께 받은 임무에 주력하라— 달리온."

"예. 명 받들겠습니다, 성하."

여성 기사는 당연하다는 투로 그리 대답했다.

"밥 줘~, 밥~."

엔트리스 북동쪽에 위치한 도시【오비우스】.

그 지역에서도 가장 북동쪽에 있는 소규모 역참 마을【홀로】의 어느 여관 겸 식당에서 소녀의 늘어지는 목소리가 들렸다.

그리고 포크와 나이프로 테이블을 쾅쾅 두드리는 소리도.

스이였다. 온몸을 붕대로 칭칭 감은.

절체절명의 위기에서 빠져나온 지 한나절이 지났다. 밤이 지나고 아침 해가 세상을 비출 무렵이다.

한마디로 아침 달라고 투정하는 것이다.

떼쟁이 어린애가 따로 없었다. 다른 손님이 없다지만, 정말로 민폐덩어리 토끼였다.

"아 진짜, 좀 가만히 있어!"

그리고 재촉에 버럭 고함친 목소리 또한 소녀였고, 똑같은 토끼 귀가 나 있었다.

다만, 이쪽은 갈색 피부에 활기 넘치고 긍정적인 분위기. 누가 봐도 좋은 인상을 가질 인물이었다.

퀸 오브 쓰레기 토끼로 소문 자자한 스이와는 정반대였다.

토인족이 있을 리 없는 곳에서 여관 일을 하는 이 토끼 귀 소녀의 이름은 키아라였다.

바로 【안디카】에서 밀레디와 우의를 맺은, 여관을 운영하는 인간 아버지와 토인족 어머니 사이에서 난 혼혈 토끼 귀 소녀였다.

물론 이 여관 이름도 『완다 여관』이었다. 해방자의 지원자가 된 완다 일가가 새 출발을 한 땅이 이곳 【홀로】였다.

"어쩜 이런 무례한 점원이 다 있죠! 굉장히 불쾌해요! 사과의 의미로 식후 위자료를 주세요!"

"무슨 식후 디저트야!"

아침 준비를 시작하고 아직 3분도 안 지났다.

그런데 아까부터 재촉에 물이 미지근하다느니, 우유를 달라느니, 의자가 딱딱하다느니 쉴 새 없이 불평을 늘어놓았다. 완전히 진상 손님이었다.

그러나 키아라도 무법자의 도시에서 접객업을 한 잔뼈 굵은 인물이었다. 이런 귀찮은 손님은 일상적으로 만나 봤다.

"자, 일단 이거라도 먹고 있어!"

핏줄을 세우면서도 채소 스틱 접시를 쾅 내려놓았다.

평소보다 대충 깎은 티가 나지만, 그 부분은 애교로 넘어가자.

"점원 태도가 불량하네요. 방도 좁고 룸서비스도 없고 침대도 딱딱하고."

"불량한 건 손님이겠지! 그리고 우리 가게 수준이면 이 근방에서 평균이야!"

실제로 신생 완다 여관은 연식이 있으나 야물게 지은 2층 건물로, 특별히 낡은 인상도 없으며 여행객이 편하게 들를 수 있어서 열 명 중 두세 명은 다시 찾게 되는 중견 여관이었다.

레지스탕스의 지원자에게는 이만한 장소가 없었다.

하지만 스이는 제 알 바 아니라는 듯 투덜거렸다.

"아~, 르쉐나의 스위트룸은 최고였는데~."

"거기랑 비교하지 마!"

당근 스틱을 오도독 씹으면서 끈덕지게 투덜댔다. 이쯤 되면 그냥 시비다.

지금도 왠지 눈을 흘기고 있다.

눈을 흘기고 싶은 것은 오히려 키아라인데.

"나 참, 종일 붙어서 간호해줬더니."

"네에~? 지원자는 지원하는 게 일인데요오~?"

"이, 이 녀석이."

표정만 봐도 천불이 나서 키아라의 이마에 핏줄이 또 하나 늘어났다.

어젯밤 걱정한 내가 바보라고 소리치고 싶었다.

나이즈의 전이로 일행이 직접 가게 안으로 뛰어들었을 때는 한바탕 난리가 났었다.

일단 사전에 도망 중 휴식처로 쓰일 수 있다고 전해 들어서 며칠 전부터 설비 수리를 이유로 일시 휴업에 들어간 상태였다.

그래서 새 손님은 없었고 창문에도 은근슬쩍 판자를 세워 엿보기 힘들게 하여 소동이 새어나가지는 않았지만······.

한 명은 의식 불명에 사경을 헤매는 중태.

젊은 기사도 심하게 몸이 약해져 걷기도 힘든 상황.

어린 남자아이는 아버지를 걱정하면서도 무슨 일이 있었는지 초췌한 모습.

스이도 상태 이상의 후유증과 어깨의 관통상을 비롯해 만신창이.

반드르가 회복 마법으로 치료에 집중하는 동안 완다 일가도 열심히 병시중을 들었다.

식사와 침상 준비, 옷과 몸을 청결히 하는 것은 물론이고 회복약이 스민 천과 붕대를 몇 번이고 갈아줬다.

아버지 마커스와 어머니 벨라는 라우스 일행에게서 한시도 떨어지지 않았고, 키아라도 스이 곁에서 밤새 간호했다.

그랬는데…… 눈을 뜬 스이는 키아라에게 자기소개와 상황을 듣자마자…….

『……키아라? 아~, 당신이 밀레디 씨가 말하던 인싸 토끼 키아인가요? 좋네요, 여관에 젊은 처자가 있으니까 화사해서. 하나 물어봐도 돼요? 목숨 걸고 일하지도 않는데 거대 조직이 생활을 보장해주는 기분은 어때요?』

질투로 점철된 얼굴로 독설을 퍼부었다.

수인의 성역인 공화국에서, 그것도 동갑 토인족이 전사장을 맡다니, 멋져! 친구가 될 수 있을까…… 될 수 있으면 좋겠다! 라고 생각하던 키아라의 순수한 마음은 즉시 박살났다.

쉽게 말해 스이가 이상할 정도로 키아라에게 시비를 거는 이유는 질투 때문이었다.

심성이 음습한 스이는 밝고 쾌활하며 지원자에 인기 점원이기까지 한 키아라를 질시하지 않고는 견딜 수 없었다.

쓰레기였다.

그때, 계단을 내려오는 발소리와 함께 기막혀하는 목소리가 들렸다.

"아침부터 웬 소란이야, 잉여 토끼."

반드르였다.

"키아라, 부르는데요?"

"네 얘기야!"

반드르는 지끈거리는 머리를 절레절레 저었다. 그 뒤를 따라 나온 샤름과 붕대를 칭칭 감은 라인하이트는 어색하게 웃고 있었다.

키아라가 걱정스러운 얼굴로 말을 걸었다.

"기사 오빠, 이제 괜찮아? 상처가 안 아물었잖아?"

"네. 하지만 출혈을 막아서 아직은 괜찮습니다. 걱정해줘서 감사합니다. 부모님께도 인사를 드리고 싶은데……."

"됐어, 인사는 무슨! 대단한 일을 한 것도 아니고, 우리 역할을 했을 뿐인걸!"

그리고, 라고 말꼬리를 붙이며 곁눈질했다. 「쳇, 위선 떨긴」이라고 생각하고 있을 듯한 눈빛을 보내는 스이가 있었다. 키아라는 지긋지긋하다는 제스처를 보이고 말했다.

"아빠, 엄마는 지금 아침 식사 만드는 중이야."

"그, 그런가요? 그렇다면 방해하면 안 되겠네요. 그…… 죄송합니다."

똑같이 곁눈질로 스이를 본 라인하이트는 모든 사정을 이해했다. 아침이 늦게 나와서 어떤 토끼의 기분이 상하면 무슨 짓을 저지를지 모른다.

가뜩이나 『한계 돌파』 후유증으로 몸 상태가 안 좋은데 더 악화되면 곤란하다.

샤름은 아직 조금 휘청거리는 라인하이트를 위해서 의자를 빼며 예의 바르게 머리를 숙였다.

"저, 어제는 제대로 인사도 드리지 못해서 죄송합니다. 저는 샤름 번입니다. 아버지를 봐주시고, 그게…… 여러 가지로 감사합니다."

악화는 멈췄지만, 아버지가 의식 불명 상태였다. 여덟 살 아이에게는 괴로운 현실일 텐데도 어쩜 이리도 예의 바른가……

예절도 염치도 없는 속물을 상대하던 탓인지, 아니면 홍안의 미소년이 초췌해져 보호 본능을 자극하는 탓인지, 키아라는 더 참지 못하고 외쳤다.

"아잇, 진짜! 어린애는 그런 거 신경 안 써도 돼!"

그러면서 샤름을 와락 끌어안았다.

토인족의 성격상 옷 면적이 적은 키아라의 가슴에 얼굴이 푹 묻히자 샤름은 무르익은 과일처럼 새빨개져서 어쩔 줄을 몰랐다.

그 엄격한 집안에서는 어머니조차 이렇게 안아주지는 않았다.

따뜻하고, 이상할 정도로 부드럽고, 게다가 무슨 좋은 냄새까지……

"아직 어린데 장하네. 힘들고 불안할 텐데. 그렇게 주변 생각까지 하고 참 대단해. 그래도 이젠 괜찮아. 분명히 괜찮을 거야. 힘 빼고 어른들한테 기대. 알았지?"

규칙적으로 토닥토닥 등을 두드리는 감촉과 따스한 감정이 포옹으로 두근거리던 마음을 가라앉히고 긴장된 마음을 풀어 놓았다. 샤름은 왠지 눈물이 날 것 같았다.

그래도 꾹 참았다.

"울어도 돼."

"……누나, 고마워요. 그래도, 울진 않을래요."

"너, 그런 식으로 참으면―."

"저는, 누구보다 강한 기사의 아들이에요."

무리하는 게 아니라 긍지를 가지는 것이라며 샤름은 떨어졌다.

라인하이트는 자랑스러워하고, 반드르는 감탄사를 흘리고, 키아라는 「오, 오오」 하며 놀란 표정을 지었다.

"……그래, 그랬구나. 어린애 취급해서 미안. 넌 멋진 사나이야."

"그, 그게, 에헤헤."

예쁜 누나의 쾌활한 웃음과 칭찬이 쑥스러워서 샤름은 얼굴을 붉혔다.

"쇼타콤 언니. 밥은 아직 멀었어요오?"

"으, 으으, 진짜 저게!"

훈훈한 분위기를 망설임 없이 박살내자 키아라의 분노가 순식간에 폭발했다.

설마 아침부터 캣 파이트가 벌어지나 싶었는데…….

"네~, 오래 기다리셨습니다."

바로 그때 벨라가 아침 식사를 가지고 오면서 사태는 수습됐다.

따끈따끈한 김이 오르는 고구마 버터구이, 황금처럼 빛나는 오믈렛, 바싹 구운 두꺼운 베이컨, 채소가 듬뿍 들어간 수프. 그리고 산처럼 쌓인 부드러운 빵.

폭력적으로 식욕을 자극하는 향이 모두의 코와 배에 직격했다.

"우하아아아~! 나왔다, 나왔다!"

잘 생각해 보면 어제 낮부터 아무것도 먹지 못했다. 스이가 굶주린 짐승처럼 음식을 먹어 치운다고 누가 비난할 수 있으랴.

실제로 샤름과 라인하이트도 식전 인사도 건성으로 하고 허겁지겁 음식을 입에 넣었다.

"흠. 맛있군……."

"그렇지, 반 오빠? 밀레디네도 우리 집 음식은 좋아했어. 그럼 나도 먹어야지~."

음미하며 먹는 반드르에게 키아라가 우쭐한 표정을 짓더니 식탁에 앉았다.

벨라가 음식을 나르며 반드르에게 물었다.

"그런데 반드르 씨, 라우스 어르신은 좀 어때요? 일단 속이 편한 음식도 준비했는데……."

"신경 써줘서 고맙군. 하지만 당분간 눈을 뜨지 않을 거야."

이곳으로 전이한 뒤, 마지막 힘을 쥐어짜서 카임의 고유 마법을 해제하고 정보 공유를 하는 등 최소한의 조치만 취한 라우스는 곧장 혼수상태에 빠졌다.

외상만은 어떻게든 치료됐지만…… 역시 약해진 혼은 어찌할 도리가 없었다.

"지금 가능한 일은 다 했어. 이제는 조금이라도 빨리 메일의 치료를 받는 수밖에 없겠지. 이 녀석들도 포함해서 말이야."

"그래……. 우리가 해줄 수 있는 게 없구나."

정말로 가혹한 싸움이라며, 벨라는 제 일인 양 괴로운 표정 이었다. 하지만 그것도 잠시뿐. 곧 밤을 새웠다고 생각하기 어려운 쾌활한 웃음을 보여줬다.

"그럼 쿠오우한테 줄 고기만이라도 가지고 갈게."

"그래, 그렇게 해줘."

쿠오우는 만에 하나의 사태에 대비해서 쭉 라우스의 침대 옆에 대기하고 있었다.

체격 때문에 답답해서 스트레스가 쌓였을 것이다. 아침만 먹어도 한결 기분이 나아지리라.

물론 완다 일가가 모두 강아지처럼 대하는 것이 몹시 못마땅하여 그쪽 스트레스까지 합치면 말짱 도루묵일지도 모르지만.

"아 참, 우리 남편이 지금 도시락을 만들고 있어. 출발하기 전에 들고 가."

"고맙게 받지."

"키아라. 너도 그거 다 먹으면 장 보고 와. 휴업한다고 너무 틀어박혀 있으면 누가 걱정해서 찾아올지도 몰라. 그리고 아마 괜찮겠지만, 가는 김에 어젯밤에 무슨 일이 없었는지 소문이라도 들어보고."

"응, 알았어."

벨라는 오믈렛을 우물거리며 대답하는 딸의 머리를 한번 만지고 주방 안으로 돌아갔다.

공복과 맛있는 식사가 자연스럽게 말수를 없앴다.

식기가 연주하는 식사 소리, 주방에서 들리는 부부의 말소리, 지저귀는 새소리, 이웃의 대화…… 마을의 깨어나고 하루가 시작되는 평화로운 소리들.

편안하게 귀를 어루만지는 소리를 듣고 있노라니 샤름과 라인하이트는 어제의 격투가 전부 꿈이 아니었나 하는 생각마저 들었다.

단순한 악몽이라면 얼마나 좋을까……. 허황된 희망이 섞였다는 것은 부정할 수 없었다.

라인하이트는 옆에서 기품 있게, 하지만 제법 빠른 속도로 식사를 정복해 나가는 샤름을 지켜보다가 반드르를 곁눈질했다.

라우스 일행을 구사일생으로 도와준 청년. 자신과 크게 차이가 없는 나이로 보였다.

그는 무섭도록 강했다. 따르는 마물은 교회가 자랑하는 성수와 같거나 그 이상이었고 얼음 마법은 발동 속도, 섬세함이 신들린 수준. 『용화』라는 특별하고 강력한 능력까지 갖췄으며 무술 실력은 달인 수준.

하지만 마음이 술렁거리는 가장 큰 이유는 따로 있었다. 그가 마인족이라는 사실이었다.

인간족의 숙적이면서 인간들과 함께한다.

해방자가 그런 조직이라는 이야기는 들었다.

그렇지만 어제 실제로 목격한 나이즈와의 신뢰 관계는 이해관계를 넘어선 것이었다. 그 신선한 충격과 신기한 감상이 마음속을 간지럽히는 기분이었다.

스이와 키아라를 보는 눈도 같았다. 대등한 『사람』으로 보고 있었다.

인간과 마인과 수인이 함께 있다. 하나의 상에 앉아 식사한다.

있을 수 없는 광경이었다. 신국의 인간에게는.

"아까부터 뭐야?"

"응? 아, 아뇨, 죄송합니다……."

자기도 모르게 응시했는지 반드르가 인상을 찌푸렸다. 동년 배 남자가 뚫어지게 보았으니 그럴 만도 했다.

"서, 설마!"

"뭐, 뭐예요, 키아라 씨."

키아라가 뭔가를 깨닫고 눈을 초롱초롱 빛냈다. 토끼 귀가 확 부풀고 볼은 붉게 물든다. 마치 근사한 장면이라도 발견한 것처럼.

"괜찮아! 괜찮아, 기사 오빠! 나는 이해하니까!"

"뭘?!"

왜일까, 굉장히 안 좋은 예감이 든다. 엄청난 오해를 산 기 분이 든다.

"반 오빠는 미남이니까! 위험할 때도 구해줬고, 어쩔 수 없지!"

"그러니까 뭐가?!"

"굳이 말 안 해도 돼! 사랑의 형태는 사람마다 다르니까! 종 족도 성별도 관계없어!"

"너 정말 무슨 소리야?!"

콰당, 의자 넘어지는 소리가 들렸다. 라인하이트는 아니었 다. 반드르였다.

살짝 핏기가 가신 얼굴로 라인하이트에게서 거리를 두고 있 었다.

"아, 라인하이트 씨 『그쪽』 취향이셨어요?"

"그쪽이 어딘데?!"

"그래서 열차에서도 스이한테 벗지 말라고 했군요. 여자 속옷은 관심도 없다는 뜻이었네요."

"그건 당연한 충고잖아?!"

"라, 라인하이트?"

"샤, 샤름 님?! 왜 멀어지십니까?! 아니에요! 저는 평범하게 여성을 좋아한다고요!"

"기사 오빠…… 그 말은, 둘 다 가능하다는 뜻? 하아하아, 대단해! 교회 기사인데 너무 자유로워! 신도에서도 몰래몰래…… 용사 맞구나!"

"맞지만 아니야! 그리고 여자애가 그게 무슨 해괴망측한 얼굴이야! 이상한 상상은 당장 그만둬!"

키아라는 코피를 뿜으면서 새빨간 얼굴로 몸부림쳤다.

전에도 밀레디를 남녀 상관없이 끌어들이는 밤의 여왕으로 착각해 일희일비하던 전과가 있는데…… 이 희대의 변태성은 여전해 보였다.

식탁이 점차 혼돈의 도가니로 빠져들었다.

소중한 주인의 아들이 「나, 앞으로 라인하이트를 어떻게 대해야 할지 모르겠어……」라는 얼굴을 하고 있었다.

간과할 수 없는 사태였다. 라인하이트 입장에서는 어제보다 큰 위기일지도 모른다. 괴롭다.

"오해입니다! 해방자에는 정말로 종족을 초월한 신뢰 관계가

있다고 감탄했을 뿐이에요! 특히 반드르 공은 마인족인데도!"

반드르와 키아라는 서로 얼굴을 봤다. 그리고 알겠다는 듯 고개를 끄덕였다. 교회 기사가 보면 확실히 기묘하고 신기한 광경이겠지.

"……그러게. 그래도 멋진 광경이라고 생각해."

샤름은 조용히 마음속 비밀을 터놓는 것처럼 중얼거렸다.

사람들의 시선이 샤름에게 모였다.

샤름은 뺨을 발그레 물들이고 쑥스럽게 미소 지으며 말을 더했다.

"적어도 나는 선택받은 백성이라면서 모두 자기들**만** 자랑하는 신도보다…… 이쪽이 더 좋아."

문득 아침의 고요함이 되돌아왔다.

무척 부드럽고 온화한 분위기가 감돌았다.

"아, 정말! 너무 귀엽잖아!"

"으으~, 이거 뭐야? 정화된다~."

잠시 후, 키아라가 참지 못하고 샤름을 끌어안고 키아라는 괴로워하기 시작했다.

라인하이트와 반드르는 무심코 소리 내어 웃었다.

다시 키아라의 가슴에 파묻힌 샤름이 새빨개지며 간신히 탈출했다.

그리고 부끄러움을 얼버무리려고 목청을 키웠다.

"그, 그보다도! 나이즈 씨는 괜찮을까요!"

"그러고 보니 걱정되는군요……."

라인하이트가 웃음을 거두고 미간에 주름을 잡았다.

실제로 나이즈는 지금 이 여관에 없었다.

스이 일행이 출발한 뒤 계곡의 『검은 문』으로 전이해 온 나이즈와 반드르는 본래 그대로 【에스페라도】 교외에 있는 『검은 문』으로 넘어갈 예정이었다.

하지만 계곡에 도착한 직후 하늘을 찌른 빛의 격류— 라인하이트의 『한계 돌파』 마력광을 목격하고 허둥지둥 날아온 것이었다.

만약 타이밍이 조금이라도 어긋났다면 아무리 『검은 문』과 나이즈의 전이가 있어도 합류는 늦어졌을 것이다.

그랬다면 모두 끝장이었을 가능성이 커서 간담이 서늘했다.

아무튼 그런 경위로 나이즈와 반드르는 당초 열차가 습격받은 사실을 몰랐다.

"그 녀석은 걱정할 필요 없어. 오히려 라우스 번은 자기 걱정을 했어야지."

"아버지는…… 승객들을 말려들게 했다고 마음 아파하셨으니까요."

"조국을 등졌어도 라우스 님은 기사입니다."

라우스는 기절하기 직전에 열차 습격 사실을 알리고 그들을 도와주러 가달라고 부탁했다.

카임과 마주쳐서 고유 마법에 당해도 문제없도록 나이즈에게 혼백을 보호하는 마법을 걸면서까지. 그건 죽음의 늪으로 한쪽 다리를 집어넣는 것과 다름없는 행위였다.

그런 제 살을 깎는 부탁을 무시할 수는 없는 노릇이었다. 처음부터 그냥 버려둘 생각은 없었지만.

그런 연유로 여관에 도착한 나이즈는 즉시 왔던 길을 돌아가 버렸다.

일행이 이런 이야기를 나누는데 마침 나이즈가 돌아왔다.

"미안. 늦었지?"

라인하이트와 샤름, 그리고 키아라가 안도의 한숨을 쉬었다.

"어서 와, 나이즈 오빠! 식사 차릴까?"

키아라가 가장 먼저 일어나서 그를 환영했다. 나이즈의 표정으로 나쁜 일은 없었으리라 짐작했는지, 키아라는 밝은 분위기로 자리를 양보했다.

"흠……."

원래는 바로 출발해야겠지만, 수해를 나온 뒤로 제대로 쉰 적이 없었다.

합리적으로 생각해 향후 활동에 지장을 주지 않으려면 결론은 자연스럽게 나왔다.

"해야 할 이야기도 있어. 휴식하는 겸 먹지."

"주문 받았습니다~!"

키아라는 무슨 일이 있었는지 듣고 싶은 눈치였지만, 여관 직원으로서 역할에 충실하고자 돌아섰다. 탁탁탁, 주방으로 향하는 발걸음은 가벼웠다.

"저기, 나이즈 씨. 레오나르도 씨는……."

"같이 안 오셨나요? 승객들은 그 뒤로 어떻게—"

"잠깐만. 물 한 잔만 마시고."

나이즈는 키아라가 있던 자리에 앉아 반드르가 내민 물을 단숨에 들이켰다.

"후우. 고마워, 반."

"별말을. 우루루크는 교외 숲에 있나?"

나이즈가 고개를 끄덕였다. 어젯밤도 마찬가지였다. 가게 안으로 들이기에 우루루크는 너무 거대했다.

"우선, 레오나르도 부대도 열차 승객들도 무사해."

샤름과 라인하이트의 어깨에서 힘이 쭉 빠졌다. 무게를 실어 기댄 의자가 삐걱거렸다.

그때, 스이가 물었다.

"모두 말인가요? 우리를 놓쳤으니까 토벌대는 승객을 몰살할 각오로 레오 씨 부대를 심문하러 돌아갈 줄 알았는데……."

당연한 일이었다. 카임과 셀름에게는 번 가문의 미래가 걸린 사안이니까.

스이는 용케 도망쳤다고 놀라면서 라인하이트의 두꺼운 베이컨을 강탈했다.

"그들보다 내가 빨랐으니까."

"으헥. 하긴, 적들 비룡은 처리했었죠. 만약 날아서 갔어도 열차까지 한 시간은 걸리겠지만, 『검은 문』을 병용하는 나이즈 씨 속도는 못 따라잡겠죠. ……질투 나네."

착 깔린 눈으로 나이즈를 보면서 나이프로 빵에 버터를 바르는 스이의 모습은 마치 사냥감을 앞에 두고 칼을 가는 것 같았다. 분위기가 굉장히 예사롭지 않았다.

그러나 스이가 부러워할 만도 했다. 실제로 나이즈는 【홀로】와 【오비우스】, 그리고 【에스페라도】 사이를 수십 초 내로 이동할 수 있었다.

나이즈는 질투 토끼의 끈적거리는 시선을 무시하고 이야기를 계속했다.

"내가 갔을 때는 레오나르도 부대가 이미 승객을 대부분 대피시킨 뒤였어."

"『검은 문』을 썼나……."

반드르가 험악한 표정으로 중얼거렸다.

"맞아. 열차 안에 게이트를 열고 승객을 밖으로 내보내지 않은 채로 은밀하게."

"고분고분하게 말을 들었나 보네요. ……아, 혹시 징크스 누님이 유도를?"

스이의 추측이 맞았다.

징크스는 고유 마법도 없고 뛰어난 전투 능력도 없지만, 이유도 없이 거대 도시 첩보 부대장을 맡을 리는 없었다.

그녀의 특기는 인상 조작과 변장. 짧은 시간에 다른 사람으로 보일 정도로 변장하고, 상대방에게 주는 인상을 자유자재로 조작할 수 있다. 그 무시무시한 기교는 이미 마법의 영역이라고 불릴 정도였다.

"완벽하게 변신했더군. 교회 사제로."

"……그런가요. 혼란한 상황에 사제가 지시하면 보통은 따르겠죠."

라인하이트가 감탄하며 고개를 끄덕였다.

『게이트』라는 이질적인 현상도 사제의 고유 마법이라고 말하면 통한다. 오히려 『사고』라는 불행 속에 사람들을 이끌 사제가 함께 있었다는 사실은 그야말로 신의 보살핌처럼 느껴졌을 것이다.

"그 사람은 암시 계열 어둠 마법도 특기야. 혼란이 퍼지기 전에 모든 승객을 유도하기도 쉽지."

"흥, 그게 최선이라고 해도 신의 구원이라고 여겨진다면 화가 나는군."

"설마 습격자가 교회고 구한 쪽이 반역자라고는 생각도 못 하겠죠."

반드르는 한숨 쉬었고 스이는 비아냥대며 켈켈 웃었다.

라인하이트가 굉장히 복잡한 표정으로 스이를 흘기면서 말했다.

"토벌대가 두 명 남았다고 들었는데, 그들에게 들키지 않아서 다행이네요."

"아니, 도중에 눈치챈 레오나르도 부대와 대치하고 있었어. 이번에도 똑같이 성가신 놈들이었지. 조금만 늦게 도착했으면 전멸했을지도 몰라."

"어떤 녀석들이었지?"

반드르의 질문에 나이즈는 찝찝한 얼굴로 대답했다.

"한 명은 얼굴 절반에 화상 자국이 있는 기사고, 다른 한 명은 흑발에 눈을 가린 여기사였어."

"역시 제2세대 성무구도 있었고?"

"화상 자국 기사는 성검과 성순을, 눈가리개 여기사는 성장을 가졌더군. 고유 마법도 엄청났어."

화상 자국 기사는 순식간에 초거대 골렘을 만들어 내고 아무리 파괴해도 바로 재회할 수 있었다.

그리고 눈가리개 여기사는 말만으로 인간의 행동을 제약했다. 『움직이지 마』처럼 짧은 말뿐이라서 레오나르도의 전투 부대와 나이즈는 강한 정신력으로 떨쳐냈지만, 그래도 한순간 몸이 굳을 정도였다.

비전투원이라면 더더욱. 일반인이라면 말 한마디에 육체를 지배당할지도 몰랐다.

"호광 기사단…… 대체 얼마나 많은 인재를 보유한 건지……."

라인하이트의 목소리가 전율로 떨렸다. 다른 이들의 마음도 매한가지였다.

교회의 저력, 혹은 헤아릴 수 없는 힘이라고 표현해야 할까? 그들의 심연을 들여다본 기분이었다. 분위기가 조금 무거워졌다. 하지만 그때.

"오래 기다렸지! 왠지 심각해 보이는데, 괜찮아?"

키아라가 돌아왔다. 나이즈의 식사는 막 만든 요리 특유의 먹음직스러운 냄새를 풍겼고 나이즈의 배는 잊었던 공복을 떠올린 것처럼 꼬르륵 울었다. 그제야 분위기가 조금 풀어졌다.

"괜찮아. 아침밥은 고맙게 먹도록 하지."

"응, 그럼 됐어. 나는 시장에 다녀올게. 뭐 필요한 거 있어?"

"아니, 딱히."

"오케이~. 그럼 나중에 봐!"

생기발랄하게 대답한 키아라는 밀레디가 선물한 변장용 아티팩트인 목걸이를 옷에서 꺼내 걸었다. 토끼 귀가 사라지고 밝은 금발 소녀가 된 그녀는 재빨리 밖으로 뛰쳐나갔다.

기운찬 목소리로 이웃에게 인사하는 소리가 여관 안까지 울렸다.

가게에 레지스탕스가 모여 있다는 내색은 전혀 하지 않았다. 누가 뭐래도 『마을에서도 평판 좋은 여관집 아가씨』의 모습. 돌아오는 이웃들의 인사 또한 아주 호의적이었다.

"쳇. 이래서 인싸는……."

"당신은 얼마나 심성이 뒤틀린 겁니까……?"

라인하이트가 한심하게 보는 눈빛도 처진 토끼 귀를 손처럼 움직여서 차단한다. 남이사, 라고 말하듯이. 역시 키아라와의 궁합은 상극 같았다.

어쨌거나 심각한 분위기가 사라지자 나이즈는 식사를 시작했고 반드르가 화제를 돌리려고 입을 열었다.

"그보다 문제는 『검은 문』 쪽이야. 당연히 『에스페라도의 검은 문』을 열었겠지?"

"그래."

"저기…… 그게 왜 문제죠?"

지금까지 조용히 듣기만 하던 샤름이 머뭇머뭇 물었다.

거기에 대답한 사람은 스이였다. 정보료 대신(?) 탐욕스럽게 샤름이 먹던 오믈렛을 강탈하려는데— 선수 치는 라인하이트! 샤름 님의 밥은 내가 지킨다는 기개가 느껴졌다. 저열한 토끼가 혀를 찼다.

나이즈가 한숨 쉬면서 자기 오믈렛 절반을 나눠줬다. 그러자마자 스이는 기분을 풀고 토끼 귀를 실룩대며 입을 뗐다.

"잘 생각해 봐요. 『검은 문』은 효과 범위에서 자유롭게 전이할 수 있는 아티팩트가 아니에요. 효과 범위에서 『검은 문이 설치된 장소로』 전이하는 아티팩트죠."

"그러면…… 아, 그렇구나. 에스페라도 안에 『검은 문』이 없으면 의미가 없구나. 도시 교외에 있는 『검은 문』으로 가면 거리를 많이 벌릴 수 없으니까……."

열차가 전복한 곳은 교외 『검은 문』에서 약 10킬로미터 떨어진 곳이었다. 스이 일행처럼 첫 번째 문에서 두 번째 문으로 바로 이동하지 않는 한 결국 비롱에게 따라잡힌다.

더군다나 승객의 안전을 확보하려면 습격자의 정체를 알리지 않은 채 인파 속에 섞이게 해야 했다. 그래서 도시 내부로 전이할 필요가 있었다.

"그쵸그쵸. 그리고 『검은 문』을 애매한 곳에 설치할 수는 없으니까—."

"설치 장소는 해방자 은신처 같은 곳? 어, 잠깐만요. 그러면 승객들한테 들키잖아요!"

"그러니까 그게 문제라고 반드르 씨가 말한 거예요. 나이즈 씨도 사후 처리를 돕느라 늦게 돌아온 거 아닌가요?"

"대충 그런 셈이지."

사실 긴급 탈출용 외에도 긴급 구조용『검은 문』이【에스페라도】안쪽에 하나 있었다.

물론 호텔 르쉐나는 아니었다. 만에 하나 적에게 이용당하면 바로 지부가 일망타진당할 위험이 있으니까 당연했다.

그래서 고른 곳이 에스페라도 지부에 들어가기 위한 사전심사용 은신처— 초로의 귀부인이 경영하는 오래된 옷가게.

예전 나이즈와 키아라가 방문한 멜리사 여사의 가게였다.

그곳의 시착실 중 하나가『검은 문』게이트로 사용되고 있었다.

멜리사라면 경우에 따라서『필적 감정』고유 마법으로 전이한 사람이 간부가 인정한 자인지 확인할 수 있고, 한두 명이라면 입점하지 않은 손님이 나와도 아무도 신경 쓰지 않는다.

하지만 열차에는 100명이 넘는 승객이 있었다. 당황한 표정의 손님이 끝도 없이 가게에서 나오면 눈에 띌 수밖에 없다.

그게 아니더라도 승객들은 열차 습격 사건을 교회 관계 각처로 신고할 것이다.

"그렇다면 혼자 돌아온 이유도 레오나르도 부대가 지부에 남아서 그런가? 열차 사건만으로도 에스페라도가 발칵 뒤집혔겠지. 교회와 토벌대의 동태, 멜리사 여사를 중심으로 이루어질 수사…… 인력이 아무리 많아도 모자랄 상황이지."

"아니, 그들은 에스페라도에서 벗어났어. 당분간 다른 안전가옥에서 숨죽이고 있겠다는군."

그때, 왠지 스이가 흠칫하며 눈을 살짝살짝 굴렸지만, 반드르는 신경 쓰지 않고 그대로 이야기를 이었다.

"왜…… 아니, 알겠군. 카임 번의 『성도』를 경계해서인가?"

"현재 마법에 걸렸는지 아닌지는 라우스밖에 판명하지 못해. 만약 열차 습격에서 레오나르도 부대가 혼백 동조인지 뭔지에 걸렸다면 본부는 물론이고 어느 지부로도 갈 수 없어."

나이즈에게 사정을 듣고 레오나르도 부대가 내린 결론이었다.

샤름의 표정에 그림자가 드리웠다. 그 심정을 누가 이해하지 못하랴.

마음 아파하는 샤름을 걱정하면서도 라인하이트가 물었다.

"나이즈 공. 잠깐 대기해도 추적자가 오지 않는다면 괜찮지 않을까요?"

"아니, 일부러 놔두고 있을 가능성도 있어."

"그렇지. 어찌 됐건 라우스가 깨어나길 기다리는 수밖에. 메일의 재생으로도 바로 낫지는 않겠지만……."

"육체가 온전한 것만으로도 큰 차이야."

나이즈와 반드르의 머리에 밀레디의 모습이 스쳤다.

"뭐, 어쨌거나 지금은 무사히 본부로 귀환하는 데만 집중하지."

나이즈가 설명을 마치고 덧붙이자 다들 거기에 동의했다.

……한 마리만 빼고.

"저기요~."

이야기 도중부터 묘하게 말이 없던 스이가 왠지 쭈뼛쭈뼛

손을 들었다.

이상하다. 매우 이상하다.

눈을 똑바로 보지 못한다. 식은땀도 살짝 배어 나온다.

이 녀석, 사고 쳤다. 만장일치의 견해였다.

"불어, 잉여 토끼. 뭐 했냐."

반드르가 활짝 웃으며 다가왔다. 누가 마왕의 동생 이니랄까 봐 웃는 얼굴이 마왕을 쏙 빼닮았다.

"그, 그게 말이죠……. 아니, 그 전에 확인하고 싶은데, 그 사람들 어느 안전가옥을 쓴다고 했죠?"

"음? 토벌대의 동향을 알 수 있지 않을까 하고 신도 근교에 있는―."

"앗."

목소리를 낸 사람은 라인하이트였다. 그리고 샤름이 뻣뻣해진 얼굴로 말을 꺼냈다.

"스이 씨, 그때 말하지 않았어요? 목숨구걸하면서 신도 쪽 은신처를 실토했다고."

공기가 무겁게 깔렸다.

나이즈와 반드르의 허무가 깃든 눈빛이 스이에게 꽂혔다.

스이는 잠시 지진이 난 것처럼 눈을 떨었으나…….

"네, 말했는데 어쩌라고요?! 어쩔 수 없잖아요! 무슨 짓을 해서든 시간을 끌어야 했는데! 따지고 보면 잘못한 건 나이즈 씨랑 반드르 씨죠! 스이는 아니거든요!"

적반하장으로 소리쳤다.

"이 녀석이 끝까지……."

반드르가 입꼬리에 경련을 일으켰고 나이즈는 머리를 쥐어뜯었다.

"애초에 그쪽 안전가옥은 라우스 씨가 엔트리스에 있다고 확신한 시점에서 폐기됐어요! 설마 재활용할 줄은 몰랐다구요! 게다가 결국 자세한 위치는 말 안 했어요! 봐요, 완벽하죠! 스이는 이번에도 완벽했어요! 칭찬하세요!"

"본거지 코앞에 은신처가 있다고 말하면 혈안이 돼서 찾겠지. 레오나르도한테 알리지 않으면 위험해."

"그럼 알리면 전부 해결되네요! 아~무 문제도 없어요!"

논파 완료! 대화 끝! 반박은 안 받습니다~! 그러면서 스이는 잽싸게 2층에 있는 자기 방으로 도망쳤다.

"음, 뭐, 실제로 그때의 임기응변이 없었다면 어떻게 됐을지 모르죠……."

"마, 맞아요, 나이즈 씨! 반드르 씨! 스이 씨는 절대로 배신한 게 아니……라고 생각해요. 아마도……."

수습에 나서는 라인하이트. 자신 없어 보이는 샤름.

나이즈와 반드르는 잠깐 눈빛을 교환하더니.

"우리도 그 점은 전혀 의심하지 않아."

"분명히 시간을 끌려고 대화로 끌어들인 건 최선의 방법이지. 여전히 상대의 허를 찌르는 기술만은 탁월하군."

그러면서 어깨를 으쓱하더니 함께 쓴웃음을 지었다.

신뢰 관계에 금이 가지 않았다는 걸 깨달은 샤름과 라인하이트도 안도의 한숨을 쉬었다.

그리고 나이즈가 스이의 목덜미를 잡고 식당으로 끌고 온 뒤.

여관에 있는 전서조를 레오나르도에게 날리고 다시 향후 방침을 의논한 일행은 키아라가 돌아온 것을 확인하고 본부로 출발했다.

그로부터 약 이틀 뒤.

나이즈 일행은 『해방자』 본부가 있는 도시에 도착했다.

【우르디아 공국】의 【공도 댐드락】이었다.

세계에서 가장 큰 호수 【우르】 동쪽 일대를 차지하는 이곳은 『물의 도시』라고도 불렸다.

호수가 있는 도시라서? 아니다. 도시 절반이 **호수 위**에 있기 때문이다.

수 킬로미터에 걸쳐 이어지는 물가에 기둥을 박아 토대를 만들고 그 위에 건물과 길, 다리를 놓았다.

호수 위 도시에는 수로가 그물처럼 뻗어 있어 많은 사람이 소형 배를 이동수단으로 사용해 어딘지 모르게 우아한 분위기가 있었다.

또한 북쪽 산악지대에서 흘러드는 맑은 물줄기는 이 풍요로운 농업 국가를 지탱하는 기반이기 때문에 이를 더럽히는 자는 없었으며, 언제나 맑은 호수는 햇빛과 달빛을 받아 천차만별로 풍경을 바꿨다.

—세계에서 가장 아름다운 도시.

그 별명을 신도가 용인한다는 사실이 진실을 증명하고 있었다.

나이즈 일행은 그토록 아름다운 물의 도시를 호수 남쪽 잡목림에 숨어서 바라보았다. 샤름이 와아, 하고 감탄사를 흘리고 라인하이트도 풍경에 취해 있었다.

"그런데 언제까지 이러고 있어야 해요?"

스이에게 경치를 보면서 즐기는 감성은 없었다.

"마중하는 사람이 올 거야."

나이즈가 짧게 답해도 스이는 고개를 갸웃거렸다.

"마중이요? 흐음, 도시 내부 루트는 안 써요?"

"이 도시는 길이 좁아. 그리고 배를 이용하기도 어렵지."

그러면서 나이즈가 어깨 너머로 돌아본 곳에는 우루루크와 쿠오우가 있었다. 이 두 마리를 데리고 도시를 몰래 이동하기란 불가능했다.

"네에? 그럼 이 근처에 방목하고—."

"'크르르.'"

"히엑, 죄송해요!"

스이가 조건 반사로 넙죽 땅에 엎드렸다. 라우스를 등에 업은 반드르가 그녀를 벌레처럼 내려다보며 꾸짖었다.

"우루루크와 쿠오우도 꽤나 지쳤어. 부상도 없지는 않아. 빨리 메일에게 치료받고 싶으니까 불평하지 마."

"예입."

우쿠쿠르와 쿠오우도 무언의 압박을 가하는 탓에 스이는 눈물을 글썽거리며 대답했다.

그 추태 덕분에(?) 샤름과 라인하이트가 겨우 감동의 바다에서 빠져나왔다. 샤름이 나들이 기분에 젖었던 사실을 얼버무리고 진지한 표정으로 물었다.

"도시 내부 루트라면…… 저 도시에 본부가 있나요?"

라인하이트가 설마, 하는 표정으로 돌아봤다.

하지만 대답이 돌아오기 전에 우루루크와 쿠오우가 머리 위의 가지를 올려다봤다.

조금 늦게 일행도 그곳을 보자 「야옹～」 하고 느긋한 인사가 들려왔다.

고양이였다. 어디에나 있을 만한 흑백 반점 고양이가 가지 위에서 일행을 내려다봤다.

"드디어 마중을 나왔군."

"네? 고양이가, 말인가요?"

"아뇨. 걔는 제 안내인이에요."

샤름과 라인하이트가 반사적으로 긴장했다. 모르는 목소리였다.

옆을 보자 나이즈와 반드르는 조금 의외라는 얼굴이지만, 경계하는 눈치는 아니었다. 그래서 살짝 긴장을 풀었다.

"팀, 네가 왔어?"

"전달 부대 대장이 친히 나서다니, 우리도 출세했군."

"두 분 다 놀리지 마세요."

어색하게 웃으면서 풀숲을 헤치고 나온 사람은 헌팅캡과 숄더백이 트레이드마크인 청년— 팀 로켓이었다.

그의 어깨로 나뭇가지에 있던 고양이가 뛰어내렸다.

라인하이트도 정말 의심하는 눈치는 아니지만 일단 샤름을 등 뒤로 물리며 물었다.

"이쪽 분은……."

"동물한테 일을 떠맡기고 자기는 여기저기 떠도는 인생 승리자예요."

스이가 잔뜩 빈정거리는 설명하자 고양이가 하악거리며 덤벼들었다. 스이는 바로 바닥을 나뒹굴며 「앗, 그만! 토끼털 뜯지 마아~!」라고 징징거렸다. 다 같이 무시했다.

서로 자기소개를 하고 정체를 밝힌 후, 팀은 당장 출발을 권했다.

"스이처럼 비꼴 생각은 아니지만, 확실히 별일이군."

"사태에 급변할 조짐이 보여서 제게도 대기 명령이 떨어졌거든요."

하지만 전달 부대원이 본부 안에 틀어박히면 제 역량을 발휘할 수 없다.

그래서 지금은 【댐드락】 은신처를 거점으로 전서조는 물론 도시의 고양이와 쥐, 호수 주변과 북쪽 산에 분포한 동물들에게 고유 마법 『조수 애호』를 사용해 동물 네트워크를 구축, 확대, 강화하는 중이라고 했다.

그런 이유로 나이즈 일행 마중도 처음부터 팀이 맡을 예정이었다.

팀은 잠든 라우스를 걱정하면서도 망설임 없는 발걸음으로 잡목림 서쪽으로 향했다.

"저, 도시에서 멀어지고 있는데……."

샤름이 당황해서 말을 꺼냈다. 그러고 보니 설명을 하다 말았다는 걸 나이즈도 깨달았다.

고개를 갸웃거리는 팀에게 방금 나누던 이야기를 들려주자 그도 알겠다며 고갯짓했다.

팀이 눈짓하자 나이즈가 괜찮다며 손끝에 바람을 일으켰다.

소리를 없애는 바람 속성 마법을 쓴 모양이었다.

팀은 안심하고 입을 열었다.

"샤름, 도시는 본부로 가기 위한 관문뿐이에요."

"관문이요?"

"네. 본부로 가려면 우선 겉으로는 평범한 장사를 하는 지원자와 접촉해야 해요."

직종은 여러 가지 있었다. 예를 들면 관광 안내인. 안내소 직원이 지원자며, 본부에서 나올 때 받는 암호와 부절을 대조한다. 암호는 본부에서 나오는 인물이 매번 따로 정하며 부절도 특수한 물건을 사용한다.

거기서 대조에 이상이 없으면 안내인이 작은 배로 제2 관문까지 데리고 간다. 물론 굉장히 눈에 띄지 않는 곳이다.

그곳에서 연락원의 심사를 받아 문제가 없으면 본부로 연락할 수 있으며, 그 후 본부가 허가해야 비로소 길이 열린다.

"지금 가는 곳은 연락원과 합류하는 곳이에요. 도시 밖 합류 장소는 매일 바뀌고, 원래대로라면 별도의 절차를 밟아야 하지만……."

이번에는 나이즈 일행이 있기 때문에 절차를 생략하고 직접 연락원과 합류할 수 있다.

"어, 엄중하네요."

"오히려 불편하다구요. 그런 점에서 수해는 편하죠~. 폐하가 안개로 알아서 해주니까."

스이가 속 편한 소리를 늘어놓지만, 아무도 반박하지 못했다. 아무리 세상이 넓다지만, 류티리스가 군림하는 수해만큼 철통같은 요새는 없을 것이다.

그마저도 깨질 뻔했으니까 신중에 신중을 기하는 것도 당연했다.

반드르가 말허리를 끊지 말라고 눈을 흘기면서 보충했다.

"방어 체계도 대단하지. 정규 루트가 아니라면 애초에 발견하기도 힘들어. 설사 위치를 파악해도 사도 수준의 돌파력이 없는 한 도달하지 못하겠지."

"그 정도인가요……."

라인하이트가 마른침을 삼키고 샤름도 긴장하는 분위기였다.

그러는 사이에 팀이 걸음을 멈췄다.

여전히 잡목림 안이었다. 표식은커녕 이렇다 할 특징도 없는 곳. 유일하게 지금까지 왔던 길과 다른 점이라면 호수와의 거리일까? 초목을 조금만 헤치고 나가면 바로 호숫가가 나올 만큼 가까웠다.

거기서 몸을 숙인 팀은 천천히 규칙적으로 가지를 흔들었다.

그러자…….

『야, 기다리다가 목 빠지는 줄 알았다.』

머릿속에 직접 목소리가 울렸다. 라인하이트와 샤름이 경계하며 주변을 두리번거렸다.

『경계 풀어, 도련님이랑 기사 형씨. 내가 연락원이야.』

헛웃음 섞인 목소리가 울리고, 목소리의 주인공은 곧장 모습을 드러냈다. 호숫물을 첨벙 튀기며 물속에서 얼굴이 나온 것이다.

풀숲 사이로 샤름과 라인하이트가 호수를 들여다봤다.

그리고 눈이 맞은 다음 순간.

"으아아아아아아아! 아저씨가 물고기한테 먹혔어어어어어어어!"

"시, 신종 마물인가?!"

두 사람이 똑같이 패닉에 빠졌다. 나머지 일행이 놀랄 줄 알았다며 훈훈한 표정으로 보고 있었다. 다들 한 번씩은 겪는 통과의례인가 보다.

놀랄 만도 했다. 그곳에는 아저씨 얼굴을 한 물고기가 수면에서 머리를 내민 충격적인 광경이 있었으니까. 어떻게 보면 샤름이 외친 대로 『웬 아저씨가 육식 물고기한테 잡아먹히는 도중』이란 견해가 그나마 이해하기 쉬울지도 몰랐다.

라인하이트가 기어코 성검 자루를 쥐자 나이즈가 놀라서 그 손을 덥석 잡았다.

"진정해. 저 사람이 연락원이야."

"사람이 아니잖아요!"

"대체 뭐예요! 이 생물은!"

아무리 해방자가 『종족의 벽을 허무는 미래』를 바란다지만, 인면어까지 동료로 뒀을 줄은 그 누가 상상이나 하겠는가.

두 사람이 혼란에 빠진 모습을 보며 반드르가 아주 친절하고 소상하게 설명해줬다.

"옛날, 공국이 아직 왕국이라고 불리며 정령 신앙이 살아 있던 무렵, 『위대한 호수의 정령을 따르는 권속』, 『교감할 수 있는 유일한 정령』이라며 경애를 받던 존재지."

"정령의 정의가 뭔데요?!"

"위대한 호수의 정령은 그걸 받아줬어?!"

설명을 듣고 혼란이 가중됐다.

『야, 너희.』

쓸데없이 저음에 쓸데없이 중후하고 쓸데없이 멋진 바리톤 보이스가 울렸다. 샤름과 라인하이트가 움찔한다. 혹시 화나게 했나 싶어서.

『그딴 사소한 거 신경 쓰지 마.』

평온한 표정이었다. 샤름과 라인하이트는 안도하면서도 서로를 쳐다봤다.

『사람이냐, 정령이냐, 아니면 마물이냐. 하, 그게 뭔 대수야? 그런 하찮은 틀에 얽매이지 마.』

"어…… 네?"

『어떻게 살았는가. 어떻게 살아갈 건가. 중요한 건 그거 아니냐? 그것만 똑바로 알고 있으면 자기 정체성은 저절로 정해지는 법이지.』

왜일까. 아저씨 얼굴 인면어 앞에서 샤름과 라인하이트는 자세를 바로 했다.

그리고 생각했다. 생각하고 만 것이다! 피식 웃으며 묘하게 뼈 있는 말을 하는 그 모습이……

『나는 말이지, 세상에 저항하려고 애쓰는 녀석들한테 오지랖 떠는— 그냥 아저씨야.』

왠지 멋있다고!

『수다는 그만 떨자고. 잠깐 확인 좀 하마.』

마물 특유의 검붉은 마력이 파문을 일으켰다. 당황하는 둘에게 나이즈가 말했다.

"걱정하지 마. 방금 설명한 『연락원의 심사』야. 적의나 악의, 세뇌된 흔적이 없는지 생각을 읽어서 확인하지."

"마, 마음을 읽을 수 있다고요?!"

눈을 휘둥그레 뜨는 라인하이트에게 반드르가 고개를 끄덕였다.

"표층뿐이지만. 리맨 일족은 『염화』라는 고유 마법을 쓰는데 그걸 응용한 기술이라는군. 오랜 세월을 산 리맨만이 가능하다고 해."

"리맨?"

"종족명이야. 이 녀석 개인의 이름은 론리 울프라더군. 대부분은 줄여서 로맨이라고 부르지."

"……반드르 공. 좀 따지고 넘어가도 되겠습니까?"

"안심해라. 내가 이미 했다."

"깊이 생각하지 마세요. 인생 훈계하는 꼰대라고 생각하면 충분해요."

스이의 충고였다. 라인하이트는 처음으로 그녀의 말을 순순히 받아들였다.

그는 호수의 정령, 그리고 해방자는 이상하다. 그거면 됐다. 생각을 포기하자.

참고로 스이는 처음 본부에 왔을 때 그 썩어빠진 정신머리를 읽혀서 엄청 잔소리를 들었다.

『좋아, 이상 없구만. 나이즈 형씨, 본부와도 연락했어. 준비 끝이야. 북서로 30미터, 아래로 10미터. 갈 수 있겠어?』

"그만한 정보면 충분해."

『보통은 헤엄쳐서 가야 하는데 편리하구만. 일단 우리 일족이 주변을 지키고 있지.』

"그러면 『물속』이어도 걱정 없겠군. 고맙다."

『고맙긴.』

로맨 아저씨는 헷, 하고 남자답게 웃고 물속으로 사라졌다.

"⋯⋯나이즈 공? 설마 물속으로 전이하나요?"

나이즈는 입꼬리만 살짝 올리고 고개를 끄덕였다. 그리고 「왜 물속으로? 물속에서 도시로 잠입하나?」라며 의문을 품는 샤름에게 짓궂은 분위기로 정답을 밝혀 버렸다.

"해방자 본부는— 물속에 있어."

놀랄 틈도 없었다. 말이 끝나기 무섭게 전이가 시작된 탓이었다.

풍경이 바뀐 직후, 일행은 물속에 있었다. 아니, 정확하게는 물속에 있는 빛나는 터널 안이었다.

"이건…… 결계인가요?"

"라인하이트! 저거 봐!"

물을 밀어내어 침입을 막는 결계 터널은 제법 넓어서 우루루크와 쿠오우가 들어오고도 여유가 있었다. 라인하이트가 빛나는 물벽에 정신이 빼앗겼는데 샤름이 소매를 힘껏 잡아당겼다.

무슨 일인가 하고 시선을 내리자 터널은 아래쪽으로 완만하게 이어졌고—.

"저, 저건…… 설마 배?! 아니, 잠수정인가?! 하지만 대체 얼마나 큰 거야?"

수중 터널 앞에 있는 것은 바로 거대한 배였다.

터널의 길이는 200미터쯤 될까? 그렇게 떨어져 있어도 그 거대함에는 기가 눌렸다. 비율로 가늠하건대 전체 길이가 300미터는 될 것이다.

평범한 선박과의 결정적인 차이는 갑판 위에 궁전인지 신전인지 모를 5층 높이의 장엄한 건축물이 있다는 점이었다.

수중 터널과는 달리 빛나지는 않지만, 배 전체를 감싸는 공기층이 물이 들어오지 못하게 막는 점은 같았다.

"저게 해방자의 본부— 마장 잠함궁 『락 엘레인』이야."

나이즈의 설명에도 둘은 그 크기에 압도되어 말을 받지 못했다.

하지만 한편으로는 이제 이해가 된다는 감정이 밀려 올라왔다.

수중은 천혜의 요새. 그곳에 이동식 거점이 있다는 것은 상상도 못 할 일이었다.

더불어 【우르 호수】는 광대했다. 호수의 너비가 100킬로미터를 가뿐히 넘으며 평균 수심조차 300미터, 관측된 최대 심도는 600미터에 달하나 중심부는 더 깊을 것으로 추정됐다.

이러니 본부에서 마중을 나오지 않으면 발견하기조차 어려울 수밖에 없다.

"자자, 그만 멍 때리고 빨리빨리 갑시다~."

역시 아무런 감흥도 없는지 스이가 앞장서서 성큼성큼 걸어갔다. 사실 말하지는 않았지만 어깨 통증이 심각하여 스이는 빨리 메일에게 치료받고 싶은 마음뿐이었다.

"응? 저건— 윽."

"라인하이트? 왜 그래— 윽."

스이의 뒤를 따라서 걸어가던 도중, 갑자기 라인하이트가 뻣뻣하게 굳었다.

저기 물 안쪽으로, 그것을 보고 만 탓이었다.

힐끔 돌아보는 무수한 아저씨 얼굴과 아줌— 숙녀의 얼굴을 한 인면어들을.

자기도 모르게 눈을 돌려 버렸지만, 그와 동시에 깨달았다. 수생 생물들— 개중에는 마물도 있는데 그것들이 마치 경비라도 서는 것처럼 주위를 맴돌고 있다는 것을.

"리맨 일족은 어느 정도 수생 생물을 조종할 수 있어. 호수의 정령을 따르는 권속이라고 불리는 이유가 이거지. 본부 방어 체계 중 하나이기도 해."

"무섭도록 유능하네요……."

"교, 교회는 리맨 일족을 파악하지 못했나?"

"이 나라가 속국이 됐을 때 정령 전승을 확인하려고 물속도 탐사했다는데…… 어군으로 은근슬쩍 방해하는 사이에 지하수맥으로 도망쳤더니 아무 문제도 없었다더군."

"너무 유능하잖아요!"

"세상에는 내가 모르는 신비한 일이 가득하구나……."

그렇게 괴생물체에 관해 이야기하는 사이에도 잠함궁은 가까워졌다.

수중 터널의 출구는 선수 갑판으로 이어졌다.

가까워지면서 새삼스레 깨달았지만, 역시 잠함궁은 공기층으로 전체를 감싸고 있었다. 사실상 물속이 아니라 거대한 방추형 기포 속에 배가 떠 있는 형상이었다.

분명히 하늘도 날 수 있으리라는 확신에 가까운 예감이 들었다.

갑판 측면도 보통 배와 똑같이 밖으로 노출되어 있어서 마치 물 밖인 것처럼 사람이 돌아다녔다.

위용에 감탄하면서 기묘한 광경에 압도되는 가운데, 일행은 갑판에 도착했다. 수중 터널이 갑자기 사라지고 로맨이 가슴 지느러미로 경례하듯 인사하고 일족과 함께 해산했다.

"이쪽이야."

나이즈의 안내를 받으며 어떤 문에 도착했다.

금속이 무겁게 스치는 소리를 내며 열리고, 반쯤 아연실색해서 들어가니―.

"아……."

"……!"

내부는 선창으로 보였다. 무척 넓은 공간인데 다양한 물자가 쌓여 있었다.

그리고 2열로 정렬한 다양한 사람들도.

그 사람들이 만든 길 안쪽에는 특별히 강한 존재감을 발하는 네 인물이 있었다.

밀레디와 오스카, 메일, 류티리스였다.

밀레디는 아직 메이드복이었다. 심지어 디자인이 조금 다르다. 그것도 오스카의 컬렉션 중 하나일 것이다. 반드르의 눈이 경멸의 눈초리로 바뀌었다.

하지만 그 시선을 알아차린 오스카가 변명하기 전에…… 콰르릉! 어디선가 번개가 떨어지는 소리가 들렸다.

"아, 아름다워……."

"라인하이트?!"

샤름이 깜짝 놀라며 옆을 쳐다봤다. 그곳에는 심장을 꿰뚫린 것처럼 가슴을 부여잡고 휘청거리면서도 한순간도 밀레디에게서 눈을 떼지 못하는 라인하이트가 있었다. 사람이 사랑에 빠지는 전형적인 모습이었다.

어라? 오스카의 안경이 수상하게 빛난다……? 메일과 류티리스가 로맨스에 빠진 소녀처럼 꺅 비명을 지르고…….

"크허엄!"

옆길로 새지 말라고 강요하는 무식한 헛기침 소리가 울려 퍼졌다.

밀레디 뒤에 대기하던 노인의 소행이었다. 백발 말총머리에 땅딸막한 체형, 검은 바탕에 금색 자수가 들어간 법복을 입은 인물이었다.

그 노인의, 도저히 노인답지 않은, 오히려 싸움을 거는 불량배 같은 눈빛이 라인하이트에게 꽂혔다.

굉장한 박력이었다. 왠지 오스카가 눈을 휙 돌려 버릴 정도로. 그래서 라인하이트도 제정신으로 돌아와서 얼굴을 붉히면서도 자세를 바로잡았다.

메일과 류티리스가 올라가는 입꼬리를 참지 못하고 히죽대는 가운데, 노인도 분위기를 일신해 엄격한 어조로 입을 뗐다.

"해방자에 잘 오셨습니다."

성대하게 환영해줄 의도였나 보다.

마지막 신대 마법 사용자, 백광 기사단의 단장을 맞이한다고 의욕에 불타고 있었겠지.

밀레디는 방금부터 쭉 안절부절못하고 있었다.

하지만 노인이 꺼낸 환영사는…….

"우선 라우스 번 공…………은 어디?"

당혹스러움과 함께 멈췄다. 모두 눈이 동그래진다.

모두 고대하던 단장님은 우루루크 뒤에라도 있겠거니, 반드르가 업은 것은 너절한 봇짐이겠거니 했는데…….

스이가 귀찮은 얼굴로 후드를 휙 벗기자 세상에 이런 일이.

걸레짝이 된 단장님이 나타났다. 축 늘어지셨다. 꿈쩍도 하지 않았다. 생기도 없었다. 척 보기에는 이미 시체…….

"""""?!!!!"""""

모두 눈알이 튀어나왔다. 그리고 밀레디도 튀어나왔다.

"아, 아앗."

허둥대면서 눈물을 머금고 라우스의 맨들맨들한 머리를 찰싹찰싹 때렸다.

"밀레디, 진정해. 너랑 똑같아. 피폐해져서 잠든 것뿐이야."

반드르가 쓴웃음을 흘리며 말하자 밀레디는 불안한 눈초리로 고개를 갸웃거렸다.

"……정말?"

"그래. 그러니까 머리는 때리지 마. 끙끙거리잖아. 안 좋은 기억이라도 되살아난 것처럼."

분명히 어디 사는 소녀에게 대머리라고 놀림받을 때의 기억이리라.

어쨌든 라우스는 무사……하다고는 말하기 어렵지만 살아 있다고 확인한 밀레디는 비실비실 주저앉았다.

집결해 있던 해방자 본부 인원들도 찬 물을 뒤집어쓴 얼굴로 가슴을 쓸어내렸다.

그런데 그 직후, 일제히 나이즈 일행 쪽으로 우르르 몰려들었다.

저마다 「정말로 괜찮아?」, 「무슨 일이 있었어!」, 「으아, 왼팔이 없잖아!」, 「어머, 엄청 미소년…… 츄릅」이라며 제멋대로들 떠들어댔다.

샤름이 다가오는 누님들 앞에서 우물쭈물하고, 라인하이트도 이 친밀한 분위기에 당황한 기색이었다.

"자, 다 비켜비켜. 누나가 나갈 차례야!"

메일이 사람들을 헤치며 나왔다.

"메일 누님. 스이, 엄~청 지쳤어요. 빨리 재생해주세요."

"잠깐만요, 스이! 언니에게 그게 무슨 말버릇—."

"아~, 폐하. 나중에 들을게요. 진짜 피곤하니까."

"저를 너무 막 대하는 거 아닌가요?!"

"살짝 기뻐하지 말고 류는 저쪽에 가 있으렴."

그 말이 떨어지기 무섭게 주변 사람들이 류티리스를 위로 들어 올리고 파도타기를 하듯 옆으로 옆으로 옮겼다. 사람들 위에서 버둥대며 「이러지 마세요! 아아~, 이러지 마세요오!」라고 항의하면서도 목소리에는 숨길 수 없는 희색이 묻어났다.

공화국을 벗어나 해방감에 휩싸인 류티리스는 자기 본성을 모두 까발려서 이미 본부에서 이 변태 여왕님을 모르는 사람은 없었다.

그래서 이제는 예의를 차려서 대하는 사람도 없었다. 여왕님은 이곳이 굉장히 마음에 들었다고 한다.

수해의 전 국민이 통탄의 눈물을 흘릴 현실이었다.

"스이, 중상자 앞에서 자기부터 우선하는 너의 그런 점, 나쁘지 않아. 안심하렴. 전부 한꺼번에 치료할 테니까."

메일이 재생 마법을 구사하려고 했다. 그런데 그 전에 나이즈가 끼어들었다.

"메일. 라우스의 왼팔은 재생하지 않아도 돼."

"응? 딱히 어려운 일도 아닌데?"

"알아. 하지만…… 라우스 본인의 희망이다."

그건 기절하기 전 라우스가 전한 말이었다.

"『힘이 부족하다. 왼팔 보완은 오스카 오르크스에게 맡기고 싶다』라고 하더군."

어수선한 소음이 그쳤다.

모두가 라우스를 봤다. 그 옆에서 이를 가는 어린 아들을 봤다. 분한 감정을 삼키는 젊은 기사도.

너덜너덜해진 몸뚱이, 부족한 가족…….

잃어버린 신체조차 힘으로 바꾸고 싶다는 강한 의지, 무거운 각오가 절실하게 느껴졌다.

"최고의 의수를 준비할게. 필요하다면 예전보다 강력한 무기도."

오스카는 힘차게, 주저 없이 제안을 받았다.

"저…… 부탁드리겠습니다."

"오르크스 공, 부디 힘이 되어주십시오."

샤름과 라인하이트는 입매를 꽉 다물고 머리를 숙였다.

그 후 일단 재생 마법을 걸고 환영식에 모인 이들은 해산했다. 라우스는 의료실로 직행했고 나이즈 일행은 보고를 위해 어느 방으로 자리를 옮겼다.

"우선 자기소개부터 할까? 누군지도 모르면 사정을 설명하기 불편할 테니까."

가죽 소파와 앤티크 테이블, 놀랍게도 난로까지 놓인 라운지.

밀레디와 동료들 말고도 샤름과 라인하이트, 그리고 한 여성이 앉는 것을 확인하고(스이도 보고 의무가 있어서 호출했지만, 어느샌가 사라졌다. 귀찮아서 도망친 것이다) 백발 말총머리 노인이 날카로운 안광을 쏘며 말했다.

"나는 살루스. 살루스 가이스트리히. 한창 젊은 88세지."

라인하이트와 샤름이 눈알을 이리저리 굴렸다.

짝 소리가 나고 두 사람이 화들짝 놀라서 반쯤 몸을 일으켰다.

"총장님, 농담은 하루에 한 번만 하기로 약속하셨잖아요? 노망나셨나요?"

살루스의 왼쪽에 앉은 여성이 낸 소리였다. 살루스의 뒤통수를 때린 것이다. 노인에게는 까닥 잘못하면 치명타가 될 짓을 아무렇지 않게 하다니……. 샤름과 라인하이트가 전율했다.

테이블에 얼굴을 처박은 살루스를 방치하고 여성이 대신 설명했다.

"실례했습니다. 철이 안 든 노인이지만, 이래 봬도 해방자의 실질적인 사령관이에요. 그리고 메이드복을 입은 사람이 밀레디 라이센. 우리 리더입니다. 지금은 사정이 있어서 감정 기복과 말수가 적지만요."

"아, 네."

"괘, 괜찮은 건가요?"

"라우스 공만 깨어난다면 틀림없이 괜찮습니다. 이 이야기는 이따가 한번에 하죠."

그러고 나서 여성은 순서대로 다른 이들을 소개해줬다.

그녀의 말에는 억양이 없었다. 희미하게 열린 실눈은 꼭 나이프 같았다.

앞머리를 일자로 자른 다크 블론드색 보브 뱅 헤어. 주름하나 없는 블라우스에 통 좁은 스커트, 검은 장갑과 검은 스타킹으로 노출을 완전히 없앤 차림새는 그녀의 날카로운 분위기를 더 가중시켰다.

그리고 무엇보다 샤름과 라인하이트를 마음 아프게 하는 것이 그 특징적인 귀. **한쪽밖에 없는** 여우 귀였다.

"마지막으로 저는 특별 보좌관 및 본부 제3 행동 부대 대장을 맡은 클로리스 가이스트리히입니다. 이름을 들으면 아시겠지만, 이 노인네의 양녀예요."

클로리스는 이어서 자기가 사령관의 경호원이자 본부 방어 부대의 리더라고도 설명했다.

"그리고 궁금하신 것 같아서 말씀드리자면, 이 귀는 신전기사에게 잘린 거예요. 개똥보다 못한 신 때문에 엿 같은 일을 당했다는 뜻이죠."

"아, 네……."

"……죄, 죄송합니다."

샤름이 눈을 돌리고 라인하이트가 식은땀을 흘리며 고개 숙였다.

"신경 쓰지 마세요. 당신은 신을 버리셨죠? 그렇다면 저는 신경 쓰지 않아요."

목소리에 감정이 실리지 않았지만 굉장히 무서웠다. 비난하는 건지, 정말로 괜찮다는 건지 판단이 서지 않았다.

"……크로. 너무 괴롭히진 마."

그런 클로리스에게 밀레디가 맹하게 말했다. 라인하이트가 얼굴을 홱 들었다. 「여신인가……」라고 중얼댔다. 샤름도 아버지에게 듣던 것과 다르다며 밀레디를 마음씨 고운 귀족 영애처럼 보고 있었다.

"미이가 그렇게 말한다면."

반성하듯 눈을 내리깔고 실눈으로 돌아왔다. 애칭으로 부르는 것을 보면 밀레디와 상당히 친하다고 알 수 있었다. 큰 여우 귀가 시무룩하게 처져 살짝 귀여웠다.

"아니! 더 괴롭혀라! 어디서 우리 귀여운 밀레디에게 눈독을 들여!"

총장님이 부활했다.

"누, 눈독이라뇨—."

"닥치지 못할까! 저 무늬만 신사인 양아치 안경쟁이도 그렇고, 왜 자꾸 날파리가 꼬여!"

오스카가 눈을 돌렸다. 라인하이트가 깜짝 놀라며 오스카를 봤다. 다른 해방자들이 기막혀하거나 히죽거리는 사이에도 살루스는 더욱 흥분했다.

"이 노물이 천사를 더럽히려는 사악한 것들에게 천벌을 내려주마— 삐걱!"

"……사루 할아버지, 조용히 해."

사루 할아버지는 다시 엎어졌다. 초중력에 의해서. 밀레디의 목소리에 노기가 서려 있었다.

사실 이미 몇 번이나 반복된 일이지만, 어쩔 수 없었다. 사루 할아버지 딴에는.

왜냐면 손녀처럼 사랑하는 밀레디가 남자한테 쓸데없이 달라붙으니까! 그것도 속이 시꺼메 보이고, 딱 봐도 여자 울리게 생긴 기생오라비놈한테!

괴롭힘도 욕설도 친할아버지(자칭)로서 당연한 반응이었다. 하지만 그것을 용서할 수 없는 밀레디는 사루 할아버지에게 주의를 줬고, 말을 듣지 않으니 주의는 점점 과격해졌다.

슬슬 사루 할아버지의 목숨이 정말로 위험할지도 모른다…….

그건 그렇고.

"자, 잠시만요! 밀레디 씨, 저는 절대로 그런 사심을 품지—"

"……라인하이트. 잠깐 조용히 하자. 대화가 진행이 안 되니까. 알았지?"

"샤름 님?! ……죄송합니다."

라인하이트가 급하게 변명하지만, 샤름이 죽은 생선 같은 눈으로 주의하자 충격을 받고 고개를 떨궜다.

"어머나. 오스카, 라이벌이 나타났네?"

"어쩌죠, 언니! 밀레딩을 놓고 싸움이 벌어질 예감이 들어요! 가슴이 콩닥콩닥해요!"

"……메일, 류. 나는 그렇게 놀리는 거 안 좋아해."

오스카는 저절로 한숨이 나왔다. 옆쪽을 보니 밀레디가 물끄러미 쳐다보고 있었다. 그러더니 라인하이트를 보고 다시 오스카를 보더니…….

"……사심."

"미, 밀레디?"

"……있어? 오 군도."

"없어!"

"……."

"잠깐만! 거기서 시무룩하면 안 돼지!"

"어흠. 오스카 공. 실례지만 밀레디 씨와는 실제로 어떤 관계—"

"라인하이트. 부탁이니까 평소의 너로 돌아와 줄래?"

첫눈에 반해서 폭주하는 호위 기사를 보는 샤름의 눈이 시시각각 빛을 잃어갔다.

"하아, 이 아수라장은 뭐야? 나도 스이처럼 도망칠 걸 그랬군……."

"그런 소리 하지 마라, 반. 나를 혼자 둘 셈이냐?"

회의는 춤춘다— 아니, 아수라장이 되고 당연히 진전은 없다.

일단 살루스도 클로리스도 사적 감정만으로 옆길로 새지는 않았다.

신전 기사 한 명이 라우스와 동행한다는 정보는 에스페라도 지부에서 공화국과 본부로 보낸 전서조를 통해 이미 알려진 바였다.

하지만 솔직히 말해서 라우스 번이 아닌 기사를 무작정 믿기는 어려웠다.

나이즈가 문제없이 데리고 왔고 리맨 일족이 적의와 악의가 없다고 판단했으니까 이렇게 본부로 들이기는 했지만…….

어쩌면 그게 모두 연기고 사실 자객일 가능성도 아직 버리지 않았다.

그래서 장난치며 일부러 신을 욕해 봤는데…… 과연 어떻게 반응할까.

그는 정말로 신과 적대할 수 있을까…….

애초에 신대 마법 사용자도 아닌 일반 신전 기사의 배교가 정말로 가능할까…….

그 의혹에는 샤름이 답했다. 레오나르도와 나이즈에게 전했던 것처럼.

"저! 소개할게요! 제 이름은 샤름. 라우스 번의 막내아들입니다. 그리고 이 사람은 번 가문의 호위 기사인 라인하이트 아세. 이번 시대의 『용사』예요."

"……오호라."

정신 이상한 할아버지 시늉을 하던 살루스의 분위기가 일

변했다.

다른 이들도 눈을 크게 뜨고 라인하이트를 주목했다.

"흠. 허리에 찬 그걸 보여주겠나?"

"알겠습니다."

라인하이트가 성검을 뽑았다. 장엄한 빛이 방을 가득 채웠다.

그러자 무슨 까닭인지…….

"아, 오스 씨, 이걸 보세요."

『수호장』이 희미한 빛을 내며 미세하게 진동했다. 류티리스가 놀라는 모습을 보아 그게 그녀의 뜻과는 무관한 반응이라고 알 수 있었다.

"공명하는 건가……?"

모두 놀라서 성검과 수호장을 번갈아 봤다.

"총장님, 이건……."

"으음, 틀림없어 보이는군."

"이해해 주셨나요? 라인하이트는 의심하실 필요 없어요!"

샤름의 역설은 그들의 강한 유대감을 느끼기에는 충분했다.

하지만 어디까지나 그뿐. 그뿐이라고 살루스의 표정이 말해 줬다.

레오나르도와는 달리 납득한 기색은 아니었다.

냉엄한 분위기로 가면을 벗기려는 재판관 같은 눈이었다.

"용사가 선량한 인물임은 역사가 증명하지. 하지만 그게 언제나 『저항하는 자』의 편이었냐면, 그렇지는 않아."

"네?"

"용사도 결국 사람이야. 믿는 것이 다르면 적이 되기도 하지. 만인의 아군일 수는 없어. 용사란 명함이 같은 편이라는 증명은 되지 못해."

"그건, 하지만!"

맞는 말이었다. 반박할 말이 떠오르지 않았다. 어금니를 꽉 깨물고 작은 어깨를 떨었다.

그런 샤름을 보고 라인하이트의 표정이 자연스럽게 부드러워졌다. 자신을 그토록 열심히 감싸는 어린아이를 보고도 감동받지 않을 기사가 있을까.

그래서 신뢰를 얻기 위해서 어떤 요구라도 받아들일 각오로 살루스를 똑바로 바라봤다. 그런데 무슨 말을 하기도 전에…….

"……사루 할아버지, 그만."

"우윽?! 미, 밀레디, 할아비는 속에 든 게 나올 거 같구나!"

다시 엄습하는 초중력.

"……라우스 번이 믿었어. 그러면 충분해."

왜냐면 라우스 번을 믿으니까.

그렇게 단언하는 밀레디에게는 거대 조직의 우두머리에 어울리는, 어떤 초연한 『힘』이 있었다.

"그렇다면 밀레디를 믿는 우리가 믿지 않을 순 없겠어."

오스카가 미소를 띠며 말하자 다른 이들도 거기에 동조했다. 클로리스도 처음으로 부드러운 미소를 보여줬다.

"이 분위기는 뭐야? 나만 나쁜 놈 됐군. 너무해. 노인 학대야."

"사루 할아버지는 자기 할 일을 했을 뿐. 이해해."

리맨 일족의 악의 감지 능력은 우수했다. 설령 생각의 표층 밖에 읽지 못해도 이성을 초월한 직관으로 꿰뚫어 본다. 세뇌 와 암시로 일시적으로 악의를 감추어도 말이다.

하지만 구멍이 없지는 않다. 세상에는 악의 없이도 타인을 해칠 수 있는 자가 있다. 감정이 없는 『신의 사도』나 남을 해치는 행위가 숨 쉬는 것처럼 당연한 사이코패스가 그렇다.

성검이 선택한 용사가 그런 부류라고는 생각하기 어려웠다.

하지만 이 상황에 마지막 신대 마법 사용자의 동행이 용사라는 기막힌 우연에 부자연스러움도 느꼈다. 그것을 운명적이라며 마냥 긍정적으로 받아들이지 않고 의심의 눈을 부라리는 것이 살루스의 역할이었다.

"밀레디…… 우우, 할아비는 기쁘구나. ……아니, 잠깐. 왜 공격한 게냐?"

"……에헷?"

"큭, 이유도 없이 이런 처사를! 하지만 용서하마! 귀여움은 정의다!"

그래도 무사히 인정받은 것 같다고 샤름은 잔뜩 긴장했던 마음을 풀었다. 바람 빠진 풍선처럼 몸에서 힘이 빠져나갔다.

그러고는 웃으며 라인하이트를 돌아보는데…… 「귀여움은 정의…… 진리다」라며 밀레디를 보면서 얼굴을 붉히고 있었다. 샤름의 눈에서 또 빛이 사라졌다.

사랑은 이토록 사람을 바꿔 놓는가…….

샤름이 또 한 발자국 어른으로 다가선 순간이었다.

"그만 이야기를 진행하자. 반응을 보아하니 괜찮아 보이지만, 레오나르도가 없는 것도 신경 쓰이니까."

오스카가 분위기를 환기했다. 시선은 샤름에게 고정되어 있었다.

메일과 류티리스 쪽은 절대로 보지 않았다. 사람을 놀리고 싶어 안달이 난 눈빛은 못 본 척하는 것이 최선이다. 살루스 노인의 못마땅한 얼굴도, 밀레디의 껌딱지 같은 눈길도, 라인하이트의 분한 시선도 싹 다 마찬가지다.

"네, 넘어가죠. 아직 할 이야기가 많아요."

이 자리에서 가장 똑 부러진 사람은 샤름일지도 모른다.

오스카와 샤름을 중심으로 정보 교환이 이루어졌다. 중간중간 나이즈와 반드르가 보충했다.

경악할 사실의 연속이었지만, 충격의 파장은 크지 않았다.

사도가 멀쩡하다는 정보조차도 그랬다. 이길 수 있다고 증명했고, 몇 번이고 싸우겠다는 각오도 되어 있기에. 오히려 카임과 셀름에 관한 이야기가 나왔을 때 반응이 극적이었다.

아들이 아버지를 죽이도록 한 교회에 대한 분노로 공기에 전기가 흐른다는 느낌마저 들 정도였다.

그 흥분을 가라앉히려고 살루스가 결론을 맺었다.

"아무튼 라우스 공이 얼마나 빨리 회복하느냐가 관건이구먼."

그것이 곧 밀레디의 부활로 이어진다. 뭐가 됐든 리더가 있어야 조직의 방향성이 안정된다.

하지만 그렇다고 해도…….

"……할 수 있는 일은 있어."

밀레디의 조용한 음성이 파문처럼 퍼졌다.

"해야 할 일도."

여전히 물거품처럼 덧없는 분위기지만, 그 말을 경솔히 듣는 사람은 아무도 없었다.

모두 어전에 있는 것처럼 자세를 바로 했다. 샤름과 라인하이트가 당황할 정도로 칼같이.

"그렇다면 리더, 우리가 뭘 해야 하겠나?"

살루스가 마치 고위 귀족처럼 기품 있는 동작으로 공손하게 물었다.

"전해. 모두에게. —때가 됐노라고."

그건 레지스탕스의 리더가 전 세계에 흩어진 동지에게 보내는 소집령이었다.

긴 웅크림의 시간은 끝났다. 칼을 뽑아라!

"홋. 흥분되는구먼."

"즉시 『최종 계획 변혁의 종』을 미세 조정하고 발동하겠습니다."

살루스가 소름 돋는 웃음을 지었다. 클로리스는 실눈을 뜨고 양녀라고 생각하기 어려울 만큼 빼닮은 흉악한 얼굴을 보였다.

창궁색 눈동자가 샤름을 비추었다.

"이룰게. 네 소원."

"앗, 네…… 네! 감사합니다!"

"감사합니다, 밀레디 씨."

가족이 다 같이 화기애애하게 지내고 싶다. 너무나 당연하건만, 몹시도 어려운 부탁.

말을 하지 않아도 먼저 이해하고 망설임 없이 받아주는 밀레디에게 샤름과 라인하이트는 천군만마를 얻은 기분으로 눈물을 머금었다.

마지막으로 밀레디의 눈동자는 동료들을 차례로 훑었다. 할 수 있다는 확신에 찬 빛을 품고서.

"강해지자. 함께, 더."

타오르는 불길 같은 미소가 해방자들의 입가에 번졌다.

"물론이지. 이제 너 혼자 싸울 필요는 없어."

"해방자 리더가 사도를 쓰러뜨릴 수 있다고 증명했잖니? 이제는 우리도 거들어도 되지? 후후후."

"어머나, 언니. 사디스트다운 멋진 얼굴이어요!"

"흥. 사도가 몇 마리나 더 있는지 몰라도…… 두 번 다시는 안 당해."

"그래. 집결이 끝나려면 아직 시간이 있어. 하자. 밀레디처럼 우리도 신대 마법의 진수에 도달하는 거야. 반드시."

공기가 아지랑이처럼 어른거린다는 착각이 들 정도로, 그들에게서 흘러나오는 기운은 뜨거웠다.

초조함과 자신의 무력함으로 미아처럼 갈팡질팡하던 마음이 정확히 고정됐다.

마치 어둠 속을 더듬거리며 걷던 이들이 밤하늘에 빛나는 단 하나의 빛을 발견한 것처럼.

이것이 해방자의 리더인가.

이것이 밀레디 라이센, 발버둥 치는 자들의 태양인가.

샤름과 라인하이트도 이제야 겨우 라우스의 마음을 이해했다.

그리고 납득했다.

이러니까 변한다고. 세계에서 가장 완고하고 엄격한 남자의 세계조차도.

"우리도 도울게요! ……아니지, 우리도 해방자에 들어가게 해주세요! 동료로서 할 수 있는 일을 하고 싶어요!"

"저도 샤름 님과 같은 마음입니다. 제 검과 신명은 이미 라우스 님과 샤름 님께 바쳤지만, 무슨 연유에선지 이 육체는 용사고 이 손에는 성검이 있습니다. 세상을 바꾸는데 써주십시오."

"……응. 같이 가자. 새로운 미래로."

『신의 사도』가 얼마나 있는지는 모른다.

호광 기사단의 전모도 파악되지 않는다.

반사도화와 양산형 칠성 무구도 얼마나 퍼져 있을까.

그러나 불안하지 않았다.

낙관이 아니었다.

그저 결의했을 뿐이었다. 강철보다 강한, 틀림없이 『사람』만 가질 수 있는 죽음조차 두려워하지 않는 결의를.

"사람이 자유로운 의사로 살아가는 세계로."

의기충천. 리더에게 답하는 목소리는 마치 백수(百獸)의 포효 같았다.

제4장 ◆ 해방자 집결

―그랜더트 제국 제도 더스톨.

마법 대국인 제국에는 국공립, 사립을 불문하고 마법 관련 교육 기관 및 연구 시설이 난립해 있다. 그중 하나가, 제국에서조차 감탄 반 어이없음 반으로『마법광』이라고 불리는 래크먼 남작이 운영하는 연구소다.

『속성 마법으로 신대 마법과 유사하거나 그에 가까운 현상을 일으킨다』를 주제로 한 연구는 쉽게 말해 복합 마법 연구며, 제국에도 어느 정도 공헌한 바가 있어서 주목받지만……현 당주 아델 래크먼의「연구는 폭발이다」라는 말대로 일주일에 한 번은 연구소 어디선가 폭발이 일어나서 누구나 기피했다. 다른 제국 귀족도, 인근 주민들도.

그 비상식적이고 정신 나간 행태는 본래 소유였던 북쪽 영지를 소홀히 하여 몰수당하고도 전혀 고쳐지지 않았다.

오히려 4년 전『라이센 백작가 괴멸 사건』및『제국 귀족의 이단자 내통 사건』으로 빚어진 제국 귀족 전수 조사에서도 이단 심문관이「래크먼 남작은 정신 이상자다. 더는 그 미치광이를 상대하고 싶지 않다」라며 학을 뗄 정도였다.

참고로 아델은 올해로 딱 60세. 자르지도 씻지도 않은 덥수룩한 검은 머리는 죄다 하얗게 세어 버렸고 투박한 고글을 항상 몸에 달고 살아서 겉모습부터 귀족이라고 믿기 어려운 별종이었다.

이 모양이니까 더 사람이 다가오지 않았다.

그와 비슷한 별종이거나 똑같은 마법광이 아닌 한.

예외가 있다면 직무상 어쩔 수 없이 온 군인 정도일까.

오늘도 열 명의 제국 군인을 이끄는 중년 분대장이 겉면만
은 아름다운 흰색 3층 건물, 래크먼 연구소 문 앞을 찾았다.

"래크먼 연구소에 오신 것을 환영합니다. 오늘은 어떤 용무
로 오셨습니까?"

태도가 유한 50대 신사— 아델의 집사인 헨리트 롯지가 굳
게 닫힌 문 안쪽에서 물었다.

"음, 아~, 나는 최근 제도를 떠들썩하게 하는 『하얀 테러리
스트』들을 조사하는 제3 수사 분대를 지휘하는 자다."

"수고가 많으십니다."

헨리트의 진심처럼 느껴지는 언동에 분대장이 살짝 당황했다.

하얀 테러리스트— 신국의 요청을 받고 공화국 전쟁에 참전
하기 직전부터 나타난 집단이었다. 그들은 신출귀몰하며 흰
옷을 입고 마물과 함께 제도를 들쑤시고 다녔다.

전쟁이 끝난 지금은 활동이 많이 줄었지만, 그래도 제국이
자랑하는 공군이 괴멸하여 혼란에 빠진 제도를 계속해서 휘
젓는 중이었다.

그나마 다행인 것이 일반 시민은커녕 제국군에서조차 사망
자는 나오지 않았다.

하지만 장비와 군 관련 시설을 닥치는 대로 파괴하니 복장

이 터질 판이었다.

더군다나 귀족 저택을 습격해 긁어모은 돈을 슬럼과 변두리 지역에 사는 가난한 이들에게 뿌리는 의적 흉내까지……

제국 국민들도 처음에는 무서운 테러리스트라며 공포에 떨었으나, 이제는 그들의 소식을 일종의 오락처럼 즐기는 사람이 드문드문 보일 지경까지 왔다.

제국 귀족 입장에서는 대단히 유감스러운 현실이었다.

그래서 직업정신 투철한 군인들은 이렇게 위험하기로 유명한 연구소까지 올 수밖에 없었다. 물론 분대장끼리 한 제비뽑기에서 말 그대로 꽝을 뽑은 결과기도 하지만.

"그, 그래. 여하튼 최근 이 연구소 창문으로 이상한 그림자가 보였다거나 수상할 정도로 전서조가 많이 왕래한다는 보고가 있었다."

"오, 이럴 수가. 그야 다른 연구소와 교류하느라 전서조는 많이 씁니다만…… 이상한 그림자라고 하니 불안하군요."

"바로 그거야! 그러니까 내부 검사를—"

해야겠다, 라며 강제 수사권을 발동하려고 하는데…… 그 전에 어디선가 들려오는 엄청난 폭음.

연구소 최상층 끄트머리 방이 깨끗하게 날아갔다. 폭염은 하늘로 치솟고 충격파가 퍼지며 주변에서 「꺄아악! 이번 주만세 번째야!」, 「또 래크먼 연구소냐!」, 「유리창을 수정으로 바꾼 우리 가게의 승리다!」라는 소리가 들렸다.

"히야앗갸갸갸! 드디어! 드디어 왔다! 새로운 시대가 열렸노라아아아! 갸갸갸갸아아!"

걸레 같은 머리에 걸레짝 같은 옷을 입은 남자가 폭발로 날아간 방에서 나왔다.

무너져 내릴 듯한 바닥은 신경도 쓰지 않고 두 팔을 벌려 기괴하기 짝이 없는 웃음을 내지르고 있었다.

그가 바로 아델 남작이었다.

뒤이어 연구원으로 추정되는 젊은 남녀가 기어 나왔고…….

"소장님, 마법이나 해제해 주세요! 불붙었어요, 불!"

"어떡해! 다른 마법진이 연쇄 반응을 일으켜!"

그렇게 비명 지르며 필사적으로 아델을 안쪽으로 끌고 돌아갔다. 그리고 잠시 후…….

"분대장님. 안으로 모시겠습니다."

"엉?!"

엉덩방아를 찧고 아연실색하던 분대장과 대원들이 동시에 헨리트를 봤다.

그는 눈곱만큼도 동요하지 않았다. 충격파에 흔들리지도 연기에 더럽혀지지도 않았다. 그저 싱긋이 웃으며 말했다.

"제국을 위협하는 테러리스트를 수색하신다면 전면적으로 협력하라고 주인님께서 말씀하셨습니다. 자, 들어오시지요. 원하시는 만큼 조사하시기 바랍니다."

"……."

분대장은 슬그머니 뒤쪽 부하들을 돌아봤다. 모두 목이 떨어지도록 고개를 저었다.

솔직히 누가 제 발로 들어가고 싶겠는가. 즉사 트랩 천지인 미궁 같은 곳을.

분대장은 소리 없이 일어나서 옷을 탁탁 털고 매무새를 고친 뒤 근엄한 표정으로 말했다.

"아뇨, 바쁘신 것 같으니까 수사는 다음에 하죠. 그럼 이만!"

분대장은 즉시 왔던 길을 돌아가고 부하들도 허둥지둥 뒤를 따라갔다.

싱글싱글 웃으며 그 모습을 바라보던 헨리트는…….

"휴우, 어떻게든 넘어갔군……. 이 연구소 거점도 슬슬 버릴 때가 됐군요."

별안간 가슴을 쓸어내렸다. 그러고는 아직 광소를 터뜨리는 주인에게 쓴웃음을 지으면서 건물 안으로 돌아갔다.

연구소 현관을 지나서 벽이 사라진 소장실로 가는데 어디선가 말소리가 들렸다.

"헨리트 님."

어떤 방문 사이로 한 여성이 얼굴을 빼꼼 내밀고 있었다. 검정 메시가 들어간 붉은 장발에 갈색 피부가 특징적이었다.

"마가레타 님, 아직 익숙하지 않습니까?"

바로 슈네 일족의 여전사장이었다.

사실 이 래크먼 연구소는 『해방자』 제국 지부며 아델 래크먼 남작은 지부장이었다.

물론 헨리트와 방금 본 젊은 연구원들도 멤버였다.

마가레타가 이끄는 슈네 일족은 이곳을 거점으로 제도 바깥과 연구소를 잇는 비밀 지하 통로를 써서 의적 같은 파괴 공작을 펼치고 있었다.

그러나 마가레타조차 아델의 기행에는 골치를 썩는지 헨리트의 질문에 눈썹이 팔자로 기울었다.

"으음, 네. 왜 이리도 자주 폭발하는지…… 습격과 구별되지 않아서 난감할 따름입니다."

"종마들은 제법 익숙해진 것 같은데요?"

"그들은 본능적으로 아니까요. 역시 반 님의 종마네요."

자연스럽게 반드르에게 칭찬과 경애를 보내는 것은 애교로 봐 달라.

그때, 복도 끝에서 우당탕탕 요란한 발소리가 울렸다.

"오오, 마침 둘 다 있구만! 아니, 방에는 슈네돌이들이 있군? 아주 좋아! 기쁨은 다 함께 나눠야지!"

돌아보니 새까맣게 그을린 아델이 뛰어오고 있었다.

그 손에는 꼭 구겨진 편지를 쥐고 있었다.

"슈네돌이라고 부르지 말라고 제가 몇 번이나……."

"지금 그게 중요한 게 아니야!"

그는 기본적으로 남의 말을 안 듣는다. 그것도 두 달에 걸쳐 이해한 사실 중 하나였다.

아델이 성큼성큼 방으로 들어왔다.

방은 교실이 연상되는 구조였고 오른쪽 벽에는 두 줄로 세 개씩, 총 여섯 개의 칠판이 있었다.

원래 특정 위치에 특정 마법진을 특정 분필로 그려야 칠판

하나가 비밀 방으로 이어지는 문이 되지만…….

"에잇, 안 나오고 뭐 해! 슈네돌이들! 어서 나와!"

칠판을 쾅쾅쾅 때렸다. 비밀 방 안쪽에서는 그냥 열리므로 잠금을 풀기 귀찮았나 보다.

헨리트와 마가레타가 자포자기한 표정을 짓는 사이 끼긱 소리를 내며 문이 열렸다.

"어, 언니, 괜찮나요?"

머뭇머뭇 나온 사람은 조그만 마가레타 같은 소녀였다. 이름은 토드레타 슈네. 마가레타와 혈연은 아니지만, 동경심 때문에 겉모습을 따라한 것이다. 그리고 외모는 열 살 정도라도 실제 나이는 열여섯이었다.

"지부장님이 괜찮다고 하잖아. 다들 나와."

마인족과 수인족의 특징이 섞인 자들과 늑대 종마 몇 마리가 줄줄이 나왔다.

그리고 복도에서도 급하게 뛰어오는 소리가 들리고 모든 연구원—으로 분장한 지부원이 들어왔다. 선두가 방금 본 남녀 연구원인 점으로 보아 아델의 명령을 받고 소집한 모양이었다.

모든 인원이 모인 것을 확인하고 아델이 감정을 폭발시키며 말했다.

"봐라! 편지다!"

그걸 누가 모르냐는 비난의 눈길에도 아랑곳하지 않고 아델은 갸갸갸갸 특징적인 웃음소리를 내면서 소리 높여 핵심을 외쳤다.

"본부에서 왔다! 라우스 번 확보에 성공했다고!"

오오, 감탄과 기쁨으로 방 안이 술렁거렸다. 하지만 연기가 아니라 정말로 타고난 마법광인 아델이 그것만으로 이토록 기뻐 날뛸까……. 괴짜 지부장을 지탱하는 지부원들은 곧 이상함을 느꼈고, 이내 깨달았다. 설마…….

"……아델 님! 설마 마침내?!"

언제나 차분한 헨리트의 목소리에 흥분이 가득했다. 그제야 다른 이들도 알아차린 듯했다. 숨을 죽이고 해답을 원하며 뚫어지게 아델에게 주목했다.

"그래, 마침내! 인류의 진보를 가로막는 가증스러운 신에게 도전할 때가 온 거다!"

침을 삼키는 소리가 여기저기서 들리고 아델은 타오르는 눈길로 주변을 돌아보며 선언했다.

"밀레디 아가씨의 명령이다!"

―때가 왔노라. 집결하라.

아델이 읽은 리더의 말에 더스톨 지부는 절규 같은 환성에 휩싸였다.

보통이라면 이 소리를 듣고 즉시 경비대나 군부대가 달려오겠지만…….

이곳은 긁으면 부스럼밖에 나지 않는 래크먼 연구소.

인근 주민과 지나가던 군인들도 두려움에 떨며 걸음을 재촉할 뿐이었다.

―제국 구 라이센 백작령의 수도 모르도.

공포의 대명사였던 처형인 일족이 누군가에게 공격받아 멸문지화를 당한 땅.

한 가문만으로 마왕국을 막는 방파제 역할을 할 만큼 강력하던 그들이, 제국 최강의 힘을 자랑하던 라이센이 단 하룻밤 사이에 전멸했다는 소식은 당시 제국에게 악몽이나 다름없었다.

그래서 이웃 영지를 다스리던 제국 4대 공작 중 하나― 벨파우너 공작이 이어받은 뒤로도 이 꺼림칙하고 불길한 땅에서 많은 자가 떠나고, 반대로 좋지 않은 자들이 흘러드는 것도 필연이었다.

벨파우너 공작 본인도 가뜩이나 광대한 영지 경영으로 바빴던 터라 이곳을 관심 밖에 두려고 했고, 대리로 지방관을 파견한 후로는 쭉 방치하고 있었다.

그래서 『해방자』의 거점을 숨기기란 크게 어렵지 않았다.

심지어 그곳이 도박장 겸 창관이라면 더더욱.

아무리 고위 귀족이라도 부지불식간에 마음의 정보 보관고를 열어 버리는 곳이 도박장과 창관 같은 장소였다. 거점으로는 참으로 유용했다.

실제로 마법 대국에 태어났으나 마법 적성이 부족했던 낙오자나 가끔 스트레스를 풀고 싶은 귀족들이 몰래 찾기 좋은 비합법적 유흥업소였다.

그런 『해방자』 모르도 지부의 라운지에 노성이 울려 퍼졌다.

"으아아, 좀 닥쳐! 나는 그쪽 일은 안 한다고 하잖아!"

웬만한 남자라도 움츠러들 험악한 말을 내뱉는 것은 회색 울프 커트에 늑대 귀와 꼬리의 털을 곤두세운 젊은 여자—전 라이센 지부의 슈슈였다.

그 짐승 같은 눈이 노려보는 앞에는 대단히 선정적인 묘령의 여성이 있었다.

군청색 섹시한 드레스를 입고 요염하며 배덕적인 분위기를 내는 몸매 좋은 미녀. 그 통통하고 윤기 있는 입술이 조곤조곤 말을 읊었다.

"그래도 슈슈, 너 요즘 임무가 없잖니? 그런데 밥만 축내면 쓰겠니……."

"그건 마가레타 쪽 애들이 난리 피우고 다니니까!"

"너희는 할 일이 없다고? 미련하긴. 일은 스스로 찾아서 하는 거야."

"경비하고 있잖아!"

"자칭 자택 경비원?"

"그, 그런 식으로 말하지 마! 왠지 마음이 쓰라리다고!"

일단 변명하자면 주먹싸움과 칼부림이 심심찮게 벌어지는 도박장 겸 창관에서는 실력 있는 경비원이 반드시 필요하다.

그 점에서 슈슈는 분명히 적임자다. 적임자긴 하지만…….

"우리 애들만으로 충분해."

당연히 모르도 지부에도 행동 부대는 존재했다. 도박장 딜러와 창부들 중에도 실력자가 숨어 있었다. 물론 지금 이 라운지에서 둘의 대화를 재미있게 구경하는 여성들과 잠깐 쉬러 온 경비원들 사이에도.

그리고 무엇을 숨기랴, 이 요염한 여성— 모르도 지부장이자 도박장과 창관의 주인인 마담 재클린 또한 싸움에 일가견이 있었다. 특히 바람 속성 마법을 다루는 솜씨는 달인이라고 할 만했다.

참고로 그녀는 옛날, 교회의 문란한 사제와 신관이 비밀리에 노예로 기르다가 어떤 남자에게 구출되었고, 그가 해방자에 들어가면서 당시 노예 동료와 함께 이곳으로 왔다.

그리고 그 남자란…….

"어이, 너희들. 뭘 귀 아프게 떠들어대?"

외눈에 외팔, 얼굴에 난 상처 세 줄이 특징인 하우저 알메이다. 전 앙그리프 지부의 지부장이었다.

"하우저~, 글쎄 내 말 좀 들어봐~."

마담에게서 슈슈가 무심코 기겁할 정도로 달콤한 목소리가 흘러나왔다.

하우저와 함께 온 남자 두 명— 슈슈와 같은 전 라이센 지부 행동 부대의 토니와 에이브도 쌍으로 기겁했다.

"슈슈, 또 사고쳤어?"

"제발 그만해. 요즘 너무 저기압이잖아."

"모르면 가만히 있어, 토니, 에이브! 내가 잘못했다는 전제부터 깔지 마!"

으르렁거리며 위협하는 슈슈에게 하우저가 한숨을 쉬었다.

"보나 마나 임무가 없으면 손님이나 받으라고 했겠지. 둘 다 의미 없는 짓 그만해."

딱히 슈슈는 마담과 창부들을 경멸하지 않았고 마담도 열등감이 있어서 이러는 것은 아니었다.

이 거점의 운영 방식도 『해방자』가 강요한 것이 아니라 다른 지원자보다 정보 수집에 편리하다며 마담 본인이 계획하고 실행한 것이었다.

한마디로 장난이었다. 정확하게는 슈슈가 귀여워서 마담이 놀리는 것이다.

그래서 마담은 웃으며 사과하고 선선히 물러났고, 슈슈도 그걸 알기 때문에 더더욱 치를 떨었다.

"슈슈, 그만 기분 풀어. 네가 공화국을 싫어하는 건 알지만, 애도 아니고 참을 줄도 알아야지."

"나도 안다고! 그러니까 시키는 일은 제대로 하잖아! 수해 놈들을 돕는 일까지!"

슈슈가 찌를 듯이 째려봤다. 토니와 에이브가 착잡한 표정으로 슈슈를 보았다.

과거 공화국 국민이었던 그녀는 교회에 납치되고 가족이 살해된 것도 모자라 조국을 치는 첨병으로 세뇌당했다. 슈슈는 조국이 구해주리라 믿었지만, 현실은 가혹했다.

수해의 규칙이었다. 2차 피해를 없애기 위해서 밖으로 끌려간 동포는 죽은 것으로 간주한다. 설령 돌아와도 어떤 조치를 받았는지 모르므로 받아주지 않는다. 내부로 폭탄을 끌어들일 수는 없는 노릇이니까.

머리로는 이해한다.

수인의 유일한 성역을 지키기 위해서 필요한 합리적인 규칙이라고.

그래도 구해줬으면 했다.

괴롭고 힘들고 슬펐다. 자기 의지와 관계없이 몸이 움직이고 마음이 갈가리 찢기는 기분이었다.

조국이 구해주리라는 믿음조차 없으면 견딜 수가 없었다.

그래서 마음이 납득하지 못했다. 존경하는 밀레디가 공화국을 구하려고 전쟁에 참가한 것도, 『해방자』가 손을 잡은 것도.

수해의 여왕이 밀레디와 같은 신대 마법 사용자란 사실을 알고 더더욱.

자신을 구해준 밀레디와 같다면 대체 왜 구해주지 않았는가.

왜 여왕은 자신을, 가족을 구해주지 않았단 말인가.

"시킨 일만 하면 안 되니까 하는 소리야."

낮게 깔린 목소리를 듣고 슈슈가 흠칫 떨었다. 답답한 감정에 사로잡혔던 머리가 한 대 얻어맞은 것처럼 확 깨어났다.

무섭게 생겼어도 친절함을 채 감추지 못하던 하우저의 분위기가 일변했다. 슈슈의 분노가 어린애 투정으로 보일 만큼 강한 눈빛은 같은 편마저 주눅 들게 했다.

"본부에서 왔다."

전령서를 들고 입꼬리를 끌어올렸다. 먹잇감을 앞에 둔 육식동물의 얼굴로.

"최종 계획 『변혁의 종』이 발동했다."

헉 소리를 낸 자는 누구인가.

"긴 웅크림은 끝났다. 각오를 다져라! 움직인다!"

도박장과 창관에는 어울리지 않는, 공기마저 겁먹고 떠는 듯한 패기가 울려 퍼졌다.

—샤르드 연합국, 맹주 샤르드 령의 수도 샨드라.

고운 적갈색 모래와 열풍이 휘몰아치는 【붉은 대사막】에서 가장 큰 오아시스를 보유한 도시.

"숨 쉴 여유 있으면 손을 움직이세요~."

차분하고 정중한 분위기로 무서운 소리를 하는 여성이 있었다.

—샨드라 지부 지부장 나디아 피스코트.

갈색 피부에 새하얗고 품이 낙낙한 옷. 얼굴 아래 절반을 아름다운 자수가 들어간 베일로 가렸으나, 그 미모는 차마 숨길 수 없었다. 나이를 짐작하기 어려운 외모에서는 야릇한 매력이 감돌았다.

"아이고, 원장 선생님. 또 출장 진료 가시나요?"

지나가던 남성 상인이 말한 대로 그녀는 의사였다.

제법 많은 직원이 있는 피스코트 의료원의 원장. 그 미모도 유명하지만 의외로 독설가인데 그게 오히려 좋다며 요상한 취향에 중독되는 환자가 많아 명물이 된 사람이기도 했다.

"그렇죠, 그렇죠. 꾸역꾸역 살아 보려는 인간이 많아서 너무 바쁘네요."

"하하, 솜씨 좋은 치유사는 어디서나 귀중한 인재죠. 보통은 높으신 분들이 주치의로 고용하지만……."

"그러면 가난한 사람은 다 죽어야 하니까요."

"그렇게 말하는 치유사는 선생님 정도뿐입니다. 항상 감사하고 있습니다."

"기부라면 언제든 환영해요. 제 웃음도 딸려온답니다."

나디아가 웃어 보이지만, 상인은 눈을 홱 돌려 버렸다. 이 원장은 부자에게는 돈을 쥐어짜는 사람으로도 유명했다.

"그나저나 이번에는 사람을 많이 데리고 가시는군요?"

노골적인 화제 전환이었지만, 솔직한 의문이기도 했다.

평소부터 나디아 원장은 출장 진료를 자주 갔다.

그것은 이 【붉은 대사막】에 흩어진 『해방자』 은신처에 갈 때 의심받지 않기 위함이기도 했다.

그러나 대부분은 소수로 움직였다. 경우에 따라서는 전속 계약한 모험가 그룹의 호위만 받고 혼자 갈 때도 있었다.

그런데 이번에는 대이동이었다. 절반에 가까운 직원이 여행 복장을 입고 바쁘게 이락(사막에서 말을 대신하는 동물)과 마차에 짐을 꾸리고 있었다.

솔직히 의료원 운영에 차질을 빚지 않을지 걱정되는 수준이었다.

"그렇죠, 그렇죠. 소중한 사람이 요청했거든요. 제 힘을 필요로 해요."

상인은 신기하게 생각했다.

지금 나디아의 웃음은 평소보다 훨씬 부드러워 보였기 때문이었다. 마치 사랑하는 사람이라도 생각하는 것처럼.

이건 혹시 남몰래 나디아를 노리던 근처 독신 귀족들에게 위험한 소식이 아닐까? 상인은 호기심을 담아서 물었다.

"혹시 원장 선생님이 『좋아하는 사람』인가요?"

"그렇죠. 그렇죠. 좋아하죠."

예상하지 못했던 긍정이었다. 상인이 파란을 예상하며 더 깊이 캐내려고 하지만……

"원장님! 각 마을에 연락했습니다!"

쓸데없이 큰 목소리가 끼어들었다. 삐죽삐죽한 고동색 머리를 가진 깡마른 사내였다.

"솔라스, 일처리가 느려요. 그러니까 머리가 고슴도치 같죠."

"그건 또 무슨 소리예요! 헛소리하지 말고 빨리 출발합시다!"

솔라스 벤지. 스물아홉 살인 나디아의 수제자였다.

"야, 이쪽도 다 실었어! 출발한다!"

"호령은 내 역할이에요. 바카라. 하여튼, 이 바보들은."

"댁은 그냥 욕하고 싶을 뿐이겠지, 악질 원장. 그리고 개그 센스 없으니까 하지 마."

바카라 바트. 피스코트 의료원 전속 호위 모험가 팀의 리더였다.

솔라스도 바카라도 입이 험했다. 신기하게 나디아 지부장과 지내다 보면 다들 자연스럽게 독설가가 되는 듯했다.

그러던 그때, 의료원 옥상에서 거의 열 마리에 달하는 새가 한꺼번에 날아갔다. 대륙에서 널리 사육되는 전서조 이소니얼 새였다.

"저건……."

솔라스와 바카라의 난입으로 특종에서 마음이 떠난 상인이 어리병병한 표정으로 하늘을 봤다.

"동료에게 연락하는 거예요."

"네? 다른 마을 치유사에게도요?"

설마 어디서 대규모 사고나 재해라도 터졌냐는 의도를 담아 물었으나, 나디아는 굳이 대답하지 않았다.

피스코트 의료원이 다른 영지 의사들과 연계해서 의료 네트워크를 구축했다는 사실은 잘 알려졌지만, 이번에는 목적이 달랐고 진실을 말할 수 있을 리 없었다.

왜냐면 동료는 동료라도 세계에 반기를 들 동료니까.

바로 다른 영지의 지부와 은신처로 보내는 연락이었다.

나디아는 속마음을 추호도 겉으로 드러내지 않고 자기 이락에 가볍게 올라탔다.

"괜찮아요. 무슨 일 있으면 부원장한테 말하세요."

"앗, 네. 그러도록 하죠. 그럼 조심해서 다녀오십시오, 원장 선생님."

"고마워요. 기부 답례는 돌아와서 할게요."

"네?!"

상인이 놀라는 소리는 무시하고 나디아는 출발 호령을 내렸다.

그리고…….

"잘 지내고 있을까, 우리 귀여운 밀레디는."

방금 상인이 바라던 대답을 조용히 입에 올렸다.

—적동 암석 지대의 은신처.

한때 【무법 도시 안디카】의 주민이었던 자들이 숨어 사는 그곳은 지금 조직의 은어로 『풍양향』이라고 불렸다.

대륙 북서쪽 끝자락, 바닷바람과 붉은 암석 정도밖에 없는 불모지지만, 메일의 힘으로 해저의 흙을 이용한 경작지가 풍작을 보장하기 때문이었다.

다만, 하늘에서 봐도 경작지는 보이지 않았다.

왜냐하면 이 땅에는…….

"으아아아아아아아아아!"

절규하는 근육과 프릴을 사랑하는 괴물—이 아니라 해방자의 『미스터 레이디』 스노벨이 있기 때문이었다.

그, 혹은 그녀의 고유 마법 『환상』은 넓은 범위를 위장하는 환영 마법이었다.

그래서 여느 도시였다면 누구나 펄쩍 뛰어오르고 경비대가 식겁해서 달려올 절규가 들려도, 핏줄 도드라진 근육이 부풀어 오르고 콧김이 제트 엔진처럼 푹 뿜어져 나와도 소란이 나지는 않았다. 오히려 돌아오는 반응은 익숙해지기는 했어도 여전히 짜증난다는 고함이었다.

"시끄러워! 사사건건 괴물 같은 포효 지르지 말라고 하잖아! 이 기괴 생물아!"

"무어라고오?! 누가 에히트도 내뺄 최종 생물 병기야! 사랑의 허그가 필요한가 보지!"

"그럼 죽잖아! 정신적으로!"

싸울 기세로 겁먹는 그자는 반삭한 금발 중년 남자— 전 안디카 외곽구의 경비 대장이자 풍양향의 경비 대장인 킵슨이었다.

"무슨 소리양? 몇 달 사이에 몇 번이나 뜨거운 포옹을 나눴으면서!"

"소름 끼치게 말하지 마!"

본래 무법 지대의 폭력배여서 보통 사람은 킵슨의 분위기에 주눅이 든다. 하지만 지금 주눅이 든 것은 킵슨 쪽이었다.

수행이 원인이었다. 안디카 출신 입단자 중에서 싸울 줄 아는 사람은 이 은신처로 온 뒤 힘을 키우고자 밤낮으로 힘든 수행에 매진했고, 그 교관이 대부분 스노벨이었다.

이해할 수 없는 기괴 생물은 이해할 수 없는 수준으로 강했다.

지금은 마을에서 싸울 줄 아는 사람 중에서 스노벨의 뜨거운 포옹을 받지 않은 사람이 없을 정도였다.

그리고 매일 밤 악몽에 시달리고 두 번 다시 허그당하지 않으려고 죽자 살자 수련했고, 그래도 역부족이라서 허그당하고……

그런 짓을 반복하는 사이에 전에는 『신전 기사 상대로 시간 끌기는 가능한 정도』로 평가되던 실력도 지금은 『신전 기사 두세 명 상대로도 이긴다. 방어와 회피 능력이 이상할 정도로 성장함. 방어적으로 나가면 백광 기사단 대장급과도 싸워 볼 만하다.』라는 수준까지 올랐다.

남자의 존엄을 지키기 위한 싸움이 큰 성과를 거뒀다고 볼 수 있었다.

그래도 스노벨 앞에서는 몸이 움츠러들지만.

평소라면 여기서 어물쩍(반강제라고도 한다) 스노벨의 훈련 (실체는 그녀 혹은 그의 취미)이 시작되지만…….

"아앗, 맞앙! 이러고 있을 때가 아니야! 큰일 났어!"

"그래. 네 존재 자체가 큰일이지."

"백 허그당하면서 듣고 싶냐? 엉?"

"……죄송합니다. 이대로 듣겠습니다."

미스터 레이디를 화나게 해서는 안 된다. 킵슨이 몇 달 사이에 배운 세상의 이치였다.

"다들 모여! 본부에서 연락 왔엉! 집~합~!"

굵직한 여자 말투가 쩌렁쩌렁 울리며 전파됐다.

킵슨이 폭발을 피하듯 몸을 던지고 귀를 막은 사이에 바위 속 은신처와 농지에서 사람들이 무슨 일이냐며 몰려들었다.

"스노벨, 대체 뭐야? 또 마을에 파견할 인원 보고는 아니겠지?"

"그게 아니양."

어조가 변했다. 스노벨의 표정은…… 뭐라고 표현해야 할까. 적어도 지금까지 본 어떤 얼굴과도 달랐다.

증오의 표출일까? 아니다. 환희의 분출? 그것도 아니라면 떠나간 이를 그리는 애수?

어쩌면 그 전부일지도 모른다.

"모든 행동 부대는 본부로."

"……뭐? 전부? 아니, 그럼 여기는 누가 경비해? 네 환상 결계가 있어도 만에 하나의 사태에 대비하라고 리더가—"

"그 리더가 내린 명령이야. 해방자 최종 계획을 발동한대."

"최종? ……잠깐만, 설마?"

스노벨이 웃었다.

참으로 비장하게.

너무나도 용맹하게.

"만에 하나의 사태는 이제 안 일어나. 그러기 위해서 신을 끌어내릴 때가 왔어."

공기마저 숨을 죽인 것 같은 침묵이 퍼졌다.

잠시 후, 의미가 머리로 침투한다. 이해가 미친다.

한때 이단자란 딱지가 붙어 대륙에서 쫓겨나고 외딴 섬의 무뢰한으로 전락한 자들.

그래도 자유라는 말에 취해 체념을 품고도 살아왔다.

하지만 그 태양 같은 소녀에게 매료되어 한 번 더 일어설 용기를 얻었다.

저항하기로 결의한 자들이 사납게 웃었다.

"행동 부대는 전원 본부로 집합! 내일 아침 출발이야! 자, 어서 준비해!"

그 순간, 단순한 무법자였던 그들은 모두 전귀(戰鬼)로 변했다.

—서쪽 바다의 연해.

드넓은 바다 한가운데 덩그러니 솟은 바위가 있었다. 높이 10미터, 지름 30미터인 송곳니 형태의 기암괴석이었다.

그 바위 꼭대기에 어디선가 날아든 새 한 마리가 앉았다. 전용 가방을 메고 다리에는 액세서리까지 단 멋쟁이……가 아니라 해방자의 전서조였다.

누가 봐도 「후우~, 멀리도 왔구만」이라고 말하듯 인간 같은 몸짓으로 날개를 퍼덕이고는 잠깐의 휴식에 들어갔다.

시원한 파도 소리와 바닷바람에 몸을 맡기고 몇 시간 뒤.

"아앗, 저기 있다! 찾았어요!"

꾸벅꾸벅 졸던 전서조는 웬 소녀의 찢어지는 고함에 소스라치며 놀랐다.

허둥지둥 날아오르자 어느샌가 큰 범선이 코앞까지 와 있었다.

전서조의 배달 장소— 메르지네 해적단의 배였다.

그리고 배 난간에서 손을 뻗고 폴짝폴짝 뛰는 아가씨는…….

"야, 디네. 너무 몸 내밀면 또 빠진다?"

메일의 이부형제, 디네였다. 그 옆에서 못 말린다며 웃는 자는 선장 대리 크리스였다. 그밖에도 백발 묘인족 캐티와 수염이 덥수룩한 네드, 마인족인 마니아까지 모여 다 같이 히죽거리며 디네를 보고 있었다.

"······?! 크리스 씨, 몇 번이나 말하지만 저는 빠진 적 없어요. 제가 뛰어들었을 뿐이에요. 저는 해인족이니까!"

"쾌속 항해 중이었는데?"

"해, 해인족이니까."

"큰 고래가 옆을 따라온다며 흥분하더니 마니아가 건져 올렸을 때는 반쯤 울고—"

"······언니한테 이를 거예요. 크리스 씨가 괴롭혔다고."

"······?!"

낮은 목소리는 크리스의 입을 막기에 충분했다. 처음에는 순수하고 착한 아이였건만······.

"역시 그 언니에 그 동생인가? 하는 짓이 악랄해."

캐티가 어이없는 표정으로 디네의 머리를 벅벅 문질렀다.

테드와 마니아는 장래가 걱정된다는 식으로 눈빛을 주고받았다.

"어쩌다 이렇게 됐담. 이걸 성장이라고 해도 되나? 재회했을 때 선장한테 혼나지 않으려나 몰라."

"그 시스콤 선장이? 디네가 뭘 하든 박수갈채할걸?"

디네가 헛기침으로 분위기를 환기했다.

"지금은 그보다도! 저기에 언니 편지부터 찾아야죠!"

상황 파악을 했는지 전서조가 배 난간에 앉았다.

사실 그 기암괴석은 언제나 바다를 떠도는 메르지네 해적단과 해방자가 연락하기 위한 표식이었다.

아무리 전서조의 행동 범위가 넓더라도 망망대해 어디에 있느지도 모를 메르지네 호를 찾기는 어려워서 정기적으로 이곳을 방문해 우편을 찾았다.

이번에는 타이밍이 좋았다.

디네가 전서조의 가방에서 전용 편지 봉투를 꺼냈다. 그것을 소중하게 가슴으로 끌어안은 뒤 가슴 설레는 표정으로 신중하게 열었다.

메일은 만인이 인정하는 시스콤이지만, 디네도 어지간했다. 언니를 그리는 그 표정을 모두 흐뭇한 눈길로 바라봤다.

하지만 그것도 잠깐이었다.

처음에는 기쁘고 사랑스럽게 읽던 디네의 표정이 차츰 변해 갔다. 경악, 다음은 진지한 표정으로.

그날, 안디카 하늘에서 백광 기사단과의 싸움에 몸을 던졌을 때와 같은 『무법 지대의 공주님』다운 위용이 살아났다.

"디네, 왜 그래? 메일한테 무슨 일이라도 있어?"

아무래도 걱정이 들었는지 캐티가 말을 걸었다.

디네가 조용히 고개를 들었다. 그 표정, 그 눈빛에 단원들은 자기도 모르게 압도되었다.

"한 번 더 무법자의 오기를 보여야 할 때가 왔나 보네요."

그러면서 디네는 편지를 크리스에게 내밀었다.

크리스도 낯빛을 바꾸고 편지를 소리 내어 읽었다. 단원들의 눈이 차츰 커지더니 대담하게, 무엇보다 환희로 표정이 일그러졌다.

"언니가, 우리의 선장이 패밀리를 불러요."

늠름한 분위기. 파도 소리를 튕겨 내는 힘차고 맑은 목소리가 가슴에 울렸다.

"닻을 올려요! 돛을 펼쳐요! 출항이에요! 우리의 선장님이 원하는 대로!"

"""""선장님이 원하는 대로!"""""

해적단이 일사불란하게 움직였다. 신속하게 출항 준비를 마치고 메르지네 호가 움직이기 시작한다.

마치 목적지를 『꿈꾸는 미래로』 정한 것처럼 힘차게 파도를 가르며.

선수에 서서 똑바로 앞을 보며 메일과 같은 에메랄드그린 색 머리를 나부끼는 디네는 그야말로 작은 선장님이었다.

그러니까 누굴 탓할 수 있으랴.

"저…… 일단 선장 대리는 난데……."

크리스가 살짝 서운한 소리를 중얼거린 뒤에야 다들 아, 하며 제정신으로 돌아왔다 하더라도.

디네가 아차 싶은 얼굴로 부들부들 떨었다. 자세히 보니 식은땀도 흘렀다.

"크, 크리스 씨, 죄송해요……."

"됐어…… 신경 쓰지 마. 다들 내가 말할 때보다 척척 잘 움직이네…… 하하."

"우으~"

굉장히 어색하다. 측은하다. 그래서 다들 짠 것처럼 못 들은 척하기로 했다. 묵묵히 일하면서 절대로 크리스 쪽을 보지 않고.

타륜을 잡은 선장 대리의 눈시울이 반짝였지만…… 아마 바닷물이 튀었겠지.

그렇게 생각하기로 하고 캐티는 선장 대리의 애수에 잠긴 등과 쭈뼛거리는 실질적 선장에게 기운을 불어넣으려고 등을 짝 때렸다.

―엔트리스 상업 연합 도시 에스페라도 지부.

열차가 습격받는 전대미문의 사건으로 아직 충격에서 헤어나지 못한 【에스페라도】.

지부장 리건은 『르쉐나』 옥상에 서서 어수선한 도시로 눈을 찌푸렸다.

"아버지."

자신을 부르는 소리. 돌아보지 않아도 안다.

"셜리."

사랑하는 딸이다. 또각또각 규칙적인 소리를 내며 그녀가 옆으로 왔다.

"뭘 그렇게 봐?"

일류 호텔에서 오래 일하며 공손한 말투가 배어 버렸지만, 아버지 리건과 단둘만 있을 때는 옛날 말버릇이 나오곤 했다.

"……그냥."

"그냥?"

"그래. 그냥 옛날 생각을 했을 뿐이야."

"……어머니?"

침묵으로 긍정했다. 입을 일자로 다문 아버지 옆에서 잠시 기다리지만 아무 말도 돌아오지 않았다. 셜리는 작게 탄식하고 대신에 보고 사항을 전달했다.

"엔트리스 각 도시 지부에서 전서조가 돌아왔어요. 열차 검문이 강화돼서 지부들이 함께 말로 이동한대요."

"왕국에서는?"

"아직 회답이 없어요. 하지만 지금 전서조들이라면 오늘 안으로 돌아오겠죠."

본부에서 오는 통지는 【엔트리스】를 넘어 서쪽으로 갈 경우 보통 에스페라도 지부를 한 번 경유한다. 거리가 너무 멀어서 전서조를 교대하는 편이 좋기 때문이다.

또한 전체 통지의 경우 본부는 『각국 주요 도시에 거점을 둔 지부』에만 전서조를 보낸다. 거기서 마을 단위의 작은 지부나 은신처로, 이어서 지원자 개인에게 분산 배달되는 방식이다. 물론 긴급 사안은 직접 배달되지만.

이번에도 기본 방식을 따라가나, 딱 하나 다른 점이 있었다. 본부에서 오는 전서조가 엄청나게 강화됐다는 점이었다.

팀과 전서조 쌍방에 승화 마법을 걸고 고유 마법 『조수 애호』로 강화한 뒤 승화 마법과 재생 마법을 넣은 아티팩트 커프스까지 장비했다.

비행 속도나 항속 거리도 기존과는 비교가 되지 않았다.

만약을 위해서 에스페라도 지부에서 고영양식 사료를 먹고 회복 마법까지 건 덕분에 본부에서 에스페라도 지부까지 이동해도 피로는 없다시피 했다. 왕국까지 왕복해도 2, 3일이면 충분했다.

"레오나르도 쪽은?"

"그쪽도 연락이 됐어요. 라우스 씨가 깨어날 때까지는 공국 남부에 잠복한다고 해요. 징크스 씨와 아르셀 씨가 아쉬워한대요. 고대하던 이 날에 지부장을 만날 수 없다면서."

"……집결 명령은 행동 부대에만 발령됐어."

"알아요. 저도 본부에 가고 싶지만 참는 거예요. 그래도 지부장님은 최고참 중 한 명이니까 역시 직접 격려를 받고 싶었겠죠."

『해방자』설립 당시부터 계획되었지만, 세계를 변혁하기 위해 조직의 명운을 건 결전에만 발령되는 최고위 작전.

―최종 계획 변혁의 종.

각 지부와 은신처에 분산된 행동 부대를 전원 본부로 집결하는 명령.

모든 해방자가 학수고대하던『그 때』가 온 것이다.

당연히 싸울 힘이 없는『지원자』는 대기해야 했다.

할 수 있는 일은 다 했다. 이제는 하늘에 맡기는 수밖에. 고락을 함께한 동료들이 죽음의 전장으로 떠나는 모습을 지켜보고 숙원이 이루어지기를 기도할 수밖에 없었다.

알고는 있었지만, 막상 이때가 오자 함께 싸울 수 없다는 점이 이렇게 괴롭고 답답할 수 없었다.

입술을 꽉 깨무는 딸을 힐끗 보고 리건이 혼잣말처럼 중얼거렸다.

"세상이 변해도 인생은 계속된다."

"……응."

아버지로서 한 말이기 때문일까. 셜리도 딸의 말투로 답했다.

"분명히 무기를 내려놓고 평화롭게 살길 바라는 사람도 있겠지."

"그러게."

"지원자의 일은 계속될 거다. 변혁을 위해 인생을 바친 그들의 미래를 받쳐주기 위해서라도."

거기서 말을 한번 끊은 리건은 망설이며 뒷말을 꺼냈다.

"……너도 네가 원하는 길을 고르렴."

"……무슨 뜻이야?"

눈을 살짝 찌푸린 셜리에게 리건은 눈을 맞췄다.

"너는 태어날 때부터 혁명가의 딸이었어."

리건은 처음부터 혁명가였다. 『해방자』에 들어오기 훨씬 전부터 이 세계에 반항하는 이단자로서 젊을 때부터 무모한 짓을 해 왔다.

운 좋게 살아남아서 아내— 홀리와 만나고 셜리가 태어났다.

필연적으로 셜리의 인생은 태어났을 때부터 파란만장했다.

보통 여자애가 보내는 생활과는 거리가 멀었다.

"이 가시밭길이 너에게서 평범한 인생을 앗아갔어. 어머니조차, 눈앞에서."

그래도 물러설 수 없었던 리건은, 딸과 인연을 끊고 멀리 떨어뜨려 놓지 못한 타고난 혁명가는 틀림없이 아버지로서는 실격이었다.

"미안했―."

"흡!"

"끄헉?!"

비명 같은 소리가 리건의 입에서 새어 나왔다. 몸이 기역 자로 꺾였다. 딸의 허리 회전이 아름다운 보디블로가 작렬한 탓에.

"나는 해방자야."

자유로운 의사에 기하여 이곳에 있다. 언어가 아닌 말은 주먹보다 강하게 리건에게 꽂혔다.

"뭐야, 정말! 기다리던 날이 왔는데 왜 감상에 젖어 있어! 상태가 이상해서 걱정했더니 그런 생각이나 하고 있었어? 아~, 시간만 낭비했잖아!"

"셜리……."

눈썹을 내리뜨고 자신을 쳐다보는 아버지를 일으켜 세우며 셜리는 씩 얼굴을 폈다. 모든 번뇌를 날려 버리는 무척 멋진 웃음이었다.

"어머니도 나도 후회 안 해. 가시밭길? 덤비라고 해!"

"그래…… 그럼 됐다."

나이를 먹었군……. 리건은 그렇게 생각하며 자조했다.

아버지와 딸은 서로 몸을 붙이고 하늘을 올려다봤다. 그 앞에 있는 미래를 바라보는 것처럼.

—베르카 왕국 왕도 베르니카.

【녹색 대갱도】가 있는 기술자의 성지에는 당연히 그들을 지원하는 각종 하청업자가 많았다.

채굴업자도 그중 하나였다. 그들은 대갱도에서 온갖 원석을 채집해서 불순물을 제거해 팔았다.

—마크라이드 채굴점.

약 5년 전 뒷골목에 신장개업했는데도 언제나 다양한 종류의 고품질 광석을 갖추는 것으로 평판이 좋은 가게였다. 큰 가게는 대개 전속 거래를 맺고 있어서 예외로 치지만, 중소규모 가게 중에서는 제법 공고한 신뢰를 모으는 중견 업체였다.

그런 신참 가게에서는 오늘도 가게 주인의 혼잣말이 들려왔다.

"아~, 역시 멋진 남자였어. 결혼하고 싶다~."

고불고불한 남색 보브 헤어. 깊이 파인 눈과 왠지 항상 삐딱하게 올라간 입꼬리.

『돈 많은 연하 미남이랑 결혼하고 싶다』가 말버릇인 그녀의 이름은 이비 마크라이드. 이곳 베르니카 **지부**의 지부장이었다.

"꿈 깨고 얼른 준비나 혀."

혀를 끌끌 차면서도 빠르게 편지를 쓰는 사람은 허리가 굽은 대머리 노인으로 언뜻 보기에도 비실비실 힘이 없어 보였다.

오디오 스트라프.

넘어지기만 해도 전신 골절을 입을 듯한 외모지만, 사실 이 지부 최강의 전투원이었다. 전기 마법으로는 견줄 자가 없다고 할 정도로 그의 실력은 특출했다.

"꿈이라고 하지 마~! 가능성 있을지도 모른다고!"

"에효, 집결 명령이 떨어졌잖아? 마침내 최종 계획이 발동됐어. 왕국 내 다른 지부와 은신처에도 빨리 전달해야 할 마당에 요 녀석은……."

"나도 내년이면 30대라고~. 기회를 놓칠 순 없어! 이번에 『그 남자』를 가로챌 수만 있으면, 으히히."

"거울 보고 속 차려."

"아까부터 너무한 거 아니야~? 어르신은 언제부터 그렇게 쌀쌀해진—."

"……해방자를 창설한 지도 어언 15년. 그래도 내게는 50년이야. 숙원 성취의 순간이 목전까지 다가왔어. 제발 정신 좀 차려."

오디오도 해방자 창설 멤버 중 한 명이었다.

하지만 의분을 품고 교회에 반항한 지는 훨씬 오래됐다. 리건과 같은 케이스였다.

그리고 이비 또한 마찬가지. 이런 불성실한 태도라도 속마음은 불타고 있었다.

리더가, 귀엽고 밉살스럽지만 눈을 뗄 수 없는 그 아이가 보내는 『세계를 바꾸자!』라는 소식에 흥분이 가라앉지 않았다.

마치 가족을 빼앗긴 날부터 마음 한쪽을 태우던 분노의 불길에 기름을 부은 것처럼.

"나도 알아~. 후딱 준비하고 냉큼 본부로 출발하자."

"그래. 그사이에 꼬마애도 돌아오겠지. 아버지와 동료들을 보호해준 답례로 아티팩트로 보내준다는구먼. 우리가, 하물며 신대 마법 사용자님을 기다리게 할 순 없지."

"그래? 오랜만에 귀성하니까 천천히 돌아보지 않을까? 그럼 우리가 마중 나가는 편이……."

"그리고 친한 척 어필하려고? 꿈 깨. 상대도 안 해줄 게야."

"말이 너무 심하지 않아?!"

할아버지와 손녀 같은 대화를 듣는 다른 지부원들은 또 시작이네, 하며 어이없어했다.

하지만 어찌 보면 적당한 느슨함이었다.

이 주체하기 힘든 흥분과 긴장으로 팽팽해진 분위기 속에서는.

수장 두 명의 소란을 배경음 삼아서 유능한 지부원들은 평소 이상으로 분발하여 왕국 전체에 흩어진 행동 부대가 조금이라도 일찍 본부로 가도록, 그리고 교회에 들키지 않도록 다양한 조치를 강구해 나갔다.

직공들의 소음이 울리는 거대한 공방.

한때 『오르크스 공방』 간판을 걸었던 그곳은 지금 『빌랜드 공방』이란 이름을 쓰고 있었다.

기술 대국에서 『3대 공방』이라고 불리는 최고의 명예를 쟁취했던 오르크스 공방은 이제 없었다.

하지만 그곳에서 일하는 사람들과 활기는 이름이 바뀌기 전과 거의 변함이 없었다.

물론 편수도.

"흥, 제법 안정됐군."

전사 같은 근육질의 거한— 커그는 공방을 쭉 둘러보고는 흡족하게 고개를 끄덕였다.

서민들이 가장 친숙하게 생각하던 공방답게 갑작스러운 상호 변경으로 한바탕 소란을 빚기도 했다. 놀라움과 걱정의 목소리가 쇄도한 것은 두말할 것도 없고, 거래처에서도 살짝 경계심을 품으며 끈질기게 내부 사정을 캐내려고 했다.

'바뀌긴 왜 바뀌어, 국왕 폐하의 칙명 때문이지. 아무리 털어도 먼지가 안 나오니까 슬슬 떨어져 나갈 때도 됐어.'

커그는 속으로 주절거렸다. 그 속마음대로 상호 변경은 나라가 내린 명령이었다. 이유는 하나였다.

—오르크스.

이 이름이 더 이상 명예롭지 못하기 때문에.

적어도 교회에게는.

커그는 떠올렸다. 아들처럼 생각하던 청년이 떠나간 날을.

그리고 반년 전에 찾아온 교회의 이단 심문관들을.

자세한 이야기는 해주지 않았지만, 『오르크스』를 자처하는 연성사 청년이 서쪽 바다에서 큰 소동을 일으켰다는 것이었다.

"참 신나게 살고 있나 보구만. 좋은 일이지."

큭큭 웃으며 돌아서서 사무소가 있는 위층으로 향했다.

귀찮은 서류 작업이나 해 볼까, 하며 문을 열자⋯⋯.

"아저씨, 오랜만이야."

"응?!"

그 청년이 소파에 앉아 있었다. 비명을 지르지 않은 자신이 용했다.

"오, 오스카아아아! 너 인마!"

"일단 방음은 했지만, 너무 시끄러우면 곤란하니까 목소리 좀 낮춰줘."

숨어들어 놓고 뻔뻔스레 히죽거리는 오스카를 보고 커그는 잠시 산소를 바라는 물고기처럼 입을 뻐끔거렸다.

그렇게 한숨 돌린 후.

"야아, 잠깐 안 본 사이에 이거 아주 뻔뻔해졌구만?"

"그야 나는 새와 교회마저 떨어뜨리는 해방자, 오스카 오르크스니까."

잠깐 말없이 마주 보던 둘은 더는 참을 수 없었는지 품 하고 웃음을 터뜨렸다.

그리고…….

"잘 왔다. 아들놈아."

"응. 다녀왔어, 아버지."

서로 쑥스럽게 그렇게 불렀다.

커그가 소파에 털썩 앉았다. 그러자 오스카의 반지가 빛나고 김이 피어나는 컵이 나타났다.

"좋은 여행을 했나 보구만."

상상을 초월하는 아티팩트를 일상품처럼 쓰는 모습을 보고 커그는 씩 웃었다.

"응. 내키는 대로 살고 있어."

"좋아하는 여자를 위해서?"

"큽, 콜록! 그렇게 놀리지 마. 밀레디랑 나는 그런 관계가 아니야."

"아무도 밀레디 아가씨라고는 안 했는데?"

안경을 올리는 손과 이마에는 핏줄이 불끈거렸다. 요즘 사람들이 입만 열면 놀려대서 슬슬 폭발할 것 같았다.

사람을 놀라게 한 복수라며 커그는 만족스럽게 컵에 든 홍차를 마셨다.

"간판, 내렸더라? 예상은 했어."

오스카가 고개를 살짝 숙이며 말을 툭 뱉었다.

"그랬지. 황송하게도 우리 가문 이름이 새 왕국의 얼굴이야."

"나는 오르크스보다 훨씬 좋아."

그렇게 말하면서도 오스카의 목소리에는 미안함이 묻어났다. 커그의 눈이 가늘어졌다.

"모르는 소리 하지 마. 예나 지금이나 **우리는 『오르크스』의** 직공이니까."

이름은 변했어도, 누구를 인정하고 누구를 편수로 떠받들었는지는 변하지 않았다.

—네가 우리의 편수다.

오스카는 금방 울상이 됐다.

"이단 심문, 왔었지? 서쪽 바다에서 백광 기사단한테 이름을 밝혔거든."

"왔었지."

"그 상처도, 심문받을 때 생겼고?"

"그래."

오스카의 침통한 시선은 커그의 얼굴에 생긴 크게 파인 상처와 한쪽 눈을 가린 안대에 가 있었다.

이단자가 『오르크스』를 자처했는데 오르크스 공방 사람들이 의심받지 않을 이유가 없었다. 당연히 가혹한 방법으로 해방자와의 연관성도 추궁했을 것이다.

"멍청아, 걱정하지 마."

"어떻게 안 해!"

"하지 말라면 하지 마!"

몸을 불쑥 내민 커그가 오스카의 머리를 쥐어박았다.

"다 각오하고 『오르크스』를 물려준 거야. 말했지! 『공방 모든 직공의 생각』이라고! 너도 그걸 알고 이름을 이어받았잖아! 짊어지기로 했잖아! 이제 와서 이까짓 일로 흔들리지 마!"

커그와 오스카의 시선이 교차했다.

"……해방자가 많이 도와줬어."

침묵을 깨고 자리에 고쳐 앉은 커그가 천천히 말을 꺼냈다.

"우리를 보호해 달라고 부탁한 거, 너지?"

사실 오르크스 공방 직공들은 한 번 해방자에게 권유를 받았다.

오스카에게 오르크스의 이름을 물려준 이상은 언젠가 이단 심문관이 온다.

그러지 않더라도 『신병 창조 계획』의 부적응아들을 일시적으로 보호하기도 했다. 한 사교가 독단으로 비밀리에 진행한 계획이라고는 하나, 어떤 비밀공작에 말려들 가능성도 있었다.

그래도 그들은 만장일치로 권유를 거부했다.

직공이라면 솜씨를 최대한 발휘해 물건을 세상에 내놓는 행위는 호흡과 같았다. 어떤 사정이 있든 그만둘 수 있을 리 없었다.

그것은 긍지이자 신조며 삶 그 자체였다.

게다가 도망치고 숨어 봤자 의미가 없다.

물건을 볼 줄 아는 사람은 반드시 알아본다. 이건 오르크스 공방제라고.

당연하다. 명예로운 오르크스 공방의 직공이란 그런 이들이니까.

그렇기에 도망치면 오히려 숙청 대상이 될 뿐이다.

그렇게 말하면 자유 의지를 존중하는 『해방자』는 납득할 수밖에 없었다. 그리고 그 의지를 지켜주려고 했다.

"그때 네가 풀어줘서 나한테 맡긴 애들도 포함해서 위험할 때 지켜준다더라. 가끔 너희 가족 소식도 알려줘."

권유를 거절한 후로 해방자를 자칭하는 자가 모습을 드러낸 적은 한 번도 없었다.

그러나 가끔 서재에 직접 편지가 놓여 있을 때가 있었다.

"성실하기도 하지. 세계와 싸우는 비밀 조직 주제에 아주 엄마처럼 챙겨주는군."

이단 신문관이 왔을 때도 그랬다. 한발 앞서 그들의 동향을 편지로 전해주고 도망가겠다면 협력하겠다고 제안했다.

그리고 만약 도망가지 않겠다면 『해방자』에 관해 실토해도 된다고까지.

"그야 내가 아는 정보는 너랑 밀레디 아가씨, 그리고 권유하러 온 젊은 형씨뿐이니까. 애초에 아는 게 거의 없어."

커그는 그의 얼굴을 떠올렸다. 「각지를 돌아다니는 일이 잦고 왕도에 머물던 것도 우연. 바로 출발할 테니까 신경 쓰지 말라」라고 웃으며 말하던 해방자. 헌팅캡에 숄더백이 어울리는 청년— 그는 자신을 팀 로켓이라고 소개했다.

"그것만으로도 왕도에 거점이 있다는 건 어린애라도 눈치 채. 선량한 건 좋지만, 그건 좀 지나치지 않아?"

"……선량해서가 아니야. 그게 그 사람이, 아니, 그들이 믿는 길이라서 그래."

다행이라고 해야 할까? 그 신조 덕분에 오르크스 공방의 직공은 한 사람도 빠지지 않았다.

커그는 솔직하게 이야기했다.

『해방자』라는 조직이 권유고 거절했다.

오스카에게 『오르크스』의 이름을 물려줬다. 그건 이단자의 사상과 신조에 찬동해서가 아니라 그가 이 공방 최고의 직공이기 때문이며 그 외의 이유는 일절 없었다.

오스카는 여행을 떠났다. 언젠가 돌아오리라 믿는다.

그리고 이단자라도 그 솜씨를 믿고 넘긴 이름을 다시 가져

올 수는 없다. 말 그대로 죽어도 그러지 못하겠다.

『직공이 믿는 길』을 양보할 수 없다는 건 명예로운 다른 직공들도 다 똑같다.

할 수 있는 이야기는 전부 했다. 켕기는 구석은 하나도 없다! 죽이려면 죽여라! 그렇게 말하듯 당당한 태도는 결국 교회까지 납득시켰다.

"우리를 풀어주고 해방자와 접촉하는지 감시할 가능성도 농후하지만."

"확증도 없이 처단하기에는 아까운 인재들일 거야. 교회 최강 병력에 맞설 세력이 나타난 지금, 질 좋은 무구와 그걸 만들 직공은 아무리 많아도 부족해. 실제로 얼마 전에도 연방까지 끌어들여서 전쟁을 한 참이고."

"우리 신념의 승리군."

픽 웃은 커그는 빈 잔을 내려놓았다.

"일생일대의 대과업에 사나이가 모든 걸 걸겠다는데."

그러고는 털털하게 씩 웃으며 말했다.

"발목을 잡으면 얼마나 수치스러울지, 알지?"

꿰뚫어 보는 것 같았다. 아니, 실제로 꿰뚫어 보았으리라.

이렇게 위험을 감수하면서 직접 만나러 온 이유를.

결전을 앞두고 얼굴을 보러왔지만, 그것만은 아니었다.

베르니카 지부에서도 행동 부대가 떠난다.

그렇다면 혹시 모를 사태에 대비해 완고한 아버지와 동료들을 안전한 곳에 숨기고 싶다. 설득할 사람은 자기밖에 없다.

그렇게 생각해서 왔다는 것을.

그런데 웃어 버렸다. 무슨 일이 있어도 걱정하지 말고 네 일을 완수하라고.

왜냐면 우리는 오르크스 공방의 직공이고, 자신들이 인정한 건……

"알겠지? ―오르크스."

역대 최고의 편수니까.

오스카는 잠시 흘러넘칠 것 같은 거대한 감정을 삼키려는 듯 천장으로 고개를 들었다.

그리고 안경을 올려 썼다.

천천히 일어난 오스카가 옷에서 검은 수정 열쇠를 꺼내서 기동하자 방 안에 빛나는 게이트가 출현했다.

그래도 커그는 그쪽에 눈길조차 주지 않았다. 그저 똑바로 가족을 아끼는 아들만을 바라봤다.

"표정이 좋아졌어. 어엿한 남자의 얼굴이야."

"당연하지. 최고의 견본이 눈앞에 있으니까."

그러면서 오스카는 게이트 앞으로 걸어갔다.

들어가기 직전 멈춰 서지만, 돌아보지는 않았다.

"그럼 세상 좀 바꾸고 올게. 아버지."

"그래. 조심해서 다녀와라."

이별은 무척 담백했다.

별안간 게이트가 사라지고 방 안에 정적이 돌아왔다.

소파에 몸을 깊이 파묻고 커그도 천장을 올려다봤다.

"흥. 분에 넘치는 아들이구만."

입 밖으로 낸 말은 기쁨과 자랑스러움으로 떨리는 기분이었다.

—이그돌 마왕국 마왕성.

마을이 내려다보이는 성벽에 뻑뻑 곰방대를 빠는 노인이 있었다.

험난했던 인생을 보여주듯 주름이 많은 얼굴에 백발 섞인 붉은 단발. 관자놀이부터 볼로 이어지는 흉터가 눈에 띄는 마왕국 삼장군 중 하나— 엘가 인스트.

그가 앉은 자리는 약 반년 전 처절한 전투가 있었던 곳이었다. 믿어지지 않을 만큼 거대한 검이 가른 성벽은 아직도 수리가 끝나지 않았다. 그는 그런 성벽의 잔해 위에 앉아 있었다.

"……간담이 서늘하군그래."

혼자서 주절거리고 연기 고리를 푸우 띄웠다.

나중에 들은 이야기였다. 말 그대로 어디선가 솟아난 라이센과 그녀의 동료가 알현실을 날려 버리고 의식을 잃은 뒤에 벌어진 일이다.

마왕 폐하가 도시로 대군용 섬멸 마법을 썼다고 한다.

심지어 인지를 넘어선 파괴를 초래했다고도.

사랑으로 감싸야 할 조국의 상징에.

지켜야 마땅한 백성의 터전에.

"흐음……."

어전 회의를 떠올리면 아직도 침음이 절로 흘러나왔다.

엘가가 응급실에서 깨어난 것은 불과 몇 시간 뒤였다.

그사이에 마왕 라수르는 자기 소임을 다하고 있었다.

혼란을 잠재우기 위해서 마도에 병사를 파견해 마왕이 무사하며 내일 아침 직접 백성 앞에서 연설한다는 소식을 전파.

성안의 혼란도 수습하고 부대를 재편해 부상자 회수와 치료, 그리고 경비 체제를 재정비.

동시에 제후를 소집해서 임시 회의를 개최.

마인족 본거지가 하마터면 파괴될 뻔한 사태가 있었고 본인도 만신창이였음에도 불과 수 시간 만에 그만한 일을 해냈다. 참으로 경탄스러운 판단력과 통솔력이었다.

지금까지 본 광인 같던 그와는 아예 다른 사람 같았다.

결과적으로 엘가가 품은 의문은 틀리지 않았다.

어수선한 어전 회의에서 라수르는 숨김없이 털어놓았다.

바로 『진실』을.

―마왕은 마왕이 아니었다.

대관식 날부터 라수르는 라수르가 아니었다. 심신을 빼앗은 자는 믿기 어렵지만 성광 교회가 숭배하는 에히트 신의 권속이었다.

인간과 마인이 아득히 먼 과거부터 이어온 전쟁은 그저 에히트의 무료함을 달래기 위한 유희에 지나지 않았다.

그리고 밀레디 라이센과 그 동료―『해방자』가 자신을 에히트의 권속에게서 자신을 해방해준 은인이었다.

그 사실을 들은 회의장은 당연히 난리가 났다.

마왕은 살아 있는 신. 모든 마인족이 숭배하는 최고위 존재. 그자가 하필이면 숙적의 하수인이었다니.

당연히 믿을 수 없었다. 마왕 폐하의 말이라도 어찌 의심하지 않겠는가. 혹시 라이센 일당에게 무슨 짓을 당한 게 아닌가. 정말로 안 좋은 무언가에 씐 게 아닌가. 하지만……

『조국에, 동포에게, 사랑하는 백성에게 멸망의 빛을 쏜 자는 누구인가?』

외면하지 마라. 현실을 보라.

누가 이 땅을 파괴하려고 했는가? 그걸 지킨 건 누구인가?

그 잊지 못할 광경을 봤던 그대로 말해 보아라.

그렇게 말하면 반론할 말조차 찾기 어려웠다.

"—나는 마인족이 좋아, 라고 했나. 동포라도 창피해서 못할 말을 설마 라이센의 공주님이, 크흐흐."

기절한 게 정말로 아쉬웠다. 부하가 모은 정보 중 가장 놀라운 것이 많은 백성이 들은 그 말일지도 모른다.

"헌데 폐하의 말씀이 그 고집불통들에게 얼마나 통할꼬."

다시 한 번 연기를 뱉었다.

노장군은 마루에서 차를 마시는 평범한 노인처럼 한가로이 중얼거렸다. 『역전의 용사』다운 패기는 없었다. 힘없이 처진 어깨를 직속 부하들이 봤다면 평소와는 너무 다른 그 모습에 건강을 걱정했으리라.

그 분위기를 느껴서는 아니겠지만, 성벽 아래쪽에서 굳이 날아서 올라오는 손님이 있었다.

"엘가 장군."

"레스티나 장군."

삼장군의 홍일점 레스티나 아시온이 가느다란 눈을 더 날카롭게 뜨며 옆에 섰다. 느슨하게 땋은 붉은 머리가 바람에 흔들렸다.

"이런 곳에서 뭐 하나?"

팽팽하게 당긴 실 같은 목소리였다. 엘가의 연륜쯤 되면 젊은 장군의 속내 정도는 훤히 들여다보였다.

"조국을 보고 있었지. 역시 아름답구먼. 아무리 봐도 질리지가 않아. 그리 생각하지 않나?"

"……동감이다. 하지만 태만은 간과할 수 없군. 폐하 곁에 있어야 할 때 아닌가?"

할아버지와 손녀로 보일 나이 차에 더불어 엘가는 선대 마왕 시대부터 장군으로 있던 위대한 대선배인데도 레스티나는 말투에 거리낌이 없었다.

원칙적으로 삼장군은 대등하기 때문에 레스티나가 장군이 됐을 때 엘가 본인이 허락했기 때문이지만, 지금은 그런 이유와는 별개로 묘하게 가시 돋친 경계심이 느껴졌다.

그 이유 또한 엘가는 알고 있었다.

엘가는 도시를 사랑스럽게 바라보며 독백이라도 하듯 말을 흘렸다.

"인간족과 공존하는 미래를 모색한다."

"……"

"당장 찬동하라고는 안 하마. 하지만 한 번 생각해줬으면 좋겠군. 우리가 싸워야 할 진짜 적이 누구인지. 마인족의 번영과 찬란한 미래에 필요한 게 무엇인지."

어전 회의에서 라수르가 꺼낸 말이었다.

마왕의 새로운, 아니, 사실 대관하기 전에 품었던 마음. 미래 구상.

"하하, 제후들은 아직 난리법석이더군. 파벌 전쟁, 어쩌면 내분에 빠질지도 몰라. 군부는 긴장을 놓을 수 없어서 피곤해."

그러니까 이렇게 쉬어주지 않으면 못 버틴다며 웃었다. 레스티나가 그를 째려봤다.

"웃을 일이 아니다! 최근엔 백성들까지 분열하기 시작했어!"

진실과 마왕의 말이 낳은 논쟁. 그로 인해 태어난 파벌.

─인간족과 손을 잡는 미래, 적어도 공존을 목표로 하는 『마왕파』.

그것은 라수르에게 찬동하며 평화를 바라는 이들의 파벌.

─마인 우월주의의 기치를 유지하고 변함없이 인간 격멸을 주장하는 『정통파』.

해묵은 원한을 풀기는커녕 인간족이 우리와 대등하다고 주장하다니, 가당치도 않다. 마왕국의 역사를 짓밟는 라수르를 절대로 따를 수 없다는 파벌.

─충성심과 애국심을 갖고 상황을 관망하는 『중립파』.

마왕이 『절대적 존재』가 아니라면 그 말을 얼마나 믿어야 하는가. 오히려 지금 조종당하는 게 아니라고 어떻게 단언하는가.

지금 마왕에게 목숨을 바칠 가치가 없다. 충성을 바치기에 합당한 존재임을 증명해 달라.

……툭 까놓고 말하면 아직 당혹감 속에서 헤매는 파벌.

현재는 중립파가 가장 많고 다음으로 정통파. 마왕파는 소수였다.

이런 경향은 국민도 마찬가지였다. 라수르는 많은 이의 제지를 뿌리치고 국민에게도 진실을 발표했다. 그 결과, 마왕국은 아직 거대한 혼돈의 소용돌이 속에 있었다.

진실은 때로 극약이었다.

"어처구니없게도 앙골 장군은 중립, 심지어 재상은 불경하게도 정통파! 나와 장군이 마왕파를 표명한 덕에 아직 공공연한 문제는 일어나지 않지만—."

"흠, 내가 폐하 곁을 지키지 않아서 불안했나 보군. 미안하구먼."

"누, 누가 불안하다고!"

분노와는 다른 이유로 볼을 붉히는 레스티나가 더욱 매섭게 엘가를 노려봤다.

말은 하지 않아도 그 태도가 그녀의 속내를 고스란히 폭로했다.

그러나 그럴 만도 했다. 지금 라수르의 입장은 몹시 불안정했다.

레스티나와 동등한 지위라도 엘가의 발언력은 때로 재상을 능가한다. 제후도 젊은 레스티나 장군을 얕보는 경우는 있어도 엘가에게만은 경의를 표했다.

그런 엘가가 마왕파이기 때문에 아직 정통파도 폭발하지 않은 것이다.

"걱정할 필요 없어. 앞으로 무슨 일이 있어도 이 노물은 폐하와 함께할 테니."

"확실한가? 믿어도…… 되겠습니까? 장군님."

한때, 아직 엘가의 부하였을 때의 정중한 말투로 돌아온 레스티나에게 엘가는 웃으며 고개를 끄덕였다.

"나는 내가 한심하구나."

"한심? ……아뇨, 무슨 말인지 알겠습니다."

레스티나가 깊이 고개를 끄덕였다. 공감했기에.

그녀는 라수르가 마왕이기 때문에 충성하는 것이 아니었다. 대관하기 전, 아직 전하라고 불리던 때부터 그녀의 충심은 라수르에게 있었다.

젊은 라수르의 고결함과 총명함에, 그리고 조국의 미래를 진심으로 생각하는 애국심에 레스티나는 감명받고 충성심을 키웠다.

정통파에 가까운 본래 사상과 신조는 라수르에 대한 충성심으로 깨져 버렸다.

레스티나란 그런 인물이었다.

그래서 용서할 수 없었다. 라수르의 이변을 눈치채지 못한 자신을.

대관식 이후로 사람이 변했다는 것은 알았다.

하지만 그것이 왕의 책무이기에 필요에 의해서 변했다고만 생각했다.

설마 아예 다른 사람이 들어가 있다고는 생각도 하지 못했다.

엘가의 자책은 라수르 개인에게 바치는 충성보다도 장군 중 최고 연장자로서 느끼는 책임감 때문이었지만.

그러나 그렇기 때문에 엘가는 마왕에게 따른다. 누구보다 가까운 곳에서 이번에야말로 밝게 뜨인 눈으로 주인을 지켜보고 판단하기 위해서. 속죄로 언제든 목숨을 바칠 수 있도록.

"레스티나 장군은 믿고 있군? 지금까지 폐하가 숙적의 하수인이었다는 이야기를."

"오히려 납득했지. 지금 라수르 님이야말로 옛날 내가 알던 그분의 모습이다."

엘가의 뜻을 확인한 레스티나는 원래 말투로 돌아오며 안도했다.

그 모습을 보고 혹시 충성과는 다른 뜨거운 감정을 품은 게 아닌가, 하고 엘가가 속으로 흐뭇해하는데…….

"음?"

문득 눈에 띈 성문 부근이 이상하게 소란스러웠다. 레스티나도 깨닫고 의아하게 눈을 찌푸렸다.

그 직후였다.

달빛 마력이 성문 일대를 감싸고 팽창하는가 싶더니…….

"저, 저 녀석은!"

"허어."

웅장한 빙룡이 한 마리 나타났다. 하늘에 떠서 하계에서 소란을 피우는 병사들을 내려다보던 빙룡은 갑자기 주위를 살피더니 그 용안으로 엘가와 레스티나를 포착했다.

"설마, 습격인가?!"

"아니, 기다려 봐, 레스티나 장군. 앗, 이봐! 기다리라니까!"

바로 고유 마법『적열화』를 발동하기 직전인 혈기왕성한 레스티나를 말리려고 엘가가 일어섰다.

성벽 난간에 서자 빙룡은 일직선으로 엘가 앞으로 날아왔다.

『사술카 슈네의 아들, 반드르 슈네다! 해방자의 사자로 방문했다! 마왕 폐하께 알현을 청한다!』

그리고 당당하게, 온 마도에 울려 퍼지도록 이름을 밝혔다.

하늘이 훤히 보이던 천장을 수리해서 장엄함을 되찾은 알현실.

레드카펫 양쪽에는 많은 제후가 시립했다.

궁정 귀족만이 아니었다. 평소 마도로 올 일이 적은 귀족들까지 정렬해 있었다. 파벌 싸움과 각 진영의 동향을 감시하고자 영지로 돌아가지 않는 귀족이 많아서였다.

왕좌에는 당연히 수려한 외모의 마왕, 라수르가 앉아 있었다.

조금 피곤해 보이지만, 그 눈은 기쁘게 빛났다.

병사의 목소리와 동시에 문이 열렸다.

레드카펫 중앙을 당당히 걸어오는 한 청년— 반드르에게

만감이 뒤섞인 시선이 꽂혔다.

반드르는 왕좌 앞까지 와서 진심으로 경의를 담아 무릎 꿇었다.

"의외로 빨리 재회했구나, 반."

"예, 마왕 폐하."

반드르의 대답에 라수르의 표정이 애수에 젖었다.

"너무 격식 차리지 마. 너는 내 소중한 동생이야. 은인이기도 하지. 고개를 들어."

반드르의 미간이 난처하게 좁혀졌다.

이곳의 분위기로 라수르의 처지를 짐작해서 일개 사자라는 입장을 강조했는데 대놓고 가족 취급이었다.

마도에서 정보를 수집하고 성문에서도 구태여 『마왕의 동생』이라는 명함을 꺼내지 않았는데…….

아니나 다를까, 제후에게서 살기에 가까운 험악한 기운이 흘러나왔다.

"반, 이거 봐. 머리가 길어서 예쁘게 머리를 땋을 수 있었어. 다시 똑같아졌지?"

"형님……."

반드르는 무심결에 두통이 나는 것처럼 한 손으로 얼굴을 덮었다.

제후가 웅성거리고 악담이나 불신에 찬 말이 들렸다. 반드르에게도 「잡종 주제에」라느니 「폐하를 미혹한 라이센의 앞잡이」라며 당장에라도 덤벼들 기세였다.

처음부터 경계심을 숨기지 않던 레스티나도 언제까지 라수르 님의 마음을 갖고 노느냐며 이를 갈았다. 앙골은 표정이 없었고 유일하게 엘가만 쌩 웃고 말았다.

"후후, 미안. 재회할 날을 손꼽아 기다렸거든. 나도 모르게 들떴어. 라이센의 공주님과 네 동료들은 잘 지내?"

"염려해주셔서 감사합니다, 폐하. 모두 무탈—."

"응, 말투."

라수르가 싱글벙글 웃으며 지적하자 반드르는 말문이 턱 막혔다. 속으로는 「형님은 이 살벌한 분위기가 안 느껴지는 건가?!」라고 절규하면서.

"폐하! 농담이 지나치십니다!"

결국 참지 못하고 외친 사람은 재상 칼름 트란리트였다.

그의 지위는 공작. 그리고 정통파의 필두에 서 있었다. 안 그래도 라수르에 대한 불신이 강해졌는데 공적인 자리에서 이런 언동이라니? 불에 기름을 붓는 격이었다.

"잡종 따위를 불러들인 것으로 모자라 그 위엄 없는 모습까지! 도저히 이그돌의 상징인 마왕 폐하라고 생각할 수 없습니다!"

재상의 고언에 정통파 제후가 일제히 동조했다. 중립파도 대부분 인상을 찌푸렸고 일부는 함께 끼어서 비난의 목소리를 냈다.

그러나 라수르는 여전히 미소를 띤 채로 특별히 동요한 기색도 없었다.

그리고……

"그만."

한마디. 목청을 키운 것도 아니고 마력을 발현하지도 않았다.

그런데도 그 한마디로 알현실은 찬물을 끼얹은 듯 조용해졌다.

"불만, 불신, 불쾌, 다 이해한다. 하지만 아직은—."

라수르의 웃음이 짙어졌다. 그것만으로 심장을 움켜잡는 느낌이 들었다.

"내가 왕이다."

사자와 대화하는데 허락도 없이 끼어들도록 허락한 기억은 없다. 허락할 생각도 없다.

굳이 말하지 않아도 그 의도는 파문처럼 퍼져서 침투했다.

정신을 차리자 모두 무릎을 꿇고 있었다.

정통파는 그런 자신에게 놀라고, 잠시 후 이를 꽉 물었다.

왕의 위엄은 여전했다. 미동조차 하지 않았다. 아니, 빙의에서 해방되어 진짜 라수르가 된 덕분에 왕족 본연의 위엄을 갖추었다.

그 위엄이 또 안개처럼 흩어지고 싱글벙글한 형의 얼굴로 돌아갔다.

마치 마술쇼 같다며 반드르는 형언하기 힘든 표정을 지었다.

"사실은 더 이야기하고 싶지만, 해방자의 동향에는 모두 관심이 대단해. 더 시간 끌지 말자, 반."

"형님, 내가 시간을 끈 것처럼 말하지 마."

헛기침을 한 번 하고 반드르는 본론으로 들어갔다.

"우리 해방자는 신국에 도전한다."

제후 사이에 동요가 퍼지고 삼장군이 눈에 힘을 줬다.

"흠. 정보는 어느 정도 들었어. 공화국과 공동전선을 펼치고 대승을 거뒀다지? 해방자는 그들과 동맹을 맺었어?"

"맞아, 형님. 그리고 백광 기사단 단장이자 신대 마법 사용자— 라우스 번도 우리와 함께 있어."

"말도 안 된다! 설마 그럴 리가!"

누가 외친 소리일까. 그것마저 모를 만큼 모두 당황해 있었다.

당연했다. 백광 기사단은 마인족에게 최대, 최악의 적이었다. 전쟁의 역사 속에서 수도 없이 부딪쳤고 수도 없이 고배를 마셨다.

그곳의 우두머리가 해방자에, 이단자에게 붙다니? 마왕에게 숙적의 권속이 빙의해 있었다는 이야기와 맞먹는 충격이었다.

"하하, 아하하하!"

평정을 잃은 알현실에 갑자기 쾌활한 웃음소리가 터졌다. 머리가 새하얘졌던 제후들이 그 소리에 놀라서 현실로 돌아왔다.

"라, 라수르 님?"

레스티나가 당황하여 이름을 불렀다. 하지만 라수르는 웃겨서 참을 수 없는지 눈물까지 맺고 무릎을 때렸다.

"큭, 반드르 슈네! 네 이놈, 라수르 님께 무슨 짓을 한 거냐!"

레스티나가 왠지 분한 것처럼 도끼눈을 뜨고 손가락질했다.

"……형님의 기행을 볼 때마다 내가 원인이라고 주장하는 건 정말로 변함이 없군."

레스티나가 반드르를 혐오하는 것은 사실 라수르가 동생이라면 껌뻑 죽어서 옛날부터 동생과 관련된 일에만 이런 웃음을 보여주기 때문이 아닐까? 반드르는 이제야 그런 생각에 이르렀다.

머리가 지끈거린다.

"아니아니, 레스티나! 이거 걸작이잖아!"

"앗, 예. ……예?"

"이단자의 공주님은 숙적의 단장조차 농락했어! 교회는 체면에 먹칠을 한 거야! 이런 유쾌한 이야기가 어디 있겠어!"

"그, 그건, 분명히 그렇습니다만……."

거기에 유쾌한 웃음이 하나 더 겹쳤다.

"하하하, 폐하의 말씀이 옳습니다. 공주님의 매력은 교회 최강이라던 사내에게도 통하나 보군요. 폐하, 아까운 사람을 놓치셨습니다."

"아픈 곳 찌르지 마, 엘가. 나도 그렇게 생각하던 참이니까. 그래도 공주님 곁에는 무서운 기사님이 붙어 있어서 다시 찾기는 힘들지!"

그들의 대화를 듣고 제후가 「역시 라이센은 두렵다」, 「매료 마법이라도 쓰는 건가?」, 「폐하도 그 수에 넘어가셨나 보군!」 이라며 떠들어댔다. 어째선지 밀레디가 희대의 악녀처럼 여겨지고 있었다.

레스티나가 반드르를 홱 쩌려봤다. 또 라수르 님의 환심을 샀느냐고 따지듯. 반드르는 더 상대하기 싫어서 그냥 눈을 돌려 버렸다.

"그런데 반, 해방자의 사자라면 마왕국과도 동맹을 바라는 거야? 우리가 참전하기를 원해?"

"그럴 수만 있다면 동맹은 맺고 싶어. 우리 해방자가 바라는 미래는 마인족과도 손을 맞잡는 종족의 격차가 없는 세계니까."

말도 안 된다고 수군거리는 이들 앞에서 반드르는 「하지만!」이라고 힘주어 말을 이었다.

"지금은 아니야. 지금은 때가 아니란 걸 알아. 해방자는 마인족의 사상과 신조를 존중해. 변혁이 성공한 뒤에 시간을 들여서 서로를 이해해 나갔으면 해."

"흠…… 그렇다면 참전도 바라지 않아?"

"맞아."

그렇다면 뭘 하러 왔는가. 제후 사이에 곤혹스러운 낯빛이 번졌다.

그때, 반드르가 라수르에게서 눈을 떼고 제후를 시야에 담았다.

"이건 신국을 침략하려는 전쟁이 아니다. 마인족의 참전으로 인간과 마인의 종족 전쟁이 되어서는 안 된다. 절대로."

마침내 이해했다.

반드르는 병력을 바라고 찾아오지 않았다.

반대였다. 못을 박으러 온 것이다.

변혁을 위한 싸움에 편승해서 마왕국이 침략 전쟁을 시작하지 말라고.

무심코 누구에게 명령이냐고 제후가 격앙할 뻔하지만…….

"물론 믿고는 있지만. 설마 명예를 중시하는 마인족이 어부지리로 숙원을 이루려고 하지는 않겠지."

그러니까 우연히도 해방자의 싸움과 마왕국이 전쟁이 겹치면 안 된다고, 혹시 몰라서 전하러 왔을 뿐이라고 뻔뻔하게 이야기했다.

"우리가 울릴 변혁의 종을 이 먼 땅에서 귀를 기울이고 들어줘."

명백한 견제였지만, 그렇게 말하면 퍼뜩 반박하기 힘들었다.

그러나 교회와 그들의 군세를 꺾어준다면 정통파도 말릴 이유는 없었다.

명예를 위해서 단물만 빨겠다는 생각은 하지 않지만, 인간족이 약해진다는 것은 엄연한 사실이었다. 해방자도 피해를 입을 것이고 어쩌면 공멸할 가능성도 있었다.

손대지 말라면 그렇게 해주겠다.

마인족에게 손해는 없으니까 강 건너 불구경일 뿐—

"너무하네. 그럼 거절할래."

툭 튀어나온 그 말로 시간이 멈췄다.

싱글벙글한 라수르의 단호한 거절이었다.

"혀, 형님?"

"세계를 바꾸려는 무대에서 마인족을 쫓아내려고? 그건 너무하잖아, 반."

"아니, 형님. 내 이야기 똑바로 들었―."

"들었고말고. 후세의 역사가가 이렇게 말했으면 좋겠다는 거지?"

―이 세계는 악신에게서 해방됐다. 하지만 마인족은 아무런 공헌도 하지 않았다.

"절대로 용인할 수 없어. 우리를 무대 밖으로 내몰 생각이라면 우리 독단으로 참전하겠어!"

"진정해, 형님!"

싫어싫어! 마왕만 따돌리지 마! 라수르는 마치 어린애처럼 화를 냈다. 옛날부터 장난기가 많고 남을 놀리는 버릇이 있었지만, 설마 이렇게 심각한 상황에서도 그럴 줄은 몰랐다.

"폐하! 대체 무슨 말씀을!"

"진의를 분명히 밝혀주십시오!"

재상 칼름을 시작으로 제후가 참지 못하고 잇달아 목소리를 높였다. 이제는 자리도 지키지 않고 왕좌 앞으로 몰려왔다.

라수르는 속모를 눈빛으로 그들에게 훑어봤다. 미소를 지은 채로.

"세계가 변혁하려는 이때에, 숙적인 신에게 도전하려는 싸움에, 우리가 없어서야 되겠나?"

"하오나!"

"물론 해방자의 주장도 이해는 해. 하지만 공화국이 협력하는 시점에서 우리가 참가해도 크게 다르지 않을 텐데? 중요한 점은 싸우는 방식의 차이지."

"라수르 님? 그게 무슨……."

말뜻을 이해하지 못하는 그들에게 라수르는 확고한 마왕의 위엄을 실어 말했다.

"구하면 된다."

신도의 백성을.

"지키면 된다."

해방자와 교회의 싸움에 말려들 사람들을.

"해방자가 걱정과 후환 없이 싸울 수 있도록 힘을 빌려주면 돼."

신의 군세가 아닌 인간 모두를 지킨다.

"새로운 세계를 이룩하기에 이보다 어울리는 싸움이 어디 있겠어?"

마인족은 인간족과, 아니, 그 어떤 종족과도 손을 잡을 수 있다.

그 사실을 마왕 스스로 증명하겠다.

"형님……."

예상 밖의 대답에 반드르는 눈물로 앞이 흐려졌다.

동요가 퍼졌다. 동시에 정통파가 먼저 혼란에서 빠져나와 격앙했다.

"폐하, 부디 통촉하여 주십시오. 더는 들을 수 없습니다."

날아드는 맹비난 속에서 칼름이 격정을 억누른 목소리로 고언을 올렸다.

"걱정하지 마라. 나에게 찬동하는 자만으로 충분하다. 참전 여부는 각자 자유에 맡기마."

"폐하?"

"내가 없는 동안 네가 나라를 지켜라. 그리고 내가 죽으면 더는 핏줄에 연연할 필요 없다. 제군 중에서 차대 마왕을 골라라."

"폐하, 무슨 말씀을!"

레스티나가 반사적으로 외치지만, 라수르는 무시하고 이야기를 계속했다.

"변혁이 실패했을 때는 내 사상도 신조도 허황된 몽상이었다는 뜻. 그렇게 된다면 깨끗이 물러나마. 필요하다면 이 목도 내놓지. 후계를 지명하지는 않겠다. 추천으로 다음 마왕을 선출하라."

진심이다. 마왕 라수르는 진심으로 『해방자』에 협력할 생각이다. 그리하여 마왕국을 혼란의 도가니로 빠뜨린 미래 구상을 실현할 생각이다. 그 각오가 너무나도 뚜렷하게 전해졌다.

동시에 이게 목적이었냐는 깨달음이 퍼져나갔다.

진실이라는 극약을 망설임 없이 뿌린 이유는 아마 이때를 위해서였다.

라수르는 알고 있었다. 느긋하게 가치관을 넓히고 새롭게 받아들일 시간이 없다고. 틀림없이 『해방자』가 신에게 도전하는 날은 그리 멀지 않았다고.

그래서 『그때』가 와도 라수르의 결단과 행동을 맹신하지 않고 자기 의지로 미래를 선택할 수 있게 했다.

가령 자신이 패배해서 사라진 뒤, 다시 권속신의 마수가 조국으로 뻗어도 남은 자들, 정통파들조차 신에게 기대지 않도록 밑밥을 깐 것이다.

마왕의 애국심, 백성을 생각하는 마음을 느끼고 알현실은 자연스럽게 고요해졌다.

왕의 말씀을 한마디도 놓치지 않으려고 귀를 기울였다.

"하지만 세상이 변한다면 그때는―."

―조금만 더 마인족의 미래를 맡겨 달라.

그러면서 라수르는 사람들을 하나하나 돌아봤다. 칼름과 정통파는 입을 다문 채였다.

반드르의 제안과 마찬가지로 손해는 없으니까.

무엇보다 마왕의 각오가, 마인족의 긍지가 입을 다물게 했다.

"그럼 나와 함께 역사의 전환점에 도전할 사람, 있어?"

혼자라도 가겠다. 온화하지만 확고한 의지를 느끼고 모두 서로가 어떻게 나올지 눈치를 살폈다.

"물론 함께하겠습니다."

가장 처음 앞으로 나선 사람은 엘가였다.

최고참 노장군의 거리낌 없는 행동에 웅성거리는 소리가 파문처럼 일었다.

"라, 라수르 님! 저도 따르겠습니다!"

한발 늦은 레스티나도 서둘러 찬동을 표했고…….

"……솔직히 인간과의 평화는 개나 주라고 생각하지만…… 마인족의 미래를 생각한다면 이 시류를 외면할 수는 없겠군요."

앙골까지 찬성의 뜻을 밝혔다.

그래서 결심이 선 것일까. 원래부터 마왕파였던 제후 외에 중립파에서도 몇 명이 참전 의사를 드러냈다.

"고맙다. 하지만 삼장군이 모두 나라를 떠나서는 안 돼. 미안하지만 앙골은 이곳을 지켜줘."

"명 받들겠습니다. 시대가 우리의 미래를 결정하는 그때까지 폐하가 없는 조국은 제가 지키겠노라 맹세하겠습니다."

앙골의 말은 모든 제후에게 전하는 경고였다. 마왕이 없는 사이에 내분을 일으키면 결코 용서하지 않겠다는 그 나름의 충성이었다.

칼름이 진흙이라도 삼킨 얼굴이 되어 앞으로 나왔다.

"……모르겠습니다. 제게는 당신이 보는 미래가 보이지 않습니다."

"나는 별종이고 너는 마인 우월주의 신봉자니까. 그리고 그게 당연하기도 해."

"예. 마인족이야말로 세계를 통치할 종족이라고 믿어 의심치 않습니다. 하지만……."

칼름은 뒤에 대기하는 정통파를 돌아보고 라수르에게 굉장히 복잡한 표정을 보였다.

"저희라고 좋아서 전쟁을 하지는 않습니다."

"응, 알아. 너희는 소중한 사람을 잃는 아픔을 잘 알아."

"……협력할 수는 없습니다. 폐하의 사상에는 동조할 수 없습니다. 그렇지만 폐하의 각오는 확실히 알았습니다. 우리의 미래를 생각하고 계신다는 것 또한. 그러니까 기다리지요. 당신이 걸음을 멈추지 않는 한, 당신은 아직 우리의 왕이십니다."

"……고마워."

신념은 달라도 동포와 조국을 생각하는 마음은 하나다. 험악한 분위기인데도 감정을 잠재우는 정통파 제후를 보고 라수르는 진심 어린 감사를 표했다.

그리고 예상치 못한 이야기에 끼어들지 못하던 반드르를 돌아봤다.

"그렇게 됐어, 반."

"역시 형님이로군. 항상 내 뜻대로 되는 일이 없어."

반드르는 땅이 꺼지게 한숨 쉬고는 얼굴을 활짝 폈다.

그 후 엘가가 군부에 사정을 설명해 찬동자만으로 원정 부대로 편성하고, 마왕이 소수 병력으로 출진한다는 긴급 사태로 관계 각처가 허둥지둥 준비에 착수했다.

그런 와중에도 반드르는 일단 귀빈 대접을 받으며 마왕국에 대기했다. 데리고 온 전서조를 강화해서 본부로 편지를 보내거나 슈네 일족에게 부대를 옮기기 위한 비룡을 데리고 오도록 요청하면서도 반드르는 라수르와 대화할 시간을 얻었다. 어릴 적 이후 처음으로 나누는 여유로운 대화였다.

결전 전에 바라지도 않던 기회를 얻고 반드르의 마음은 무척이나 평온해졌다.

지금이라면 뭐든 할 수 있을 것 같은 기분이 들었다.

형과 나란히 서서 싸울 수 있다. 지금이라면 사도에게도 이길 수 있을 것 같다.

……다만, 라수르와 대화하는 사이에 문틈으로 레스티나의 질투로 점철된 시선이 날아들어서 굉장히 정신적으로 힘들었지만.

집결 명령이 발령되고 대략 보름 뒤.

"……우, 으윽……."

신음이 미세하게 공기를 흔들었다.

흐릿해진 시야, 먹먹한 청각, 둔한 팔다리. 그리고 몸 깊은 곳에 남은 권태감.

그래도 확실히 뛰는 심장.

살아남았다…….

그렇게 마음속으로 중얼거린 라우스는 크게 놀라지도 않고 심호흡했다.

"……여긴?"

쉰 목소리를 내고서야 갈증을 느꼈다. 주변을 둘러본다.

낯선 천장이다. 금속제일까.

창도 없는 방에는 문만 하나 덜렁 나 있었다.

투박하지만 청결을 유지한다는 것이 잘 느껴졌다.

침대 옆으로 물병과 컵이 보였다. 생각보다 먼저 손이 나갔다.

컵에 따를 시간도 아까워서 물병 주둥이를 입에 처박아 벌컥벌컥 들이켰다.

미지근했지만 왠지 부드럽고 청량한 느낌을 주는 물이 입안을 어루만지고 목으로 미끄러져 위장을 채웠다.

"—푸하. 허억허억, 죽다 산 기분이군."

스스로 말하고도 정말로 그 말 그대로라며 싱겁게 웃었다.

아직 오감이 무뎠고 무슨 이명도 들렸지만, 정신은 확 들었다.

물병을 제자리로 돌려놓았다. 오른쪽에 사이드 테이블을 둔 이유는 없어진 왼팔 때문일까.

"마지막 기억이 맞다면 해방자 거점일 텐데……."

이명이 심하게 들렸다. 거의 무슨 짐승 울음소리 같았다.

빨리 귀가 익숙해지도록 구태여 혼잣말을 주절거리며 현재 상황을 확인했다. 창 없는 금속제 방이기는 하나, 교회의 감옥으로는 보이지 않는데…….

라우스는 침대 시트를 들어 보았다. 관리가 잘 되어 희고 청결했다. 간호해주는 사람의 배려심이 엿보였다.

"교회는 아니군."

확신하고 어깨를 으쓱였다. 아들과 부하가 보이지 않지만, 크게 걱정은 되지 않았다.

그리고 몸에 힘을 줘서 침대 옆으로 다리를 내리자—

"으응~♡"

"……."

뭐지. 물컹한 게 밟히는데…….

이명이라고 생각하던 신음 비슷한 소리가 더 명료해졌다. 그리고 어째 요염하고 기뻐하는 듯한…….

라우스는 괴물이 숨은 심연을 들여다보는 기분으로 살며시 아래를 봤다.

"흐읍♡ 으브븝!"

공화국의 여왕님이 있었다.

재갈을 물고 팔다리가 묶인 여왕님이 누워 있었다.

그리고 라우스의 다리는 여왕님의 안면과 풍만한 가슴을 밟고 있었다.

그런데 왜일까. 여왕님의 긴 귀가 기쁘게 파닥거리는 건.

발바닥에 흥분한 뜨거운 입김이 훅훅 불어오는 건.

으브븝이 「더, 더!」라고 들리는 건.

"……뭐야, 악몽인가."

라우스는 조용히 발을 빼고 다시 누웠다.

그래, 이건 꿈이다. 아직 혼수상태라서 악몽을 꾸는 것이다. 빨리 꿈에서 깼으면…….

그렇게 마음속으로 빌면서 몇 초, 또 몇 초. 그래도 소리는 사라지지 않았다. 그러다가 재촉하는 것처럼 퍼덕퍼덕 뛰는 소리가 들렸다. 기어이 침대를 들이박기까지.

라우스는 느릿하게 몸을 일으켜 침대 반대쪽으로 내려갔다. 그리고 벽을 따라 우회해서 문으로 갔다.

아무것도 못 봤다. 아무것도 못 들었다. 그렇게 생각하기로 마음먹었다.

도무지 현실이라고는 생각할 수 없었으니까. 이해의 범주를 넘어섰으니까.

공화국 여왕이 그런 변태일 리가 없으니까!

굴러오는 공화국 여왕에게 살짝 공포를 느끼면서 문을 열자一.

"밀레디 씨! 당신이 바란다면 아무것도 아깝지 않습니다! 받아주십시오!"

"라인하이트?! 안 돼! 밀레디 씨는 그냥 보여 달라고, 앗, 밀레디 씨, 끌어안지一."

"……『누나』라고 해. 자, 『누나』."

"누, 누나…… 부끄러워요……."

"역시 샤름 님입니다. 이 단기간에 해방자 여성진을 차례차례 사로잡고 마침내 밀레디 씨마저……. 사람들 말마따나 과연 마성의 미소년! 탄복했습니다!"

"나 억울해!"

뭘까. 굉장히 이상한 광경이 펼쳐졌다.

심복이 세상에 둘도 없을 천방지축 소녀에게 구애하고 있었다.

한쪽 무릎을 꿇고 성검을 바치려고 하질 않나, 성검이 항의하듯 번쩍번쩍 빛나질 않나.

그리고 사랑하는 아들은 세상에서 제일 짜증나는 소녀에게 인형처럼 뒤에서 끌어안겼는데 썩 싫지는 않은 표정이었다.

"……뭐야, 악몽인가."

자자. 몸이 피곤한가 보다. 아직 휴식이 필요한 거다. 그러니까 이런 무시무시한 환각이 보이지…….

하지만 문을 살며시 닫으려고 하자…….

"으응! 므읍? 음~으음!"

낚아 올린 생선처럼 퍼덕퍼덕 뛰는 여왕이 거치적거려서 들어갈 수 없다.

앞에도 악몽, 뒤에도 악몽.

"이 세상은 지옥인가."

하늘을 우러러볼 수밖에 없었다. 눈을 뜨자 이세계에 떨어진 기분이다.

"어머? 라우스가 깼어! 다행이야!"

"연장자를 너무 함부로 부르는 것 아닌가?"

따지면서 눈을 돌리자 서쪽 바다에서 사투를 펼친 여자 해적이 있었다.

"메일 메르지네."

"그래~, 모두가 사랑하는 메일 누나야. 라우스."

울컥했지만 이 지옥에서 구해준다면 누구든 여신이었다.

"부탁한다. 어떤 상황인지 알려다오. 머리가 이상해질 것 같아."

"어머나."

라우스의 다리 아래로 굴러나온 류티리스가 금속 문에 머리를 퍽 박았다. 그리고 메일 언니를 보고 기쁘다고 파닥댔다.

그래, 무섭기는 하다. 정신이 나갈 것 같다.

'사실 내가 했지만……'

라우스에게 정기적으로 재생 마법을 걸 때 하도 들러붙어서 떼어놓은 것이다.

그러니까…….

'내 탓은 아니야! 놔두자!'

메일 누님의 주특기는 책임 회피. 물론 설명할 책임도 내던 졌다.

그러는 사이 마침내 다른 이들도 라우스를 알아봤다.

샤름과 라인하이트의 눈이 튀어나올 것처럼 커지고 동시에 뛰어왔다.

"아버지!"

"라우스 님!"

"그, 그래, 샤름, 라인하이트. 그…… 괜찮으냐?"

특히 머리가. 속에 감추어진 우려는 역시 누구도 알아주지 않았다.

"네, 저는 괜찮아요! 아버지……."

샤름은 라우스에게 꽉 매달려 얼굴을 비볐다.

"깨어나실 날을 간절히 기다렸습니다!"

라인하이트가 한쪽 무릎을 꿇고 눈물 번진 눈으로 쾌차를 기뻐했다.

응, 그보다 방금 본 광경이 머리에서 떠나지 않으니까 왜 그 랬는지 설명이나 해줘……라고 말하고 싶은 것을 꾹 참았다.

"라우스 번."

"……밀레디 라이센."

왜 미니스커트 메이드복이지? 왜 그런 복장으로 진지한 얼 굴을 하는 거지?

또 나를 놀리는 것인가 싶어 라우스가 경계하지만……

"다행이야…… 무사해서……."

라우스의 오른손을 잡고 자신의 볼에 비볐다. 진심으로 안도한 눈망울은 촉촉이 젖어 있었다.

"누구냐, 넌!"

무심결에 소리치고 말았다. 샤름이 매달려 있지 않았다면 고속으로 뒤로 뛰어 거리를 벌렸을 것이다.

"……너무해. 쭉 걱정했는데."

글썽글썽. 아름다운 창궁색 눈동자가 슬픔으로 젖어들었다. 사랑하는 아들과 심복이 「아버지……」, 「라우스 님. 숙녀에게 너무하십니다……」라는 비난의 눈길을 보내온다.

아군이 없다! 세상에서 가장 성가신 소녀에게 아들과 부하까지 빼앗겼다! 라우스의 얼굴에 절망이 떠올랐다.

"어머나, 라우스. 어떻게 봐도 밀레디잖아?"

"어떻게 봐도 나를 대머리 노안이라고 욕하던 버릇없는 꼬맹이가 아니야."

"의, 의외로 뒤끝 있구나?"

바닥에서 버둥대는 류티리스를 밟아서 잡아두는 메일은 본체만체 라우스는 미간을 주물렀다.

해방자와 합류하면 처음에 무슨 말을 건넬지 많이 고민했었다.

특히 메르지네 해적단, 메일의 패밀리에게 한 짓을 생각하면 아무 일도 없었다는 양 동료인 척할 수는 없으리라.

정면으로 마주하고, 메일이 바란다면 마음이 풀릴 때까지 얻어맞을 각오도 했다.

그런데 이 모양 이 꼴이었다.

라우스가 어떻게 해야 할지 몰라서 가만히 서 있는데 복도 끝에서 새로운 인물이 나타났다.

"못 들었어? 밀레디가 어떤 상태인지."

"음? ……오스카 오르크스."

"어머, 오스카. 지금 돌아왔어?"

메일이 손을 흔들었다.

라우스는 아직 조금 멍한 머리를 깨울 겸 기억을 더듬었다.

"그러고 보니 레오나르도가—"

말했다, 라고 말하기 전에 와 놀라는 소리가 들렸다. 돌아보니 미니스커트 메이드 밀레디가 오스카에게 달라붙은 광경이…….

그리고 라인하이트가 손수건을 물어뜯으며 질투로 불타는 광경까지.

"……오 군, 어서 와."

"그, 그래. 다녀왔어, 밀레디."

"……응. 쿠후～."

밀레디가 마음이 편한 것처럼 오스카의 가슴팍에 얼굴을 비볐다. 오스카는…… 필사적으로 마음을 비우려는 수도승 같은 얼굴이 됐다.

"오스카 씨! 어떻게 틈만 나면 그러십니까! 밀레디 씨는 결혼도 하지 않은 숙녀라고요! 남자로서 부끄럽지도 않습니까!"

"라인하이트! 제발 진정해!"

"아뇨, 샤를 님! 한 명의 신사로서 도저히 간과할 수 없습니다!"

라인하이트가 성큼성큼 거친 걸음걸이로 오스카에게 다가갔다. 조금 전까지 눈물 맺힌 눈으로 걱정하던 모습은 어디 갔냐며 라우스의 눈빛이 썩어갔다.

"밀레디 씨, 떨어집시다. 오스카 씨를 오빠처럼, 오빠처럼! 따르는 건 이해하지만 숙녀로서는 바람직하지 않아요."

밀레디가 오스카에게 안긴 채로 라인하이트를 힐끔 봤다.

"……싫어."

"밀레디 씨! 제길, 이런 모습까지 귀여워!"

"라인하이트, 부탁이니까 예전의 너로 돌아와!"

오스카가 성가신 폭탄을 해체하는 것처럼 뻣뻣한 얼굴로 말했다.

"있잖아, 라인하이트. 전에도 말했다시피 밀레디는 지금 조금 특수한 상태야. 평소에는 이런 짓 안 하니까ㅡ"

"그『평소』란 게 그거인가요? 틈만 나면 사람을 놀리고 자신을 천재 미소녀 마법사라고 떵떵거리면서 전무후무한 깐족거림을 자랑한다는?"

"맞아."

"밀레디 씨를 비방하는 것도 그쯤 해두십시오!"

"왜 그렇게 돼?!"

"이렇게 귀엽고 착한 여성이 그런 사람일 리 없잖습니까!"

사랑에 눈먼 라인하이트는 단언했다. 그리고 가슴에 손을 없고 하늘에 닿으라는 양 사랑을 읊었다.

무슨 일이냐고 구경꾼이 몰려들지만, 깨닫지도 못한다.

속세의 때가 묻지 않은 영애라느니 정숙함 속에서도 빛나는 강한 의지가 아름답다느니 가끔 보이는 가녀린 모습이 거칠어진 마음을 정화하는 것이 천사 같다느니…….

"누구 이야기지?"

라우스가 진지한 얼굴로 옆에 있는 메일에게 물었다.

"밀레디 이야기."

"라인하이트에게 무슨 짓을 했지?"

"교회랑 달라서 세뇌는 안 해."

라우스는 통렬한 비판에 양심을 얻어맞고 입을 다물어 버렸다. 메일이 어깨를 으쓱했다.

"한눈에 반했고 첫사랑이래. 심지어 상대방은 다른 남자에게 찰싹 붙어 있어. 그래서—."

"이 지경이 됐단 말인가."

라우스가 손으로 눈을 가렸다. 라인하이트의 순수함은 상상을 초월했다.

"아, 아버지. 밀레디 씨는 그렇게 짜증나는 사람이 아니었어요……. 오히려 조용하고 착한 누나고—."

샤름이 라우스와 메일을 번갈아 보면서 기괴한 말을 입에 담았다.

그래서 라우스는 묘하게 밀레디에게 호감을 품은 아들의 눈에서 콩깍지를 벗겨주기로 했다.

"너는 속고 있는 거다. 저 녀석은 숙녀라는 말과 가장 거리가 먼 짜증나는 생물이야. 한 번이라도 좋으니까 저놈의 엉덩이를 원 없이 두들겨 패서 예절을 주입하고 싶어."

"아버지?!"

눈이 휘둥그레진 샤름을 떼어놓고 아직도 『완벽한 천사 밀레디』를 역설하는 라인하이트에게로 갔다.

구경꾼들이 「오스카! 한심한 놈아, 너도 반론해!」, 「역시 미이한테 애인이라니 용납할 수 없어!」, 「오스카 죽어!」, 「뒈져라! 귀축 안경!」, 「안경을 기름으로 떡칠할 줄 알아!」, 「우리 리더한테 집적대는 남자는 사라져라!」, 「야, 어뢰 발사관에 처박아서 둘 다 쏴 버리자!」라며 악담을 퍼붓는 사이, 라인하이트가 공세에 나섰다.

"애초에 저런 짧은 메이드복이 어딨어! 무, 문란해! 맨살이 다 보이잖아! 저런 옷을 입혀서 밀레디 씨가 자기 것이라고 어필하는 거냐! 이 변태 자식!"

"나를 류랑 똑같이 취급해? 정말로 듣자듣자 하니까—."

"……나, 오 군 거야?"

"으, 아, 그게 아니라 밀레디. 저 말을 곧이곧대로 들으면—."

"……아니야?"

"슬퍼하지 말아 줄래?!"

"오스카! 밀레디 씨를 슬프게 해?!"

"아아, 진짜! 누가 이 녀석 좀 조용히 시켜!"

오스카가 천장을 보며 소리친 직후, 대답이 돌아왔다.

"그렇게 하지. —『진혼』."

라인하이트가 불현듯 투명한 검은 마력에 휩싸였다. 흥분한 기색이 빠르게 사라지고 표정이 사라졌다.

"라, 라우스 님?"

"진정해라, 멍청한 것아. 그리고 현실을 제대로 봐. —『성생천(聖生天)』."

혼백 마법을 써도 괜찮은지 물을 새도 없이, 현재 상황을 보다 못한 라우스가 밀레디에게 손을 뻗었다. 이번에도 밤하늘 같은 마력이 밀레디를 감쌌다.

순간 구경꾼들이 험악한 분위기를 보였다.

"치료다. 걱정하지 마라."

"……고칠 수 있겠어?"

"걱정하지 말라고 했을 텐데?"

오스카의 불안을 단칼에 잘라 버렸다. 그래서 오히려 안심됐다.

아직 자신에게 매달린 밀레디를 보면 편안하게 눈에 힘이 풀려 당장에 잠들 것처럼 보였다.

오스카는 밀레디를 받쳐주려고 등을 잡아 안았다.

5분 정도 됐을까.

모두 침을 삼키며 지켜보는 가운데, 완전히 오스카에게 몸을 맡겼던 밀레디가 꾸물거렸다. 동시에 라우스의 마력광도 스르르 사라졌다.

"이제 됐겠지."

"정말로? 밀레디?"

밀레디는 대답하지 않았다. 얼굴을 오스카의 가슴에 묻은 채로…… 음?

"밀레디? 왜 그래? 왜 떨어?"

"라우스 님! 밀레디 씨의 목이 새빨개졌습니다! 설마 열이 있는 건?!"

남자 두 명이 놀라자 구경꾼들도 웅성거렸다.

"언니. 귀여운 밀레딩을 볼 수 있겠어요! 기록 준비해주세요!"

"맡겨 둬. 벌써 기록 중이야!"

어느샌가 구속에서 풀려난 류티리스와 안경을 쓴 메일이 히죽거리며 대기했다.

"밀레디?"

"우……."

오스카가 부르는 소리에 밀레디는 신음 같은 소리만 흘리고 느릿느릿 떨어졌다. 고개는 여전히 땅을 향해 있고 표정은 머리카락에 가려 보이지 않았다.

"괜찮아? 목소리를 들려줘, 밀레디."

오스카가 몸을 숙이며 밀레디의 얼굴을 들여다봤다. 거기에 있는 것은…….

"아으."

새빨갛게 익은 밀레디의 얼굴이었다. 눈물이 맺히고 부들부들 떨면서 양손을 뺨에 대고 있었다.

움찔 놀란 오스카와 눈이 맞았다.

"오, 오, 오."

"오? 밀레디, 너 정말로 괜찮—."

"오오오오 군은 브아아아아보!"

돌아서서 쌩하니 달려가 버렸다. 그야말로 야수 앞에 선 토끼처럼.

라인하이트를 밀치고 라우스 옆을 지나서, 낄낄대며 붙잡으려는 누님 두 명을 중력 마법으로 천장에 처박고 눈 깜짝할 사이에 도망쳤다.

"차, 착각하지 마! 너희가 생각하는 그런 거 아니니까!"

모두 얼떨떨하게 멈춰 있는 가운데, 밀레디는 그 말만 남기고 모퉁이 너머로 사라졌다.

철푸덕, 천장에서 떨어진 누님 두 명이 코피를 흘리며 엄지를 척 들었다.

"귀, 귀여워요, 밀레딩…… 꼴깍."

"오, 오스카, 감상 한마디."

"……일단은, 부활해서 다행이야."

그 말을 듣고 메일도 만족스럽게 웃으며 기절했다. 밀레디가 수치심이 너무 심해서 힘 조절에 실패한 모양이었다. 사람 모양으로 움푹 들어간 금속 천장이 그 증거였다.

구경꾼이 오스카에게 살인자 같은 눈길을 보내고, 라인하이트는 아직 정신을 차리지 못했으며, 샤름은 메일과 류터리스를 간호했다. 이런 혼란스러운 분위기 속에서 오스카는 우선 감사를 표시했다.

"라우스, 씨? 고마워."

"이름으로 불러도 된다. 감사할 필요도 없어. ……평범하게 사랑에 빠진 영애 같은 밀레디 라이센을 차마 볼 수가 없었을 뿐이니."

그건 그것대로 삐뚤어지지 않았느냐고 생각하면서도 오스카는 안경을 올려 쓰며 입을 다물었다.

라우스가 말한 『사랑에 빠진 영애』라는 표현이 이상하게 머릿속에서 메아리치는 탓에.

그 후.

라인하이트에게 머리나 식힐 겸 메일과 류티리스를 돌보게 하고 샤름에게는 그들을 감독하라고 부탁한 뒤, 구경꾼을 해산시킨 오스카와 라우스는 나란히 본부 통로를 걸었다.

"그래서 나는 얼마나 잠들어 있었지?"

이제 제대로 된 상황 설명을 들을 수 있겠다고 안심하는 라우스에게 오스카는 쓴웃음을 지으며 대답했다.

"한 보름 정도 됐어."

"……흠. 그런 것치고는 몸이 전혀 무뎌지지 않았군."

"메일이 매일 재생 마법을 걸었으니까. 걱정되는 건 혼백 쪽이야. 상당히 무리했지?"

"문제없다. 평소부터 부담을 주며 회복 훈련을 쌓았어."

"재주도 좋지……."

처음 본부로 온 라우스는 거의 가사 상태였다. 아마 그게 회복에 집중하기 위한 기술 중 하나였나 보다. 육신뿐 아니라 자신의 혼백까지 조종하는 솜씨는 실로 신의 영역이었다.

감탄 반 공포 반. 오스카의 이마에서 식은땀이 흘렀다.

"당신이 와줘서 정말로 기뻐. 밀레디가 저런 상태가 아니었다면 분명히 방방 뛰면서 환영했을 텐데 말이야."

"나는 백광 기사단 단장이었다. 환영받을 입장이 아니지."

얼마나 많은 이단자를 처단했던가. 전투력은 자부하지만, 그 이상도 그 이하도 아니었다. 해방자들의 마음을 생각하면 자신이 눈에 띄어서 좋을 게 없었다.

"밀레디는 『라이센』이야."

"그건……."

말문이 막혔다. 많은 이단자를 처형한 일족의 공주가 지금은 이단자의 리더라는 말에 문득 깨닫는 바가 있었다.

"당신은 이제 우리 동료야. 비하할 필요 없어."

"……그래. 그렇군. 샤름과 라인하이트를 보면 얼마나 환영받는지 단박에 알 수 있었지."

"아~, 그렇겠지. 샤름은 정말로 착해. 본부에서는 이미 인기인이야."

"샤름은, 이라. 미안하군."

"아니, 비아냥거리는 게 아니라 진짜로."

"그게 아니다. 의외였지만, 연인이지 않나? 부하가 눈치 없이—"

"오해야!"

라우스가 한쪽 눈을 샐쭉거렸다. 이게 무슨 소리냐는 얼굴이었다. 하지만 오스카의 붉어진 얼굴과 표정을 감추려고 안경을 만지작거리는 모습을 보고는 혼자 납득해 웃었다.

"그렇다면 됐다. 이래 봬도 기혼자야. 상담이 필요하면 말해라."

"……음…… 고마워."

오스카가 큼큼 헛기침해서 화제를 마무리 지었다.

그리고 라우스가 기절하고 있었던 일, 현재 해방자의 상황, 향후 방침, 나이즈와 반드르는 밖에서 활동 중이란 사실, 레오나르도 부대는 무사하며 추적을 경계해 잠복 중이니까 가능한 한 빨리 혼백을 검사해서 합류하고 싶다는 등의 상황을 설명했다.

얼추 설명이 끝났을 무렵에 마침 목적지에 도착했다. 문을 열고 안으로 들어가자 갑자기 소음이 고막을 때렸다.

"보고합니다! 프란차 지부의 브래트 르몬트 지부장이 기만 정보 유포를 완료했다고 합니다!"

"공화국 파샤 재상이 선발 부대 편성을 완료했다고 연락했습니다."

"배드 그 머저리는 아직 도착하지 않았나? 어디서 농땡이를 피우는 게야?"

"오디온 연방 에네드라 지국 지부로부터 서한이 도착했습니다. 국경선에서 연방 병사끼리 충돌이 발생해 해당 지부의 행동 부대와 함께 발이 묶였다고 합니다."

"노톤, 글리스타, 로셀 지부의 행동 부대, 댐드락에 도착!"

"톨스톤 지부 부대가 며칠 안으로 도착할 예정이에요. 은신처에서 그들과 합류한 뒤 본부로 오라고 답하세요."

모두 부산하게 돌아다니고 목청을 키워 소리치는 현장은 벽과 천장이 수정처럼 투명해 물로 둘러싸인 환상적인 분위기를 자아냈다.

"여긴⋯⋯."

"함교야."

『해방자』본부의 정체가 밝혀지자 라우스는 발견하지 못한 게 당연하다며 감탄하고 털 없는 머리를 만졌다.

주변을 돌아보니 흰 보주가 박힌 데스크 앞에 앉아서 무언가에 집중하는 사람이 약 열 명 보였다. 그 앞에는 완만한 U자를 그리는 데스크와 의자 네 개가 있고, 데스크에는 손바닥 크기의 마법진 수십 개가 규칙적으로 그려져 있었다.

양 측면에도 칸막이 같은 직사각형 벽이 늘어섰다. 그곳에도 마법진이 존재했으며 지금은 공석이지만 카운터 의자가 설치되어 있었다.

"흰 보주는 통신 장치야. 댐드락 은신처는 물론이고, 호수 북쪽으로 붙으면 산속에 흩어진 은신처에서 직접 통신할 수도 있어."

계속해서 앞쪽 데스크가 조종 및 선체의 세세한 설비를 조작하는 곳이고 양 측면의 벽은 각종 무장을 조작하는 제어 패널이었다.

"엄청나군. 이건 신대, 아니, 어쩌면 고대의 전략 병기 아닌가?"

"맞아. 북쪽 바다에 침몰한 걸 주웠어."

방 중앙에 원형 받침대를 겹친 듯한 단이 있고, 그 앞의 함장석으로 보이는 의자에서 살루스가 일어섰다. 옆에는 클로리스도 대기해 있었다.

"아직 인사를 못 했구먼. 해방자의 사무를 총괄하는 총장 살루스 가이스트리히일세."

"……실질적으로 사령관입니까? 처음 뵙겠습니다. 아시겠지만, 라우스 번입니다. 아들, 부하와 함께 많은 도움을 받았습니다."

"허허어, 백광 기사단 단장에게 이토록 정중한 인사를 받을 줄이야. 오래 살고 볼 일이구먼."

머리를 숙이고 스스로 악수를 청하는 라우스를 보며 살루스는 온화하게 눈을 반쯤 감았다.

어느샌가 그토록 시끄럽던 함교가 조용해져 있었다.

최대, 최강의 적이었던 남자와 『해방자』라는 조직을 오늘까지 지탱해 온 남자의 만남. 모두 이 장면을 놓치고 싶지 않으리라.

긴장이나 혐오감은 없었다. 마음 깊은 곳까지는 알 수 없지만, 적어도 누구나 이성적으로 라우스를 받아들이려고 했다.

'인원의 자제심이 조직의 결속력을 나타낸다. 그런 점에서는 교회보다 우위군.'

라우스가 그런 생각을 하는 사이 살루스가 악수에 응했다.

"잘 부탁하네, 라우스 공."

"첩자가 아님을 행동과 결과로 보여드리죠."

"어깨에서 힘 빼도 되네. 밀레디가 믿었어. 우리는 그거면 충분해. 그리고 무엇보다……."

악수하는 손에 힘이 들어갔다.

그것은 흔히 위협이나 거절을 나타내는 의사 표시지만, 이번 건 정반대였다.

"벨타를, 그 아이의 목숨을 구해준 건 자네지?"

살루스의 눈은 놀랍도록 맑았다. 다른 이들이 놀라는 기색이 느껴졌다.

"……단순히 충동적인 행동이었습니다. 정말로 목숨만 건졌을 뿐이지, 그녀를 지킬 용기도 없어서 전부 포기하고 신에게 복종했죠. 당신들의 동료도 많이 해쳤습니다."

라우스는 죄를 고백하듯 눈을 감았지만, 살루스는 고개를 가로저었다.

"하지만 그 충동이, 자네의 양심이 우리를 오늘 이곳까지 이끌었네. 그것 또한 사실이야. 해방자는 자네의 마음이 이어준 조직일세."

"내, 마음이……."

손을 뗀 살루스는 힘차게 라우스의 어깨를 잡았다.

"벨타 리에브르. 옛 신탁의 무녀. 해방자의 창설자. 그녀를 신과 신앙의 속박에서 해방해준 자네야말로 『해방자의 시초』일지도 몰라."

"……."

라우스는 더 아무 말도 하지 못했다. 방대한 감정의 해일에 휘말려 버렸기에.

"환영하네, 라우스 번 공."

"……감사합니다."

말문이 막혔다. 하지만 고개를 들고 강한 의지를 담은 형형한 눈길로 선언했다.

"신명을 바치겠습니다. 모든 이가 자유로운 의사를 가지고 살아가는 세계를 위해서."

"그래. 말 잘했다!"

살루스는 손뼉을 치며 희색을 드러냈다. 박수와 환영의 말이 함교 안을 채웠다. 오스카도 부드러운 미소를 지으며 라우스의 어깨를 두드렸다.

"다들 들었겠지! 이 시간부로 라우스 번은 정식으로 해방자가 됐다!"

살루스가 낭랑하게 선언했다. 왠지 메아리처럼 소리가 울렸다.

"……내 착각인가? 이상하게 목소리가 울리는데……."

"아, 응. 미안, 라우스. 지금 대화는 함내 전체로 나가고 있었어."

"뭐라고……?"

돌아보니 흰 보주 하나가 빛나고 있었다. 아마 결전 전이라서 사소한 응어리까지 최대한 해소하려는 계책이었나 보다.

타이밍을 보고 있었는지 함교 문이 열리고 밀레디, 메일, 류티리스, 그리고 샤름과 라인하이트가 들어왔다.

밀레디는 이미 평소의 흰옷으로 갈아입은 상태였다.

라우스는 자신을 똑바로 바라보는 밀레디에게로 몸을 돌렸다.

그 표정은 고요하다고 표현해야 옳을까? 조용히 서로를 마주 보는 광경은 엄숙한 의식처럼 보이기도 했다.

"약속을 지키러 왔다."

"응. 계속 기다렸어."

많은 말은 필요하지 않았다. 마주한 눈빛이 백 가지 말보다 정확하게 서로의 마음을 전해주는 듯했다.

하지만 밀레디는 밀레디다. 진지함의 수명은 길지 않았다.

휙 돌아서서 샤름과 마주 보더니 머리를 꾸벅 숙였다.

"샤름! 미안!"

"응? 밀레디 씨?"

"지금 너희 아버지 머리에 머리카락이 한 올도 없는 건 내 탓— 끄악?!"

숙인 머리로 바위 같은 주먹이 떨어졌다. 밀레디가 바닥에 철퍽 쓰러져 짜부라진 개구리처럼 움찔거렸다.

"다음에 사과하면 죽여 버리겠다고 했을 텐데."

라우스는 머리카락 한 올 없는 맨들맨들한 머리에 핏줄을 세우며【앙그리프】뒷골목에서 만났을 때 한 말을 되풀이했다. 눈이 한없이 싸늘했다.

"뭐야~! 어떻게 여자한테 손을 댈 수 있어~? 샤름, 샤름. 여자한테 손대는 아버지를 어떻게 생각해?"

"네? 네? 어, 저기."

"이 막돼먹은 꼬맹이가! 순진한 우리 샤름을 끌어들이지 마!"

"우와, 라우, 입 되게 험해~! 고~결한 기사님은 어디 가셨대, 푸푸풉."

"누가 라우냐……. 에잇, 라인하이트! 이제는 알겠지! 이게 밀레디 라이센의 본성이다! 샤름! 착한 너는 가급적 다가가지 말도록 해라!"

"어, 어떻게 이런 일이……. 나는, 나는!"

"라인하이트! 충격받은 건 이해하지만 진정해!"

살루스와 클로리스를 비롯해 함교에 있는 이들이 폭소하며 보고 있었다. 아직 함내 통신도 끊지 않아서 분명히 여기저기서 웃음이 터지고 있으리라.

『우리의 리더가 돌아왔다, 완전 부활이다!』

거기에는 틀림없이 그런 기쁨도 크게 포함되었을 것이다.

다만, 그런 와중에도 메일과 류티리스는 또 다른 성질의 웃음을 짓고 있었다. 히죽거림이었다.

두 사람은 눈치챘기 때문이었다.

밀레디가 고집스럽게 한 곳에만 시선을 주지 않는다는 것을.

"오스 씨, 잘됐네요. 원래 밀레딩으로 돌아와서."

"어? 아, 그래. 정말 그렇지. 하하, 설마 그렇게 짜증나던 밀레디가 그리워질 줄은 몰랐어."

라우스와 티격태격하면서도 밀레디의 어깨가 흠칫했다.

"어머나, 밀레디! 들었니! 오스카가 네가 그리웠대!"

"메일! 악질 기자 같은 인용법 쓰지 마!"

오잉, 함교의 상태가……? 웃음소리가 사라졌다. 살루스와 클로리스도 정색했다. 정색하고 오스카를 빤히 바라봤다.

"뭐, 뭐야? 다들."

아무도 대답하지 않는다. 공포다. 솔직히 무섭다.

당황하는 오스카를 무시하고 클로리스가 말했다. 아직 오스카에게서 등을 돌린 밀레디를 향해서.

"미이."

"뭐, 뭐야? 크로."

"미이의 끝없는 상냥함이 저 변태 안경 자식의 소망을 무의식중에 들어준 건 이해해요."

"어, 어어?"

"메이드복, 이제 필요 없잖아요. 반납하죠?"

"그, 그러게. 응, 그래야지! 오 군에게 이래저래 도움을 받아서 밀레디 씨의 서비스 정신이 쪼끔 폭발해 버렸네! 그래도 아쉽게 됐어! 이제 제정신으로 돌아왔으니까 과잉 서비스는 종료됐습니다!"

아하, 아하하하! 밀레디는 어색할 정도로 오버해서 웃으며 『보물고』에서 지금까지 입었던 수많은 메이드복을 꺼내 안아 들었다.

그리고 뭔가 결심을 하는 것처럼 돌아서서 오스카에게 다가갔다.

"정말, 이러면 곤란해! 오 군! 밀레디 씨가 약해졌을 때를 노리다니!"

그러면서 품에 안은 메이드복을 불쑥 내밀었다.

그러는 동안에도 왠지 눈은 계속 엉뚱한 곳으로 가 있었다.

오스카는 뭔가 할 말이 있는 표정이었지만, 반박하지 않고 옷만 받으려고 했다.

그러다가 손끝이 밀레디의 손에 닿았다.

반응은 극적이었다.

"하웃."

메이드복이 하늘을 날았다. 밀레디를 보자 오스카의 손끝이 닿은 손을 마치 화상이라도 입은 것처럼 잡고 있었다. 아래에서 위로, 얼굴이 쭈우욱 빨갛게 달아올랐다.

"미, 밀레디?"

"아, 아무것도 아니야! 아무것도 아니야!"

허둥지둥 뒷걸음쳤다. 전혀 밀레디답지 않은 반응이었다. 이건 아무리 봐도…….

"알았어, 알았어. 밀레디, 아직 몸이 정상이 아니구나?"

"으엥? 아, 으, 응! 맞아, 그거야, 메르 언니!"

밀레디는 후다닥 달려서 메일 뒤로 쏙 숨어 버렸다. 류티리스가 달콤한 과일이라도 베어 문 표정으로 밀레디의 머리를 쓰다듬었다.

"그럼 언니들은 밀레디를 방으로 데리고 갈게. 나머지는 알아서 해줘."

"오스 씨, 죽지 않도록 기도할게요!"

"그, 그래."

메일과 류티리스는 곧장 밀레디를 안고 사라졌다.

뭔지 모를 분위기가…… 아니, 살기가 감돌았다.

"이보게, 오스카."

"어이, 변태 안경 자식."

살루스와 클로리스가 망령처럼 다가왔다.

오스카가 퇴로를 확인하나— 통신반이 재빠르게 막았다. 그럼 어쩔 수 없다며 옷에서 『검은 열쇠』를 꺼내지만— 클로리스가 콱 잡았다. 빠르다.

어느새 함교에 있는 모두가 포위하고 있었다. 심지어 함내 전체와 연결된 흰 보주에서는 「오스카아아! 이 자식, 죽여 버리겠어어!」, 「밀레디한테 저런 소리를 내게 해? 오스카, 두고 보자!」, 「함교로 뛰어! 집결해!」, 「해충 퇴치할 시간이다!」라는 위험한 소리가 들렸다. 두두두두 다가오는 발소리도…….

"라, 라우스! 진정 마법을—"

라우스는 이미 없었다. 눈을 문 쪽으로 홱 돌리자 조금 전까지 네 발로 엎드려 있던 라인하이트를 업고 샤름과 함께 나가려는 참이었다.

"잠깐, 가지 마—"

어깨 너머로 한 번 돌아본 라우스는 훗, 하고 웃고는 망설이는 시늉도 않고 문을 닫았다.

몇 초 후, 함내 전체 통신이 끊겼는데도 단말마 비명은 배 어디에서나 들렸다고 한다.

그로부터 며칠간의 휴양 후.

레오나르도 부대의 혼백 검사도 무사히 끝나고 각지의 행동 부대가 잇따라서 본부로 집결하며 함내의 활기와 전의는 나날이 더해갔다. 한편, 밀레디와 오스카, 류티리스, 그리고 라우스와 샤름은 지금 바깥으로 나와 있었다.

구체적으로는 【라이센 대협곡】을 낀 수해였다.

"오스카 씨, 괜찮으세요?"

"하, 하하. 괜찮아, 샤름. 너는 정말로 착하구나."

오스카는 구불구불한 나무뿌리를 피하면서 라우스의 한쪽 팔에 안긴 샤름의 머리를 쓰다듬었다. 샤름의 걱정에 마음이 씻겨 나간 표정이었다.

샤름도 쑥스러워 보이기는 하지만, 기쁘게 손길을 받아줬다.

동생뻘 아이에 익숙한 오스카와 형은 있어도 형제다운 시간을 보낸 적 없던 샤름은 제법 궁합이 좋았다.

라우스도 그런 둘에게 훈훈한 표정을 짓고 있었다. 하지만 다른 한편에서는……

"밀레딩, 큰일이에요. 아우를 빼앗기겠어요!"

"오 군 이 녀석! 샤름을 빼앗으려고 하다니, 간이 부었군! 연하를 보면 바로 손을 대지! 샤름! 브라콤 안경을 조심해!"

"누가 브라콤 안경이야. 그리고 날 욕할 때 일일이 안경을 붙이지 마."

며칠 지난 덕분에 밀레디도 제법 안정됐다.

이제는 예전처럼 오스카와 농담을 주고받을 수도 있었다.

마치 아무 일도 없었던 것처럼.

그게 왠지 보기 답답해서 류터리스가 말을 걸려는데…….

"그나저나 오 군 동생들이랑 만나는 것도 오랜만이네. 앗, 류, 길은 이대로 가면 돼?"

"네? 아아, 네. 괜찮아요."

어쩐지 눈치를 보고 화제를 돌리는 느낌이 없잖아 있었다.

"라우, 그 애들을 부탁할게~."

"최선을 다하지. 하지만 라우라고 하지 마라."

"싫어. 왜냐면 그게 더 귀여운걸~."

둥실둥실 떠서 종알대며 라우스의 반질반질한 머리를 문지르는 모습은 혼수상태에 빠지기 전 밀레디 그 자체였다.

핏줄이 선 라우스와 이미 익숙해져서 웃는 샤름과는 부쩍 마음의 거리가 줄어든 것 같았다.

'그래도 오스 씨에게는 아직 닿으려고 하지 않네요…….'

아아, 답답해라……. 하지만 존경하는 메일 언니가 너무 참견하지 말라고 당부하지 않았던가.

옆을 힐끗 보니 오스카는 신경 쓰는 내색은 고사하고 오히려 평온해 보였다.

아니, 예전보다 훨씬 깊은 감정을 품고 지켜보는 것처럼도 보였다. 요 며칠 사이, 오스카에게도 마음을 추스를 시간은 있었겠지만, 눈을 가늘게 뜨고 밀레디를 지켜보는 오스카를 보고 있자니 제삼자마저 가슴속을 어루만지는 듯 따스한 감정을 느꼈다.

"류, 길을 열어줘."

"앗, 알겠어요."

오스카의 말에 정신을 차린 류티리스가 수호장을 휘둘러 길 없는 수해에 길을 만들었다.

현재 오스카 일행이 향하는 곳은 『성모향』이었다.

바로 딜런과 케티 같은 『신병 창조 계획』 피해자와 마왕성에서 가혹한 실험으로 마음이 병든 피험자를 치유하러 가는 것이었다.

나이즈는 반드르에게서 마왕국의 군부대를 비밀리에 이동시켜 달라는 요청을 받고 출장 중이었다. 메일도 도중에 헤어져서 나이즈를 도우러 갔다. 이미 메일이 할 수 있는 치유는 없고, 재생 마법으로 나이즈의 이동을 돕는 편이 효율적이라는 이유에서였다.

참고로 샤름이 함께 온 이유는 비전투원인 그를 마을에 숨기기 위해서였다.

잠시 기다리는 사이 빛이 보였다. 수해의 외곽부였다.

초목으로 둘러싸였지만, 수해 안쪽보다 안개의 영향은 적고 햇빛도 잘 들었다.

"음? 포위됐군."

"괜찮아, 반의 종마야. 마을의 경비병이지."

불시에 사방 풀숲에서 덩치 큰 마랑(魔狼)이 나타났다.

라우스와 샤름, 그리고 류티리스를 경계해 포위했지만, 위협은 하지 않고 오스카와 밀레디를 보고 있었다.

밀레디가 정면에 있는 마랑에게 괜찮다고 말을 걸자 뜻을 이해했는지 안내하는 것처럼 걸어갔다.

그 앞에 금속 울타리로 둘러싸인 촌락이 보였다. 『성모향』이었다.

오스카 일행을 알아본 문지기가 손을 흔들었고, 우연히 가까이 있던 조그만 사람도 그쪽을 돌아봤다.

"……! 오빠!"

콜린이었다. 그녀가 함박웃음을 지으며 쁠쁠 달려왔다.

그 순간, 콰르릉 번개 떨어지는 소리가 들렸다.

"아, 아름다워……."

"샤름?!"

라우스 아버님이 화들짝 놀라며 샤름을 봤다. 완전히 심장을 꿰뚫린 느낌이었다. 어디 사는 용사랑 똑같은 반응이었다.

오스카 일행이 설마설마하는 사이에도 라우스의 팔에서 뛰어내린 샤름은 콜린에게 열렬한 눈빛을 쐈다.

"처, 처음 뵙겠습니다! 저는 샤름 번이라고 합니다. 서, 성함을 여쭈어도 될까요? 숙녀분."

"수, 숙녀? 저어, 콜린이에요. 반가워요!"

콜린의 방긋한 미소가 샤름에게 명중. 가슴을 부여잡고 휘청거린다. 자기 혼자 「라인하이트, 내가 틀렸어. 사랑에 빠진다는 건, 이런 거였구나?」라고 중얼대고 있다.

"샤, 샤름―."

"콜린 양! 이름마저 아름다울 수가! 부디 저랑―."

"아, 밀레디 언니! 혹시…… 원래대로 돌아왔어?"

아버지는 아들에게, 아들은 첫사랑에게, 저마다 말을 끊겼다. 콜린에게는 지금 그게 중요한 게 아니었다.

"아, 아~, 응! 다 나았어! 걱정 끼쳐서 미안해, 콜린."

"밀레디 언니!"

와락 안기는 콜린을 받아주면서도 질투에 눈먼 샤름과 머리가 지끈거리는 듯한 라우스를 본 밀레디는 메마른 웃음만 흘렸다.

아무리 밀레디라도 사랑에 빠진 여덟 살 소년을 도발할 만큼 못돼 먹지는 않았다.

"콜린, 소개할게. 이 사람이 라우스 번이야. 밀레디를 고쳐준 사람이고 딜런과 케티도 고쳐줄지 몰라."

콜린의 머리 위로 『!!』가 튀어나왔다. 밀레디에게서 얼굴을 떼고 뚫어지게 라우스를 봤다.

"만나서 반갑다, 콜린. 앞으로 우리 아들도 여기서 지낼 테니까 친하게 지내다오. 너희 가족은 내가 최선을 다해 고쳐보마."

"앗, 네…… 네! 오빠랑 언니를 고쳐주세요!"

콜린이 힘차게 고개를 숙였다. 정말로 예의 바르고 심성이 고운 아이임을 한눈에 알 수 있었다.

"콜린은 못 줘, 라우스."

"누가 뭐라고 했나?"

시스콤 오빠가 칼같이 선을 그었다. 옆에서 샤름이 「너무해요, 저랑 형님 사이에 이러기예요!」라고 헛소리를 늘어놓는다.

당황하는 콜린에게, 새로운 사랑을 발견하고 흥분한 류티리스가 폭로했다.

"콜린은 인기가 많네요! 만나자마자 구애를 받았어요!"

"……흐엑?! 구애?!"

별난 사람이라고만 생각했던 샤름의 진의를 마침내 이해하고 콜린이 허둥지둥 어쩔 줄을 몰랐다. 샤름이 얼굴에 한껏 무게 잡았다.

"콜린 양, 저는—."

"그, 그게, 죄송해요! 콜린은 오빠 같은 사람이 좋아요!"

말을 잘랐다……기보다는 사실 혼란스러워서 오빠를 핑계로 도망친 것이었다. 태어나서 처음 받는 고백에 콜린의 얼굴은 이미 새빨개졌다. 그 모습이 또 참으로 귀엽지만, 정작 샤름은 털썩 쓰러져서 귀한 장면을 놓치고 말았다. 그리고 괜히 화풀이했다.

"……오스카 씨, 역시 당신이 막아서는군요?"

"샤름, 진정해."

"왜죠! 당신에게는 밀레디 씨가 있잖아요!"

""흐엑?!""

콜린과 밀레디의 목소리가 겹쳤다. 콜린이 밀레디와 오스카를 번갈아 봤다.

"아, 아니야! 밀레디 씨는 그런 게 아니야!"

밀레디는 손을 파닥거리고 고개도 붕붕 저으며 필사적으로 부정했다. 콜린은 그런 밀레디를 멍하게 바라보다가…… 왠지 자상한 눈길을 보냈다.

"응, 알았어. 알았으니까 이제 괜찮아, 밀레디 언니."

"뭐가?!"

"역시 콜린이에요. 훤히 꿰뚫어 보는군요. 성모라고 불리는 이유가 있네요!"

"그러니까 뭐가?!"

밀레디가 새빨간 얼굴로 빽빽 소리치는데…….

"형!"

"나이즈 님! 나이즈 님……은 어디?"

"수 언니, 나이즈 님은 없으니까 찾으러 가지 마. 어슬렁거리면서 어딜 가는 거야!"

루스와 수샤, 윤파를 선두로 모린과 마을 사람들도 달려왔다.

밀레디를 중심으로 사람이 몰려들자 맹목적으로 프러포즈하던 샤름도 기세가 한풀 꺾였다.

그 틈에 『진혼』을 거는 라우스. 샤름의 표정이 사라졌다. 아들의 현자 타임을 직시하지 못하면서도 한숨 돌린 라우스가 오스카의 어깨에 손을 올렸다.

"결전 전이다. 때를 봐서 제대로 이야기해."

"응, 알아."

오스카는 약하게 웃고는 동생들에게 사정을 설명하러 갔다.

장소를 옮겨 요양 시설의 넓은 방.

침대에 앉은 딜런과 케티의 정면에 서서 라우스가 눈동자를 희미하게 빛내고 있었다.

그 모습을 지켜보며 콜린은 오스카의 팔에 매달렸고 루스는 주먹을 꽉 쥐었다. 수샤와 윤파는 가슴 앞으로 손을 모아서 기도했다. 밀레디와 류티리스, 샤름과 모린은 물론이고 방으로 들어오지 못한 마을 사람들은 창밖까지 몰려와서 마른침을 삼키고 있었다.

팽팽한 실처럼 긴장된 시간이 얼마나 흘렀을까.

"……그렇군."

라우스가 불쑥 중얼거리고 눈을 감았다. 혼백 관찰이 끝난 모양이었다.

"라우스, 어때?"

"결론부터 말하마. 이 아이들의 자아를 되돌릴 수는 있다."

그 순간, 방 안팎이 들끓었다. 환성이 터지고 서로 어깨를 두드리며 기뻐하는 사람들. 그중에는 기쁨의 눈물을 흘리는 이까지 있었다. 가실 줄 모르는 환희의 물결에 라우스는 난감한 표정으로 목청을 키웠다.

"잠깐, 아직 문제가 남았다!"

환성이 뚝 그쳤다. 오스카가 표정을 굳히며 물었다.

"문제? 무슨 뜻이야?"

"시간이 걸린다는 소리다."

요컨대 이들의 혼에는 이질적인 혼— 고대 전사의 혼이 섞였다. 이것을 분리하면 자아를 되찾을 수 있다.

하지만 이것은 라우스에게도 최고 난이도의 혼백 간섭이다.

홍차에 넣은 우유만 분리하는 듯한 작업이다. 그래서 신중에 신중을 기해서 치료해야만 한다.

"……얼마나 걸려?"

"한 사람당 한 달은 들이고 싶군."

불가능하다. 아무리 계산해도 교회와 칼을 맞대는 것이 먼저다. 만에 하나를 생각해서 결전에 나서기 전에 치료만이라도 하고 싶었지만, 시간이 너무 부족하다.

"제가 도와도 안 될까요?"

승화 마법을 이용한 강화. 그것이 류터리스를 데리고 온 이유였다.

"그걸 감안한 숫자다."

이 세상에 혼백만큼 섬세한 것은 없다는 증거였다.

"게다가 하나 더. 지속적인 관리도 필요해."

"라우, 관리라면…… 치료한 뒤에도 말인가요?"

"그래. 필요한 만큼 분리는 해도 벗겨 내기는 힘들어. 완전히 융합한 상태니까. 정기적인 치료를 하지 않으면 시간이 지나면서 또 섞이겠지."

평생 라우스의 도움을 받아야 한다는 뜻이나 마찬가지였다. 누군가가 믿을 수 없다는 투로 탄식했다. 하지만 그때, 반대로 안심하는 목소리가 들렸다.

"그럼 문제없겠네."

루스였다. 진심으로 안도하고 절대적인 믿음이 깃든 눈빛으로 형을 봤다.

"그렇지? 형."

"루스 말이 맞아! 오 군이 아티팩트를 만들면 다 해결돼!"

대답한 사람은 왠지 밀레디였다. 평탄한 가슴을 한껏 내밀고 마치 자기 기량을 뽐내듯 확신을 담아 말했다.

모든 시선이 오스카에게 모이는 가운데, 밀레디가 생글 웃었다.

"『내가 어떻게든 할게. 네가 죽으면 무슨 소용이야.』— 오 군이 단언하고 실패한 적은 한 번도 없어. 그러니까 틀림없이 괜찮아! 그렇지?"

분명히 전에 오스카는 그렇게 말했다. 고대 아티팩트『신의 눈』을 확보하느냐, 방치해서라도 밀레디를 구하느냐, 그 두 선택의 기로 앞에 섰을 때.

하지만…… 이건 좀 너무하다. 그런 부드러운 표정으로 자신만을 바라보면서, 뜨거운 숨결에 실어 말하다니. 분위기부터 녹아내릴 듯 달콤하다.

그러니까, 이것 봐라, 묘한 분위기가 흐르지 않는가.

"어, 형? 진짜?"

"뭐, 뭐야, 콜린! 저 두 사람 드디어?!"

"지, 진정해, 윤. 콜린 입으로는 좀……. 그래도 오빠랑 밀레디 언니는 원래 엄청엄청 사이좋았으니까."

"씨앗이 드디어 싹을 틔웠다는 말인가요? 후후, 밀레디 씨, 귀엽네요. ……나이즈 님도 슬슬 넘어오면 좋겠는데……."

순수하게 놀라는 루스와 호기심에 눈을 빛내는 윤파. 전부 알고 있었나 보지만, 오빠가 멀리 떠나는 것 같아서 조금 쓸쓸하기도 하고 기쁘기도 한 웃음을 보이는 콜린. 『창작사』라는 천직에 어울리는 표현을 쓰면서도 마음의 어둠이 엿보이는 수샤.

남성진의 눈에는 허무가 자리 잡았고 다른 여성진은 의외라는 반응 반, 드디어 이어졌냐는 반응 반으로 기뻐했다.

오스카에게는 모린 엄마의 「밀레디 씨라면 안심하고 맡길 수 있지」라고 생각하는 듯한 미소가 가장 창피했다.

참고로 샤름은 콜린의 쓸쓸함을 민감하게 알아채고 전사 같은 눈으로 오스카를 노려봤다.

요약하자면, 아수라장이었다.

"으, 응? 어라? 분위기가 왜 이래……."

"아이참, 밀레디도! 저 가슴이 자꾸 두근두근 뛰어요!"

"왜?!"

영문을 모르겠다고 말하고 싶지만, 자신에게 쏟아지는 눈빛으로 깨달아 버렸나 보다. 갑자기 홍당무가 돼서 부들대기 시작했다.

"밀레디."

"녜엣!"

"가 말했다시피 라우스와 류티리스가 협력해주면 지속적인 혼백 분리 효과를 지닌 아티팩트를 만들 수 있을 거야."

자기를 부른 게 아니란 걸 깨닫고 밀레디는 공연히 헛기침을 했다. 열심히 얼버무려 보지만, 전혀 얼버무리지 못했다.

오히려 제어하지 못한 감정에 놀아나는 것이 뻔히 보였다.

다들 평소대로 깐족대지도 못하는 리더를 추궁하고 싶은 충동에 휩싸이지만, 지금은 오스카의 말에 귀를 기울였다. 반쯤 노려보면서.

오스카는 괜히 안경을 고쳐 쓰며 말을 이었다.

"라우스, 류. 우선 피험자들의 정신 케어를 부탁할게. 그다음에 차분하게 제작에 몰두하고 싶은데, 괜찮을까?"

"그래, 문제없다."

"물론이에요."

"엄마, 며칠 머물다가 갈게. 의식주 같은 치다꺼리를 부탁해도 될까?"

"그럼, 다 도와줘야지. ……동생들을, 구해주렴."

힘차게 끄덕인 오스카는 효율적인 치료를 위해서 다른 사람에게도 지시를 내리기 시작했다. 마을 사람들이 발등에 불이 떨어진 것처럼 바쁘게 뛰어다녔다.

"그, 그럼 밀레디 씨도 도우러 가 볼까!"

밀레디가 잽싸게 빠져나가려고 했다.

"밀레디."

그 소리에 밀레디가 펄쩍 뛰어올랐다.

"나중에 할 이야기가 있어. 해가 저물 즈음, 마을 외곽 언덕으로 와줘."

왠지 나가려던 사람들까지 멈췄다. 콜린과 윤파가 손을 잡고 꺄 소리를 내며 얼굴을 붉혔고, 수샤는 소재에 굶주린 작가처럼 쳐다봤다.

주목과 오스카의 말에 심장이 쿵쾅거리는 것을 느끼면서도 밀레디는 평정을 가장하려고 했다.

"이, 이야기? 뭘까아~? 지금 말해도 되는데~?"

"아니, 둘만 있을 때가 좋아."

언어의 라이트 스트레이트가 돌아왔다. 클린 히트. 「두, 둘만?!」이라며 허둥지둥. 눈도 지진이 난 것처럼 핑글핑글.

"……왜, 왜?"

어딘지 모르게 겁먹은 것처럼도 보이는 밀레디가 돌아보지 않은 채 물었다.

"알잖아?"

"……모, 모르겠는데."

"그래? 그럼 밀레디."

"뭐, 뭔데 그래? 밀레디는 바쁘니까ー."

"억지로 끌려갈래, 알아서 올래? 좋을 대로 골라."

"…………네. 알아서 갈게요."

"응. 그럼 나중에 봐."

오스카가 라우스와 류티리스를 따라서 나갔다.

밀레디는 그 등을 멍하게 계속 바라보고 있었다.

콜린과 윤파가 깍깍대는 소리도, 왠지 몸을 꼬면서 망상에 빠진 수샤도 눈에 들어오지 않는지, 다른 여자들이 놀릴 때까지 쭉.

그리고 저녁.

밀레디는 약속한 장소로 나왔다. 굉장히 어색하고 딱딱한 움직임으로.

올려다보니 언덕 쉼터에 있는 나무 그늘 아래 팔짱을 끼고 저녁 해를 바라보는 오스카가 있었다.

오스카도 밀레디를 알아차렸고 눈이 맞았다.

그것만으로 밀레디의 심장이 날뛰었다.

나답지 않다고 스스로도 생각했다. 심지어 꼴사납다고까지.

그래서 살짝 무서웠다.

'중요한 때인데 리더가 이러면 안 되지……'

실망했을까. 환멸을 느꼈을까.

그럴 리 없다는 것을 알아도 무서운 것은 무서웠다.

본능으로 살아가던 그 시간에 누구보다 강하게 자각했으니까. 지금까지도 어렴풋이 느끼기는 했어도 책에서나 보던 미지의 감정이었기에 이해할 수 없었던 그것.

이 가슴 안쪽에 깃든 감정을.

하지만 이제 도망칠 수는 없었다. 계속 모른 척할 수는 없었다.

나는 해방자의 리더니까.

평범한 소녀일 수 없으니까.

혼나고 나서 원래의, 평소의 광대 같은 자신으로 돌아가는 것이다.

"……오 군, 오래 기다렸지?"

"어서 와, 밀레디."

오스카와 똑같이 나무에 등을 기댔다. 이유도 없이 돌멩이를 발로 찼다.

"무슨 말 하려는지 알아. 미안해, 민폐 끼쳐서. 그래도 이제 괜찮ㅡ."

"밀레디."

조용한 목소리였다. 그래도 밀레디의 겁쟁이 같은 일면이 꺼내던 말이 끊기고 말았다. 이름을 부르는 소리와 함께 살며시 손을 잡았으니까.

몸이 흠칫했다. 냉정해지려고 했는데 피가 끓어오르는 느낌이었다.

반사적으로 떨쳐내려고 하지만, 생각 이상으로 강하게 쥔 손은 떨어지지 않았다.

"오, 오 군? 잠깐만."

"기뻤어."

예상 밖의 말에 놀라서 오스카를 쳐다보고 그 부드러우면서도 자상한 눈길에 숨이 멈췄다.

"약해졌을 때 너는, 내게 가장 기댔어. 솔직하게 말하면 실망할지도 모르지만, 사실 우월감까지 느꼈어."

당황하기도 했지만. 오스카는 쑥스럽게 웃으며 덧붙였다. 밀레디의 의식은 그런 오스카에게 못 박혀 있었다. 뭐라고 말해야 좋을지 몰라서 가만히 오스카를 바라봤다.

"어리광부리는 너 때문에 이성을 유지하느라 혼났어. 너무 귀여워서."

"아으……."

"마왕과 용사가 구애했을 때는 참을 수 없이 짜증났어."

깨달았다. 지금 하는 얘기는 오스카가 숨겨 왔던 속마음이라고. 밀레디가 생각지 않게 드러내 버린 그 마음을, 마치 불공평하다고 말하듯이 스스로 토로했다.

부끄럽다. 하지만 기쁘다. 조금 전 결의가 흔들릴 것만 같을 정도로.

그래도…….

―그런 데 정신을 팔아도 된다고 생각하는가?

옛날, 어릴 적의 『라이센』이 속삭이는 것처럼, 마음 어딘가에 있는 냉정한 자신이 해방자의 리더에게 속삭였다.

눈을 감았다. 마음 안쪽에서 넘치는 감정에 뚜껑을 덮듯이.

언제나 무리한 일을 시켜서 미안하게 생각했다. 그래도 오스카가 속마음을 들려준 덕분에 결심이 섰다.

"오 군. 나 있지……."

"알아, 네가 하려는 말."

"응?"

오스카가 결정적인 말을 꺼내지 못하도록 하려다가, 반대로 말을 가로막혔다.

"내가 얼마나 널 봐 왔는데."

"그게……."

"세계가 변하는 그날까지 너는 해방자의 리더. 그리고 나는 해방자 오스카 오르크스야."

"아……."

그것은 밀레디의 마음을 거절하는 말이 아니었다.

반대다. 밀레디의 모든 것을 받아들이겠다는 선언이었다.

"만약 우리에게 해방자 외의 길이 있다면, 그건 약속을 이룬 뒤라도 늦지 않아."

함께 세계를 바꾸자.

밀레디가 평범한 한 명의 소녀가 되는 미래는 틀림없이 그 약속의 끝에만 있을 테니까.

그러니까 지금은 서로의 마음을 묻어 두겠다. 그 감정에 이름을 붙이지도, 말로 하지도 않겠다. 약속의 끝에도 미래는 있다고 믿으니까.

"너는 어때?"

스스로도 어이가 없을 만큼 마음이 후련해졌다. 들뜬 마음이 전용 보석 상자에 딱 들어맞은 것처럼.

숨을 길게 내쉬었다. 잡았던 손이 너무 뜨거워서 놓아 버리고 춤추듯 앞으로 나와 화려하게 턴했다.

"오 군! 해방자가 아니라 소처럼 일하게 될 테니까 각오해!"

평소의 짜증나는 언동. 하지만 얼굴에는 생글거리는 웃음.

거기에 오스카는 그 어느 때보다도 상냥한 웃음을 돌려줬다.

저녁 햇살이 아름다운 그림자를 드리웠다.

기대어 서지는 않지만, 나란히 똑바로 선 두 사람의 그림자를.

며칠 후, 오스카 일행이 출발하는 날이 왔다.

"다녀올게. 루스, 콜린. 그리고 수샤랑 윤파도. 딜런이랑 케티를 잘 부탁할게."

"그래. 여기는 걱정하지 마, 형."

"잘 다녀와, 오빠."

"네. 맡겨주세요, 오스카 씨."

"……응. 괜찮아. 다음에 올 때는 다들 건강해졌을 거야!"

루스와 윤파는 조금 분하게, 수샤는 그런 둘을 지켜보며, 그리고 콜린은 오스카에게 약간의 걱정을 담아 이별의 말을 전했다.

루스와 윤파의 재능은 싸우는 사람을 지탱하는 힘이었다. 그래도 이해한다. 오스카 일행이 도전하려는 벽이 얼마나 높고 단단한지를. 미숙하기만 한 자신들은 걸림돌에 지나지 않는다는 것도.

그래서 억지를 부리지는 않았다. 부릴 수도 없었다.

그렇기에 오스카의 아티팩트로 다시 깊은 잠에 빠진 딜런과 케티만은 반드시 지키겠노라고 결연하게 답했다.

라우스가 한 달이나 걸릴 치료를 마력만 공급하면 자동으로 행해주는 그것은 손이 안 가는 대신 계산상 반년의 세월을 필요로 했다.

그동안의 간병 또한 중요한 역할이다. 적어도 싸우는 이들이 걱정 없이 눈앞의 난관에 집중하도록 도와주고 싶다.

아이들의 그런 기특한 마음을 알기에 오스카는 믿음을 가지고 고개를 끄덕였다.

모린 엄마도 오스카를 포근한 눈으로 바라봤다. 자랑스럽다는 듯이.

"오스카, 정말로 훌륭하게 컸구나……. 꼭 무사히 돌아오렴."

모린은 밀레디에게로 눈길을 돌리고 흰머리가 많아진 머리를 깊이 숙였다.

"밀레디 씨, 오스카를 잘 부탁드려요."

"그건, 네……."

무슨 의미냐고 묻기도 이상해서 얼굴만 살짝 붉히며 헛기침했다.

아직 마을 남자들 일부가 살인자 같은 눈으로 오스카를 보지만, 대부분은 자애로운 눈으로 밀레디를 보고 있었다. 분위기가 전보다 훨씬 근사해졌고 그 원인도 명확하기 때문에 마지못해 납득한 사람이 늘었으리라.

"밀레딩도 참, 성인이 돼도 그런 점은 여전히 귀엽다니까요!"

"류는 쓸데없는 소리 그만해!"

"잘 어울려요, 그거."

"으…… 고마워."

류티리스가 톡 건드린 그것은 밀레디의 한쪽 귀에 달린 귀고리였다. 굉장히 작지만, 멋진 장식과 창궁색 보석이 아름다운 물품이었다.

사실은 공화국에서 전쟁이 벌어지고 있을 때 밀레디는 생일을 맞이했다.

본부로 귀환한 뒤에도 상황이 상황인지라 아무도 언급하지 않았지만, 성모향으로 출발하기 전에 손녀라면 끔뻑 죽는 살루스가 억지로 소소한 축하의 자리를 마련해줬다.

그리고 보니 생일을 몰랐다며 아연실색하던 일동은 서둘러서 수중에 있는 물건을 선물했다. 하지만 오스카는 혼자만 보류했고 이곳에 머무는 동안 만든 물건을 선물한 것이다.

일반적으로 열다섯 살은 성인으로 인식되는 나이였다. 이제 밀레디도 명실상부 어른이었다.

그래서 모린의 말도 여러 가지 뜻으로 해석되어 쑥스러워했다.

그러나 이제는 동요해서 흔들릴 일은 없었다.

오스카가 해준 말로 마음의 안개는 걷혔고 단단히 고정되었으니까.

"아버지, 무운을 기원하겠습니다. 라인하이트에게도 전해주세요."

"그래. 너도 마음 사람들을 잘 도와주거라."

아들의 머리를 쓰다듬었다. 생이별이 되리라고는 생각하지 않았다. 반드시 데리러 오리라고 맹세했다.

"그럼 다녀올게!"

장난이라도 치러 가듯 씩 웃고 돌아서는 밀레디를 따라 동료들도 등을 돌렸다.

마을이 수해의 나무에 가려 보이지 않게 되고서도 격려의 말은 계속해서 메아리쳤다.

밀레디의 중력 마법으로 수해의 하늘을 날아간다.

완벽하게 제어한 자유 낙하는 시속 500킬로미터에 가까운 속도를 유지했고 공기 저항도 거의 0으로 줄였다. 그 마법을 자신을 포함한 네 명에게 동시에 걸고 비행한 지도 벌써 두 시간이 넘었다. 그런데도 밀레디에게서는 피곤한 기색을 전혀 찾아볼 수 없었다.

전에 비해서 속도도 비행시간도 두 배 이상 늘었건만, 아직도 그 기량의 한계는 보이지 않았다.

이 세상의 어느 생물보다 빠르고 자유롭게 하늘을 누빈다.

하루에 이동 가능한 거리만 따져도 밀레디에게 견줄 자는 더 이상 없었다.

"······쉬지 않아도 괜찮나?"

"응~? 지쳤으면 내려줄까?"

라우스가 말하자 밀레디는 공중에서 돌아서면서도 아무렇지 않게 말했다. 일단 물어는 봤지만, 역시 그 얼굴에서는 어떤 피로도 보이지 않았다.

"······갈 때도 생각했지만, 역시 대단하군."

"이것도 제 마법을 받지 않은 상태예요. 정말 믿어지지가 않네요."

그 말대로 지금 밀레디는 류티리스의 승화 마법을 받지 않았다. 그런데도 전쟁 중에 승화 마법을 받았을 때와 유사한 수준이었다.

밀레디의 말에 따르면 『신대 마법의 진수』라는 것이 있다고 한다.

중력 마법의 진수는 별의 에너지에 간섭하는 것.

인간의 몸으로는 별의 인력과 원심력에 간섭하는 정도가 한계지만, 이론상 지각 변동도 일으키고 지열과 자력에 간섭하는 능력을 응용하면 기후 조작마저 가능하다.

요약하자면 신대 마법이란 이 세상의 섭리에 간섭하는 마법이라 하겠다.

지금 밀레디는 중력 마법의 기량이 폭발적으로 상승한 데더불어 마음만 먹으면 자연 마력을 흡수해서 육체와 혼백의 한계 내에서 무한에 가까운 마력을 쓸 수 있다.

"집결은 순조롭고, 라우도 부활했고, 딜런과 케티가 치료될 희망도 보였어. 이제 아무런 걱정도 없어! 앞으로는 맹훈련이 있을 뿐이야! 언제까지나 밀레디의 큐트한 엉덩이만 쫓아다니면 못 쓴다구~. 뭐, 보고 싶은 마음은 이해하지만! 꺄악, 변태들~!"

공중에서 재주 좋게 옆으로 쓰러진 자세를 잡고 자기 몸을 끌어안으며 흐느적댔다. 짜증나는 것은 예나 지금이나 똑같았다. 정신적인 면에서도 부활, 아니, 이제는 최고조에 달한 밀레디에게 동료들은 어이없어하면서도 진지하게 답했다.

"그래. 우리도 사도 정도는 혼자서도 해치울 수 있게 돼야지."

"몇 명이나 있을지 모르니까 말이야."

"호광 기사단도 있고요."

그만한 힘을 보유한 존재들이다. 그들과 싸우기 위해서 신대 마법의 진수는 이제 필수 사항이었다.

"산 정상의 외기둥을 파괴해서 신과 지상의 연결을 끊는다. 에히트가 구경꾼 노릇을 그만두고 모습을 드러내면 정면에서 싸워 박살낸다. 그게 다야! 괜찮아! 우리라면 할 수 있어!"

밀레디는 공중에서 춤이라도 추는 것처럼 동료들 주위를 빙글빙글 돌았다.

이토록 믿어주는데 어떻게 부응하지 않을 수 있으랴. 세 사람은 물론이라며 씩씩한 웃음으로 답했다.

"그럼 우리는 먼저 훈련을 시작할까."

걱정이 사라진 지금 신대 마법 사용자의 역할은 여유롭게 사도를 타도할 힘을 얻는 것. 그러지 않으면 총본산 제압은 불가능하다.

그렇기에 계획한 것이 신대 마법 사용자들이 『진수』에 도달하기 위한 집중 훈련이었다. 다른 일은 이미 전부 다른 동료들에게 맡겼다.

장소는 수해 깊은 곳. 안전성과 은닉성을 겸비한 이상적인 곳이었다.

반드르 쪽도 마왕의 행군을 도운 뒤 바로 합류할 예정이었다.

"동료끼리만 숲에 틀어박힌다니, 좀 흥분되네요."

"……? 수해의 여왕이 할 소리인가?"

"……라우스, 흘려들어. 류는 친구라고 할 만한 게 바O벌레와 맹독 나비밖에 없었어."

라우스의 머리 위로 『?!』 마크가 떠올랐다. 딱하기 그지없다는 눈으로 류티리스를 보고— 문득 생각했다.

그러고 보니 나도 친구라고 할 사람은 무르무 정도밖에 없지만…… 지금쯤 분노로 미쳐 날뛰고 있겠지. 어쩌면 세상에서 가장 나를 죽이고 싶어 할지도 모른다. 그 녀석, 광신자니까.

"류. 진짜 친구가 생겨서, 다행이군."

"……? 네! 저도 그렇게 생각해요!"

라우스의 눈은 무척 따스했다. 언제부터인지 바로 옆에는 거꾸로 선 밀레디가…….

"라우, 우리는 평생 친구야!"

"날 동정하지 마라!"

수해 하늘에 시끌벅적 즐거운 소리를 퍼뜨린다.

마음속으로는 수행을 위한 열정을 불태우며.

물론 얼마 안 가서 열정을 불태울 여유도 사라졌지만.

그로부터 약 열흘 뒤.

마왕 부대의 전이를 무사히 마친 나이즈, 반드르, 메일은 우로보로스의 안내를 받아 수련장으로 향하고 있었다. 메일의 걸음걸이가 춤추듯 가벼웠다.

"너무 놀리지 마. 중요한 시기에 관계가 틀어지면 큰일이야."

반드르가 짜증스러운 표정을 숨기지도 않고 충고했다.

"그걸 어떻게 참아! 오스카가 밀레디를 불러내서 로맨틱한 곳에서 단둘이 이야기했다고 하잖아? 언니로서 동생의 중대사를 그냥 넘길 수는 없어! 무슨 일이 있었는지 들어야지!"

그렇다. 사실 이 세 사람은 『성모향』에 들렀다 오는 길이었다.

눈에 띄지 않게 수해 위를 통과하는 루트를 고른 점, 남부 대륙 쪽에서 수해로 진입하기 전에 야영한 점, 그리고 마침 그 타이밍에 밀레디 일행과 만날 가능성이 있었기 때문에 라수르의 양해를 얻어서 세 사람끼리만 가 본 것이었다.

그 결과, 밀레디는 이미 떠나고 난 뒤였지만, 재미있는 이야기를 들었다.

"호기심 100퍼센트라는 얼굴이다만?"

"안약 줘? 우애 100퍼센트겠지."

말로는 못 이기겠다고 반드르가 나이즈에게 눈짓했다.

하지만 정작 나이즈는 어째선지 마음이 다른 곳에 가 있었다.

"아~, 안 돼, 반. 나이즈는 수샤랑 윤파에게 잡아먹혀서 아직 넋이 나가 있一."

"먹히긴 누가?!"

집 나갔던 정신이 돌아온 모양이었다. 얼굴이 빨갰다.

"어머? 그래도 쇠사슬에 묶이고 자빠뜨려서 키스당했잖아?"

"그 얘기 꺼내지 마!"

"하긴, 확실히 그건 입맞춤보다는 포식……."

"반. 생각나니까 그만해라."

참고로 기습하기 위해서 관심을 끈 건 콜린. 사슬은 루스가 준비했고 반드르의 종마가 태클로 넘어뜨렸다. 물 흐르듯 자연스러운 연계로 위에 올라탄 자매가 한순간의 틈을 놓치지 않고 나이즈의 입술을 빼앗았다. 이것이 이번 사전의 진상이었다.

이쯤 되면 사냥이다. 늑대에게 잡힌 아기 토끼를 보는 듯한 콜린과 루스의 눈초리, 그 함정에 일조했다는 죄책감으로 점철된 표정이 무척 인상적이었다.

수샤가 돌아보자 척 경례하고 떠난 것을 보면 분명히 협박—강하게 협력을 부탁했으리라.

밀레디의 분위기에 자극받기도 했고, 결전 전이라는 이유도 있었겠지. 그동안 만나지 못해 쌓이고 쌓인 감정과 걱정⋯⋯. 수샤와 윤파 딴에는 이 기회를 놓칠 수 없었을 것이다.

참고로 입맞춤 선에서 탈출에는 성공했다. 그래서 나이즈의 해명대로 일단 잡아먹히지는 않은 셈이었다.

"어머머, 혹시 싫었어?"

"⋯⋯."

빤히 들여다보는 메일의 시선에서 나이즈는 눈을 돌렸다.

열두 살과 여덟 살 소녀와 키스하는 30대 직전인 남자⋯⋯ 여자 쪽에서 덮쳤다고는 해도 솔직히 범죄의 냄새가 풀풀 났다. 자기혐오에 빠질 뻔했다.

빠질 뻔했지만⋯⋯.

—나이즈 님. 이제 그류엔이라는 이름을 써도 괜찮지 않을까요?

키스한 뒤에 한 이야기였다. 수샤는 사과와 함께 수치심으로 볼을 붉히면서도 몇 번째인지 모를 사랑의 말을 전했고, 승리를 빌고, 무사히 돌아오기를 기원하고⋯⋯.

그리고 사랑으로 보듬는 듯한, 혹은 질책하는 듯한…… 그런 형용하기 힘든 감정이 채워진 표정으로 했던 말.

─아직 자기 자신이 자랑스럽지 못한가요?

한때 고향인 『그류엔 마을』을 주민과 함께 지워 버린 죄. 그 죄책감, 속죄하는 마음이 나이즈 안에서 사라질 일은 없다. 분명히 죽을 때까지.

그래도 말했었다.

언젠가 다시 한 번, 스스로 그류엔이라고 말하고 싶다고.

자신의 진짜 이름은 나이즈 그류엔이라고.

자신을 바깥 세계로 데리고 나와준 사람들에게. 다시 한 번 앞을 보고 살아가도록 결심하게 해준 사람들에게.

그 사람들 중 두 명은 자신을 일편단심으로 생각하는 자매였다.

─미래를 위해서 세상과 싸우는 당신을, 저희는 자랑스럽게 생각해요.

손을 잡고 강한 신뢰의 눈빛을 똑바로 보내오는 수샤의 말은…….

─나이즈 님은 정말로 자랑스러운 사막의 전사예요.

전사의 검처럼 날카롭고 강인하게, 나이즈의 마음속 칼집에 들어간 기분이었다.

소년 시절에 존경했던 아버지 같은 전사가 됐다는 생각은 전혀 들지 않지만.

적어도 이 자매 앞에서는 자신을 자랑스럽게 여겨도 된다.

그렇게 생각해서.

그렇게 생각하게 해줘서.

"나이즈~? 또 넋이 나갔니?"

"포기해, 나이즈. 너는 그 자매한테 못 이겨."

"윽."

더는 반박할 말도 나오지 않았다. 전혀 부정할 수 없었다.

소리 없이 웃는 메일과 반드르에게서 도망치듯 나이즈는 걸음을 재촉했다.

그때 우로보로스 씨가 어깨에 앉았다. 반사적으로 흠칫하게 된다. 아무리 우로보로스 씨에게 익숙해졌어도 기습은 안 했으면 좋겠다. 이것만은 어쩔 수 없는 본능이었다.

뭐, 아무튼 드디어 수련장에 도착한 모양이었다.

이상하게 조용해서 .고개를 갸웃거리면서도 초목을 헤치고 넓게 트인 장소로 나왔다.

그리고 목격했다.

"무슨 일이 있었지?!"

오스카, 라우스, 그리고 류티리스가 흰자위만 뜨고 경련하는 모습을.

자신들을 보고 빵긋 웃는 밀레디를.

"드디어 왔구나, 메르 언니! 이걸로 본격적인 수련이 가능하겠어!"

""""엉?""""

나이즈 일행에게 전율이 퍼졌다. 그도 그럴 것이 라우스조차 반송장이 되어 있으니까.

대체 어떤 수련을 했길래……. 무심결에 뒷걸음치고 말았다.

그런 나이즈 일행에게 유령처럼 스르륵 다가온 밀레디는 여전히 활짝 웃음 지으며 말했다.

"이제 육체도 죽을 수 있겠네!"

죽을 각오도 반죽음도 아니었다.

자세히 보니 쓰러진 자들 몸 위로 희미하게 본인들이 보였다. 유체 이탈한 라우스가 필사적으로 오스카와 류티리스를 육체로 돌려놓는 모습도.

아무래도 밀레디 리더께서는 동료의 죽음을 원하시나 보다.

"잘됐어, 오 군, 라우, 류! 몇 번이든 죽어도 돼!"

현세로 막 돌아온 세 사람의 얼굴에 절망이 내려앉았다. 마조 여왕님 주제에 류티리스가 도움을 갈구하는 얼굴로 엎어진 채 팔을 뻗었다. 좀비 같았다. 오스카의 눈은 시체 같았고, 천년의 사랑도 식은 얼굴처럼도 보였다.

"그럼 이제 도착한 세 사람도 바로— 떠나 볼까?"

싱글벙글. 밀레디 주위에 검게 소용돌이치는 구체가 무수히…….

"미, 밀레디, 이, 일단 진정하자? 응?"

"마, 마왕……."

마왕의 동생이 무심결에 그렇게 말할 정도로, 거대한 힘의 오라를 등진 밀레디는 무시무시했다. 나이즈는 이미 체념한 얼굴이었다.

물론 마왕 밀레디에게서는 도망칠 수 없었다.

수해 깊은 곳에 세 사람의 비명이 추가된 것은 두말하면 잔소리다.

라우스가 건『강제적 혼의 한계 돌파』를 상시 발동.

그러면서 류티리스에게 강화된 승화 마법을 받으며 각종 시대 마법을 한계치 이상으로 계속 사용한다.

거기에 밀레디가 막대한 자연 마력을 흘려보내면서 말 그대로 불면불휴의 수련이 완성됐다. 육체나 혼백이 정말로 한계에 달하면 오스카의 아티팩트로 메일과 라우스를 아슬아슬한 수준까지 회복하여 문자 그대로 죽어도 되살리면서 수련을 계속했다.

지옥이라는 말로도 부족한 상황이었지만, 이 정도는 되어야 극한 상황이라고 할 수 있었다.

그런 무리한 수행을 계속하고 대략 보름이 지났을 무렵.

수련장에 처음으로 사람이 찾아왔다.

"어머? 파샤?"

"그간 기체 강녕하셨는지요, 폐하."

집중하기 위해서 출입을 금지한 이곳에 재상이 직접 얼굴을 내민 것이었다.

우로보로스나 반드르의 종마로 연락도 없이.

심지어 여왕에게 있어서는 안 될 추레한 모습에도, 하늘을 덮는 안개 외에 반경 수백 미터 내의 초목이 전부 드러누운 광경에도 동요하지 않고 잔뜩 굳은 표정으로.

심상치 않은 기운을 느끼고 다른 이들도 의아해하며 다가왔다.

"파샤 씨? 무슨 일 있어?"

"밀레디 공, 이걸 보시지요. 지금 각국의 마을이란 마을마다 이런 게 나돕니다."

파샤가 내민 것은 호외 기사 같았다.

건네받은 밀레디는 당혹스러워하면서도 시선을 떨어뜨렸다. 다른 이들도 들여다봤다. 그곳에는…….

―이단자 조직 『해방자』의 공개 처형 결정

그렇게 적혀 있었다.

약 한 달 뒤 있을 처형 예고와 일자, 저번 전쟁의 전범이라는 죄목으로 잡힌 처형 대상자, 그리고 염사인지 뭔지 모르겠으나 굳이 찍어서 올린 고통받는 주요 인물들의 모습.

"이게, 뭐야……."

밀레디의 표정이 일그러졌다. 다른 이들은 눈을 크게 떴다.

염사에 비친 자는 커그, 리건, 바하르.

명단에는 오르크스 공방의 이름이 있었다.

에스페라도 지부원들의 이름이 있었다.

안디카 주민의 이름이 있었다.

"오스카 공. 그 기사와 함께 살루스 공에게 연락이 왔습니다. 확인하는 대로 『천망(天網)』을 이어 달라고 합니다."

파샤가 말하는 『천망』이란 영상 전송 기능이 달린 통신용 아티팩트였다. 혼백 마법과 공간 마법을 응용한 그것은 상식을 초월한 방첩 능력과 통신 거리를 자랑했다. 오스카는 수련 중에 시험 제작한 『천망』을 본부로 보내고 있었다.

잠시 멍해 있던 오스카는 바로 『보물고』에서 가로세로 30센티미터 크기의 수정판을 꺼냈다. 마력을 부여해 기동하자 곧 짝이 되는 『천망』의 영상이 도착했다.

『왔군. 수행은 잘 되어 가나?』

영상에는 살루스와 클로리스가 있었다. 화가 날 만큼 느긋한 말투를 듣고 밀레디가 『천망』을 빼앗다시피 얼굴을 디밀었다.

"사루 할아버지! 어떻게 된 거야?! 기만 정보지?!"

희망 섞인 질문을 부정한 것은 『천망』에 비친 세 번째 인물이었다.

『아뇨, 밀레디. 에스페라도 지부는 제압됐어요.』

"셜리?!"

온몸에 붕대를 감고 지팡이를 짚고 선 여성은 틀림없이 셜리 넬슨이었다.

『도망칠 수 있었던 건 저뿐이에요.』

무겁게 가라앉은 표정으로 그렇게 전하는 셜리를, 밀레디는 믿어지지 않는다는 얼굴로 바라보고 있었다.

그 옆에서 라우스가 이를 갈았다. 역시 열차 습격 사건이 단서가 됐다고 추측하며, 나이즈와 반드르도 착잡한 마음을 다스리지 못했다.

셜리가 누구 잘못도 아니라며 천천히 고개를 젓는 옆에서 살루스가 정보를 추가했다.

『오르크스 공방— 아니, 지금은 빌랜드 공방인가? 그곳도 확인했어. 공방은 폐쇄됐고 직공들은 이송됐다는군.』

"살루스 할아버지. 안디카의…… 다른 사람들은?"

안디카는 지금 무수한 배를 연결한 배섬이 되었고 그곳에서 수천 명이 살아가고 있었다.

당연히 그들을 모두 신국으로 이송했을 리가 없었다. 명단에 실린 이름도 100명 정도였다.

해적단의 본래 거점이었던 배섬은 지금 대다수가 안디카 배섬의 일부가 되었다. 당연히 해적단의 비전투원 대부분도 지금은 안디카에서 살고 있었다.

눈에 힘을 주고 기사를 확인했지만, 그 패밀리의 이름은 없었다.

설마 다른 사람들은 모두……. 불길한 상상이 머리를 스쳤다.

『일단 무사하다는구먼. 배섬은 반파했고 중경상자가 많지만, 바하르가 빠르게 저항을 중단시키고 얌전히 연행되도록 지시했다고 해.』

"그쪽에서 전서조를 날린 거야?"

『그래. 아마 습격이 있고 바로 보냈을 게야. 혹시 몰라서 팀의 이소니얼 새를 상주시켰던 덕이지.』

"그래……. 좀 마음이 놓였어. 크리스는…… 아마 이동 중이겠네."

『그들에게 내린 집결 명령에는 공국에서 가장 가까운 북쪽

해안선에 도착하는 대로 전서조를 날리도록 지시해 놨습니다. 예정에 차질이 없다면 슬슬 연락이 올 겁니다.』

클로리스가 메일을 배려하듯 보충했다.

하지만 그렇다고 낙관은 할 수 없었다.

『이 포고는 신탁의 무녀가 내렸다는군. 승전 선언의 신빙성을 높이고 교회의 권위를 회복할 속셈이겠지.』

『덧붙이자면 도발이기도 하겠죠. 우리를 향한.』

클로리스의 추측을 듣고 오스카가 이를 꽉 물며 보충했다.

"어차피 올 걸 안다. 준비에 너무 시간을 들이지 마라. 게릴라 같은 장기전도 용납하지 않겠다. 무대는 마련해줬다. ……그런 뜻인가?"

『네.』

"아주 갖고 노는군."

밀레디가 기사를 땅에 내팽개쳤다. 그리고 격정에 사로잡혀 성량을 높이지만…….

"당장 구하러—."

『아뇨. 못 가요, 리더.』

말을 끊은 사람은 셜리였다. 당당하고 흔들리지 않는 눈빛이 밀레디를 당혹시켰다.

『제가 여기 있는 건 용서받았기 때문이에요.』

호텔 르쉐나 습격은 정말로 갑작스럽게 벌어졌다.

주변 모든 것을 부식시키는 기사를 필두로 다짜고짜 무력행사. 에스페라도 지부는 변명할 여유도 여지도 없이 단숨에 지하까지 내몰렸다.

스이에게 건넸던 『검은 열쇠』는 열차 승객과 함께 【에스페라도】로 온 나이즈가 반환했지만, 『검은 문』은닉과 자료 파기를 생각하면 한 명을 빼돌리는 것만으로도 벅찼다. 그리고 그 한 명이 셜리였다.

『아버지가, 리건 지부장이 보내는 전언입니다— 「섣부른 판단은 용납할 수 없습니다. 처형날까지 충분히 준비하십시오.」』

밀레디가 허용할 수 있는 아슬아슬한 수준의 충언이자 그들의 각오가 전해지는 말이었다.

『커그와 바하르의 전언도 있어.』

커그는 폐쇄된 공방을 해방자 지부원이 확인하러 오리라 예측해 편지를.

바하르는 연행 대상이 되지 않은 주민에게 전할 말을 맡겼다.

—흔들리면 가만 안 둬!

—허튼짓했다가 **딸들**한테 무슨 일 있으면 죽여 버린다.

시간이 없었으리라. 전언은 그게 전부였다. 하지만 그 어떤 말보다 확실하게 그들의 의지를 드러내는 말이었다.

"……어이없어. 누구 마음대로 아버지 행세래? 죽든 말든 알아서 하라지. 밀레디, 무시해도 돼."

메일이 싱긋이 웃으며 말했다.

하지만 밀레디를 보는 눈에는 확신이 있었다. 셜리도 메일도 속이 타들어 갈 텐데 아무런 내색도 하지 않았다.

"오 군……."

안경을 누르는 손가락은 떨리고 있었다. 분노 때문임을 안다. 하지만.

"처형날까지 유예가 있는 건 사실이야."

오스카 또한 냉정했다.

"지금 돌격하면 모든 노력과 희생이 물거품이 된다. 밀레디, 너도 알지 않나?"

"아직은 견딜 시간이에요."

라우스와 류티리스도 설득했다.

밀레디는 눈을 감고 크게 숨을 들이쉬었다. 잠깐의 침묵 후, 조직의 리더다운 얼굴로 고했다.

"작전에 변동은 없어. 우리 수련은 열흘 안에 끝마칠게. 반드시."

『그러마. 그나저나 대륙 서부 쪽 부대는 합류하기에 늦은 것 같구나. 인근 지부에 일시 대기하도록 지시할 텐데, 괜찮겠지?』

"그렇게 해줘. 우리가 데리러 갈게."

『그럼 그 작전도 수정 사항을 반영해서 각지에 통보하겠습니다.』

"응. 괜찮아, 반드시 시간에 맞출 테니까. 오 군이!"

『네. 작전의 핵심이에요. 실패했다고 하면 해방자를 전부 끌고 가서 안경을 깨 버리겠습니다. 예비품까지 전부.』

"……꼭 성공할게."

그렇게 대화하는 옆에서 살루스가 눈을 가늘게 뜨고 지켜보고 있었다. 자랑스러운 주인을 보는 군사(軍師)의 눈이었다.

하지만 그것도 곧 부드럽게 풀렸다.

『너희들도 밀레디의 뜻을 이뤄다오.』

동료들을 돌아보는 눈길은 따스했고, 밀레디에게는 성장한 손녀를 바라보는 눈길을 보냈다.

밀레디가 믿음이 담긴 눈빛으로 모두를 돌아봤다.

전에 없이 사나운 물결, 여섯 색으로 빛나는 격류가 대답을 대신했다.

제5장 ◆ 변혁의 종

그날, 신도는 기이한 열기에 휩싸여 있었다.

전례를 찾을 수 없는 규모의 이단자 공개 처형이 있는 날이기 때문이었다.

그야말로 신의 위신을 세우는 날.

아무리 교회를 믿어도 소문은 바람을 타고 흘러들었다. 애써 소문의 진상, 전쟁의 결과를 외면해도 교회의 절대성이 흔들리는 현실은 피부로 와 닿았다.

하지만 오늘 그러한 불안이 불식된다. 어떻게 안도하지 않으랴. 불안의 반동이 신도를 뜨겁게 달구었다.

그리고 그 열기, 혹은 광기가 가장 강한 곳은 당연히 교회 내부였다.

알현실.

새하얀 계단 위에는 옥좌가 진좌했고 그 뒤에는 에히트 신이 그림 속에서 유유히 웃고 있었다.

제단 같은 그곳의 우측에서 문이 열리고 교황 루시루플이 나타났다.

옥좌 앞에 선 그가 위압적으로 아래를 내려다봤다.

칠성 무구 중 하나 『성궁』을 맡은 무르무와 『성창』 및 『성순』을 가진 달리온.

개개인이 제2세대 성무구로 무장한 수광 기사단과 호광 기사단 98명.

마찬가지로 모두 제2세대 성무구를 하사받은 릴리스 휘하 신전 기사단, 카임과 셀름이 이끄는 백광 기사단, 키메예스 대사교의 사교단.

그리고 무릎 꿇고 머리를 조아린 그들의 흰 머리칼을.

—전 병력 사도화.

진짜 사도와 동급은 아니며 은색 날개와 분해 마법을 자유자재로 다루지도 못한다.

하지만 반사도화와는 비교가 되지 않을 만큼 그 능력 증강은 막대했다.

본래 한 시대에 단 한 명, 선택받은 영웅에게만 주어질 만한 힘이었다.

그런데도 기사들에게서 흥분한 기색은 일절 찾아볼 수 없었다.

독기를 품은 처절함이라고도 볼 수 있고, 이 시대의 절정에 어울리는 위용이라고도 할 수 있었다.

적어도 기사들은 모두 오늘 이 시대의 추세가 결정된다는 것을 알고 있었다.

루시루플은 만족스럽게 고개를 끄덕이고는 스스로 옥좌에서 내려갔다.

순백색 계단을 내려가 질서 정연한 기사단의 한 발자국 앞에 선 그는 돌아서서 옥좌를 올려다봤다. 그러고는 살며시 눈살을 좁히고 기사들처럼 무릎 꿇었다.

"에르스트 님. 저희를 이끌어주소서."

한때는 『신탁의 무녀』. 지금은 신위의 구현자 『신의 사도』.

옥좌 위 허공에서 빛이 내려왔다. 그 빛 속에서 부름에 응하여, 나타났다.

발키리와 같은 장엄한 모습으로, 은색으로 빛나는 날개를 펼치고. 아름다운 깃털이 허공에 춤췄다.

하지만 그게 끝이 아니었다.

에르스트 뒤로 한 명, 두 명, 세 명……

똑같은 얼굴, 똑같은 모습을 한 미녀가 좌우로 다섯 명씩 나타났다.

진정한 신의 병사 열한 명이 옥좌 앞에, 에히트 신의 그림을 등지고 나란히 섰다.

"오오……"

감히 말이 나오지 않았다. 기사 중에는 감격의 눈물을 흘리는 이도 있었다.

"루시루플."

"예. 보고하겠습니다."

각국 수뇌들의 신도 집결을 확인. 신전 기사단을 중앙 광장 및 신도 외곽에 배치 완료.

상공 반경 7킬로미터에 달하는 방공 감시망 구축 완료.

신도 대결계, 정상 가동 중.

지금까지 보인 연로한 인상은 자취를 감추고, 루시루플은 정정하게 에르스트가 바라는 말을 이어갔다.

그것은 곧 방어전 준비가 만전의 태세를 갖추었다는 증거였다.

"좋습니다."

에르스트가 기사들을 돌아봤다. 그 푸른 눈에 수상한 빛이 강해질수록 알현실의 광기와 전의도 시시각각 강해졌다. 그리고⋯⋯.

"금세대 최고의 오락을 시작합시다."

억양 없는 기계 같은 명령에 신의 군세는 엄숙한 분위기로 응답했다. 「에히트 님 만세」라는 단 한마디로. 순교자의 얼굴을 하고서.

처형 개시 시각인 정오.

태양이 중천에 달하기 조금 전.

신도 중앙 광장은 인파로 발 디딜 틈이 없었다.

중앙 광장은 지름이 300미터나 되는 원형으로 광대한 면적을 자랑했다. 종교 행사에도 이용되기 때문에 동서남북으로 난 길도 매우 넓으며 주변 건물도 중심을 향해 계단 모양으로 낮아지도록 높이를 제한했다. 한마디로 구경 장소로는 충분하고도 남았다.

예외적으로 광장 중심에서 반경 100미터 안과 왕궁으로 통하는 북쪽 길만은 출입이 금지됐지만⋯⋯.

그곳을 제외한 세 방면의 길과 주변 건물까지 사람이 보이지 않는 곳이 없었다.

교회 관계자와 신민뿐 아니라 높은 지위 덕분에 신도로 들어올 수 있었던 주변국 사람들도 대거 모여든 까닭이었다. 도처에서 「이단자에게 죽음을!」, 「세계에 평화를!」, 「에히트 님은 절대적이시다!」라는 열광적인 외침이 울려 퍼지면서 대기가 흔들리는 느낌마저 들었다.

그에 반해 중앙 광장에서 500미터나 떨어지면 사람이 부쩍 줄어들어 중환자나 고령자, 어린아이를 돌봐야 하는 가족이 집이나 시설에서 드문드문 얼굴을 내밀고 있어서 마치 고스트 타운을 방불케 했다. 그 대비가 실로 기묘했다.

중앙 광장 중심에는 커다란 무대가 설치되었는데, 그 무대 중심에는 철로 된 우리가 있었다. 바로 처형대였다.

구경꾼이 너무 가까이 오지 못하게 신전 기사들이 원형으로 둘러서고 하늘에는 몇 척이나 되는 비공선이 떠 있었다.

북쪽 대로 양옆으로 정렬한 인원까지 합치면 광장 주변만 해도 3천 명 가까운 기사가 경비를 맡고 있었다.

신도를 둘러싸는 방벽 밖의 동서쪽과 남쪽에는 각각 1만 명 규모의 사단이 대기했다. 남쪽 문— 정문 쪽 사단은 릴리스 총대장이 직접 지휘하는 철저함까지 보였다.

"이게 무슨 경비야? 총력전 태세잖나."

"우리도…… 마치 포위된 느낌이군."

중앙 광장 남쪽에 설치된 각국 수뇌진 전용 귀빈석에서 떨리는 목소리가 흘러나왔다.

수뇌진 측근들이었다. 바로 주의가 날아들어 입을 다물었지만, 내면의 전율과 긴장은 숨길 수 없었다. 그것은 각국의 왕들조차 매한가지였다.

열광과 긴박감이 뒤섞인 시간이 천천히 중천을 향하는 태양과 함께 흘러갔다.

그리고— 종이 울렸다.

마침내 처형 시간이 도래했다.

북쪽 대로에는 다른 길들과 달리 거대한 쌍여닫이문이 있었다.

평상시에는 언제나 열려 있는 흰색 문이 오늘은 굳게 닫혀 있었다.

그것이 지금 서서히, 육중한 소리를 내며 열렸다.

그러자 길 정면으로 【신산】의 위용과 아름다운 백색 왕궁이 모습을 드러냈다.

그 아득히 높은 곳에 위치한 중앙 테라스에는 교황 루시루플과 군단장들이 있었다.

그리고 눈을 아래로 내리면 땅을 기는 생쥐처럼 꾀죄죄하고 상처 입은 자들도 보였다.

수갑과 사슬로 구속된 이단자들이 양측에 정렬한 신전 기사단 사이로 걸어갔다. 처형대로 이어지는 길이었다.

숫자는 200명.

그만한 이단자가 한 번에, 심지어 신도에서 공개 처형되는 일은 굉장히 드물었다. 적어도 과거 100년 사이에는 없던 일이었다.

저절로 흥분이 고조되고 다시 민중에게서 욕설과 괴성이

터져 나왔다.

그러나…….

"뭐, 뭐야, 저것들……."

누군가 중얼거린 말은 틀림없이 관중 전원의 마음을 대변한 것이었다.

그 증거로 목소리가 하나둘씩 사라져 갔다.

이상했으니까. 너무나도 예상과 달랐으니까.

지금부터 처형될 자들이 누구 하나 울거나 소리치지 않다니.

그 눈동자에 깃든 것이 후회도 달관도 아니라니.

절망은커녕 당찬 분위기마저 내고 있다니!

피로와 상처로 걸음은 느리지만, 단 한 번도 멈추지 않고 나아가는 모습은 어찌 이리도 당당하단 말인가.

쥐 죽은 듯 조용해진 기이한 분위기 속에서 이단자들은 누구 하나 망설임 없이 처형대 위로 올라 우리로 들어갔다. 철창살 문이 닫혔다.

그와 동시에 하늘에 뜬 비공선에서 누군가 뛰어내렸다. 빛나는 날개를 펼친 사교들이었다. 우아하게 내려온 그들은 기사 울타리를 따라 처형대를 중심으로 시각을 나타내는 위치에 세 명씩 섰다.

그리고 북쪽 정면에는 단 한 명, 유달리 화려한 법복을 입은 실눈 노인이 내려왔다. 총대사교 키메예스 심티에르였다. 잠깐 뜸을 들인 그는 손에 든 제2 성장을 들어 올렸다.

"오오, 창세신 에히트 님이시여! 지켜봐 주소서! 지금부터 세상에 혼돈을 초래한 이단자들에게 신앙의 철퇴를 내리겠나이다!"

광장 바닥에서 빛이 올라왔다. 계속해서 사교들이 선 열두 곳의 지면이 솟아올라 높이 10미터, 지름 4미터의 원기둥 모양 철탑이 출현했다.

술렁거리는 소리가 퍼졌다. 키메예스의 기도문 같은 말이 낭랑하게 울리면서 조용해졌던 관중도 불길함을 떨쳐내려는 것처럼 히스테릭하게 소리 질렀다. 하지만 또.

"하, 취향 한번 고약하군."

"이게 신의 뜻이라니 웃기는구만. 신이라면서 왜 이렇게 못 배운 티를 내지?"

"힘을 가진 후레자식. 이게 그나마 합당한 평가겠죠."

남들보다 초췌해진 세 남자가 나누는 우스갯소리가 유난히 선명하게 들려 관중은 다시 입을 다물어 버렸다.

이제 죽음만을 기다리는 죄인이었다. 만신창이에 넝마 조각을 걸친 모습은 초라하기 짝이 없었다.

그런데 고작 우스갯소리에 기가 눌렸다.

겁 없이 침을 뱉는 바하르 데볼트에게.

쾌활하게 웃는 커그 빌랜드에게.

그리고 멀리서 아래를 내려다보는 교황에게 가운뎃손가락을 올리는 리건 넬슨에게.

처형되는 이단자 모두가 그들과 같았다.

이 상황에 이르러서도 불손하고 불경했다.

당혹스러움이 퍼졌다. 각국 수뇌진이 눈을 크게 뜨거나 무언가를 감별하는 것처럼 눈을 가늘게 찌푸렸다.

"더는 참회할 기회도 주지 않겠다. 부정한 자들이여! 각오하라! 정화의 시간이 왔노라!"

명예로운 처형자로 선발된 33명의 사교들이 저마다 선 철탑 위에서 제2 성장을 들었다.

광장 지면에서 올라오던 빛이 서로 연결되며 마법진을 형성했다. 흘러나오는 빛을 철탑이 흡수해 키메예스와 사교들에게로 보냈다.

그 직후, 열두 철탑을 따라서 머리 위로 빛의 고리가 탄생했다.

보는 이의 등줄기를 여지없이 얼어붙게 하는 압도적인 힘의 발현.

이단자를 세상에서 지워 버릴 필살의 빛.

마침내 시작된다고 관중들도 정신을 가다듬고—

그 순간이었다.

쿵, 대기를 흔드는 소리와 함께 한낮인 세계가 더욱 희게 물들었다.

빛의 고리가 아니었다. 더 위쪽.

누구랄 것 없이 무의식적으로 하늘을 우러렀다.

그리고 알아챘다. 거대한 섬광이 신도로 날아드는 것을.

마치 태양이 떨어지는 착각을 일으키는 빛의 포격이 허공에서 발사되어 신도를 지키는 삼중 대결계와 충돌하고 있었다.

각도로 보아 노리는 곳은 중앙 광장이 아니었다. 왕궁이었다. 하지만 대결계가 무지개색 파문을 격렬하게 일으키는 광경은 악몽 같았다.

살아 있는 느낌이 들지 않았다.

인식이 현실을 따라가지 못하고 곳곳에서 비명이 들리며 소란이 벌어졌다.

하지만 공황이 벌어지기 전에 신전 기사와 사교들이 소리 높여 외쳤다. 신도를 난공불락으로 만드는 신대 아티팩트의 『절대성』을.

아아, 그렇다. 문제없다. 신도의 방어는 절대적이다…….

그렇게 생각을 고친 것도 잠깐뿐. 곧바로 그들의 얼굴이 창백해졌다.

빛줄기가 맥동 치는가 싶더니 그 기세가 격증했다.

쨍가아아아앙!

그와 동시에 유리가 깨지는 듯한 소리가 신도에 메아리쳤다.

첫 대결계가 깨졌다.

하지만 혼란에 빠질 틈도, 현실 도피할 유예도 주어지지 않았다.

다시 빛이 맥동 쳤다. 그리고 들리는 두 번째 파쇄음.

또 맥동이 일고 빛줄기는 마침내 왕궁을 삼킬 규모가 되어…….

역사상 깨진 적 없었을 신도 대결계는 이 순간 팡, 하고 허무할 정도로 쉽게, 그리고 철저하게 분쇄됐다.

장벽의 파편이 반짝반짝 하늘로 쏟아졌다.

그 직후, 모두 멍하게 바라보던 하늘에 그것이 나타났다.

허공이 소용돌이치고 파문을 일으켰다.

그 중심에서 서서히 모습을 드러내는 그것은 검은 선체였다.

압도될 정도의 거대함. 고래가 연상되는 형태에 가시처럼 돋아난 수많은 무장들. 태양빛 같은 마력광으로 빛나는 배는 마치 인류를 구원하는 방주와 같았다.

우레와 같은 박수갈채로 맞이하라.

그렇게 말하듯 당당하게 신도 상공을 침범한 그것의 이름은.

—마장 잠함궁 락 엘레인 오르크스 모델.

개막을 알리는 가공할 일격. 사람들의 귀에서 떨어지지 않는 파쇄음의 울림.

그것이 바로 해방자가 보내는 첫 변혁의 종소리였다.

그 락 엘레인의 갑판에서는.

"헥헥, 해냈어. 허억허억."

"메르 언니! 라우! 오 군이 위험한 사람처럼 헉헉대니까 회복!"

"한 번밖에 못 쓴다지만, 엄청난 병기를 갖다 붙였군."

"자, 치유~. 오스카, 참 잘했어~."

네 발로 엎드리고 헐떡거리는 오스카에게 바로 메일과 라우스의 치유가 들어갔다.

"흥, 봐라. 수광 기사단 녀석들, 발등에 불이 떨어졌군. 허둥대면서 출격했어."

"놀랄 만도 하지. 나도 저 입장이었으면 기겁했을 거다."

"언니. 살아남으면 원 없이 포상을 주셔야 해요?"

신대 마법 사용자 일곱 명.

결전을 앞두고 잡담을 주고받으면서 선수에 섰다.

열 개의 검은 쇠공을 위성처럼 거느리고 삼중 날개옷을 입은 밀레디가 어깨 너머로 뒤를 돌아봤다.

"다들, 준비됐어?"

대답 대신 라우스는 검고 투박한 금속 왼팔을 가슴 앞에서 꽉 쥐고 오른손 하나로 거대한 철퇴를 휘둘러 보였다.

류티리스는 흰 바탕에 금색 가지와 잎이 자수로 들어간 사냥꾼 같은 의상에 더해서 긴 백금발을 포니테일로 묶고 기도하듯 눈을 감은 채 수호장에 이마를 댔다.

메일은 해적모를 깊이 눌러 썼다. 뒤쪽 옷자락이 갈라진 롱코트를 바람에 휘날리며 각갑이 달린 부츠로 발을 굴렀다.

사막의 전사답게 금속 갑옷으로 몸을 지키는 나이즈는 팔짱을 끼고 위풍당당하게 서 있을 뿐.

반드르는 대검으로 어깨를 툭툭 치면서 목도리를 올렸다.

회복한 오스카도 검은 건틀릿의 손가락으로 안경을 올렸다.

그리고 모두 함께 대담한 웃음으로 부응했다.

밀레디도 한 차례 심호흡하고 송곳니를 드러내며 웃고는…….

"그럼 변혁을 시작하자."

하늘로 뛰었다.

■작가 후기

  흔직세 제로 5권을 읽어주셔서 정말로 감사합니다.

  중2를 좋아하는 작가, 시라코메 료입니다.

  시작부터 송구하나, 사과부터 드리겠습니다. 두꺼워서 죄송합니다!

  이야기의 흐름으로 짐작하신 분도 많겠지만, 제로 시리즈는 다음 6권으로 완결됩니다.

  그래서 이번 권에서는 라우스 합류와 해방자 집결 이야기보다도 해방자들의 관계성, 어떤 사람들이 있고 어떤 감정을 품었는지를 다시 한 번 알아주셨으면 하는 마음이 강했습니다.

  누가 뭐래도 제로 시리즈는 그걸 위한 이야기니까요.

  아무튼 그런 생각을 하면서 썼더니 이것도 쓰고 싶고 저것도 쓰고 싶고…… 결국 펜을 멈추지 못하고 이런 두께가 되어 버렸네요.

  그리고 귀여운 밀레디와 쓰레기 토끼를 쓰는 게 상상 이상으로 즐거워서 약간(?) 폭주해 버렸다고 해야 하나……

  이래 보여도 최대한 줄이고 줄인 결과니까 용서해주십시오!

  참고로 솔직한 밀레디의 말투가 유에랑 비슷한 건 일부러 그런 겁니다. 벨타 씨의 악영향을 받지 않았다면 유에 같은 쿨데레 아가씨가 됐을지도 모르겠네요.

어쨌든 각설하고, 제로의 종막이 바로 코앞까지 다가왔습니다. 결말이 정해진 이야기였지만, 그 과정에는 역사에 실리지 않은 마음이, 빛나는 인생이, 죽음을 불사한 발버둥이, 그리고 결단이 있습니다.

그것들을 전부 다음 권에서 온 힘을 다해 풀어낼 예정이므로 마지막까지 함께해주시면 감사하겠습니다.

그리고 다른 이야기를 좀 하자면, 이번 권 발매에 맞춰서 애니메이션 2기 정보가 마침내 발표됩니다. 아마 새로운 키 비주얼과 PV가 공개됐을 테지요.

아직 모르시는 분은 애니메이션 공식 홈페이지 혹은 공식 트위터에서 꼭 확인해 보시기 바랍니다.

그럼 마지막으로 감사 인사를 드리겠습니다.

일러스트를 담당하시는 타카야Ki 선생님, 제로 만화 담당 카미치 아타루 선생님, 원작 만화 담당 RoGa 선생님, 일상& 학원을 그려주시는 모리 미사키 선생님, 담당 편집자님, 교정 담당자님, 그 외 출판에 힘써주신 모든 분.

무엇보다 이 책을 읽어주신 독자 여러분, 소설가가 되자 유저 여러분.

진심으로 감사의 말을 전합니다! 정말로 항상 감사드립니다!

시라코메 료

흔해빠진 직업으로 세계최강 제로 5

초판 1쇄 발행 2021년 11월 10일

지은이_ Ryo Shirakome
일러스트_ Takaya-ki
옮긴이_ 김장준

발행인_ 신현호
편집장_ 김승신
편집진행_ 원현선 · 권세라
편집디자인_ 양우연
관리 · 영업_ 김민원 · 조인희

펴낸곳_ (주)디앤씨미디어
등록_ 2002년 4월 25일 제20-260호
주소_ 서울시 구로구 디지털로 26길 111 JnK디지털타워 503호
전화_ 02-333-2513(대표)
팩시밀리_ 02-333-2514
이메일_ lnovellove@naver.com
ㄴ노벨 공식 카페_ http://cafe.naver.com/lnovel11

ARIFURETA SHOKUGYOU DE SEKAISAIKYOU ZERO 5
ⓒ 2021 by Ryo Shirakome
First published in Japan in 2021 by OVERLAP, Inc.
Korean translation rights reserved by D&C MEDIA Co., Ltd.
Under the license from OVERLAP, Inc., Tokyo JAPAN

ISBN 979-11-278-6259-6 04830
ISBN 979-11-278-4615-2 (세트)

값 8,800원

©Tatematsuri/OVERLAP
Illustration Ruria Miyuki

신화 전설이 된 영웅의 이세계담 1~13권

타테마츠리 지음 | 미유키 루리아 일러스트 | 송재희 옮김

오구로 히로는 일찍이 알레테이아라는 이세계로 소환되어
《군신》으로서 동료와 함께 나라를 구하고,
주변 나라들을 정복하여 거대한 제국을 건설했다.
그 후, 히로는 모든 것을 버리기로 각오하고
기억을 잃는 대가로 원래 세계로 귀환한다.
그 후, 매일 행복한 날을 보내던 히로는
무슨 운명인지 또다시 이세계로 소환되고 만다.
그곳은 바로— 1000년 후의 알레테이아?!

**자신이 이룩한 영광이 『신화』가 된 세계에서
『쌍흑의 영웅왕』이라 불렸던 소년의 새로운 『신화전설』이 막을 올린다!**

©Hiro Ainana, shri 2021／KADOKAWA CORPORATION

데스마치에서 시작되는 이세계 광상곡 1~23권, EX

아이나나 히로 지음 | shri 일러스트 | 박경용 옮김

한창 데스마치를 치르던 프로그래머 스즈키 이치로(29).
「사토」란 닉네임을 쓰는 그가 잠시 잠들었다 깨어나 보니
듣도 보도 못한 이세계에 방치되어 있었다!
혼란에 빠질 틈도 없이 눈앞에는 처음 보는 괴물의 대군이 다가오고,
하늘에서는 유성우가 쏟아진다.
정신을 차리고 보니, 최강 레벨의 힘과 막대한 부를 손에 넣었는데……?!
이렇게 사토의 「유유자적, 가끔 시리어스, 그리고 하렘」인
이세계 모험담이 시작된다!!

**최강 레벨과 막대한 재보를 가지고
시작되는 유유자적 이세계 관광!!**

잘 가거라 용생, 어서 와라 인생 1~10권

나가시마 히로아키 지음 | 이치마루 키스케 일러스트 | 김성래 옮김

밭일에 힘쓰고 음식을 얻기 위해 동물을 사냥한다.
검소하지만 따뜻한 변경의 생활에 청년 드란은 「삶」의 기쁨을 맛보고 있었다.

그러던 어느 날,
부근의 숲에서 마을을 괴멸시킬지도 모르는 위협과 직면하게 된다.

반인반사(半人半蛇)의 미소녀 라미아, 경국의 미인 검사와 협력!
우리 마을을 지키기 위해, 청년 드란은 용종(竜種)의 마력을 해방시킨다!

**삶에 지친 최강최고(最強最古)의 용이,
변경의 청년으로서 「인생」을 산다!**

© MasamiT/OVERLAP
Illustration icomochi

흑연의 성자 1권

마사미티 지음 | 이코모치 일러스트 | 이경인 옮김

최강 클래스의 직업 【성자】인 러셀은
소꿉친구와 파티를 맺고 여행하고 있었다.
그러나 멤버 전원이 회복마법을 익히게 되자,
회복밖에 할 수 없는 【성자】는 짐짝이 되었고……
러셀은 추방당하고 만다.
태어난 고향으로 돌아오자마자
마물의 습격을 받던 수수께끼의 미녀, 시빌라를 구한 러셀.
그는 던전이나 직업에 박식한 시빌라와 협력해서 새로운 던전 공략에 나선다.
공략은 순조로워 보였지만…… 인류 최대의 적 『마왕』과 마주치게 되는데?!
최대의 궁지 앞에서, 자신에게 잠든 무한의 마력과 시빌라의 인도를 받아
러셀은 최강의 힘을 손에 넣는다—!

라이트노벨의 새로운 빛! L노벨의 신간은 매월 10일에 발매됩니다. http://cafe.naver.com/lnovel11